Peter Baumann

# DAS LIED VOM MISSOURI

Roman



Langen Müller

*Für Aline, Conny, Melanie und Raissa*

Besuchen Sie uns im Internet unter:
langen-mueller-verlag.de


Umschlaggestaltung: Wolfgang Heinzel
Umschlagmotiv: Bridgeman Art Library, London
Herstellung und Satz: VerlagsService Dr. Helmut Neuberger
& Karl Schaumann GmbH, Heimstetten
Gesetzt aus der 11,8/15 Punkt Adobe-Garamond
Druck und Binden: GGP Media GmbH, Pößneck
Printed in Germany
ISBN 3-7844-2965-3

# ERSTER TEIL

## RICHTIGSTELLUNG

*Zu Beginn müssen wir feststellen, wer wir wirklich sind. Ihr nennt uns nach wie vor Indianer. Die Wahrheit ist, daß unsere Vettern vor langer Zeit in der Karibik diesen verirrten Seemann entdeckten, einen gewissen Columbus, den es an ihre Küsten verschlagen hatte. Er muß voll des Rums gewesen sein. Er wußte nicht, wo er war. Er dachte, er wäre in Indien. So nannte er uns Indianer. Aber wir sind nicht aus diesem Land. Und einige weiße Leute scheinen genau so verwirrt zu sein, wie er es war. Wenn uns nun die Führer der Welt ansprechen, wünschen wir als diejenigen angesprochen zu werden, die wir wahrhaftig sind, als Angehörige der souveränen Nation des Hopi-Pueblovolkes.*

Aus der Rede eines Hopi-Führers, aufgeschrieben in Ouraibi,
der ältesten bewohnten Siedlung Nordamerikas

# ERSTES KAPITEL

Man nennt mich Sacagawea, die Frau, die das Innere Nordamerikas entdecken half, das unermeßliche Land zwischen Missouri und Pazifik. In den Augen der Amerikaner bin ich eine Heldin, für viele Indianer eine Verräterin und für manche Menschen nur eine Squaw, die nicht wußte, was sie tat. Doch nur zufällig wurde ich vom Wind der Geschichte erfaßt und umhergewirbelt wie Staubhexen in der Prärie, und ich denke, es ist an der Zeit, daß ich meine Sicht der Ereignisse schildere.

Ich beklage manchmal, daß ich der von Präsident Jefferson in den Westen gesandten Expedition unter Lewis und Clark im Jahre 1804 als Führerin, Übersetzerin und Friedensbotin diente; denn Dunkelheit ist über das Land gekommen, in der man, wenn man nicht taub ist, die Seelen gemordeter Völker klagen hören kann. Ihr fragt mich, warum ich das tat? Ich war erfüllt von der Sehnsucht, meine Familie, mein Volk und mein heimatliches Tal wiederzusehen, und ließ mich auf meine Rolle ein. Eine Wahl hatte ich ohnehin nicht. Wenn ihr meine Geschichte ehrlichen Herzens beurteilt, werdet ihr zugeben, daß ich weder eine Heldin noch eine Verräterin noch eine Närrin bin.

Ich war zwölf, als mich der alte Charbonneau meinem Besitzer, einem Oberhaupt der Minitaris, in einer Wette abgewann und in seine Blockhütte nahm. Ob ich ihn liebte? Nicht einen Augenblick in meinem Leben! Aber es war schon ein Fortschritt, als Squaw des ungewaschenen Franzosen einmal im Monat geschlagen zu werden, statt der Willkür der Minitari ausgeliefert zu sein, die mich aus meinem Land am Fuße der Rocky Mountains an den Missouri verschleppten und versklavten.

Ich denke, ich fange mit jenen Ereignissen an! Es war im Sommer nach der Jahrhundertwende, als mein Stamm, wie jedes Jahr vom Hunger getrieben, das versteckte Gebirgstal hinter dem Lemhi-Paß verließ. In den vorausgegangenen Monaten hatten wir die köstlichen Lachse gegessen, die die Steintreppen der Flüsse hinauf und in unsere Fallen gesprungen waren. Wir hatten eine sorgenfreie Zeit verbracht. Aber diese Zeit war jetzt vorüber.

Ich war in diesem Sommer elf Jahre alt geworden. Camasflower, meine Mutter, hatte mir das erste Kleid genäht, wie es nur erwachsene Frauen tragen dürfen. Das weiche, gelbe Hirschleder schmeichelte meiner Haut und der Schmuck der schneeweißen Elchzähne sowie der breiten, blauweißen Zierbänder aus Stachelschweinsborsten meiner Eitelkeit. Meine beste Freundin, Otterwoman, meinte, ich sähe wunderschön aus.

Das meinte auch White Feather, der mich in meinem neuen Kleid als Zuschauerin beim Triumphtanz einer von den Utes heimkehrenden Gruppe erfolgreicher Pferdediebe sah, was durchaus im Sinne meiner Mutter war, denn White Feather war ein Mann von Einfluß. Er besaß auch mehr Pferde als jeder andere Mann im Lemhi-Tal. Ich war allerdings noch viel zu jung für ihn. Wer mich betrachtete, vermißte an mir noch die Rundungen, die Männer so anziehen. Aber White Feather war offenbar ein Mann kühner Visionen. Er bat meinen neuen Vater, mich ihm eines Tages zur Frau zu geben. White Elkskin war der jüngere Bruder meines richtigen Vaters, der Mutter und mich in sein Zelt genommen hatte, seit Two Bears im Kampf mit den Hardskins gefallen war. Er willigte mit Freude ein und, wie das bei uns üblich war, ohne mich zu fragen. Als Anzahlung erhielt er zwei Pferde aus der Herde des Bewerbers.

Ich wäre gern White Feathers Frau geworden, dessen hübsches, leidenschaftliches Gesicht und dessen kräftige Muskeln unter der glatten Haut ich mit geheimem Wohlgefallen sah. Aber das Schicksal sollte sich gegen uns entscheiden.

Eine aufregende Zeit lag also hinter mir, als wir Abschied von unserem Tal nahmen, um nach Osten in die Hochebene zu ziehen, die wegen der Bisonherden dort so wichtig, aber wegen der vielen Feinde auch so gefährlich für uns war. So lange mein Volk zurückdenken kann, hatte es erfahren müssen, daß in der Ebene nicht nur Bisons, sondern auch Blackfeet, Dog Eaters und Shaved Heads auf uns warteten, denen es ein Vergnügen war, uns zu jagen, zu töten oder zu versklaven. Von diesen Feinden hatte ich bis dahin aber zum Glück nur wehende Haartrophäen an den Lanzen unserer Krieger gesehen, mehr nicht.

Das sollte sich wenige Tage, nachdem die etwa dreißig Familien unserer Gruppe den breiten, von würzigem Salbei bedeckten Lemhi-Paß überschritten hatten, gründlich ändern. Wir waren für unsere Feinde die Lemhi-Schoschonen, und diesen Namen verdankten wir den Cheyennes. Sie nannten uns Shi-shin-ohto-kit-ahm-ay-oh oder, verkürzt, Schoschonen, und das bedeutet Schlangenvolk. Und da wir nahe dem Lemhi-Paß und am Lemhi River wohnten, nannte man uns die Lemhi-Schoschonen. Wir selbst nannten uns schlicht Neme, und das heißt Volk.

Wir waren also auf dem Weg zu unserem alten Lagerplatz bei den Three Forks. Das ist ein Gebiet, wo sich drei Flüsse vereinigen und den Missouri bilden. Der Weg dorthin war eigentlich kurz. Unsere Reise dauerte jedoch auch diesmal unverhältnismäßig lange, denn wir bewegten uns mit der Vorsicht des Präriehundes, der den Falken im Auge behalten muß.

Schon am Nachmittag des ersten Wandertages zogen wir es deshalb vor, hinter dem Paß im Schutz eines Wäldchens in der Nähe einer Quelle zu bleiben, obwohl wir noch eine ganze Weile hätten reiten können. Ich trank von dem klaren, süßen Wasser der Quelle, ohne zu ahnen, daß sie der Ursprung des Missouri war und auf Landkarten einmal meinen Namen tragen würde.

Nachdem ich meiner Mutter und meiner älteren Schwester, Little Frog, geholfen hatte, das Reisezelt zu errichten, ein Feuer zu entfachen und Essen zu kochen, ging ich mit meiner winzigen Mahlzeit ein Stück den Hang hinab und setzte mich auf einen Stein. Von hier aus konnte ich die Landschaft überblicken. Meine Mutter kam zu mir, und wir sahen eine Weile schweigend hinaus in die weite, offene Horse-Prärie, die nun im Purpurschatten des letzten Sonnenlichts lag. Ein friedliches Bild, dachte ich. Aber das war es nicht für meine Mutter, die ihre Erinnerungen hatte. »Ich habe Angst vor dem morgigen Marsch«, sagte sie. »Immer, wenn ich das flache Land dort unten sehe, muß ich an ein Ereignis denken, bei dem unsere Familie beinahe ausgelöscht worden wäre. Das war vor elf Sommern, als ich mit dir schwanger ging. Wir hatten unsere Tipis zwischen den Espen aufgestellt, die den Jefferson River säumen, und legten uns am Abend in der Hoffnung schlafen, daß keiner unserer Feinde uns entdeckt hatte, bevor wir in den Schutz dieser Bäume hatten tauchen können. Aber wir sollten uns täuschen.

Eine Bande von Blackfeet hatte vorausgesehen, daß wir gewöhnlich um diese Jahreszeit aus den Bergen kommen würden, hatte sich am Fluß versteckt und geduldig auf uns gewartet. In der Nacht töteten die Blackfeet lautlos unsere Wachen und sickerten in das schlafende Lager ein. Obwohl ich noch wach lag, weil du in meinem Bauch voller Unruhe warst, hätte ich den fremden Mann, der plötzlich in unserem Zelt stand, dennoch nicht bemerkt, hätte sich der Gestank von Kot nicht auf einmal so streng in unserem Raum ausgebreitet, daß ich empört meine Nase in die Richtung drehte, aus der er kam. Und da sah ich den Schatten über den Schläfern. Der Fremde war vermutlich durch eine der Mutter-Erde-Latrinen geschlichen, die unser Lager umgürteten, und dabei in einen Haufen getreten. Nun, im Zelt, hatte er sein Messer gezogen, um deinen Vater zu töten. Es blieb mir keine Zeit, an dem Lederriemen zu ziehen, durch den mein Handgelenk mit dem deines Vaters verbunden war, eine Vorsichtsmaßnahme, wie du weißt.«

Ich wußte natürlich, daß dieser Brauch unter erwachsenen Menschen vor allem der Liebe diente und mein Vater an dem Strick zog, um meine Mutter in der Dunkelheit zu sich zu befehlen. Aber ich sagte nichts, sondern nickte nur. Meine Mutter fuhr fort. »Ich war ganz benommen vor Furcht. Aber ich tastete doch nach meinem scharfen Messer, fuhr blitzschnell hoch und stieß es dem Feind mit aller Kraft in den nackten Rücken. Dabei riß ich natürlich auch an deines Vaters Handgelenk. Der Eindringling drehte sich wild aufstöhnend nach mir um und fuhr mit seiner Waffe blindlings durch die Luft. Er erwischte mich, ehe ich ganz zurückweichen konnte, am Arm. Hier, die Narbe kennst du ja.« Mutter schob den Ärmel zurück und zeigte mir die häßliche, gezackte Schnittstelle. Ich sah nur kurz hin, denn der Anblick bereitete mir Unbehagen.

Mutter erzählte weiter. »Ich starrte wie gelähmt in die aufgerissenen Augen des sterbenden Mannes, die mich in der Dunkelheit anglühten. Dann fiel er auf sein Gesicht. Ich glaube, dieser hochmütige Blackfeet – alle Blackfeet sind hochmütig – hat noch wahrgenommen, daß es eine Frau war, die ihn umbrachte. Das erfüllte mich mit Genugtuung. Er war aber gewiß schon tot, als dein Vater sich auf ihn warf. Two Bears hat ihn dennoch skalpiert.« Mutter lächelte nachsichtig. »Du weißt ja, wie wenig Haartrophäen er besaß.«

»Und was geschah mit den anderen Angreifern?« fragte ich.

»Dein Vater rüttelte deinen Bruder Cameahwait wach und forderte ihn auf, den Toten zu berühren. Er war eigentlich noch nicht alt genug, aber er tat, wie ihm geheißen. Dein Vater schlüpfte inzwischen aus dem Zelt und schrie mit aller Kraft: »Feinde im Lager! Habt acht, habt acht!«

Ich stellte mich innen neben dem Eingang auf, um jeden Eindringling mit dem Messer zu empfangen. Aber es kamen keine Angreifer. Die Blackfeet hatten offenbar in dem Augenblick kehrtgemacht, als Vater Alarm schlug, und sich mit einem Teil unserer Pferde aus dem Staub gemacht. Wir hörten, wie ihr Triumphgeschrei sich in der Nacht verlor.«

»Dieser Blackfeet wäre vielleicht Häuptling geworden, hätte sein Tritt in den Kot nicht so tragisch zum Ende seines Aufstiegs beigetragen«, sagte ich, und wir mußten über sein Ungemach lachen.

Unsere Heiterkeit aber hielt nicht lange an. Als wir uns zum Schlafen niederlegten, ergriff uns wieder die Angst vor dem nächsten Tag, dem Marsch in die offene Landschaft. »Hoffentlich geht alles gut«, murmelte meine Mutter, bevor sie einschlief.

»Hoffentlich«, sagte ich.

Am nächsten Morgen warteten wir in einem Wäldchen unterhalb des Passes auf unsere Kundschafter, die schon während der Nacht aufgebrochen waren und beim ersten Licht die Waldstreifen entlang dem sich durch die Horse-Prärie windenden Jefferson River durchkämmt hatten. Nachdem sie zurückgekommen waren und uns die Gegend als frei von Feinden gemeldet hatten, zogen wir erleichtert den Berghang hinab. Dort unten war der Blick nur noch durch die fernen, kältewärts liegenden Hügel begrenzt. Das war für mich, die Bergbewohnerin, jedesmal ein Erlebnis. Das Gras hier war unverbrannt und duftend, die Erde so fett und feucht, daß sie an unseren Mokassins festklebte. Ständig scheuchten die Hufe unserer Ponys kleine Schmetterlinge und Heuschrecken, aber auch lästige Bremsen auf, die mich plagten und voller Sehnsucht an unsere Berge denken ließen, wo solche Quälgeister selten waren.

Zweimal campierten wir im Schutz des Uferwaldes am Jefferson River, bevor wir auf unserem traditionellen Lagerplatz, einer Insel bei den Three Forks, unsere Zelte für die Dauer der Bisonjagd aufschlugen. Die Insel war ideal. Sie wurde in einem schönen Bogen vom Gallatin River umflossen und auch vom Jefferson River, nachdem dieser sich den Madison River einverleibt hatte. Die Inselmitte war flach, frei von Bäumen, jedoch mit Gras schütter bewachsen. Dazwischen gab es Flecken nackten Kreidegesteins. Ein Kranz von Wald und Sträuchern umschloß ihre Ufer, so daß unsere Tipis von den jenseitigen Ufern her gegen Sicht geschützt waren. Und das war auch gut so, denn unsere kleine Gruppe war die erste der Schoschonen, die in die Bisongründe vorgestoßen war, und allein zu schwach, um sich gegen starke Kriegerhorden verteidigen zu können. Nach und nach aber würden die anderen Familiengruppen kommen wie in jedem Sommer und uns wenigstens einmal im Jahr das Gefühl der Stärke und des Selbstbewußtseins geben. Wir würden trommeln, tanzen und singen, neue Geschichten hören und vor allem viel würziges Bisonfleisch essen.

An Fleisch dachten wir voller Verlangen in diesen Tagen, in denen wir nur kleine Fische, Vögel und Erdhörnchen, Schnecken und Raupen rösteten, denn wir hatten sonst nichts weiter zu essen. Anders als die Prärievölker vergriffen wir Schoschonen uns nicht an unseren Hunden, weil der Hund nämlich der Vetter des Coyoten ist, in dessen Eigenschaften wir uns wiedererkennen, sind wir doch Nachfahren des Wesens, das einer magischen Paarung zweier Coyoten entstammte.

Schon nach ein paar Tagen in den Bisongründen aßen wir

endlich heißhungrig das erste Bisonfleisch. Es wurde von zwei Kundschaftern mitgebracht, die in der Nähe eine Herde entdeckt hatten. Für uns Frauen und Kinder fiel allerdings nicht viel ab, und es war auch nicht das beste Fleisch. Das hatten die Jäger an Ort und Stelle gegessen. Sie hatten, wie das üblich ist, vom warmen Blut der Tiere getrunken, die Leber roh verschlungen und die Salze aus der Gallenblase der Bisons gelutscht. Dann hatten sie ihren Pferden so viel Fleisch aufgepackt, wie diese tragen konnten, jedoch nicht genug für all die hungrigen Seelen.

»Nun hungern wir wenigstens mit der Verheißung, daß auch wir bald an all die Köstlichkeiten kommen werden, die die Jäger gegessen haben«, sagte meine Mutter mit leiser Ironie, als sie mir und meiner Schwester, Little Frog, je einen daumengroßen Streifen fetten Fleisches mit etwas Brühe aus einem Topf fischte. Es war ein reichlich zäher Fetzen. Aber mir erschien er in diesem Augenblick als großer Genuß, und ich kaute so lange darauf herum, bis ich nichts anderes mehr als Fasern und Sehnen herunterschluckte.

In der Frühdämmerung des nächstens Morgens wurde ich durch den geräuschvollen Aufbruch unserer Jäger geweckt. Es waren fast alle Männer, die in Begleitung vieler Frauen mit Packpferden und Schleppschlitten zur Bisonweide aufbrachen. Das hätten sie vielleicht nicht getan, wenn die Herde nicht so verlockend nahe gewesen wäre. Ich mußte im Camp bleiben, aber zum Glück mit meiner Mutter und meinem Onkel, Musselshell-Owner, der mit wenigen älteren Männern den Schutz der Frauen, Kinder und Alten gewährleisten sollte, allzu wenigen Männern, wie sich schnell herausstellen sollte.

Mein Onkel, der seine Sorgen sonst nicht mit Kindern teilte, kam am Nachmittag desselben Tages, an dem die Jäger aufgebrochen waren, von einem Erkundungsritt zurück und sagte zu mir: »Ich habe Zeichen gesehen, die mir gar nicht gefielen. Flußabwärts von hier flog ein großer Schwarm Krähen plötzlich auf. Vielleicht scheuchte ein Habicht die Krähen auf. Aber ich sah auch ein Rudel Hirsche aus der Deckung der Uferbüsche fliehen. Vielleicht hat ein Bär sie erschreckt. Vielleicht aber waren es Menschen, Feinde! Jetzt schau dir unsere Hunde an! Sie streichen unruhig umher und stellen die Nackenhaare auf. Wir sind in Gefahr. Nimm einen Korb und geh Pflaumen pflücken. Nimm deine Schwester, nimm alle Frauen, Kinder und Alten, die du erreichen kannst, mit. ihr bleibt im Wald, bis ich euch hole, was auch geschieht! Verstanden?«

Er gab mir einen freundlichen Schubs und eilte davon. Bevor ich ins Zelt ging, um meine Schwester zu holen, sah ich ihm noch einen Augenblick nach, liebevoll, aber doch sorglos. Deshalb machte ich mir auch keine Gedanken, als ich meine Mutter nicht fand. Onkel hört manchmal das Gras wachsen, dachte ich, wagte aber nicht, mich seinen Anweisungen zu widersetzen.

Es machte uns Kindern keinen Spaß, in der drückenden Augusthitze Pflaumen zu pflücken. Nur wenige Schritte von meiner Schwester und mir entfernt plätscherte der Gallatin River und lockte mit seinem kristallklaren Wasser zum Bad. Der Feind ließ auf sich warten, und einige der kleinen Mädchen und Jungen konnten der Einladung nicht widerstehen. Sie stiegen in den Fluß, legten sich in seinem flachen Bett nackt auf die Steine und ließen sich von den kühlen, schnellen Wellen umspülen. Doch vergaßen sie die Feindeswarnung meines Onkels nicht ganz. Sie schrien und tummelten sich nicht wie sonst im kalten Wasser, und sie blieben auch ganz in der Nähe der Uferbäume.

Nach einer Weile hielt es auch Little Frog nicht mehr aus. Sie setzte ihren Sammelkorb ab und sagte entschlossen: »Ich laß jetzt mal etwas kühles Wasser an meine heiße Haut. Wie steht es mit dir?«

»Geh nur«, sagte ich. »Vielleicht komme ich gleich nach.«

Meine Schwester zog sich bis auf den Lendenschurz aus und huschte leichtfüßig zum Ufer. Sie winkte mir lächelnd und mit blitzenden Augen zu und glitt ins Wasser. Sie war so ansteckend mit ihrer Lebensfreude und so hübsch. Ich liebte sie in diesem Augenblick mehr als alles auf der Welt.

Es dauerte nicht lange, und ich hatte nicht nur meinen Korb, sondern auch ihren mit wilden Pflaumen gefüllt. Nun hatte auch ich große Lust zum Baden. Ich zog mich aus und bedeckte die Körbe mit unseren Kleidern. Es war heiß und windstill. Aber am Ufer überkam mich plötzlich ein Frösteln. Warum nur?

Ich sagte mir, du bist doch kein wasserscheuer Feigling, du gehst jetzt sofort da hinein! Ich suchte meine Schwester zwischen den Badenden zu entdecken. Sie hatte sich von den anderen abgesondert und auf einer kleinen Sandbank ausgestreckt. Du solltest doch in Ufernähe bleiben, dachte ich und ärgerte mich über ihre Sorglosigkeit. Aber so war Little Frog nun einmal.

Ich ließ meinen Blick zum anderen Ufer schweifen und sah dort eine Reihe von Reitern zwischen den Bäumen. Sie boten einen freundlichen Anblick, wie sie, von Sonnenstrahlen umströmt, mit anmutigem, fast durchscheinendem Federschmuck ruhig auf ihren Ponys saßen, von denen einige die Köpfe gesenkt hatten und das Flußwasser tranken. Mich aber erfaßte bei diesem Anblick lähmende Angst. Warum sieht sie denn niemand außer mir? fragte ich mich verzweifelt.

Plötzlich explodierte die Stille. Gewaltige Donnerschläge erfüllten die Luft, gefolgt von einem mörderischen Geheul. Im selben Augenblick sah ich Blitze aus den Händen der Feinde fahren. Dann rückte die Linie der Reiter ins Flußbett vor. Ich war benommen vor Angst. Dennoch schrie ich aus Leibeskräften: »Rettet euch vor den Feinden! Flieht! Flieht!«

Aber die Warnung kam zu spät, auch für meine geliebte Schwester. Es gelang ihr zwar noch, blitzschnell in den Fluß zu gleiten. Das Wasser war jedoch zu flach, um ihren Körper zu verbergen. Ein riesiger Reiter, größer als alle Schoschonenmänner, die ich kannte, verfolgte sie. Als er über ihr war, stieß er ihr seine Lanze in den Rücken und johlte, als habe er einen gewaltigen Kampf bestanden. Ich war gelähmt vor Schmerz und hilfloser Verzweiflung. Und der Alptraum nahm kein Ende! Ich saß in meinem Uferversteck und konnte den Blick von all den Grausamkeiten nicht abwenden. Die Angreifer hatten inzwischen einen großen Halbkreis gebildet, als wollten sie Fische in eine seichte Bucht treiben. Und als wären die Frauen und Kinder wirklich nur Fische, stachen sie sie mit ihren Lanzen tot. Auf die wenigen, die das Ufer erreichten, schossen sie. Schnell färbte sich der Gallatin River rot vom Blut der Ermordeten. Einigen Frauen und Mädchen, ich glaube, es waren nicht mehr als vier oder fünf, gelang es, die rettenden Uferbüsche zu erreichen oder gar durch den Halbkreis der Feinde zu schlüpfen. Doch wären sie sicher auch getötet worden, hätten die Angreifer sich die Mühe gemacht, sie zu verfolgen. Das tat nur einer unter ihnen, der riesige Krieger, der meine Schwester getötet hatte. Er galoppierte hinter zwei Mädchen her, die den Fluß hinab geflohen waren. Als er das erste erreichte, stach er mit der Lanze zu und traf es in den Oberschenkel. Er ließ die Waffe einfach stecken und ritt dem anderen Mädchen, ich glaube es war meine Freundin Smells-good, nach, das inzwischen eine Sandbank erreicht hatte.

Als er an der Sandbank angekommen war, glitt er vom Pferd und verfolgte meine Freundin zu Fuß. Sie sprang von der Sandbank wieder ins Wasser, der Verfolger hinterher. Er schnappte ihren Fuß, aber sie stieß mit dem freien Bein so heftig nach seiner Schulter, daß er vor Schmerz losließ.

Es gelang ihr, etwas Abstand zu gewinnen. Das Wasser war jedoch zu flach zum Schwimmen. So richtete sie sich wieder auf und hastete zur Sandbank zurück. Der Riese rannte unter dem Gelächter einiger Kumpane hinter ihr her. Wilde Anfeuerungsrufe begleiteten seine Hatz. Haken schlagend erreichte Smells-good die andere Seite der Sandbank und stürzte sich mit einem gewaltigen Hechtsprung ins Wasser. Diesmal hatte sie mehr Glück. Die Stelle war tief genug. Jedenfalls war sie den Blicken des Riesen schnell entschwunden, und er gab auf.

Der Spott der anderen Krieger aber ärgerte ihn maßlos. Er schüttelte seine Faust, kletterte auf sein Pferd und ritt zu dem Mädchen zurück, das er mit seiner Lanze getroffen hatte. Bei seinem Opfer angekommen, beugte er sich weit hinunter, riß es an den Haaren hoch, schnitt ihm die Kehle durch und skalpierte es. Dann zog er die Lanze aus der Sterbenden und ließ sie mit gespielter Lässigkeit durch die Strömung gleiten, um das Blut abzuspülen. Ich sehe alle diese schrecklichen Bilder noch heute, nach vielen Jahren, vor mir, und sie erfüllen mich mit ungeheurem Zorn. Nie werde ich unseren Feinden verzeihen!

Ich zog mich vom Ufer zurück und streifte mir hastig meine Sachen über. In meiner Nähe hörte ich währenddessen unterdrückte, verängstigte Rufe. Außer mir hielten sich noch andere Frauen und Kinder hier verborgen. Doch waren wir an diesem Ort nicht sicher. Angst- und Schmerzensschreie verrieten mir, daß der Feind nun von der Inselmitte her den Waldsaum durchkämmte.

Ich erschrak zu Tode, als plötzlich in meiner unmittelbaren Nähe trockene Zweige knackten. Ich legte mich flach auf den Boden und versuchte, so unauffällig zu sein wie ein Tautropfen, der auf einem Blatt verdunstet. Doch es war zum Glück meine Freundin Otterwoman, die da zwischen den Bäumen auftauchte. Mit leiser Stimme machte ich sie auf mich aufmerksam: »Otterwoman, komm zu mir!«

Sie stutzte, entdeckte mich und warf sich neben mir auf den Boden. Otterwoman war ein rundliches, etwas mondgesichtiges Mädchen mit lustigen, nußförmigen Augen. Sie war immer zu Scherzen aufgelegt, weshalb ich gern mit ihr zusammen war. Aber in diesem Augenblick war sie voller Panik: »Wir sind verloren«, schluchzte sie. »Die Minitaris haben fast alle getötet, die nicht schnell auf ein Pony springen und fliehen konnten.«

»Woher weißt du, daß es Minitaris sind?« flüsterte ich voller Entsetzen, denn sie waren von all unseren Feinden die schlimmsten. Mütter drohten ihren Kindern, die nicht gehorchen wollten: »Paß auf, daß dich nicht die Minitaris holen. Sie verspeisen freche Kinder wie dich mit besonderem Vergnügen.«

»Einige unserer Alten, schrien das Wort Pahkehs!« sagte sie tonlos.

Pahkeh war unser Wort für diese Feinde, die auch als Minitaris und als Hidatsas bekannt sind. Jetzt wußte ich, welcher Wirbelsturm von Mördern unser Lager heimsuchte. Als Otterwoman sich ein wenig gefaßt hatte, flüsterte ich: »Hast du meine Mutter und meinen Onkel irgendwo gesehen?«

»Deine Mutter nicht. Aber deinem Onkel lief ich beinahe in die Arme, als ich in den Wald floh. Er zog mich hinter einen Baum. Er war wütend, daß ich zur Zeit des Überfalls noch immer im Lager gewesen war. ›Verschwinde‹, fuhr er mich an, ›mach dich unsichtbar. Sonst wirst du sterben‹. Damit ließ er mich zurück. Ich glaube, er versuchte sich zu unserer Pferdeherde durchzuschlagen.«

»Armer Onkel«, sagte ich und streichelte Otterwomans Rücken.

Otterwoman wischte sich die Tränen aus den Augen: »Wir müssen zusammenbleiben. Koste es, was es wolle. Gelobst du das?«

Ich nickte, obwohl ich wußte, wie töricht ein solches Versprechen unter diesen Umständen war.

Zunächst aber schien es, als sollten wir den Feinden entkommen. Ohne uns zu entdecken, ritten mehrere Krieger links und rechts an unserem Versteck vorbei und stocherten mit ihren Lanzen im Gebüsch herum. Einer kam uns dabei so nahe, daß Otterwoman aufspringen wollte wie ein Hase, den schon der scharfe Geruch des Fuchses in die Flucht treibt. Aber ich hielt sie eisern fest.

Eine Weile geschah nichts. Das arglose Gurren einer Wildtaube in dem Baum neben uns besänftigte unsere angespannten Nerven. Otterwoman suchte meine Hand und drückte sie dankbar.

»Was machen wir jetzt?« überlegte ich. »Wollen wir uns ein besseres Versteck suchen?«

»Wir bleiben hier!« verlangte Otterwoman. »Wenn es sein muß, den Rest des Tages und die ganze Nacht. Irgendwann wird der Feind abziehen.«

Ich fügte mich. Aber es war die falsche Entscheidung. Nach einer Weile tauchte ein Nachzügler unmittelbar vor uns zwischen den Bäumen auf und ritt geradewegs auf uns zu. Vielleicht hätten wir abwarten sollen, ob er uns entdecken würde, denn er machte nicht den Eindruck, als suche er ganz bewußt nach verborgenen Schoschonen. Eine kluge Entscheidung setzt jedoch einen kühlen Kopf voraus, und den hat man nicht unbedingt in Augenblicken, in denen man sich bedroht fühlt. Bevor der Reiter uns entdeckt hatte, sprangen wir auf und sahen uns fieberhaft um. Otterwoman packte mich am Arm und zog mich zu einem Dornengestrüpp. »Wenn wir hier eindringen können, sind wir vielleicht gerettet«, hoffte sie. Ich hatte meine Zweifel. Wir verbissen uns die Schmerzen, als sich die Dornen in unsere Haut hakten. Stumm und verzweifelt kämpften wir gegen das dichte Rankenwerk an, ohne jedoch wirklich voranzukommen. Dabei stellte ich mir vor, wie das Knacken und Knistern des Gestrüpps das Ohr des Feindes erfreuen müßte.

Mir war klar, daß wir hier nur unsere Kräfte verschwendeten. Es gelang mir, mich aus den Krallen der Hecke zu befreien, aber Otterwoman saß hoffnungslos fest, so sehr ich ihr auch zu helfen suchte und an ihr zog. Instinktiv fühlte ich, daß der Minitari schon ganz nahe war und drehte mich um. Das war genau in dem Augenblick, in dem er hinter uns sein Pony anhielt. Er lachte lautlos, und seine Zähne blitzten in dem mit der schwarzen Farbe des Todes bemalten, maskenhaften Gesicht.

Ich floh zum Fluß, zögerte jedoch, ins Wasser zu springen, und sah mich noch einmal nach Otterwoman um. Hatte ich nicht versprochen, um jeden Preis bei ihr zu bleiben? Ich sah, wie der Reiter meiner Freundin das stumpfe Ende seiner Lanze auf den Kopf hieb, bis sie leblos wie ein aufgespießter Schmetterling in den Dornen hing. Dann wandte er sich mir zu. Mit der kurzen Peitsche, die an seinem Handgelenk hing, trieb er sein Pony zu weit ausgreifenden Sprüngen an. Ich watete in den Fluß und ließ mich dann von der Strömung mitnehmen. Der Reiter folgte mir. Ich hörte die Hufe seines Pferdes auf den Steinen im Flußbett poltern, als er näher und näher kam, so schnell ich auch schwamm. Er erreichte mich, packte mich, indem er sich vom Sattel aus zu mir herunterbeugte, und zog mich, so sehr ich auch um mich schlug, zu sich hinauf. Er warf mich quer vor sich aufs Pferd, so daß ich keuchend den Atem ausstieß. Ich glaubte, ich hätte mir alle Rippen gebrochen.

Der Mann ritt nun zu meiner unglücklichen Freundin zurück und rief unterwegs einen Reiter zu sich, der auf einer Insel im Fluß zusammen mit anderen Kriegern ein paar Überlebende fesselte. Ich hatte befürchtet, der Minitari habe Otterwoman erschlagen. Aber sie lebte. Sie jammerte vor

Schmerzen, als man sie brutal aus der Hecke riß und auf ein Handpferd setzte.

Unsere Peiniger ritten zur Mitte unseres Camps, wo sich allmählich ihr Trupp versammelte, vierzehn Krieger, die alle schwer bewaffnet waren. Viele trugen diese langen Schwarzwaffen bei sich, deren Donner mich so sehr erschreckt hatte. Nur ganz wenige waren mit Messern, Lanzen und Streitäxten aus Stein ausgerüstet wie unsere Männer. Die meisten besaßen Waffen aus Eisen, das silbern wie Fischhaut schimmerte. Später lernte ich, daß dieses Material durch Handel mit Fremden aus einem fernen Land in den Besitz der Minitaris gelangte. Das Eisen aber war auch für sie so kostbar, daß sie ihre Pfeilspitzen nicht in den Toten unseres Volkes lassen wollten. Nachdem die beiden Krieger uns zu den anderen Gefangenen in den Staub geworfen hatten wie Packtaschen, zogen sie gleich ihren Stammesgenossen ihre Pfeile aus den leblosen Körpern, die in der Nähe lagen. Gelang ihnen das einmal nicht, schlugen sie wütend auf die Toten ein oder stießen mit dem Fuß nach ihnen. Ich sah auch, wie sie mit Messern in deren Fleisch herumpuhlten, was ich mir zunächst nicht erklären konnte. Später erfuhr ich, daß sie auf diese Weise die Kugeln bargen, die sie mit ihren Schwarzwaffen verschossen hatten.

Meinen Onkel Musselshell-Owner konnte ich nicht unter den Toten in der Nähe erkennen, auch meine Mutter nicht. Die anderen Gefangenen wußten nichts über ihr Schicksal. Ich hoffte aus tiefster Seele, daß sie den Feinden entkommen wären.

# ZWEITES KAPITEL

Trotz ihrer überlegenen Waffen verzichteten die Minitaris darauf, mit unseren Kriegern Bekanntschaft zu machen, mit deren unverhofften Eintreffen sie vielleicht rechneten. Sie hatten es plötzlich sehr eilig, von der Insel wegzukommen.

Der Mann, der Otterwoman und mich gefangen hatte, war ihr Anführer. Er hieß Addih Hiddisch, Kämpft-den-Weg-frei. Mit ungeduldigen Befehlen drängte er zum Aufbruch. Otterwoman, zwei andere Mädchen, vier Jungen und ich wurden auf sieben von zwölf der unserer Gruppe gestohlenen Pferde gesetzt, unsere Füße unter dem Bauch der Tiere zusammengebunden, die Hände an den Sattel gefesselt. Drei der Jungen legte man noch Schlingen um den Hals und befestigte das andere Ende des Lassos am Sattelhorn des vor ihnen reitenden Kriegers. Der vierte Junge war schwer verletzt und konnte nicht selbständig reiten. Er wurde nach einigem Hin und Her vor einem der Feinde aufs Pferd gesetzt. Ich wünschte den Minitaris an diesem Tag den bittersten Tod. Und er sollte eines Tages auch in Gestalt der Schwarzen Pocken zu ihnen kommen. Ich konnte das schreckliche Ausmaß dieser Krankheit mit eigenen Augen sehen und auch ohne Mitleid erleben, wie sie den Riesen tötete, der meine Schwester ermordet hatte.

Keiner von uns Gefangenen hatte eine Vorstellung davon, woher die Minitaris gekommen waren. Nun ritten sie in die Richtung, in der die Sonne geboren wurde, ungefähr dem Lauf des Missouri folgend. Ich sage, ungefähr, weil der Strom sich durch eine zerklüftete Landschaft windet. Man folgt seinen Schleifen nicht, wenn man kein Narr ist. Bis zu den Great Falls, wo der Fluß hohe Steintreppen hinabstürzt und sich in eine tiefer liegende Landschaft ergießt, kannte ich das Gebiet, denn es gehörte zum entferntesten Teil der Jagdgründe, die wir jeden Spätsommer besuchten, wobei wir die Great Falls mit ihren alptraumhaften Naturgewalten mieden. Auch die Minitaris machten einen Bogen um die Fälle, deren Tosen im weiten Umkreis alle anderen Geräusche schluckt und ihnen ebenso unheimlich war wie der hoch aufsteigende Wasserstaub, in dem Geister zu tanzen scheinen. Das Land hinter den Fällen war mir fremd. Höher wurden die Türme, Klippen und Felsnadeln, die das Flußbett begleiteten, dämonischer die Farben, in denen sie erglühten.

Noch aber hegte ich mit den anderen Gefangenen die Hoffnung, unsere Krieger würden wie eine Tornadosäule in ihr nächtliches Lager fegen und uns befreien. Die Minitaris fürchteten, daß dies geschehen könne. Darum ritten sie Tag für Tag ohne Pause, ritten gegen den scharfen Wind an, ritten, als gäbe es die sengende Sonne gar nicht und den ätzenden Staub. Erst spät in der Nacht krochen sie mit ihren Pferden in irgendein verborgenes Wäldchen und waren froh darüber, wenn eine Wolkendecke das verräterische Mondlicht abschirmte. Im Lager nahmen sie uns kurz die Fesseln ab. Sie warfen uns ein paar Kugeln aus Fett und Sonnenblumenkernen hin und gaben uns zu trinken, was nicht ohne Rippenstöße und Fußtritte abging. Es schien mir, als sollten wir dafür büßen, daß Schoschonen so arm waren und es für Minitaris allzu wenig bei ihnen zu holen gab.

Als sie uns wieder gefesselt und endlich in Ruhe gelassen hatten, waren wir den Ameisen, Spinnen, Käfern und Schlangen ausgeliefert. Zum Glück wurden wir von keinem giftigen Tier gebissen. Doch manche von uns wünschten sich den Tod, so sehr fürchteten sie jeden neuen Tag. Auch ich war zutiefst verzweifelt. Doch den Tod wünschte ich mir nicht. Am schlechtesten ging es Runner, einem der vier Jungen, und Otterwoman. Das Haar meiner Freundin war von Blut verklebt und lockte ekelhafte Fliegen an, die sie nicht wegzuscheuchen vermochte. Ich konnte ihr nicht helfen, sie nicht einmal trösten, denn Schmerz und Furcht hatten ihren Geist so verwirrt, daß ich sie nicht erreichte. Immerhin behandelten die Minitaris ihre und die Wunden des Jungen mit einer Salbe aus Fett und Schießpulver.

Die Wachsamkeit der Minitaris ließ auch nicht nach, als sie aus unserem Gebiet heraus waren. Denn als sie in die Gegend kamen, wo der mächtige Milk River den kristallklaren Missouri mit seinen trüben, turbulenten Fluten verschmutzt, mußten sie die Blackfeet fürchten, die hier jagten. Die Ebene war übersät mit Pronghorn-Antilopen, doch begegneten die Minitaris zu ihrem Glück keinen Jägern der Blackfeet.

Bedrohlich waren die Grizzlybären, die die Cottonwoods an den Flußufern in ungewöhnlich großer Zahl bevölkerten. Eines Abends, als wir gefesselt auf dem Boden lagen, hörten wir sie in der Nähe rumoren. Die beängstigenden Geräusche raubten mir die Ruhe. Ich konnte nicht schlafen, so erschöpft ich auch war. Irgendwann in der Nacht dann gerieten mehrere dieser Ungeheuer in einen furiosen Streit miteinander. Ihr heiseres Gebrüll erschien mir, als tobte der Kampf mitten zwischen uns. Meine Mitgefangenen schrien vor Angst und Grauen. Trotz meiner eigenen Furcht riß ich mich zusammen und warnte sie: »Hört auf mit dem Gejammer. Ihr macht nur die Minitaris wild.« Aber es war zu spät. Die Wache kam und bearbeitete sie mit Fußtritten.

Der Aufruhr in dem Dickicht hatte auch die Minitaris alarmiert. Erstmals während der Reise entfachten sie ein Campfeuer und ließen es hell auflodern, um die Bären fernzuhalten. Außerdem verstärkten sie die Wachen.

Am nächsten Morgen skalpierte einer der Krieger unseren Leidensgefährten Runner und warf den Leichnam in den Fluß. Uns gegenüber ballte er eine Faust und bewegte sie mit einem Ruck nach unten. In der Zeichensprache, die die meisten Plains-Völker verstanden, bedeutete das: Er ist tot. Runner war in der Nacht seinen Wunden erlegen.

Ich machte mir große Sorgen um meine Freundin. Als Addih Hiddisch sie für den Tagesritt aufs Pferd fesselte, war sie vollkommen apathisch. Sie schwankte hin und her und fiel plötzlich zur Seite. Der Mann wird sie töten, dachte ich voller Panik. Doch Addih Hiddisch schob sie auf den Rücken des Ponys zurück, schlug dabei auf ihr wundes Bein und brüllte sie wütend an. Endlich hielt sich Otterwoman doch noch an der Mähne des Pferdes fest.

Als er sich entfernt hatte, flüsterte ich ihr hastig zu: »Halte durch, Otterwoman, hörst du? Wir wollten doch alles gemeinsam durchstehen. Weißt du nicht mehr? Bestimmt wird alles bald besser. Und eines Tages fliehen wir gemeinsam.«

Otterwoman sah mich abwesend an und blieb stumm.

»Bestimmt wird alles bald besser«, hatte ich gesagt. Aber für eine solche Zuversicht gab es nicht den geringsten Anhalt. Im Gegenteil, dieser Tag sollte besonders schlimm für uns werden. Gegen Mittag kehrte einer der Kundschafter, die morgens ausgeschwärmt waren, mit einer Nachricht zurück, die die Krieger mit Jubel begrüßten. Wir sollten schnell den Grund dafür erfahren und weitaus weniger Freude haben als sie.

Der Trupp ließ sich von diesem Mann zwar weiter nach Osten, aber wieder nah an den Missouri heranführen, von dem wir uns am Morgen entfernt hatten. Nach einer Weile erreichte er den Rand einer zum Fluß abfallenden Senke. Als ich dort hinunterschaute, erblickte ich ein Zeltdorf von ungeheurer Ausdehnung. Hunderte dünner Rauchfahnen stiegen aus den Lüftungsklappen der Tipis empor und verloren sich im intensiven Blau des Himmels. Die Größe des Dorfes erklärte auch die Sorglosigkeit seiner Bewohner, die hier, anders als wir Schoschonen, auf jede Deckung verzichteten: War dies das Dorf, aus dem unsere Peiniger stammten?

Es sah danach aus. Denn die Krieger zogen sich vom Rand der Senke in den Schatten eines Gehölzes zurück, wo sie sich mit großer Ruhe und Sorgfalt für den Einzug in die Zeltstadt schmückten. Sie kleideten sich in Lederhemden, Leggins und Mokassins, die mit Fransen, Menschenhaar und wunderschönen Glasperlen geschmückt waren, wie ich sie nur ganz selten an der Kleidung meines Volkes gesehen hatte. Dann holten sie Hauben aus schwarz-weißen Adlerfedern, rot gefärbten Roßhaarpinseln und Hermelinschwänzen, Mützen mit geschliffenen Bisonhörnern, steife, rote Haarbürsten und andere seltsame Gebilde aus ihren bunten Falttaschen und setzten sie sich behutsam auf den Kopf.

Ihr Anführer legte sich eine Halskette aus Bärenklauen an, wie sie auch bei uns die Tapferen tragen, und krönte seinen quadratischen Kopf mit einem Zylinder aus Biberfell, dessen Krempe seine Stirn beschatteten. Er ließ seinen mit blauen Ornamenten tätowierten Oberkörper nackt und zog nur ein paar andere, buntere, Mokassins an, an deren Fersen buschige rote Fuchsschwänze hingen. Schließlich nahm er eine kleine, runde Scheibe aus der Tasche, hielt sie sich vor das Gesicht und bemalte, konzentriert hineinblickend, seine Haut mit einem Dachshaarpinsel in den Farben Rot und Schwarz, die er in kleinen Beuteln mit sich führte. Mit dem grellen Rot bedeckte er die untere Gesichtshälfte und umrandete seine funkelnden Augen. Stirn, Nase und Wangenknochen dagegen färbte er schwarz.

Bei diesem Schauspiel vergaß ich meine Angst vor ihm und starrte ihn mit offenem Mund an. Er ertappte mich dabei, ehe ich meinen Blick senken konnte. In sein Gesicht stahl sich die Andeutung eines eitlen Lächelns. Dann drehte er die Scheibe in seiner Hand blitzschnell um, fing damit die Sonnenstrahlen ein und ließ sie in einem Kreis auf meinem Körper und meinem Gesicht tanzen, so daß ich geblendet und zu Tode erschrocken die Augen schloß und mich abwendete. Addih Hiddisch lachte nur.

Endlich hatten die Minitaris auch ihre Pferde mit roten Punkten und Ringen bemalt und Federn in deren Mähnen geflochten. Sie waren zur Parade bereit. Nie zuvor hatte ich Menschen und Tiere in einem derart prächtigen Aufzug gesehen. Als sie nun aber im Anreiten singend ihre blutverschmierten Skalpe an den Lanzen schwenkten, schlug meine Bewunderung in Verachtung um. Was für Kämpfer sind das, dachte ich, die ihren armseligen Triumph über Frauen und Kinder mit einer solchen Schaustellung feiern? Sie hatten ja nicht einmal eine größere Anzahl Pferde erbeutet, sondern nur ganze zwölf Tiere.

Die Krieger ritten langsam in die Senke hinunter, um den Dorfbewohnern genügend Zeit zu geben, sich zu versammeln. Als die breit gefächerte Prozession jedoch, von Halbwüchsigen empfangen und begleitet, den Rand des Dorfes erreichte, stürzte mit Geheul eine gewaltige Hundemeute zwischen den Zelten hervor. Ihr Ziel waren die Beine der Ponys. Die Pferde begannen nervös zu tänzeln, einige gar auszukeilen, und brachten damit die ganze Parade aus der würdevollen Balance. Die Minitaris waren zu einem Galopp gezwungen, durch den sie die Hunde zwar nicht abschütteln, ihnen aber doch Respekt vor den wirbelnden Pferdehufen einflößen konnten.

Im Lager wurden wir von einem Schwarm schreiender Frauen und Kinder überfallen, die uns Gefangene mit der uns Indianern eigenen Lust am Quälen Wehrloser schlugen, zwickten und kniffen sowie mit zugespitzten Stöcken stachen, bis endlich ein paar Männer dazwischengingen, allerdings mit absichtsvoller Langsamkeit. Sie hatten selbst Spaß an dem grausamen Spiel und wollten nur größeren Schaden verhindern. Kurze Zeit später wurden wir in ein dunkles Zelt geworfen und unseren Tränen überlassen.

Ich rief nach Otterwoman. Aber Thorn, ein Junge, der in ihrer Nähe lag, antwortete mir, Otterwoman sei so benommen, daß sie mich nicht hören könne. Ich rollte mich zu ihr hin und streckte meine gefesselten Hände aus, um sie mit sanften Berührungen, die ich selbst so sehr entbehrte, zu trösten. Aber sie reagierte weder auf mein Streicheln noch auf meine liebevollen Worte. Hoffentlich, dachte ich voller Kummer, ist ihre Reise nicht in diesem elenden Zelt zu Ende.

Für die Jungen Thorn, Drops-the-Robe und Jumps-once endete die Reise wirklich hier. Am Abend nahm ihnen einer der Minitaris die Fesseln ab und stieß sie hinaus. Ich sollte sie nie wiedersehen. Sie haben sie verkauft, dachte ich mir. Aber was haben sie mit uns vor?

Für Otterwoman befürchtete ich das Schlimmste. Sie können sie nicht verkaufen, weil sie schon halbtot ist, dachte ich bitter. Aber wenn sie Otterwoman töten, dann sollen sie auch mich umbringen, oder ich tue es selbst. Ohne sie gehe ich nicht von hier fort.

Als es Nacht geworden war, kam Addih Hiddisch ins Zelt, nahm mir die Fesseln ab und bedeutete mir, auch Otterwoman und die beiden anderen Mädchen loszubinden, deren Namen ich leider vergessen habe. Dann verließ er das Tipi wieder. Einen Augenblick später schlüpfte eine Frau ins Zelt und stellte uns ein paar Schalen mit Essen und Wasser hin. Ich aß heißhungrig, aber Otterwoman wollte nichts, so sehr ich sie auch drängte. Bald fiel sie in einen ohnmachtsähnlichen Schlaf, von dem ich für sie Erholung erhoffte.

Jedenfalls wurde sie durch den Schlaf vor den Schrecknissen der Nacht geschützt. Ich aber war in diesem dünnwandigen Tipi den irrwitzigen Schreien da draußen ausgeliefert, dem ständigen Pochen der Trommeln, dem Donner und den Flammenzungen der Schwarzwaffen, deren Widerschein die Zeltwände wie Wetterleuchten erhellte. Sie feierten ein wildes Fest in dieser Zeltstadt, und ich stellte mir die schrecklichsten Bilder dabei vor. Vielleicht kommen sie uns Mädchen holen, ängstigte ich mich, und immer, wenn ich ein Geräusch am Eingang des Tipis hörte, krümmte ich mich vor Furcht zusammen. Aber niemand kam, um mich in den dämonischen Wirbel hinauszuzerren, und als die Geräusche des Festes erstarben, fand ich doch noch in einen leichten Schlaf.

Vor Anbruch der Morgendämmerung wurden wir schon aus dem Zelt geholt und auf die Pferde gesetzt. Die Minitaris besaßen nun vier weitere Ponys. Offenbar waren sie der Preis für die Jungen, die, wie ich geahnt hatte, hier zurückgelassen wurden. Die Krieger, deren verdrossenen Gesichtern man die Übernächtigung ansah, fesselten uns diesmal nicht auf die Pferde. Addih Hiddisch machte uns aber, indem er mit seinem Zeigefinger quer über seine Kehle fuhr, eindeutig klar, was er uns für den Fall eines Fluchtversuchs zugedacht hatte. Er gab uns Wasser und schnitt uns dann von einem Ranken Fleisch je einen Streifen herunter, den wir im Reiten essen mußten. Dann verließen die Krieger die schlafende Zeltstadt.

Mir war nun klar, daß der Ort, der hinter uns lag, nicht der Heimatort der Minitaris war, obwohl die Sprache der Bewohner doch offensichtlich auch ihre Sprache war. Ich erfuhr, daß die Minitaris das Volk der Crows, der Absarokas, besucht hatten, die wir Schoschonen Birds nannten. Sie waren Verwandte der Minitaris, Nachfahren eines unternehmungslustigen Zweiges, der vor Zeiten weiter nach Westen gewandert war.

Wir sollten nun noch vier Tage von hier bis zum Gebiet unserer Entführer benötigen. Es herrschte das stille Einverständnis zwischen dem Anführer und mir, daß ich mich um meine Freundin kümmerte.

Ich durfte ihre Wunden pflegen und auch mit ihr sprechen, während er früher Unterhaltungen mit Peitschenhieben abgeschnitten hatte, wenn er sie bemerkte. Menschenfreundlichkeit, dachte ich bitter, ist sicher nicht der Grund dafür, eher die Sorge, er könne gezwungen sein, meine Freundin unterwegs den Geiern zu überlassen, wo er sie doch unter seinen Leuten verkaufen wollte.

In den ersten beiden Tagen, nachdem wir die Crows verlassen hatten, war meine Freundin Otterwoman noch immer sehr erschöpft und ihr Gesicht vor Schmerz und Angst gezeichnet. Doch konnte sie abends ohne meine Hilfe ein paar Schritte hinter die Büsche machen. Noch immer war ihr Geist so verwirrt, daß sie auf alle meine Versuche, sie aufzumuntern, kaum reagierte. In gewisser Weise war ich auch erleichtert darüber, denn ich war selbst voller Furcht, so daß meine Worte der Zuversicht sicher nur unecht gewirkt hätten. Und doch blieb auch eine innere Stimme vernehmlich, die mir sagte, daß ich eines Tages nach Hause zurückkehren würde.

Ich achtete nun noch aufmerksamer als zuvor auf die Umgebung, prägte mir bedeutende Wegmarken wie Klippen, Türme aus Sandstein, entferntere Höhenzüge, die Einmündung von Flüssen wie des Yellowstone River und andere Anhaltspunkte für eine spätere Flucht ein. Und als wir schließlich in das Land der Minitaris kamen, das dort begann, wo der Missouri seinen Lauf ändert und nach einigen Bögen der Unschlüssigkeit den warmen Zonen zu fließt, hatte ich eine grobe Landkarte unseres Weges im Kopf.

Otterwoman ging es etwas besser. Sie begann jedoch zu zittern, als sich die Entführer nun für eine neue Parade schmückten. Mir erging es nicht anders. Als die Bande fertig war, nahm sie uns in ihre Mitte und ritt eine Anhöhe hinauf. Von dort aus erblickte ich eine Stadt von überwältigender Fremdartigkeit. Zahlreiche Bauten, die auf den ersten Blick wie natürliche, kreisrunde Erdhügel aussahen, standen dort dicht an dicht, zu einem riesigen Rund angeordnet, das von einem hohen, durch Palisaden befestigten Wall umschlossen war. Unter einer Hügelkette westlich davon war die Totenstadt, wo die Verstorbenen auf hohen Plattformen zwischen Himmel und Erde ruhten. Auf den Grasfluren bei der Stadt weideten viele Pferde. Ein kleiner Nebenfluß des Missouri floß nur wenige Schritte von den Palisaden entfernt. Merkwürdige, korbförmige Gebilde lagen an seinem Ufer, und einige, mit Menschen und Lasten beladen, tanzten auf seinen Wellen. Hinter der Stadt war der Fluß gesäumt von einer schier endlosen Reihe schlanker Tipis.

Die Minitaris stimmten einen hohen, rhythmischen Gesang an und setzten ihre Pferde in Bewegung. Während wir den Hang hinunterritten, tauchten überall auf den Dächern der Häuser Menschen auf, rissen jubelnd die Hände hoch, schwenkten lange Federfahnen und erfüllten die Luft mit ihrem Geschrei. Was, dachte ich verzagt, wird uns unter diesen Fremden erwarten? Sind sie so unermeßlich böse, wie sie unermeßlich reich sind? Ich versuchte einen Blick meiner Freundin Otterwoman zu erhaschen. Aber sie starrte wie versteinert geradeaus.

Ich ahnte, daß uns in dieser großen Stadt ein Leben jenseits unserer Vorstellungskraft erwartete.

# DRITTES KAPITEL

Je näher wir der Stadt kamen, desto bekümmerter wurde ich. Die hohen Palisaden, die sie umschlossen, waren im Geiste schroffer Ablehnung errichtet worden, demselben Geist, der euch Amerikaner beseelt, wenn ihr euch mit euren Siedlungen im Land anderer Völker niederlaßt. In dem Maße aber, in dem dieses Fort der Minitaris andere Menschen ausschloß, schloß es seine Bewohner auch ein wie in einem Gefängnis.

Diese Leute empfanden das vielleicht nicht so. Ich aber, die ich nichts anderes als den weiten Horizont um unsere offenen Zeltdörfer gekannt hatte, geriet beim Anblick von Elah-sa, wie der Ort hieß, in ein Gefühl der Beklommenheit, das sich noch verstärkte, als wir ein Spalier feindseliger Frauen und Kinder erreichten, das sich vor dem Eingang aufgebaut hatte und nun in Windeseile verlängerte.

Otterwoman und ich mußten absitzen und wurden in eine Doppelreihe von Frauen, Alten und Kindern gestoßen, von diesen Menschen mit Ruten durch die Gasse geprügelt und halb bewußtlos in die Stadt hineingeworfen. Die Haut auf meinem Rücken, meinem Hintern, meinen Schenkeln, meinen Waden brannte von den scharfen Gertenhieben, die man mir versetzt hatte, und ich glaubte, keinen Schlag mehr ertragen zu können. Meiner Freundin erging es genauso.

Von Pein gekrümmt stand sie da, die Tränen rannen ihr über die Wangen. Wenn Mitleid eine der vornehmsten Regungen ist, die den Menschen vom Tier unterscheidet, dann waren diese Minitaris nichts als wilde Tiere. Darüber konnten auch ihre pompösen Kleider und ihr stolzer Schmuck nicht hinwegtäuschen. Wie gern hätte ich auf ihre harten Mäuler eingeschlagen, die uns mit Hohn und Spott überschütteten. Innerhalb von Elah-sa standen wir einer noch viel größeren Meute kaltherziger Wölfe gegenüber. Doch Addih Hiddisch und seine Begleiter hatten zum Glück entschieden, daß es mit den Quälereien ein Ende haben sollte. Sie hatten dafür rein geschäftliche Gründe, wie sich bald herausstellen sollte. Der Reitertrupp nahm uns in die Mitte, und mit Hilfe einiger Ordnungshüter, die die Menge zurückdrängten, bahnte er sich den Weg in eine Arena, ein Oval aus Pfählen und Weidenflechtwerk, das für Zusammenkünfte, Feste und Rituale bestimmt war. Den Oberhäuptern und wichtigen Gästen dieser Stadt sollten wir offenbar noch einigermaßen präsentabel vorgeführt werden – so wie man das mit Sklaven auf euren Sklavenmärkten macht. Ja, auch dies war ein Sklavenmarkt! Ich schäme mich für uns eingeborene Amerikaner, daß auch wir seit alters her Sklaven hielten und diese verwerflichste Einrichtung, die die Menschheit kennt, nicht erst mit anderen Schlechtigkeiten von euch übernommen haben.

Es war beinahe Mittag und an diesem Spätsommertag drückend heiß in der Arena, weshalb die Großen der Stadt, von ihrem imposanten Kopfschmuck abgesehen, in komfortabler Nacktheit auf ihren Decken saßen. Addih Hiddisch ließ uns vor ihnen einfach stehen und ritt dann unter dem beifälligen Geschrei der Leute mit seinen Kriegern eine Ehrenrunde. Er und die anderen Schurken ließen dabei die Skalpe meiner ermordeten Schwester, meiner Verwandten und Freunde flattern. Dann hielt der Trupp vor den Stammesgrößen an und saß ab. Addih Hiddisch schob Otterwoman und mich zur Begutachtung noch näher an die Hauptleute und Gäste, die uns mit abschätzenden Blicken musterten. Dabei tauschten sie in ihrer Sprache Erkenntnisse aus.

Aus ihrer Mitte erhob sich schließlich eine Felswand von einem Mann. Er war mit einem dunkelblauen Schurz aus einem feinen, mir unbekannten Material bekleidet und trug blauweiß bestickte Mokassins. Im Gegensatz zu den aufgeputzten Häuptlingen hatte er nur eine einzige Adlerfeder in sein über der Stirn zu einem steifen Kegel aufgeflochtenes Haar gesteckt. Doch das scharf geschnittene Gesicht mit der fleischigen, großen Nase und dem breiten, herrischen Mund war das Gesicht eines Gebieters. Am auffälligsten darin waren die Augen. Das rechte war weiß, als wäre die Haut samt der Pupille abgepellt worden wie eine Zwiebel und darunter die nächste, bleiche, freigelegt. So stellte ich mir das jedenfalls vor. Mit seinem gesunden, nachtschwarzen Auge aber musterte er mich durchdringend. Schweigend und in Gedanken, als müsse er sich darüber klar werden, an wen ich ihn erinnere, umkreiste er mich.

Später erfuhr ich, daß er One Eye hieß. Er war das Oberhaupt dieser Stadt und Vorsitzender des Verteidigungsrates zweier weiterer Städte der Minitaris. Er organisierte auch jedes Jahr die Überfälle auf mein Volk, war also der eigentlich Verantwortliche für mein Unglück. Er verlor schnell das Interesse an mir. Die anderen Männer, die sich ebenfalls von ihren Decken erhoben hatten und ihm gefolgt waren, sahen Otterwoman und mich nur kurz an. Dann gingen sie zielstrebig zu den zum Verkauf stehenden Pferden.

Inmitten des Pferdehandels standen wir also unbeachtet nebeneinander, den Blick auf den Boden gesenkt. Dann aber interessierte sich doch noch jemand für uns. Plötzlich rückte mir ein Mann das stinkende Mundstück seiner Tabakspfeife unter das Kinn und zwang mich auf diese Weise, ihn anzusehen. Ich blickte in ein Gesicht, das fremdartig und dämonisch wirkte und bis unter die Augen von schwarzen, struppigen Haaren bedeckt war. Ich dachte einen Augenblick lang an ein Tierwesen, wie es in unseren Mythen vorkommt. Die Augen dieses Mannes waren grau und kalt wie Eis.

Ich wollte mich abwenden. Aber der Mann nahm nun mein Kinn in seine harte, behaarte Hand. Ich starrte auf seinen seltsam roten Mund, der mitten in der Schwärze des Bartes wie eine Wunde auseinanderklaffte und genau so übel roch. Er stieß mit rauher Stimme ein paar Worte hervor, die ich natürlich nicht verstand. Doch sagte mir seine Miene, daß er bedingungslose Unterwerfung forderte.

Endlich ließ der Mann mein Kinn los, versetzte mir einen Nasenstüber und wandte sich Otterwoman zu, die ungefähr zwei Jahre älter war als ich und viel fraulicher wirkte. Anders als bei mir dehnte er daher seine Inspektion bei ihr auf den Körper aus, ließ seine Hände prüfend über ihre runden Schultern wandern, die Brust und die Hüften. Ich sah den ergebenen Gesichtsausdruck meiner Freundin. Sie ertrug die entwürdigende Behandlung, ohne sich zu rühren. Sie hatte wie ich längst gelernt, daß uns all diese Menschen, in deren

Händen wir Wachs zu sein hatten, bei der geringsten Andeutung von Gegenwehr mit aller Härte bestrafen würden. Als der Mann schließlich in einigem Abstand noch einmal um uns herumging, wagte ich, ihn dabei zu beobachten. Er war klein und krummbeinig, was er mit vielen Schoschonen gemeinsam hatte. Sonst aber hatte er keine Ähnlichkeit mit unseren Männern. Seine Haut war, abgesehen von den schwarz behaarten Stellen, gefurcht wie eine Eiche und viel heller. Ich fragte mich, welchem Volk er angehören mochte, und war voller Sorge, daß er Otterwoman und mich vielleicht zu seinem Volk, weit jenseits unserer Indianerwelt, mitnehmen würde. Daß er uns irgendwie in seinem Kopf vormerkte, spürte ich.

Aber erst einmal blieben wir bei Addih Hiddisch trotz des besitzergreifenden Verhaltens des Fremden. Vielleicht entsprach sein Angebot nicht den Vorstellungen unseres derzeitigen Besitzers, denn er entfernte sich verärgert nach einem kurzen Wortwechsel mit ihm.

Daß der Handel mißlungen zu sein schien, empfand ich als große Erleichterung. Addih Hiddisch mochte ein schlimmer Indianer sein, doch war er wenigstens Indianer. An seine Nähe hatte ich mich gewöhnt, auch wenn sie oft bedrohlich war. Ein Leben bei dem Bärtigen jedoch glaubte ich nicht ertragen zu können.

Ich war froh, daß sich der Menschen- und Pferdemarkt endlich auflöste. Addih Hiddisch dachte natürlich anders darüber. Das Muskelspiel seines Kiefers zeigte, daß er vom Verlauf des Handels enttäuscht war. Er hatte zwar seine Pferde verkaufen können, jedoch keine von uns beiden. Wir mußten neben seinem Pony herlaufen, als er nun zu seinem

Haus ritt. Vor der Arena wurden wir wieder von einer vielköpfigen Menge empfangen. Von den Dächern herunter wurden wir mit Erdklumpen beworfen. Halbwüchsige Jungen und Mädchen drängten sich dicht an uns heran, zerrten uns an den Haaren und schlugen uns mit Fäusten und Gerten. Addih Hiddisch kümmerte das alles nicht. Er unterhielt sich mit einem fast erwachsenen Jungen, der ihn am Ausgang der Arena begrüßt hatte und nun sein Pferd stolz am Zügel führte.

Vor seinem Haus wurde unser Entführer von zwei älteren Frauen empfangen, die sich für das Wiedersehen prächtig gekleidet hatten. Als er vom Pferd geglitten war, faßten sie ihn bei den Händen und zogen ihn ins Haus. Der Junge folgte ihm mit dem widerstrebenden Gaul nach. Einige junge Minitaris, die bis hierher mitgezogen waren, machten Miene, sich an uns zu vergreifen. Doch im nächsten Augenblick zeigte sich eine ältere Frau im Eingang und winkte Otterwoman und mich ins Haus.

»Schnell, hier neben den Pferch!« sagte sie in meiner geliebten Schoschonensprache. »Das Sklavenquartier ist neben den Pferden.« Beim Klang der vertrauten Laute, die wie ein Gesang waren, kamen mir die Tränen. Die Schoschonin huschte vor uns her in einen dunklen Teil des riesigen Raumes, wo ich in der Nachbarschaft zweier unruhiger Pferde ein paar Bisonfelle und Kissen ausmachte. Davor lagen ein paar Gefäße auf dem Boden, und an einer Querstange zwischen zwei Pfosten hingen ein paar Kleidungsstücke. Mitbewohner der Schoschonin waren ein paar Riesenmäuse, die sich bei unserer Ankunft widerwillig tiefer in die Dunkelheit zurückzogen.

»Setzt euch!« forderte die Frau uns auf. »Ihr müßt Hunger haben. Hier, nehmt!«

Sie gab Otterwoman und mir einen handtellergroßen Maisfladen und goß etwas Wasser in eine Schale.

Nie zuvor hatte ich eine solch seltsame Speise gegessen. Otterwoman und ich kauten nach anfänglichem Zögern mit Andacht, und die Frau sah uns mit ihren großen, schwarzen Augen zu.

»Noch hungrig?« fragte sie, als wir den letzten Bissen vertilgt hatten. Sie reichte uns ein Brett, auf dem zwei weitere Fladen lagen. Gern hätte ich zugelangt, aber ich sah, daß es ihre beiden letzten Stücke waren, und behauptete, ich sei satt. Otterwoman folgte meinem Beispiel. Die Frau aber stellte die Schale vor uns auf den Boden. »Für den Fall, daß ihr wieder Hunger kriegen solltet«, lächelte sie.

»Mein Name ist Lizard«, sagte sie dann unvermittelt. »So hieß ich bei meinem Volk, weil ich so flink war. Jetzt bin ich langsam, aber dafür so schuppig wie dieses Tier. Der Name paßt also noch immer.«

»Ich heiße Speaks-to-the-Water.«

»Und ich Otterwoman! Aus welcher Schoschonengruppe stammst du denn?« fragte meine Freundin.

»Aus der Redleaf-Gruppe.«

»Aus diesen Gruppen kamen oft Familien zu uns zu Besuch. Wie ist es möglich, daß wir dich in unseren Camps am Lemhi River nie gesehen haben?«

»Weil die Minitaris mich vor über zehn Wintern erbeutet haben. Da wart ihr ja noch ganz klein.«

»So lange ist das schon her? Wie alt bist du denn?« fragte Otterwoman.

»Dreißig Winter.«

Lizard sah mein erschrockenes Gesicht und lächelte schmerzlich. »Ich war einmal hübsch. Aber jetzt bin ich verbraucht. Dabei waren es nicht Hunger und nicht Kälte, die mich zugrunde gerichtet haben. Beides kennt man in Elahsa kaum. Auch unter der schweren Arbeit habe ich nicht so sehr gelitten. Diese unterscheidet sich kaum von den Pflichten bei uns Schoschonen. Nein, dafür gibt es andere Gründe. Zuerst war es der unablässige Druck des Hasses der Minitaris gegen mich, der immer dann noch wuchs, wenn ihre Krieger mit Verlusten von ihren Beutezügen gegen uns zurückkehrten. Am schlimmsten war es, als ihr Häuptling das Licht seines rechten Auges dabei verlor. Später dann war es die furchtbare Vernachlässigung, die ich erfuhr. Sklaven werden hier behandelt wie Ware, auch wenn die Männer sich mit uns Frauen vergnügen, erfährt unsere Seele von ihnen keinerlei Zuwendung.« Lizard schlug sich plötzlich die Hand vor den Mund. »Oh, das hätte ich nicht sagen dürfen. Wie muß euch jetzt zumute sein?«

»Ich muß mal!« sagte Otterwoman plötzlich. Das klang ein wenig gefühllos. Aber ich kannte Otterwoman. Sie war schlau und wollte Lizard nur davon abhalten, sich noch weiter in schmerzlichen Gedanken und Erinnerungen zu verlieren.

Lizard griff hinter sich und gab Otterwoman einen Tontopf. »Hier, setz dich damit ein bißchen abseits. Wenn du fertig bist, schüttest du ihn einfach mit etwas Schwung zwischen den Pferdebeinen aus. Den Pferch müssen wir morgen früh sowieso ausmisten. Du kannst jetzt leider nicht nach draußen gehen, sonst verprügeln dich die Elahsaer.« Sie gab

Otterwoman auch einen Napf mit Wasser, damit sie sich reinigen konnte.

»Hören diese Quälereien denn nie auf?« fragte ich, als Otterwoman sich ein Stück von uns entfernt hatte.

»Doch. Nach einiger Zeit verlieren die Minitaris das Interesse an euch. Aber gewisse Roheiten bleiben.«

»Ich möchte mich waschen«, sagte ich.

»Da mußt du Geduld haben, bis die Nacht kommt. Dann werde ich dich und Otterwoman zum Knife River führen.«

Wir hatten Ruhe, uns in Lizards dunkler Ecke einzurichten, denn Addih Hiddisch und seine Familie waren so sehr miteinander beschäftigt, daß sie uns darüber vergaßen. Das änderte sich jedoch in dem Augenblick, in dem eine ungewöhnlich hochgewachsene junge Frau ins Haus kam. Hinter ihr schlüpfte ein fuchsähnlicher Hund herein, der sich, nachdem er Witterung von uns Fremden bekam, heulend auf uns stürzte. Zum Glück war er feige. Lizard brauchte nur drohend einen alten Mokassin zu heben, und er zog sich winselnd zurück. Doch hatte er die Frau auf uns aufmerksam gemacht.

»Seht euch vor. Das ist Touches-the-Clouds», sagte Lizard schnell, als sie auf uns zukam. »Sie ist ebenso hübsch wie gemein.«

Touches-the-Clouds war wirklich sehr hübsch. Vielleicht war sie zu groß für eine Frau. Ihr Körper war dennoch sanft gerundet. Ihr weiches braunes Haar rahmte ein hellhäutiges Gesicht mit ebenmäßigen, eigenwilligen Zügen ein. Sie trug zwei üppige, in schimmernde Otterfellstreifen gewickelte Zöpfe. Diese reichten bis zum Brustteil ihres mit gelben, grünen und weißen Ornamenten aus Stachelschweinsborsten bestickten Hemdes aus fast weißem Antilopenleder. Das alles sah ich auf einen kurzen Blick, und mehr Zeit blieb mir auch gar nicht. Touches-the-Clouds richtete mit ihrer melodiösen, weichen Stimme betont leise ein paar Worte an Lizard, und diese übersetzte sie uns. »Steht auf, damit ich euch nicht an den Ohren hochziehen muß! Kommt näher ans Licht!« verlangte sie. »Ich will mir doch genau ansehen, was für Vögel mein Mann gefangen hat.«

Wir folgten ihr in den Lichtkreis unter der hohen kreisförmigen Öffnung im Dach. Dort musterte sie uns mit nachlässigem Interesse, lächelte ein wenig spöttisch und machte eine Bemerkung zu sich selbst. Von ihrer Haltung ging etwas Unberechenbares aus, und ich fragte mich ängstlich, was sie als nächstes tun würde. Aber für dieses Mal hatten wir Glück. Addih Hiddisch rief sie sanft zu sich, und sie wandte sich abrupt von uns ab.

»Das war knapp!« atmete Lizard auf, als wir zu ihr zurückkehrten. »Geht dieser Frau in Zukunft möglichst aus dem Weg. Sie ist herrschsüchtig und erbarmungslos. Macht ihr etwas falsch, schlägt sie euch sofort, und widersprechen aollte man ihr nie. Außerdem versteht sie sich auf ausgeklügelte Streiche, die sich auch gegen die beiden anderen Frauen von Kämpft-den-Weg-frei richten.«

»Und was sagt ihr Mann dazu?«

»Meistens gar nichts. Sie hat ihn mit ihrem Liebreiz vollkommen in der Hand.«

»Wir werden deinen Rat beherzigen«, sagte ich.

Wir sahen von unserem Platz aus, daß sich der Hausherr mit ihr in sein Bett zurückzog, das durch lederne Wände gegen jegliche Sicht geschützt war, und atmeten auf.

»Das Spiel dahinter wird einige Zeit dauern«, meinte Lizard. »Kommt, ihr könnt mir jetzt ruhig ein bißchen helfen.«

Den restlichen Nachmittag lang halfen wir Lizard ungestört bei ihren vielen Pflichten. Wir fütterten die beiden Kriegspferde und schaufelten den Kot aus dem Pferch auf eine Flechtmatte, die Lizard, nachdem sie Küchenabfälle darauf geschüttet hatte, allein hinaustrug.

Sie kochte auch für die Minitaris, weil sie mehr davon verstand als die drei Frauen von Addih Hiddisch. An diesem Nachmittag war es ein schmackhaftes Essen aus Antilopenfleisch, Waldzwiebeln und Nesselblättern. Als Otterwoman und ich ihr beim Schneiden des Fleisches halfen, gab sie uns eines jener kostbaren Eisenmesser. Ich zerteilte damit ein Stück Lende mit allergrößter Leichtigkeit in kleine Würfel und dachte bei mir, was meine Mutter mit ihren geschickten Händen alles hätte vollbringen können, hätte sie ein solch wunderbares Werkzeug besessen. Bei dem Gedanken an sie schossen mir plötzlich die Tränen in die Augen. Lizard sah meinen Kummer und sagte ahnungsvoll: »Verdränge Eltern, Geschwister und Freunde aus deinem Kopf. Schicke die Erinnerung an sie in eine tiefere Schicht deiner Seele. Sonst wirst du hier vor Sehnsucht nach ihnen sterben.«

Ich wischte mir mit dem Handrücken die Tränen aus den Augen und nickte. »Ich werde es versuchen.«

Während das Essen dann in einem riesigen Topf aus Metall über dem Feuer kochte, schnitt Lizard mit dem Messer eine blattdünne Scheibe von einem weißen, weichen Klumpen herunter, zerkrümelte sie zwischen den Fingern und streute die Krümel in das Essen.

Ich glaube, ich sah sie an, als habe sie Gift in den Topf geworfen. Sie lächelte geheimnisvoll und sagte, während sie mit einem Hornlöffel in dem Topf rührte: »Diese weißen Krümel kräftigen den Geschmack des Gerichts. Schüttest du aber zuviel davon hinein, verderben sie ihn.»

»Wo kommt das Zeug denn her?«

»Es stammt von den Tah-bo-ne.« Lizard benutzte das Wort Tah-bo-ne, das einen Beiklang von Feindschaft hat, für diese Leute, weil es für uns Schoschonen damals kein Wort für Weiße, für Engländer und Franzosen gab, sondern nur eines für feindliche Fremde. Wir kannten diese Weißen noch gar nicht, während sie hier in Elah-sa seit langem als Händler auftraten. Namen wie Uaschis (für Franzosen) und Uaschi-pachsittakos (für Engländer) übernahm ich bald von den Minitaris, ohne zu wissen, was sie eigentlich bedeuteten.

»Ich glaube, Addih Hiddisch muß einen ganzen Stoß Biberfelle für diesen weißen Brocken gegeben haben. Hier, koste mal!«

Sie schöpfte etwas Flüssigkeit aus dem Topf und hielt mir den Löffel hin. Ich schlürfte die Probe und erwartete ein Wunder an Köstlichkeit. Aber ich wurde bitter enttäuscht. Das weiße Zeug hatte den guten herbsüßen Geschmack des Antilopenfleisches ziemlich verdorben. Am liebsten hätte ich die Kostprobe ausgespuckt. Aber ich beherrschte mich und schluckte sie. Otterwoman, die inzwischen auch von dem Fleisch probiert hatte, schüttelte sich. Eine Weile später aßen wir dennoch davon und gewöhnten uns an den Geschmack. Wir durften im übrigen froh sein, daß Lizard für die Minitaris kochte. So konnten wir manchen Happen von ihr bekommen.

Ich lernte bald noch andere Fortschritte kennen, die das Leben der Minitaris veränderten und auch erleichterten, das muß ich zugeben. In unseren Schoschonenlagern war die Nacht die Zeit des Schlafes und der Erholung vom erschöpfenden Tagwerk des Jagens, Fischens, Fallenstellens, des Sammelns von Holz, eßbaren Wurzeln und Früchten. In Elah-sa aber waren viele Nächte erfüllt von wildem Trommelklang, dem Schrillen der Knochenpfeifen und ekstatischem Gesang. Die Leute hier hatten im Gegensatz zu uns einfach mehr Vorräte an Nahrung, die sie unabhängiger machten, so daß sie unverbraucht, wie sie waren, die Nacht zum Tag machen konnten. Ich fand im übrigen schnell heraus, warum das Wort »Unterirdische«, mit dem manche dieses Volk auch belegten, so zutreffend war. Nicht nur ihre Häuser sahen aus wie die Bauten der unterirdisch wohnenden Präriehunde. Sie bewahrten auch ihre Vorräte in Erdkammern auf, und sie brachen die Erde auf, um den Samen für ihre Pflanzen in den Boden zu legen.

Als an diesem ersten Abend in Elah-sa der seltsam an- und abschwellende und vom Rhythmus der Rasseln und Trommeln begleitete Gesang der Minitaris zum Himmel aufstieg, verließen Addih Hiddisch und Touches-the-Clouds festlich aufgeputzt das Haus, gefolgt von den beiden älteren Frauen und dem Sohn des Hausherrn. Wir waren allein.

»Laßt uns zum Baden gehen!« schlug Lizard vor.

»Ich fürchte mich!« flüsterte Otterwoman.

»Aber du solltest baden. Du riechst schlecht wie ein Franzose, Mädchen!« Lizard hielt sich die Nase zu.

»Und was ist, wenn die Minitaris vorzeitig ins Haus zurückkehren und feststellen, daß wir fort sind?«

»Du kennst sie nicht. Die tanzen bis in die Morgenstunden.«

»Und wenn wir da draußen verprügelt werden?«

»Mach dir keine Sorgen.« Lizard stand auf. »Ich kenne einen Schleichweg. Außerdem ist Handelszeit. Da fallen wir in der Dunkelheit unter den vielen Fremdsprachigen in der Stadt nicht auf.«

Lizard ging vorsichtig hinaus. Gleich darauf erschien sie am Eingang und winkte uns zu sich. »Los, gehen wir. Die Luft ist rein.«

Sie führte uns ohne Eile zu einer Lücke im Palisadenzaun, der auf der dem Knife River zugewandten Seite ziemlich nachlässig gebaut war. Wir zwängten uns hindurch und folgten Lizard zum Fluß. Die Uferbank war hoch. Doch kannte Lizard eine vom Regen ausgewaschene Rinne, die wir hinabrutschten.

Als wir an der Badestelle ankamen, plantschten in dem von einem mächtigen Mond silbern beleuchteten Wasser schon mehrere Frauen und unterhielten sich gedämpft in einer mir unbekannten Sprache.

»Was sind das für Frauen?« fragte ich. Otterwoman und ich zögerten, uns auszuziehen. Lizard aber legte unbekümmert ihre Sachen ab. »Habt keine Angst, die Frauen gehörten zu einem Volk mit Namen Odjibwa, das im Land des Sonnenaufgangs lebt. Ich kann nur durch Zeichen mit ihnen sprechen oder in der Sprache der Minitaris, die auch sie gelernt haben. Sie sind Sklaven wie wir.«

Otterwoman und ich zogen uns nun doch aus und folgten Lizard fröstelnd in den Knife River, dessen sanfte Strömung meine Beine streichelte. »Ich lasse euch einen Augenblick allein«, sagte Lizard. »Ich will sehen, ob ich meine Freundin Bisonchips finden kann.«

»Bisonchips?« sagte Otterwoman ungläubig. »Wie kann man Bisonchips heißen?«

»Das ist ihr Spitzname. Ihr Besitzer beschimpfte sie ständig mit diesem Namen. ›Du bist nicht mehr wert als Bisonchips!‹ Jetzt heißt sie hier so. Bei ihrem eigenen Volk, den Utes, hieß sie Willow-Flower.«

Lizard schwamm von uns fort und auf die Gruppe badender Frauen zu. »Sie ist mit einer Utefrau befreundet!« sagte ich verächtlich.

Otterwoman schöpfte Wasser in ihre Hände und ließ es über ihre Brüste rinnen, die größer und voller waren als meine. Wir entspannten uns und schwiegen.

Ich weiß nicht, warum wir Schoschonen damals die Utes, die südlich von uns lebten, so verachteten. Vielleicht, weil sie noch ärmer waren als wir. Unsere Krieger machten Jagd auf sie. Dabei sprechen sie eine der unseren sehr verwandte Sprache. Ich denke, der Streit mit ihnen war auch auf unseren ständigen und verzweifelten Kampf um Nahrung zurückzuführen. Im Verlaufe dieser Auseinandersetzungen hatten wir sie in die unwirtlichsten Gebiete abgedrängt. Statt dessen aber hätten wir uns mit ihnen vereinigen und mit ihnen gemeinsam in den Plains Bisons jagen sollen, so wie wir dies mit unseren Freunden, den Salishs, taten. Aber irgendein unglückseliger Zufall, ein Konflikt, an den sich niemand mehr erinnern kann, hatte diese Feindschaft zwischen unseren Völkern ausgelöst, und daran haben wir festgehalten.

Otterwoman und ich hatten nur unsere Hände, um uns von der Schmutz- und Schweißschicht reinigen zu können, die sich seit unserem letzten Bad auf unserer Haut abgelagert hatte. Vor einer Ewigkeit hatten wir im Gallatin River gebadet. Wir versuchten nun, Flußsand zu Hilfe zu nehmen. Aber als wir uns gegenseitig damit den Rücken abrieben, brannten die gerade erst verheilenden und verschorften Wunden furchtbar, so daß wir darauf verzichteten.

Nach der schmerzhaften Reinigungsprozedur blieben wir noch eine Zeitlang im Wasser. Ich schwamm mit den Armen gegen die Strömung anrudernd auf dem Rücken, das Gesicht den vom Silberlicht des Mondes umrandeten, langsam ziehenden Wolken zugewandt.

»Was wäre wohl«, sagte meine Freundin, die neben mir schwamm, »wenn wir uns einfach von dieser Strömung davontragen ließen? Weit, weit weg von dieser schrecklichen Stadt?«

»Das wäre Wahnsinn!« antwortete ihr Lizard statt meiner ziemlich scharf. Sie war inzwischen unbemerkt zu uns zurückgekehrt. »Ich habe solche Träume auch geträumt und sie schließlich begraben müssen. Tut mir den Gefallen und vergeßt sie, es sei denn, ihr suchtet den Tod.«

»Aber träumen darf man doch wohl noch, oder?« Otterwoman sah mich hilfesuchend an.

»Besser nicht!« kam Lizard mir zuvor. Für sie war die Diskussion damit beendet. Sie watete zum Ufer. Ich war derselben Meinung wie meine Freundin, legte aber beschwichtigend meinen Zeigefinger auf die Lippen und folgte Lizard.

Als wir dann an der hoch aufragenden Uferwand des Knife River entlanggingen, fiel mir eine etwa drei Fuß hohe Erdschicht auf, aus der an vielen Stellen gebleichte Knochen hervorstachen. Einige Knochen lagen, vermutlich von Regengüssen herausgewaschen, auch verstreut auf dem Weg vor uns, ein unheimlicher Anblick, der mir Rätsel aufgab. Ich tippte Lizard, die achtlos darüber hinwegschritt, auf die Schulter. »Hast du eine Ahnung, wie alle diese Knochen hierher gelangt sein könnten?«

»Darüber habe ich noch gar nicht nachgedacht.«

Sie blieb stehen, hob einen langen Knochen auf und betrachtete ihn einen Augenblick. »Denkt man sich den Rest aus Muskeln, Sehnen und Haut dazu, ergibt das vielleicht ein hübsches Mädchenbein. »Sie ließ den Knochen fallen und sagte, als sie mein entgeistertes Gesicht sah: »Er könnte auch von einem Tier sein.«

»Kommt, laßt uns gehen«, drängte Otterwoman, »mir ist kalt.«

Obwohl es spät war, begegneten wir in der Stadt noch immer einigen Menschen, die den Festfeuern zustrebten wie Nachtfalter dem Licht. Zum Glück beachteten sie uns nicht. Wir schlichen uns ins Haus und spähten zur Kochstelle hinüber, wo in der Dunkelheit eine schwache Glut glimmte. Dort saß niemand. Wir waren also allein im Haus. Nur die beiden Lieblingspferde von Addih Hiddisch schnaubten unruhig, als sie Otterwomans und meine ihnen nicht vertraute Witterung aufnahmen.

Lizard teilte mit uns ihre alten Bisondecken und Felle und richtete Otterwoman und mir neben den Pferdebeinen, von denen uns die Stangen des Pferchs trennten, zwei Schlafplätze ein. Dann zog sie sich aus und streckte sich ächzend aus. Ich hätte meine schmutzigen Sachen gern ebenfalls abgelegt. Aber ich fühlte mich hier nicht zu Hause. Ich war noch immer auf der Hut wie in den Camps auf dem langen

Ritt nach Elah-sa. Auch Otterwoman behielt ihr Kleid an, als sie sich neben mich legte. Sie tastete nach meiner Hand und hielt sie fest, als könne ich ihr Halt und Sicherheit geben. Schon nach kurzer Zeit lösten sich ihre Finger. Sie murmelte ein paar unverständliche Worte und schlief mit einem Seufzer ein.

Ich dagegen lag lange wach. Mir gingen die Eindrücke der letzten Stunden durch den Kopf, vor allem die Bilder von den Knochen in der Erdschicht am Knife River. Was hatte Lizard gesagt, als sie den länglichen Knochen betrachtete? »Denkt man sich den Rest dazu, ergibt das vielleicht ein hübsches Mädchenbein.« Ich verfolgte den Gedanken weiter. Bei Menschen, sagte ich mir, die flüchtige Jagdlager errichten, wie wir Schoschonen, würde man niemals eine solche Ansammlung von Knochen finden. Dort am Fluß könnte also eine Stadt gestanden haben wie Elah-sa mit Erdhäusern, Palisaden und einer Totenstätte. Die Zeit ist über diese Stadt hinweggeschritten. Vielleicht langsam, vielleicht mit schnellen Schritten, etwa wenn die Bewohner von Krankheit und Zerstörung heimgesucht wurden. Früher oder später, dachte ich, und der Gedanke tröstete mich, wird die Zeit auch über diese Stadt hier hinwegschreiten, Sand und Wind und immer neue Pflanzendecken werden sie begraben, und am Ende wird auch nichts mehr bleiben als eine Knochenschicht im Boden, die an sie erinnert.

Der kräftige Furz eines der Pferde in meiner Nähe holte mich zurück in die unerfreuliche Wirklichkeit.

# VIERTES KAPITEL

Am zweiten Tag nach unserer Ankunft in Elah-sa blieben Otterwoman und ich den ganzen Tag bei Lizard im Haus, um ihr beim Kochen zu helfen. Wir, die wir in unserem Land manchmal vor Hunger Ameisen aßen, erlebten nun fassungslos, welch unvorstellbare Köstlichkeiten den Minitaris zur Verfügung standen, wenn sie ihre Gäste bewirteten. Der Haushalt von Addih Hiddisch war da, wie Lizard uns versicherte, nicht etwa eine Ausnahme.

Eigentlich gab es keine festen Essenszeiten bei den Minitaris. Man stillte den Hunger, wann immer man wollte, und unsere Freundin mußte, wenn sie Ärger vermeiden wollte, dafür sorgen, daß der Topf auf der Glut immer gefüllt war. Aber an diesem Tag war das Essen für den Abend vorgesehen. »Koche gut und reichlich!« hatte der Hausherr verlangt. »Backe auch genug Brot und paß auf, daß der Teig nicht so fade ist wie beim letzten Mal.« Ich hielt mich in der Nähe auf und sah, wie Lizard ihn mit stummem Protest ansah, aber dann doch nickte, bevor er wütend wurde.

Mais war eine bemerkenswerte Errungenschaft dieses Volkes. Otterwoman und ich sahen zu, wie Fladenbrot damit gebacken wurde. Lizard zerrieb die harten Körner zwischen zwei Steinen zu Mehl, einem platten Stein als Unterlage und einem Handstein. Sie verrührte das Mehl in einer

Schale mit Wasser zu einem Teig und fügte etwas Salz hinzu. Von dem Teig formte sie jeweils eine bestimmte Menge zu Fladen und legte sie auf bereitliegende heiße Steine. Nach einiger Zeit verbreitete sich ein angenehmer Duft. Dabei entstand ein festes Brot, das der Form nach Bisondung ähnlich sah. Lizard brach einen frischen Fladen für Otterwoman und mich. Er schmeckte herrlich.

Sie hatte auch gelernt, ein Lieblingsgericht der Minitaris zuzubereiten. Das war eine Art Suppe aus Bisonblut und -fleisch, die, vermengt mit Wasser, in einem zusammengebundenen Magen gekocht wurde. Als sie damit fertig war, gab sie mir eine Kostprobe. Besonders beeindruckt war ich nicht. »Schmeckt irgendwie komisch«, sagte ich. Otterwoman lehnte dankend ab.

Lizard sah uns strafend an. »Für Leute, die zu Hause Heuschrecken und Käfer essen mußten, seid ihr ziemlich anspruchsvoll.«

»Entschuldige«, sagte ich. »Du hast ja recht.« Ich war beschämt.

Am Abend kamen drei Gäste. Von unserem Platz bei den Pferden aus konnten wir sie gut sehen. Einer von ihnen war das einäugige Oberhaupt dieser Stadt. Die beiden anderen Männer gehörten einem fremden Volk an.

»Ihrem Aufzug nach sind sie Häuptlinge der Crows und der Cheyennes«, sagte Lizard leise.

Den Crow-Häuptling erkannte ich wieder. In seinem Camp hatten die Minitaris drei meiner Leidensgefährten für ein paar Pferde verkauft. Einen Cheyenne sah ich zum ersten Mal.

»Wo leben die Cheyennes denn?« fragte ich Lizard.

»Irgendwo westlich von hier.«

»Ich wüßte allzu gern, wie viele Völker dieses Land von Sonnenaufgang bis Sonnenuntergang überhaupt bewohnen.«

»Ich auch«, nickte Otterwoman. »Es müssen unendlich viele sein.«

Von den drei Männern, die dort am Feuer saßen, redeten, aßen und tranken fand ich den Cheyenne am prächtigsten geschmückt. Auffallend an ihm war eine Art Haube aus den Schwanzfedern des Goldadlers. »Du könntest die Federn mal zählen«, forderte Lizard mich auf. »Dann wüßtest du, wie viele Feinde der Mann erledigt hat. Jede Feder bedeutet einen Feind.«

»Sechsunddreißig!« sagte ich nach einer Weile einigermaßen fassungslos. »Stimmt denn das wirklich mit der Bedeutung der Federn?«

»Kannst ihn ja mal fragen«, zischte Lizard beleidigt. »Ich weiß, was ich weiß.«

»Beruhige dich. Ich glaube dir ja«, gab ich mich zufrieden.

In der Runde ging ein tiefes Gefäß von Mund zu Mund, aus dem die Männer geräuschvoll in kurzen Schlucken tranken. Das Getränk veränderte ihre Stimmung und ihr Verhalten auf merkwürdige Weise. Der Cheyenne erhob sich nach einer Weile torkelnd, fiel dabei fast ins Feuer, fing sich aber, breitete die Arme aus und tanzte, wilde Schreie ausstoßend, um die drei anderen Kerle herum. Es sah aus, als bedrohe er sie, denn er fuchtelte plötzlich mit einem Messer herum. Die anderen aber fanden die Vorführung nicht beängstigend, sondern eher komisch, feuerten ihn an und lachten.

Ein großer Hund aber, der in der Nähe des Feuers geduldet wurde, nahm die Angelegenheit ernst, denn er begann wütend zu heulen. Addih Hiddisch schnauzte ihn an, doch der Hund zeigte sich unbeeindruckt, sprang den Tänzer plötzlich an und brachte ihn zu Fall. Dann stellte er sich abwartend neben ihn und knurrte leise.

Otterwoman und ich hielten den Atem an, Lizard stieß ein leises »Oh, oh!« aus. Das war nun gar nicht mehr lustig.

Der Cheyenne rappelte sich schwerfällig auf und machte Miene, sich mit seinem Messer auf den Hund zu stürzen. Aber Addih Hiddisch stand blitzschnell auf und jagte das Tier mit Fußtritten aus dem Haus. Wer weiß, welches Unheil sonst aus dieser Situation erwachsen wäre. Nun redete er mit ruhigen Worten auf den Häuptling ein und versuchte, ihn zurück an seinen Platz zu ziehen. Doch der Mann riß sich los und stürzte zornig aus dem Haus. Addih Hiddisch rief seinen Sohn, der sich im dunklen Hintergrund aufgehalten hatte, und schickte ihn hinter dem verärgerten Gast her. »Er wird ihn wohl zu seinem Zelt geleiten«, erklärte Lizard, als wüßten wir das nicht selbst, und fügte hinzu: »Solche unvorhergesehenen, die Eitelkeit verletzenden Situationen können Blutvergießen verursachen.»

Ernüchtert verabschiedeten sich One Eye und der Crow-Häuptling, so daß Addih Hiddisch allein am Feuer zurückblieb. Wir hatten Angst, er könne seine Enttäuschung über den unglücklichen Verlauf des Abends an uns auslassen und zogen uns noch tiefer in unsere Nische zurück. Doch es geschah nichts weiter. Addih Hiddisch brütete noch eine Weile vor sich hin, dann sank er an seiner Lehne halb zur Seite und nickte mit hängendem Kopf ein. Keine seiner Frauen traute sich zu ihm. Sie ließen ihn in dieser unbequemen Haltung schlafen.

Lizard atmete auf. »Es ist immer dasselbe«, sagte sie. »Wenn die Uaschis zur Handelszeit an den Missouri kommen, bringen sie dieses Dämonenwasser mit, das diejenigen, die es trinken, im Zustand der Verwirrung zu Tieren oder gar Mördern werden läßt.«

In dieser Nacht hatte ich zum ersten Mal in meinem Leben die Wirkung des Getränks mitangesehen, das die hellhäutigen Fremden erfunden haben, um den Indianern den Verstand zu rauben. Die Mandans, die Nachbarn der Minitaris, haben eine treffende Bezeichnung dafür. Bei ihnen heißt es Mini wakan schitscha, Wasser des Bösen Geistes. Mit Hilfe dieses Geistes sorgten die Uaschis dafür, daß die Minitaris und andere ihre Pelze, aber auch Frauen und Pferde, zu Spottpreisen verkaufen.

Damals würzte das Wasser des Bösen Geistes den Handel in den Städten am Missouri noch in bescheidenem Maße. Sonst hätte ich gewiß mehr betrunkene Leute gesehen. Und ich sah in diesen Tagen wirklich viele Leute in Elah-sa. Zu meinen Pflichten gehörte nämlich das Sammeln von Feuerholz, wofür ich zu den Uferwäldern laufen mußte. Meistens ängstigten Fremde mich. Hier aber gewöhnte ich mich schnell an ihren Anblick und war sogar neugierig auf sie. Außerdem waren sie als Gäste der Minitaris friedlich, wohingegen die Einheimischen immer noch nach uns traten oder uns im Vorbeigehen schlugen.

Lizard, die zu Beginn mit uns zum Holzsammeln ging, kannte fast alle fremden Stämme mit ihren Namen. Ich nenne euch aber nur die Namen, unter denen sie allgemein bekannt sind. Aus dem Norden kamen die Assiniboins, aus dem Westen Crows und Arapahoes, Cheyennes und Atsinas und aus dem Süden Kiowas. Viele Stämme waren untereinander verfeindet. Hier aber lagerten sie friedlich nebeneinander, tanzten in die Nächte hinein, trugen Wettkämpfe aus und versorgten sich durch Tauschhandel mit Dingen, die sie benötigten.

Natürlich wurden Flechtkörbe, Kleidung, Schmuck, Fleisch, Mais und Wurzeln gehandelt. Am meisten aber lockten die Waren der Uaschis. Für ihre langohrigen Maultiere, die wie Pferde aussahen und doch keine Pferde waren, ihre Kapuzenmäntel und Decken aus einem mir damals unbekannten Material, aus Wolle, ihre Schwarzwaffen, Äxte, Messer, Werkzeuge, Kessel, Töpfe, Fallen, ihre Glasperlen und ihren Schnaps akzeptierten die Uaschis nur beste Pelze und Bisonfelle. Damals war die Nachfrage nach solchen Dingen noch viel größer als das Angebot. Ich sah auch diesen seltsamen Gegenstand, den sich Addih Hiddisch vor das Gesicht gehalten hatte, als er sich bemalte. Er war eine ungeheure Kostbarkeit. Kaum einer der Minitaris konnte sich einen Spiegel leisten.

Elah-sa und die noch größere Stadt der Mandans, Mih-Tutta-Hang-Kusch, waren also die wichtigsten Zentren des Handels im Norden und dies sehr zum Ärger der mächtigen Lakotas und der Arikaras, die sich durch ihre Feindschaft mit den Städten selbst vom Handel ausschlossen. Zur Zeit machten sich die Städte wegen dieser Feinde wenig Sorgen. Die Zelte der verschiedenen Gastnationen waren ein wirksamer Schutz vor Überfällen, auch wenn man vor einzelnen Kriegern immer auf der Hut sein mußte, die sich im Gedränge unerkannt unter die Gäste mischten und bei passender Gelegenheit blitzschnell mit dem Messer zustießen.

Ruhe und Frieden aber waren von dem Zeitpunkt an ständig in Gefahr, in dem die letzten Handelspartner ihre Zelte abgebrochen hatten. Trotz meiner Angst vor diesen Feinden bereitete es mir Genugtuung, daß auch meine Entführer sich in acht nehmen mußten. Gefährlich für sie war vor allem die Zeit der Bisonjagd, und diese Zeit stand ihnen bald bevor. Vor dem Aufbruch der Jäger aber veranstaltete man in Elah-sa erst einmal das Fest der Bisonstiere. Zwar feierten die Minitaris bei allen Gelegenheiten, so daß die Kette der Feste eigentlich nie abriß, dieses Fest jedoch war eines der wichtigsten Ereignisse im Jahr.

Addih Hiddisch spielte dabei eine besondere Rolle als Zeremonienmeister. An dem Tag, an dem es begann, mußte er schon früh aus dem Haus gehen, um sich mit anderen Mitgliedern des Festkomitees in der Arena zu treffen. Zuvor rief er Otterwoman und mich zu sich und sagte: »Ihr arbeitet heute nicht. Geht baden. Dann laßt ihr euch von Lizard die Haare flechten und die Gesichter schön bemalen.« Er sah uns prüfend an. »Touches-the-Clouds soll euch ein Paar neuer Mokassins und eine hübsche Bisonrobe geben. Diese Dinge zieht ihr an. Sonst aber sollt ihr nackt sein. Nach Sonnenuntergang dann, wenn ihr die Trommeln hört, werdet ihr zur Laubhütte kommen und euch zu den Frauen setzen.«

Nach diesen Eröffnungen ließ er uns stehen, ohne unsere fragenden Mienen zu beachten. Benommen gingen wir zu unserem Quartier bei den Pferden. Warum sollten wir nackt zu dem Fest gehen? Was hatte man dort mit uns vor? Wir bestürmten Lizard, aber sie behauptete, nie an dem Fest teilgenommen zu haben. »Ich weiß nichts über eure Rolle«, sagte sie, blickte aber ziemlich bedrückt drein.

Am Nachmittag badeten wir ohne Genuß und ließen uns dann mit einer Mischung aus roter Farbe und dem Duftstoff Castoreum bemalen. Wir dürften ungefähr so glücklich ausgesehen haben wie Hasen in der Schlinge. Touches-the-Clouds kam von selbst zu uns und gab uns die Bisonroben und die Mokassins. Als sie unsere Gesichter sah, lachte sie amüsiert und sagte: »Eigentlich solltet ihr euch auf diese Nacht freuen!«

Für Otterwoman und mich war Nacktheit nur natürlich. Wir hatten viele Male miteinander gebadet. Auch hatten wir uns oft nebeneinander zum Schlafengehen ausgezogen. Später hatten wir unsere Entdeckungsspiele mit anderen Mädchen und auch Jungen gespielt, hatten heimlich und kichernd zugesehen, wenn Frauen und Männer sich bei den Camps oder im Zelt liebten. An diesem Tag aber war alles anders. Irgendwie fühlten wir uns als Opfer. Als Otterwoman ihren Überwurf, den Rock, die Leggins und den Lendenschurz ablegte, weinte sie. Sie hüllte sich in die Bisonrobe ein und zitterte, obwohl es doch ein warmer Sommertag war.

Sie ließ sich auf die Fersen nieder, und Lizard huschte hinter sie, um ihr das Haar zu bürsten. Ich setzte mich meiner Freundin gegenüber und ließ ihren Blick nicht los, um ihr zu sagen, daß sie nicht allein sei. Doch dann bat Lizard mich, ein neues Töpfchen mit roter Farbe zu holen, einer Fettfarbe, die sie Otterwoman in den Mittelscheitel pinseln wollte. Dazu sollte ich hinüber zu den anderen Frauen gehen. Ich sah Lizard vorwurfsvoll an: »Muß das denn sein?«

»Geh schon, sie dürfen dir die Farbe nicht verweigern«, drängte Lizard.

Das war sicherlich richtig. Aber Touches-the-Clouds nutzte jede Gelegenheit, um mich zu quälen. Doch ausnahmsweise war sie ganz freundlich. Sie saß auf ihrer Matte. Die dunkelblaue Decke, die sie sich umgelegt hatte, war ihr von den Schultern geglitten, so daß ich ihre schlanken Arme und ihre festen, vollen Brüste sehen konnte. Erneut fiel mir auf, wie hell ihre Haut war. Sie sah mich lächelnd an, als wollte sie sagen: »Na, was denkst du, sehe ich nicht wunderbar aus?«

Ich fand sie in diesem Augenblick wirklich anziehend und lächelte zurück. Dann zeigte ich auf den Farbtopf, der neben ihr stand. Sie nickte und gab ihn mir. Rasch ging ich zu Lizard und Otterwoman zurück. Ich war froh, unbehelligt geblieben zu sein.

Bald darauf war die Reihe an mir, mich auszuziehen. Und während Lizard danach mit meinem Haar beschäftigt war, redete ich mir ein, daß uns überhaupt nichts Schlimmes bevorstehe. Wie hätte Touches-the-Clouds, die auch zu dem Fest ging, sonst so gelöster Stimmung sein können? Wahrscheinlich sollten wir bei diesem Fest nur tanzen, die Männer mit Speisen bedienen und durch unseren Anblick erfreuen. Ich bezweifelte allerdings, daß sie an mir Freude haben würden. Dazu war mein Körper noch immer nicht fraulich genug. Meine Hüften waren eckiger, die Beine dünner als bei den meisten gleichaltrigen Mädchen und meine Brust noch flach. Bislang waren die Männer hier achtlos an mir vorübergegangen. Wenn in einem Blick wirklich einmal eine winzige Flamme des Begehrens aufglimmte, verlosch sie ganz schnell wieder. Das war ein Glück für mich, denn Sklavinnen wie ich waren Freiwild hier.

Lizard suchte uns mit ihrem Gerede abzulenken, aber Otterwoman bat sie, still zu sein. So hingen wir unseren düsteren Gedanken nach, bis uns der Lärm von Trommeln, Tamburinen, Rasseln und Schellen aufschreckte. Als hätte sie den Augenblick kaum erwarten können, sprang Touches-the-Clouds auf. »Los, los, gehen wir!« rief sie uns zu und ging mit schnellen Schritten aus dem Haus.

Wir hatten Mühe, ihr in der dichten Menge, die zum Fest strebte, zu folgen und holten sie erst am Eingang, vor dem sich die Menschen stauten, ein. »Da seid ihr ja endlich!« fuhr sie uns an. »Wenn ihr wüßtet, wieviel Spaß diese Nacht bringt, wärt ihr bestimmt nicht so lahm.«

Sie lachte anzüglich und drängte sich mit der ihr eigenen Rücksichtslosigkeit durch eine Gruppe von Frauen in bunten Bisonroben.

Innerhalb des großen, mit frischem Grün ausgekleideten Ovals toste ein Strudel maskierter Tänzer und Tamburinschläger. Wild ausschwingende Arme und Beine drohten jeden in den Wirbel hineinzureißen, der ihnen zu nahe kam. Die selbstbewußte Touches-the-Clouds aber zog und schob uns zur nördlichen Schmalseite der Arena, wo sie einfach vor den Zuschauerinnen, die dort saßen, ihre Decken ausbreitete und sich niedersetzte. Otterwoman und ich mußten direkt hinter ihr Platz nehmen, und für diese Frechheit handelten wir uns Beschimpfungen und Knüffe ein, die eigentlich Touches-the-Clouds verdient hätte. Doch zum Glück schlugen die Ereignisse in der Arena die Frauen schnell wieder in ihren Bann, so daß sie uns in Ruhe ließen.

Ich staunte über die phantastischen Tanzgestalten, die nun in die Runde traten. Sie hatten sich zottige, behörnte Bisonmasken über ihre Köpfe gestülpt, ihre nackten Körper grellgelb und Arme und Beine mit schwarzen und roten Querstreifen sowie dicken, weißen Tupfen bemalt. Als ihnen nach einer kurzen Pause lauter Trommelschlag in die Glieder fuhr, ahmten sie Zweikämpfe, Jagdszenen und Todesqualen nach und reckten sich dann im wilden Triumph des erfolgreichen Jägers. Dabei grunzten, brüllten und röchelten sie wie Bisonstiere, schwangen Lanzen, Äxte, Streithämmer, riesige Schilde und lange Schwarzwaffen.

Die Zeremonie des großen Jagdzaubers sollte Bisonherden auf magische Weise in die Nähe ihrer Städte locken. Die Minitaris hatten den Zauber von den Mandans übernommen und auch jene Tradition, die verlangt, daß jüngere Jäger ihre Frauen in die Umarmungen einflußreicher, jagderfahrener, zumeist älterer Männer schickten. Die Jüngeren glaubten, durch rituelle Paarung würden Befähigungen der Alten auf sie übergehen.

Ich konnte mir nicht vorstellen, daß sich Jagderfahrung wirklich auf solche Weise übertrug. Ihr mögt über den Jagdzauber der Minitaris lachen. Otterwoman und mir war damals nicht zum Lachen zumute.

Als die Trommeln verstummten und die Tänzer sich an den Rand der Arena zurückzogen, rückten Häuptlinge, Führer verschiedener Kriegerbünde, Gäste aus anderen Stämmen und auch die Uaschis mit ihren Decken und Sitzmatten vor und setzten sich in der Mitte des Platzes im Kreis zusammen. Die Uaschis benahmen sich, als gehöre ihnen hier alles. Einer unter ihnen hatte einen so dichten Bart, daß sein

Gesicht über und über mit fuchsigen Haaren bedeckt war. Auch die anderen waren meistens bärtig. »Sie sind Kinder des Großen Geistes!« sagte Otterwoman ehrfürchtig. Ich schüttelte entschieden den Kopf. »Dann würden sie angenehmer riechen. Erinnerst du dich an den häßlichen Kerl, der, als wir hier ankamen, dich befühlt hat, als wärst du ein Pferd, das zum Verkauf steht? Der roch wie ein Stinktier. Ich glaube aber, daß Kinder des Großen Geistes wie Blumen duften und auch ebenso schön anzusehen sind und nicht wie Bären nach dem Winterschlaf.«

»Da ist der Mann, von dem du sprichst!« Otterwoman zeigte auf einen schwarzbärtigen Fremden, der sich in diesem Augenblick neben One Eye setzte. Ich nickte nur und dachte, hoffentlich kommt uns dieses Kind des Großen Geistes nicht zu nahe.

Noch bestand diese Gefahr nicht. Wir sahen zu, wie Addih Hiddisch einer Gruppe ausgewählter Jäger ein Zeichen gab, worauf diese Schalen mit dampfendem Mais und Bohnenbrei aus dem Medizinhaus holten und vor die Ehrengäste stellten. Die Gäste dankten für die Bewirtung, indem sie den Jägern sanft über die Arme strichen. Nach dem Essen wurde eine lange, federgeschmückte Zeremonialpfeife geraucht. Während sie herumgereicht wurde, stimmten die Männer in den Bisonmasken einen tiefen, grollenden Gesang an. Am Ende der Rauchzeremonie sprangen sie auf und tanzten einen zweiten, leidenschaftlichen Beschwörungstanz, der aber nur von kurzer Dauer war.

Wieder war es Addih Hiddisch, der den nächsten Akt befahl. Auf sein Zeichen erhob sich Touches-the-Clouds und forderte uns mit einem lässigen Wink auf, ihr zu folgen.

»Ich habe Angst!« flüsterte Otterwoman. »Dann zeig sie nicht!« fuhr ich sie an, obwohl mir wie ihr zumute war. Aber ich hatte genügend Erfahrung bei den Minitaris gesammelt, um zu wissen, daß Angst für sie ein Anreiz zu Quälereien war. Ich ging also mit wackligen Knien, aber gleichmütigem Gesichtsausdruck zu den Männern hinüber. Ein prüfender Blick zur Seite sagte mir, daß meine Freundin sich gefaßt hatte.

Addih Hiddisch erwartete uns schon. Er bedeutete uns zu warten. Dann nahm er seine Frau beim Arm und führte sie zu One Eye, der offenbar ein Auge auf sie geworfen hatte. Touches-the-Clouds ließ sich vor dem grobschlächtigen Mann nieder und streichelte seine Arme, während Addih Hiddisch auf ihn einredete. Gleich darauf stand One Eye auf, nahm Touches-the-Clouds bei der Hand und ging mit ihr, als wären sie schon lange ein Paar, zum Eingang der Arena, während Addih Hiddisch ihnen zufrieden nachsah.

Als er auf uns zukam, war mir klar, was er mit uns vorhatte. Er faßte uns, was er noch nie zuvor getan hatte, bei den Händen und führte uns zu den beiden Fremden, dem häßlichen Schwarzbart und dem seltsamen Rotbart, die nebeneinander saßen. Dort zwang er uns beide auf die Knie, während die beiden Männer uns ihre Arme entgegenstreckten. Wir mußten sie auf die gleiche Weise streicheln, wie wir es beobachtet hatten.

Otterwoman tat mir leid, aber ich war dennoch froh, daß ich dem Schwarzbart mit seinen unbeständigen drohenden Augen nicht zu Diensten sein mußte. Dieser Mann konnte die Zeit kaum abwarten, bis Addih Hiddisch sich endlich zurückzog. Er sprang ungestüm auf, zog Otterwoman auf die Füße und strebte mit ihr aus der Arena.

Der junge Fremde mit dem Bart von der Farbe getrockneten Blutes war nicht so rauh, wie seine Augen mich hatten befürchten lassen. Der Fremde sagte ein paar Worte, die ich natürlich nicht verstehen konnte. Dann zuckte er mit den Achseln und erhob sich. Mechanisch zuckte auch ich mit den Achseln, worauf er lachte. Er faßte nach meinem linken Arm und ging mit mir in eines der kleinen Lederzelte gleich vor der Arena, die zum Zwecke der rituellen Paarungen dort aufgestellt worden waren. Er ließ meine Hand nicht mehr los, bis wir beide auf den weichen Fellen im Zelt saßen. Er murmelte ein paar Worte, die ich nicht verstand, und begann mein Haar, mein Gesicht und meine bloßen Arme zu streicheln. Ich wußte ja, daß ich ihm zu Willen sein mußte, und so wehrte ich seine Hände nicht ab. In meinem ganzen Leben hatte mich noch kein männliches Wesen gestreichelt, und nun tat es dieser fremde Mensch hier.

Die sanften Berührungen gefielen mir gut. Aber ich blieb steif und stumm wie Trockenfisch. Als nächstes nahm der Fremde mir die Bisondecke ab und zog sich selbst nackt aus. Ich war von Kindheit an Nacktheit gewöhnt. Diese Situation hier aber war anders. Ich mußte mich unter Zwang nackt zeigen, und es war das erste Mal, daß ein Mann mich dabei als Frau ansah. Darum schämte ich mich und hoffte, die Dunkelheit im Zelt würde mich vor seinen Blicken schützen. Draußen jedoch schossen übermütige Tänzer mit ihren Schwarzwaffen in der Nähe des Zeltes in die Luft, und das Wetterleuchten der Mündungsblitze erhellte von Zeit zu Zeit den Raum. Dabei sah ich, daß dem Rotbärtigen nicht nur im Gesicht, sondern auf dem ganzen Körper ein fuchsrotes Fell gewachsen war.

Natürlich sah er mich auch, aber offenbar nicht lange genug, weshalb er meinen Körper gründlich abtastete, als müsse er sich vergewissern, daß alles vorhanden sei. Auch drückte er sein haariges Gesicht gegen meines, seine Lippen auf meinen Mund. Ich wollte meinen Kopf wegdrehen, doch er hielt ihn fest und sperrte mit hartem Griff meine Kiefer auseinander. Ich mußte nachgeben, und er fuhr mit seiner Zunge in meinen Mund hinein. Ich weiß nicht, was ihm daran so großen Spaß machte. Ich fand es abstoßend.

Inzwischen hatte er sich von meinem Bauch nach unten getastet und war so ungestüm, daß ein bißchen aufkeimende Lust schnell von einer Woge des Schmerzes überwältigt wurde. Zum Glück kam der Rotbärtige frühzeitig auf die Idee, mir seinen Stab in die Hand zu drücken. Ich sagte zum Glück, weil er sich nach einer winzigen Weile mit einem Stöhnen zwischen meinen Fingern ergoß und im selben Augenblick von mir abließ.

Er war nun ziemlich verlegen und zog sich hastig an. Dann nahm er einen flachen Gegenstand aus seiner Lederjacke und schenkte ihn mir. Es war ein Kamm und überhaupt das erste richtige Geschenk, das ich nach dem Kleid, das meine Mutter mir gegeben, je erhalten hatte. Ich vergoß ein paar Tränen, so bewegt war ich. Der Mann strich mir beruhigend über das Haar. Dann zog er mich vom Lager und wartete, bis ich meine Decke umgelegt hatte, und ging mit mir hinaus.

Ja, so war sie, die erste Begegnung meines Lebens mit dem Liebesleben, ein bißchen beängstigend und ein bißchen lächerlich.

Der Rötling brachte mich zurück in die Arena und nahm wieder seinen Platz zwischen den Männern ein. Ich setzte mich zu den Frauen. Von dort aus sah ich, wie er mit Addih Hiddisch sprach. Ich befürchtete, ich sei für ihn unendlich langweilig gewesen und daß er sich darüber bei Addih Hiddisch beklagen könnte. Dieser hätte mich dann womöglich dafür bestraft, daß seine Absicht fehlgeschlagen war, mich an den Fremden zu verkaufen.

Dann aber verwarf ich den Gedanken. Wenn der Fremde wirklich verärgert war, warum hatte er mir dann ein so kostbares Geschenk gemacht? Instinktiv zog ich den Kamm aus meinem Gürtel, entflocht meine Zöpfe und ließ ihn durch meine Haare gleiten. Wie glatt und fein sie sich danach anfühlten!

Während ich mich kämmte, kehrte Touches-the-Clouds zu ihrem Platz zurück und streckte fordernd die Hand nach meinem Kamm aus. Eigentlich hätte ich das voraussehen und ihn verstecken müssen. Jetzt mußte ich ihn hergeben. Touches-the-Clouds dankte mir mit höhnischem Lächeln und ließ den Kamm schnell in ihrem Beutel verschwinden.

Was war diese Frau doch für eine gemeine Seele! Ich spürte einen unglaublichen Zorn. Ohne an die Folgen zu denken, sprang ich auf und packte sie mit meiner linken Hand an den Haaren. Mit der Rechten versetzte ich ihr ein paar so kräftige Ohrfeigen, daß meine Handfläche brannte. Der Schock darüber lähmte Touches-the-Clouds. Sie setzte sich nicht zur Wehr. Aber mehrere Frauen packten mich und zogen mich von ihr weg. Sie konnten Touches-the-Clouds vermutlich auch nicht leiden. Sonst hätten sie mich, die Sklavin, sicher verprügelt. Statt dessen ließen sie mich los und unbehelligt aus der Arena verschwinden. Ich rannte zum Haus und war froh, daß Lizard dort war, der ich voller Angst und Not von dem Vorfall erzählte. »Wir müssen dich so lange verstecken, bis Addih Hiddisch von dem Fest nach Hause kommt«, entschied sie. »Dann kann Touches-the-Clouds sich nicht an dir vergreifen, ohne ihm den Grund dafür zu nennen, nämlich ihren Diebstahl.«

Lizard schöpfte mir etwas Suppe aus dem Topf über dem Feuer. Als ich gegessen hatte, rollte sie mein Schlaffell zusammen und gab es mir. »Am besten ist, du legst dich auf das Dach und wartest, bis ich dich hole.« Ich umarmte sie dankbar und ging hinaus.

Es war eine wunderbar milde Nacht, so daß es mir gar nichts ausmachte, auf dem Erdhaus zu schlafen. Andere Bewohner von Elah-sa taten das in solchen Sommernächten auch. Ich kletterte an einer Stelle, wo es einen treppenartigen Halt für die Füße gab, hinauf, breitete das Fell aus und legte mich hin. Hier fühlte ich mich sicher. Ich blickte zu dem sternenklaren Himmel hinauf. Es sind dieselben Sterne, dachte ich, die meine Schoschonen in diesem Augenblick betrachten.

# FÜNFTES KAPITEL

Ich wachte sehr früh am Morgen auf, nahm ein Bad im Fluß und ging dann ins Haus. Dabei empfand ich keine Angst vor einem Zusammentreffen mit Touches-the-Clouds. Du hast, sagte ich mir, schon so oft Ärger mit ihr gehabt. Womit könnte sie dich also noch schrecken?

Lizard war überrascht, daß ich mich ohne ihre Begleitung ins Haus wagte, empfing mich aber freundlich lächelnd. Sie legte den Finger auf die Lippen. »Otterwoman«, flüsterte sie, »ist sehr spät nach Hause gekommen, und ich will sie schlafen lassen, so lange es geht.«

Addih Hiddisch saß schon beim Feuer und ließ sich von seinen beiden älteren Frauen bedienen. Er hatte noch einen weiteren Tag mit dem Beschwörungsritual aus Anlaß der bevorstehenden Bisonjagd zu tun. Da mußte er früh auf den Beinen sein. Touches-the-Clouds aber schlief noch. Lizard und ich beeilten uns, aus dem Haus zu kommen, bevor sie aufwachte. Lizard drückte mir eine der langstieligen Hacken aus dem Schulterknochen des Bisons in die Hand, die an einem Pfosten beim Eingang lehnten, nahm selbst eine und sagte: »Komm, wir wollen den Boden um die Maispflanzen hacken.«

Das war nicht so dringend nötig. Ich hatte darum das Gefühl, daß sie nicht nur der unberechenbaren Touches-the-

Clouds ausweichen, sondern mit mir über etwas reden wollte, was ihr auf der Seele lag. Und so war es.

»Ich habe immer befürchtet, daß Addih Hiddisch nicht alle von uns Sklaven im Haus behalten will.« Sie hielt den Kopf gesenkt und begann ihre Arbeit. »Er hat dich mit in die Arena genommen, weil er dich an einen der dort anwesenden Fremden verkaufen wollte. Ich hätte dir das schon früher sagen sollen.«

»Woher weißt du das?« Ich lockerte den Boden um eine der Pflanzen, wie sie es mir vorgemacht hatte, war aber überhaupt nicht bei der Sache.

»Littel Beaver, das ist, wie du weißt, Addih Hiddischs Frau mit den etwas langen Zähnen, hat mir das verraten. Der schwarzbärtige Fremde, den man Forest Bear nennt, wird nun Otterwoman erhalten.«

»Hat er sie gekauft?«

»Das wäre ihm und Addih Hiddisch nicht spannend genug gewesen. Beide haben eine Wette abgeschlossen, und Otterwoman ist der Preis, den Forest Bear gewonnen hat.«

Für den Rest der Zeit arbeiteten wir stumm nebeneinander, jede hing ihren Gedanken nach.

Als wir am Nachmittag ins Haus zurückkehrten, waren meine Freundin und Touches-the-Clouds schon weg. Ich war anscheinend in der Arena nicht mehr gefragt.

Einen Tag nach dem letzten Beschwörungstanz meldeten Kundschafter zwei große Bisonherden, die in der Nähe der Stadt weideten. Es war ganz so, wie es die Minitaris von den Hilfsgeistern erfleht hatten. Die große Jagd stand unmittelbar bevor, und wir Sklavinnen sollten wie die Frauen unseres Herrn dabei sein.

Der in der ersten Zeit unserer Gefangenschaft so übermächtige Drang zu fliehen hatte bei mir inzwischen nachgelassen. Auch überwand die Furcht vor dem langen Weg durch ein Land voller Feinde das Verlangen nach Heimkehr. Otterwoman und ich sprachen bald nicht mehr über derartige Pläne. Unser Gebieter wußte offenbar aus Erfahrung, daß sich Sklaven in das Unabänderliche fügen. Sonst hätte er sich kaum auf das Wagnis eingelassen, uns mit auf die Bisonjagd in der offenen Prärie mitzunehmen.

Wir mußten mit den Pferden warten, bis die Jagd vorüber war. Dann zogen wir zur Herde, zerlegten die vielen getöteten Tiere und packten die Fleischberge auf Schleppschlitten. Das war eine schwere Arbeit unter stechender Sonne, und es roch nach Blut, Urin und Kot. Außerdem lagen wir in einem ständigen Abwehrkampf mit den zahlreichen Hunden, die uns aus der Stadt gefolgt waren und sich nun, halb verrückt vom Blutgeruch, auf die Bisonkadaver stürzten.

Bevor wir den Heimweg antraten, luden wir nach den Ponys auch uns gegenseitig noch einen Packen Fleisch auf den Rücken. Da war es sehr gut, daß Elah-sa ziemlich nahe war.

Wir mußten an den folgenden Tagen das Fleisch bearbeiten, Rauchfleisch, Dörrfleisch und Pemmikan herstellen und anschließend die Häute der weiblichen Bisons reinigen und gerben. Ich sagte schon, daß die Bürden einer Sklavin bei den Minitaris kaum schwerer waren als die Pflichten der Frauen in unseren Schoschonenlagern. Und hätte es nicht diese haßerfüllte Ablehnung gegeben, die uns die Einwohner von Elah-sa in ihren Gesten, Mienen, ihrem Spott und ihrem Schweigen auch dann noch spüren ließen, als die Zeit der schmerzhaften Erniedrigungen durch Fußtritte und Hiebe vorüber war, wäre das Leben in Gefangenschaft sogar erträglich gewesen. Der Winter zum Beispiel, den wir Schoschonen die Zeit nennen, in der Kinder vor Hunger schreien, war hier ohne Schrecken. Die Minitaris hatten sich, anders als wir Jäger und Sammler, von den Launen des Zufalls befreit. Sie besaßen immer einige Vorräte an Mais, Squash und Bohnen. Außerdem waren ihre Häuser mit den dicken Wänden sicherer und wärmer als das beste Tipi.

Ich lernte schon in diesem ersten Jahr viele Begriffe der Minitaris, vor allem solche, die mit Arbeit zu tun hatten. Es ist im übrigen eine furchtbare Sprache, wie ihr an einigen Worten gleich sehen werdet. Wah-hid-abch-kus bedeutet Arbeit, Maschi-arachab Auskehren, Mah-schi-ibcha ist der Besen, Ehri-katabs heißt Ausweiden, Wah-ta-chi-piss heißt faul, Awach-sakiss heißt schmutzig. Hab ich nicht Recht? Es ist eine hässliche Sprache!«

Als nun der Herbst begann, kam es mehrmals zu kleineren Gefechten zwischen den Minitaris und den Lakotas. Dabei gewannen die Elah-saer immer die Oberhand. Tapfer waren sie. Das muß ihnen der Neid lassen. Sie waren aber auch sehr grausam. In einem der Scharmützel machten sie einen Gefangenen und brachten ihn in die Stadt. Dort folterten sie ihn zu Tode, und zwar so langsam, daß das Vergnügen daran mehrere Tage dauerte. An dem Leichnam übte sich dann die Jugend im Bogenschießen, bis nichts mehr von ihm übrig war.

Natürlich war den Minitaris nun die Vergeltung der Lakotas sicher, und deren Krieger suchten sie dort, wo die Elah-saer besonders verwundbar waren, in den Maispflanzungen.

Noch war nichts geschehen, aber jedermann rechnete damit, daß sich der Feind im hohen Mais verbergen und den Frauen auflauern würde, die dort arbeiteten. Zur Bewachung der kleinen Felder schickte man lieber Sklavinnen hinaus als die eigenen Frauen. Sie mußten auf hohe Plattformen am Rande der Pflanzungen klettern, bewaffnet mit einem Sack voller Steine. Mit den Steinen sollten sie nach den gefräßigen Vögeln werfen. Wurden sie dabei von den Lakotas geraubt oder getötet, betrachtete man das als geringeren Verlust. Ich wurde von den Minitaris besonders oft auf die Plattform zu den Vögeln geschickt, deshalb nannten sie mich Sacagawea. Das bedeutet Vogelfrau.

An einem der Erntetage fiel meiner Feindin Touches-the-Clouds ein, wie sie sich für die Ohrfeigen in der Arena an mir rächen könnte. An diesem Morgen, als Otterwoman, Lizard, Little Beaver, Gentle Dove und ich mit ihr zur Ernte gingen und vor den Palisaden ankamen, hielt sie die anderen zurück und verlangte, daß ich allein zum Feld ginge. Mit honigsüßem Lächeln sagte sie: »Ich hoffe, es stört dich nicht, daß Lakotas vor der Stadt herumschleichen. Einige haben sich vermutlich in unserem Feld versteckt.«

Ich glaubte ihr jedes Wort und konnte meinen Schrecken kaum verbergen. Es war ein wunderschöner Morgen an diesem Tag, der mein Todestag sein konnte. Die Sonne war gerade aufgegangen. Der Singsperling jubilierte, und eine leichte, erfrischende Brise spielte mit dem hohen Präriegras. Ich konnte keine Freude empfinden, obwohl die Schönheit der Natur überwältigend war. Ich zitterte vor Angst. Aber als Touches-the-Clouds mich in die Rippen stieß und sagte: »Los, geh jetzt!» siegte mein Trotz. Ich straffte mich und marschierte singend auf die grüngelbe Wand der Maisstauden zu.

Ich hatte noch nicht einmal ein Drittel des Weges zurückgelegt, da wurde ich von Otterwoman und Lizard eingeholt. Sie nahmen mich in ihre Mitte und lächelten mir tapfer zu: »Entweder leben wir, oder wir sterben gemeinsam!« sagte Otterwoman. »Das wollten wir doch immer so, oder?« Ich nickte stumm. Sagen konnte ich nichts.

Einige Augenblicke später tauchten wir in das Maisfeld ein. Nachdem die Stauden hinter uns zusammengeschlagen waren, blieben wir ein paar Herzschläge lang stehen und lauschten. Aber da war nichts als das Rascheln der Blätter im Wind. Leise gingen wir tiefer in das Feld, immer auf der Hut, immer bereit zur Flucht. Unsere Herzen pochten wilder als die Tamburine beim Bisonfest. Doch niemand folgte uns, niemand griff uns an. Wir waren allein. Die Erleichterung darüber machte mich übermütig. Plötzlich stieß ich einen klagenden Schrei aus. Es sollte klingen, als hätte mich der Feind gepackt. Meine beiden Gefährtinnen sahen mich überrascht an. Doch dann verstanden sie, lachten böse und schrien, als wären tausend Dämonen hinter ihnen her.

Wir spähten durch die Blätter und sahen, wie Touches-the-Clouds, Little Beaver und Gentle Dove, die schon den Weg zum Feld herunterkamen, auf den Fersen kehrtmachten und wie die Hasen rannten. Erst vor den Palisaden hielten sie an und blickten zum Feld herüber. In diesem Augenblick zeigten wir uns und winkten ihnen zu. Wir hatten schon längst damit begonnen, unsere Körbe mit Maiskolben zu füllen, als sie sich endlich zu uns ins Feld wagten. Touches-the-Clouds kam sogleich zu mir und traktierte mich wütend mit Fußtritten. »Bist du verrückt geworden, uns so zu täuschen? Mach das nie wieder!« Meine Freundinnen hatten ebenfalls geschrien. Aber diese Frau hatte es nur auf mich abgesehen. Ich ertrug ihre Fußtritte und lachte sogar darüber. Schließlich hörte sie damit auf und ließ mich in Ruhe.

Für mich war dies trotz der Fußtritte ein guter Tag. Ich hatte über meine Feindin triumphiert.

Wir waren in der nächsten Zeit fast ausschließlich mit der Maisernte beschäftigt und gingen noch viele Male zum Feld. Zum Glück trafen wir nie auf feindliche Krieger. Die Ernte endete dann mit dem Grünkornfest, bei dem die Minitaris mehr frischen Mais aßen, als sie vertragen konnten. Danach blieb nur noch ein geringer Vorrat übrig, den sie in Gruben einlagerten.

Bald nach diesem Fest geschah, was Lizard vorausgesehen hatte. Otterwoman mußte uns verlassen. Forest Bear hatte sie, wie ihr wißt, zur Frau gewonnen. Wenn ich »zur Frau gewonnen« sage, dann müßt ihr euch das nicht vorstellen wie bei euch Weißen, wo man die Hand einer Frau gewinnt. Ich meine das buchstäblich – als Gewinn in einer Wette.

Die Elah-saer waren fanatische Spieler. Sie wetteten beim Reifenspiel. Sie wetteten beim Ballspiel. Sie wetteten auf das schnellste Pferd und so fort. Dabei gingen sie hoch heran, und Addih Hiddisch war da keine Ausnahme. In einer Reihe von Wetten mit Forest Bear hatte er mehrmals aufs falsche Pferd gesetzt und Otterwoman an ihn verloren. Eines Nachmittags kam er mit dem Fremden ins Haus und rief meiner Freundin herrisch zu: »Otterwoman, pack deine paar Sachen. Du ziehst noch heute in Forest Bears Haus!« Es schien ihm nichts auszumachen, daß er sie verloren hatte. Er ging mit seinem Gast zum Feuer, und sie aßen mit Appetit von dem Essen, das Little Beaver ihnen vorsetzte.

Obwohl wir auf Otterwomans Abschied gefaßt waren, traf uns der Befehl doch wie ein Keulenhieb. Benommen halfen wir unserer Freundin, ihre wenigen Habseligkeiten zusammenzusuchen. Wir versprachen ihr dabei, sie so oft wie möglich zu besuchen. Doch Otterwoman schüttelte heftig den Kopf: »Wie soll das geschehen?« schluchzte sie. »Forest Bear wohnt in der Kleinen Stadt, und die ist einen halben Tagesmarsch von Elah-sa entfernt.«

»Dann kommst du eben zu uns!« schlug Lizard vor. »Forest Bear wird sicher öfter verreisen. Dann wirst du Zeit dazu haben.«

Meine Freundin war nicht nur wegen der Trennung von uns verzweifelt. Gewiß, sie war schlimm. Vielmehr fürchtete sie, glaube ich, daß sie nun unentrinnbar den Händen dieses brutalen Mannes ausgeliefert sei. Das konnte ich ihr nachfühlen.

Gleich nach dem Essen mit dem Hausherrn kam er zu uns und herrschte Otterwoman an: »Bist du noch nicht fertig?«

Ebenso wie ich verstand Otterwoman die Sprache der Minitaris inzwischen ein wenig und antwortete ihm unterwürfig. »Einen Augenblick noch, ich bin gleich soweit.«

»Beeil dich. Ich warte.« Er wandte sich zum Gehen. Doch ehe er uns verließ, blieb er noch bei mir stehen, sah mich mit seinen grauen Augen kalt an und knurrte: »Dich krieg' ich auch noch!«

Ich tat, als verstünde ich ihn nicht, und er zuckte mit den Schultern. Als er das Haus verlassen hatte, sagte Otterwoman: »Hoffentlich bleibt dir das erspart.«

Ich dachte zwar genau wie sie, sagte aber dennoch: »Ich habe dir doch versprochen, daß wir zusammenbleiben werden.«

Otterwoman schüttelte entschieden den Kopf. »Du weißt nicht, was dich erwartet. Sonst würdest du anders reden.«

Forest Bear steckte den Kopf durch den Eingang und rief ungeduldig: »Schluß jetzt mit dem Geschwätz und los geht's!«

Otterwoman nahm hastig ihre Sachen auf und ging zu ihm. Bevor sie den Ausgang erreicht hatte, rief Touches-the-Clouds ihr noch einen liebenswürdigen Abschiedsgruß zu: »Sei nicht traurig, daß du uns verlassen mußt. Horny Man wird dir viel Freude machen!«

Die beiden anderen Frauen kicherten, und Addih Hiddisch stieß ein rohes Lachen aus. Ich hätte mich am liebsten auf sie gestürzt, so wütend war ich. Aber darauf hätte Touches-the-Clouds ja nur gewartet.

Sie hatte den Namen Horny Man im übrigen nicht etwa erfunden. Er kursierte schon lange in der Stadt. Ich fand den Namen aber überhaupt nicht lustig, denn er ließ auf einen triebhaften Kerl schließen. Arme Freundin, dachte dich. Dabei sollte ich schon bald Grund genug haben, mich selbst zu bedauern.

Bevor dieser Tag kommen sollte, erlebte ich noch eine Genugtuung für all die Gemeinheiten, die Touches-the-Clouds meiner Freundin und mir angetan hatte.

Laßt mich etwas weiter ausholen und euch zunächst von einem beliebten Zeitvertreib in Elah-sa berichten, der die Ursache dafür war, daß meine Feindin großen Ärger bekam. In Elah-sa herrschte ein ununterbrochenes Augenzwinkern von männlichen und weiblichen Verführern. Ein flüchtiges Nicken, eine schmeichelnde Bemerkung, schnelle Gesten und verdeckte Zeichen gehörten zur Geheimsprache dieser liebestollen Gesellschaft. Ähnliches gab es sicher auch anderswo, zum Beispiel in den Lagern meines Volkes, in denen Frauenkauf üblich war und wir Frauen uns die romantische Liebe manchmal mit Liebschaften zu erhalten suchten. In den Städten der Minitaris aber war durch die Prahlsucht der Männer die Liebe nur noch wie ein Wettstreit.

Ich traute meinen Augen und meinen Ohren nicht, als mir Lizard einmal, während wir allein waren und im Hause aufräumten, einen mit farbigen Ringen, Kerben und einem Roßhaarpinsel geschmückten Stab zeigte und behauptete, dies sei ein Kerbholz, auf dem Addih Hiddisch seine Liebesabenteuer registriere. »Jede Farbe«, erklärte sie, »repräsentiert eine Frau, die er verführt hat, und der gefärbte Roßhaarpinsel die aktuelle Geliebte.«

»Nein«, sagte ich entschieden, »so etwas kann ich mir nicht vorstellen.«

»Der Spaß geht sogar noch weiter!« meinte Lizard. »Wenn Addih Hiddisch mit seinen Freunden zusammentrifft, zeigt man sich gegenseitig die Liebesstäbe, zählt die Ringe und Kerben und ermittelt so den größten Frauensammler. Viel Weiber, viel Ehr.«

»Kann es geschehen, daß jemand seine eigene Frau auf dem Kerbholz seines Konkurrenten entdeckt?«

»Kaum. Er weiß ja nicht, mit welcher Farbe sie darauf vertreten ist. Aber der Betrüger ist oft auch ein Betrogener.« Lizard steckte den Stab zurück in die Falttasche, die an einem Pfosten im Zentrum des Hauses hing, wo er sicher auch den

Frauen des Hausherrn nicht verborgen blieb. Was für eine Gefühllosigkeit von Addih Hiddisch!

Man kann sich nun ungefähr vorstellen, was passiert, wenn ein solch prahlsüchtiger Mann wie unser Gebieter entdeckt, daß seine Lieblingsfrau es mit anderen treibt und dabei auch noch an einen Stutzer gerät.

Stutzer sind eine von allen wahren Kriegern verachtete Gruppe. In diesem Volk, in dem sich Männer von Jugend an in Kriegerbünden organisieren, rührte ein Stutzer keine Waffe an, nicht einmal, um zur Jagd zu gehen, wenn sich das vermeiden ließ. Er putzte sich täglich heraus und strebte nur nach einer Art von Abenteuern, Liebesabenteuern.

Ich hatte solche Männer schon in Elah-sa gesehen, ohne mir allerdings etwas dabei zu denken. Sie stolzierten in besonders eleganten, manchmal ziemlich weibisch wirkenden Kleidern umher, immer auf der Suche nach Zerstreuung, immer auf dem Sprung.

Touches-the-Clouds nun, deren Eitelkeit und deren Appetit auf sinnlichen Genuß anscheinend unstillbar waren, hatte sich öfter mit einem stadtbekannten Stutzer getroffen. Dieser Angeber hatte einigen Freunden den Stab gezeigt, seine Liebschaft mit ihr dabei verraten und damit das Gerede entfacht, das sich wie ein Lauffeuer verbreitete. Es sprang von Haus zu Haus, kam schließlich auch bei uns an und sollte für Touches-the-Clouds unangenehme Folgen haben. Addih Hiddisch erfuhr von ihrer Untreue durch eine seiner vernachlässigten Ehefrauen, durch Gentle Dove, die seine Lieblingsfrau besonders haßte.

Lizard und ich waren an dem betreffenden Nachmittag, als sie ihm das Essen mit der Geschichte würzte, im Hause.

Meine Gefährtin hielt plötzlich den Atem an und lauschte. Dann übersetzte sie mir eilig die unerhörte Geschichte, war aber noch nicht ganz damit fertig, als ein Wutausbruch des betrogenen Mannes sie verstummen ließ. Er tobte so gewaltig, daß die Pferde nervös wurden und an ihren Halftern zerrten.

Touches-the-Clouds hatte noch Glück, daß sie in diesem Augenblick nicht zu Hause war. Vielleicht hätte er sie sonst in seinem Zorn erschlagen. Plötzlich sprang er auf und brüllte Lizard und mich an: »Sucht sie! Sucht sie überall. Und wagt es ja nicht, ohne sie zurückzukommen!«

Wir beeilten uns, aus seiner bedrohlichen Nähe zu verschwinden. Draußen schlugen wir verschiedene Richtungen ein. Ich verließ die Stadt in Richtung Knife River. Und obwohl ich mir alles andere wünschte, als Touches-the-Clouds zu finden, lief sie mir über den Weg. Ich sah sie mit ein paar Ästen Feuerholz vom Fluß heraufkommen. Sie trug nicht einmal einen halben Arm voll. Ich vermutete daher, daß sie im nahen Wald lieber ihren Liebenabenteuern nachgegangen war als Holz zu sammeln. Als sie mich erblickte, blieb sie stehen und wartete, bis ich vor ihr stand. Sie drückte mir wortlos das Holz an die Brust und bedeutete mir mit einem kurzen Wink, ihr zu folgen. Während ich hinter ihr herging, überlegte ich, ob ich sie warnen solle oder nicht. Dann entschied ich mich, sie ins Messer laufen zu lassen, wie man so sagt. Diese Frau war immer gemein zu mir gewesen. Da hatte ich keinerlei Mitgefühl.

Ahnungslos betrat sie vor mir das Haus und ging selbstbewußt wie sie immer war, zur Mitte, wo Addih Hiddisch äußerlich gelassen auf seiner Matte saß. Ich hatte das Holz noch nicht abgelegt, da hörte ich schon ein Sausen und Klatschen und den wilden Aufschrei seiner Frau. Addih Hiddisch hatte sich in einer blitzschnellen Bewegung erhoben und mit der Reitpeitsche heftig zugeschlagen. Touches-the-Clouds wollte zurückweichen, aber er brachte sie mit einem scharfen Befehl zum Stehen. Dann schlug er noch mehrmals stumm auf sie ein. Seine Peitschenhiebe trafen ihre schützend erhobenen Arme, die Schultern, den Rücken und alles, was sie ihm sonst zuwandte, um seine Schläge nicht auf ein und derselben Stelle aushalten zu müssen. Bei jedem Hieb heulte sie auf. Sie litt sicher große Schmerzen, doch übertrieb sie, wie mir schien, und erreichte so, daß aus seinen Schlägen die Wut wich. Als sie wimmernd zu Boden sank, ließ er von ihr ab. Es war offensichtlich, daß er sie trotz seiner bitteren Enttäuschung schonen wollte.

Wie zornig er jedoch war, zeigte sich, als er die Peitsche heftig zu Boden warf und aus dem Haus stürmte. Einen Augenblick später kam er noch einmal zurück und befahl Lizard, die Wunden der Gezüchtigten zu behandeln. Es war kein Wort zwischen ihnen gefallen. Vorwürfe wären unter der Würde des betrogenen Mannes gewesen. Aber Touches-the-Clouds wußte ohnehin, warum er sie geschlagen hatte.

Meine Gefährtin kümmerte sich um sie und sorgte mit ihren Umschlägen aus zerquetschten Pflanzen auch allmählich für Linderung und Heilung. Dafür aber erhielt sie von der ungeduldigen und gereizten Patientin weder ein Wort des Dankes noch ein freundliches Lächeln, sondern wurde mit Schimpfworten überhäuft. Es dauerte auch nicht lange, und Touches-the-Clouds war wieder obenauf, tyrannisierte uns wie gewohnt, vor allem aber Gentle Dove, die sie im Verdacht hatte, ihr Abenteuer mit dem Stutzer verraten zu haben. Zu der schlechten Stimmung im Hause kam bald auch schlechtes Wetter hinzu, das uns das Wasserholen und Holzsammeln erschwerte. Kälte und Regen trieben neue Scharen von lästigen Mäusen ins Haus, die Wärme und Futter suchten.

Ein winziger Lichtblick in dieser Zeit war der Besuch von Otterwoman. Eines späten Vormittags huschte sie überraschend ins Haus. »Forest Bear ist zu den Mandans geritten«, erklärte sie. »Da hab ich mich schnell auf den Weg gemacht, um euch zu besuchen.«

Sie nahm ein Stück Maisbrot, das Lizard ihr reichte. »Du hast ganz schön zugenommen«, stellte ich fest. »Das stimmt«, nickte sie und biß herzhaft in das Brot. »An Essen mangelt es wirklich nicht. Forest Bear kocht selbst, und zwar die seltsamsten Gerichte. Aber sie schmecken.«

»Sowas habe ich noch nie gehört!« Lizard schüttelte zweifelnd den Kopf. »Ein Mann, der kocht? Nicht zu glauben!«

»Doch, das stimmt«, beharrte Otterwoman und fuhr fort: »Wir haben auch eine besondere Kochstelle, die, anders als in diesen Erdhäusern, in einer Steinfassung den Rauch einfängt und aus dem Haus leitet.»

»Wie geht das denn?« fragte ich.

»Besser erklären kann ich das nicht.« Otterwoman war schon immer ein wenig bequem gewesen. »Forest Bear kann«, setzte sie hinzu, »sogar den Tag verlängern, indem er überall im Haus Lichtstäbe aufstellt, deren Feuer sich vom Wachs der Bienen nährt.«

»Jetzt ist es aber genug«, sagte ich. »Du machst dich über uns lustig!«

»Gewiß, das ist unglaublich für dich«, sagte Otterwoman geheimnisvoll. »Aber du wirst diese Sachen bestimmt sehen, wenn du mich besuchst.«

»Du scheinst es ja richtig gut zu haben bei dem Fremden!« stellte Lizard fest.

»Ich werde euch zeigen, wie gut ich es habe!« sagte Otterwoman. Ihre Stimme schwankte ein wenig, und in ihren Augen glitzerten Tränen. Sie schob dabei langsam einen Ärmel ihres hübschen Kleides hoch und zeigte uns eine riesige blutunterlaufene Stelle auf ihrem Oberarm. »So«, sagte sie tonlos, »sieht es auch auf meinem Rücken aus.«

Ich war fassungslos, obwohl ich hätte ahnen können, daß Forest Bear gewalttätig gegen sie werden würde. »Dieser räudige Hund!«, rief ich und suchte nach schlimmeren Worten.

»Glaub mir, er kann auch sehr freundlich sein«, sagte meine Freundin beschwichtigend. »Aber wenn er vom Wasser des Bösen Geistes getrunken hat, tobt ein Dämon in ihm und treibt ihn zu furchtbaren Wutausbrüchen.«

»Und ich dachte schon, ich müßte dich beneiden«, sagte Lizard sarkastisch.

»Mußt du nicht«, schüttelte Otterwoman den Kopf. »Glaube mir, die meisten Frauen in der Kleinen Stadt beneiden mich. Sie denken, wer einen dieser Fremden zum Mann hat, führt ein reiches, bequemes Leben.«

Wir wechselten das Thema und erzählten Otterwoman von den Ereignissen, die sich zugetragen hatten, seit sie uns verlassen mußte, insbesondere von dem Zerwürfnis zwischen Addih Hiddisch und Touches-the-Clouds. Otterwoman quittierte die Geschichte mit Genugtuung. »Die Prügel hat das Weib verdient.«

Nach einer Weile stand sie auf. »Jetzt muß ich aber gehen. Wenn Forest Bear zurückkommt und mich nicht im Hause findet, wird er wütend. Jedenfalls wißt ihr jetzt, daß ich am Leben bin.«

In diesem Augenblick betrat Touches-the-Clouds das Haus. »Das ist aber ein netter Besuch!» rief sie mit gespielter Herzlichkeit, als sie Otterwoman entdeckte. »Wie ich sehe, gehst du gerade. Dann will ich dich nicht länger aufhalten. Nur eine Frage: Ist Forest Bear wirklich ein so unersättlicher Kerl, wie alle erzählen?« Sie grinste anzüglich.

»Nun«, antwortete Otterwoman mit eisiger Stimme.«Er macht seine Sache gut, offensichtlich besser als dein Mann. Ich muß mir meine Wünsche jedenfalls nicht von einem billigen Stutzer erfüllen lassen. Los, übersetze!« forderte sie Lizard auf. Sie wartete gelassen, bis sie sicher sein konnte, daß ihre Erwiderung auch ankam. Lizard übersetzte unbekümmert Wort für Wort, während ich grinsend dabeistand.

Touches-the-Clouds blickte giftig von einer zur anderen, und aus ihrem Mund kamen üble Worte. Plötzlich ging sie auf Otterwoman los und wollte nach ihren Zöpfen greifen. Aber meine Freundin erwischte ihre Handgelenke und hielt sie so fest umklammert, daß die Angreiferin vor Schmerz aufschrie. Dann stieß sie Touches-the-Clouds so heftig von sich weg, so daß sie stürzte. »Laß mich in Zukunft in Ruhe«, sagte sie. »Sonst ergeht es dir schlecht.«

Touches-the-Clouds erhob sich mühsam und ging weg, ohne ein Wort zu erwidern. Es war das zweite Mal, daß eine von uns sie gedemütigt hatte.

# SECHSTES KAPITEL

Als der Winter kam und die Lust auf große Jagd- und Beutezüge nachließ, unterhielten sich die Minitaris mit Festen, Tänzen und Wettspielen. Beliebt war das Reifenspiel, in dem die Teilnehmer neben einem von geschickter Hand geworfenen, schnell rollenden kleinen Reifen herlaufen und eine Lanze hindurchwerfen mußten. Wer bei seinen Versuchen am wenigsten Fehlwürfe aufzuweisen hatte, war am Ende Sieger.

Ich erzähle davon, weil es dieses Spiel war, das mein Leben veränderte.

Addih Hiddisch hatte Forest Bear wieder einmal zu einer Wette herausgefordert, bei der nach Otterwoman nun Lizard und ich der Einsatz waren, hatte dabei auf den falschen Lanzenwerfer gesetzt und uns an Forest Bear verloren. Der Gewinner machte sich nicht die Mühe, uns abzuholen, sondern schickte Otterwoman mit einem Säckchen Zucker als Trostpreis für den Verlierer. Er überließ es Otterwoman auch, uns mitzuteilen, dass er nun unser neuer Herr sei. Als sie uns eröffnete, wir müssten mit ihr in das Haus von Forest Bear gehen, und sah, wie ich darüber erschrak, tröstete sie mich: »Jetzt sind wir doch wieder unter einem Dach vereint. Das wolltest du doch immer. Auch Lizard bleibt bei uns. Ist das nicht schön?«

Ich nickte beklommen, brachte aber kein Wort heraus. Lizard dagegen hob nur leicht die Schultern und lächelte. Sie machte sich keine Sorgen. »An Gemeinheit«, sagte sie, »ist die Familie in diesem Hause hier sowieso kaum zu überbieten.«

Als wir unsere paar Habseligkeiten einsammelten, kam Gentle Dove, um uns dabei zu überwachen. Sie sorgte sich, weil sie in Zukunft mehr arbeiten mußte, und meinte: »Hätte Addih Hiddisch mit seiner Wette nicht warten können, bis er ein paar neue Schoschonenfrauen gefangen hat? Wer soll nun den Haushalt versorgen?« Sie sah mich an, als müsse ich ihr Recht geben.

Das war die Art, wie wir verabschiedet wurden. Zum Glück war Touches-the-Clouds nicht im Hause, sonst hätten wir noch weitere Freundlichkeiten erfahren. Little Beaver, die beim Kochfeuer saß, würdigte uns, als wir gingen, keines Blickes.

Draußen herrschte klirrender Frost. Nachdem wir den Schutz der Palisaden verließen, blies uns ein eiskalter, kräftiger Nordwest ins Gesicht. Wir beeilten uns, in den Uferwald am Knife River zu kommen, dessen dichte Weiden, Erlen und Ulmen den Wind ein wenig abfingen. Von dort führte ein ausgetretener Pfad am Fluß entlang nach Awatichây, dem Kleinen Dorf, das zwischen Elah-sa und Awacháwi an der Einmündung des Flusses in den Missouri lag.

Glaubt mir, kaum etwas in dieser Welt kann bedrückender sein als ein solch trüber Wintertag im Land der Minitaris. Die verschneiten Plains und der eisgraue Himmel waren zu einer horizontlosen Einheit verschmolzen, in der wir uns schutzlos und verloren fühlten. Ich vermute, auch den Tieren erging es ähnlich, darum flüchteten sie in den Waldstreifen. Elstern, Schneeammern und Meisen bevölkerten die Bäume und Büsche, vor allem aber Raben und Krähenvölker, die nicht einmal aufflogen, wenn wir uns näherten, sondern mit häßlichen Lauten ihren Unmut über die Störung bekundeten.

Der Weg war glatt vom festgetretenen Schnee, denn auch im Winter herrschte reger Verkehr zwischen den Städten. Wir glitten oft aus. Dennoch kamen wir schnell voran und erreichten Awatichây vor Einbruch der Dunkelheit.

Dieser Ort stand ohne Palisadenschutz am Knife River, war aber von dichten Bäumen und Büschen umgeben. Ich erinnere mich, daß er an jenem dämmrigen Spätnachmittag vollkommen verwaist war und alle Hauseingänge mit dornigem Gestrüpp verschlossen waren. »Die Bewohner sind in die Winterstadt gezogen, die gegen die Eiswinde besser geschützt nahebei in einem dicht Wald liegt«, erklärte Otterwoman. Auch in Elah-sa waren viele Familien in ihre Winterhäuser gezogen, jedoch nicht alle Einwohner wie hier.

»Und wo wohnt Forest Bear jetzt, auch im Winterdorf?« fragte ich.

»Nein. Er bleibt auch im Winter hier. Sein Haus ist warm genug.«

Awatichây bestand aus etwa vierzig dicht beieinander stehenden Häusern, und kaum hatte man das Dorf auf der einen Seite betreten, war man auf der anderen Seite schon wieder hinaus. Am Ortsrand stand die Blockhütte Forest Bears. Sie war nur etwa zwölf mal sechs lange Schritte groß, und zu beiden Seiten des Einganges war ein Vorrat aus gespaltenem Brennholz gestapelt. Eine solche Behausung hatte ich noch nie gesehen. Sie war mir auch von Anfang an unsympathisch. Wir Indianer bauen Tipis und Erdhäuser in runder Form, also im Einklang mit dem Erdkreis. Die viereckig aus Baumstämmen errichtete Behausung Forest Bears aber sagte mir, daß ihr Erbauer gar keinen Wert auf Harmonie legte. In einiger Entfernung duckten sich ein windschiefer Stall und ein winziger Verschlag in den Hang, von dem Otterwoman sagte, daß man darin sein Geschäft verrichten könne. Man lernt nie aus, dachte ich. Da gibt es tatsächlich Leute, die ihren Kot an einem Ort sammeln, bis er zum Himmel stinkt, anstatt ihn über das weite Land zu verteilen.

Otterwoman zog einen eisernen Stab aus ihrem Beutel am Gürtel, steckte ihn in das winzige Loch eines eisernen Schildes und drehte ihn darin um. Ich hörte ein schnappendes Geräusch und sah, daß sich ein Bügel über dem Schild öffnete wie bei einem Fangeisen für Biber. Otterwoman löste das Ding und gab der Tür einen Tritt. Ich dachte, sie würde ins Haus fallen, aber sie schwang, an einer Seite auf geheimnisvolle Weise in der Schwebe gehalten, mit einem knarrenden Geräusch nach innen.

Ich hatte Angst, den Raum zu betreten. Otterwoman schob Lizard und mich jedoch mit sanfter Gewalt hinein. Warme Luft, gesättigt von einem Gemisch aus saurem Schweiß, bitterem Tabaksgestank und dem ranzigen Geruch kalter Dörrfleischsuppe, umhüllte uns. Zu meinem Erstaunen herrschte, nachdem Lizard die Tür geschlossen hatte, noch immer genügend Licht im Innern. Es fiel durch kleine Öffnungen in der gegenüberliegenden Wand, die mit dünnen Häuten bespannt waren, und beleuchtete eine fremdartige Wohnung.

In der Mitte des Raumes befand sich ein großes Brett, das von vier Pfählen getragen wurde. Zwei schmale Bretter, halb so hoch wie das große Brett, standen davor. Auf diese zeigte Otterwoman und sagte: »Setzt euch!« Ihr ahnt, ich rede von einem Tisch und zwei Sitzbänken! Während wir uns vorsichtig auf die Bänke setzten, ging sie zu der in große Steine gefaßten Feuerstelle, deren Rauch zwischen Steinmauern gefangen und durch das Dach geleitet wurde. Sie legte ein paar Holzscheite auf und schürte die Glut mit einem Ast, so daß die Flammen Funken sprühend aufloderten und den darüber hängenden Kessel erreichten.

Ich sah mich um. Über einer Schale mit Wasser, die in einem Gestell ruhte, entdeckte ich eine seltsame Scheibe ähnlich jener, die ich seinerzeit in den Händen von Addih Hiddisch gesehen hatte. Magisch angezogen, ging ich dort hin. Sie war wie festes Wasser und funkelte im Widerschein des Feuers. Als ich, aus der Erinnerung heraus dem Beispiel von Addih Hiddisch ängstlich folgend, hineinsah, zeigte sie mir mein Gesicht. Ich zuckte erschreckt zurück. Eine andere Person, die zugleich ich selbst war, blickte mir entgegen, ein Gesicht mit meinen dunkelbraunen Augen, meinen kräftig hervortretenden Wangenknochen und meinem etwas zu breiten, vollen Mund. Ich trat einen Schritt zurück. Auch mein Gegenüber trat einen Schritt zurück. Ich zwickte mich in die Wange, um sicher zu sein, daß ich noch in meinem Körper war, und beruhigte mich, als ich den Schmerz spürte.

Dieses Ding hier im Hause Forest Bears – ihr wißt es – war ein Spiegel, ein einfacher Spiegel. Damals aber war ein Spiegel ganz große »Medizin« für mich, wie wir Indianer sagen.

Irgendwann, hoffte ich, würde ich solch eine Kostbarkeit besitzen.

Otterwoman rief: »Na, Sacagawea, entdeckst du dich gerade neu?«

»Das kann man wohl sagen!«

»Das Ding läuft dir nicht weg«, lachte sie, und es klang ein wenig überlegen. »Komm bitte jetzt zum Essen.«

Sie schöpfte aus dem Kessel Suppe in drei Schalen und stellte sie auf den Tisch. Ich nahm widerwillig erst einmal Abschied von dem Spiegel und setzte mich zu ihr und Lizard. Inzwischen war es in dem kleinen Raum so warm geworden, daß wir, während wir unsere Suppe löffelten, ins Schwitzen kamen. Otterwoman zog sich bis auf den Rock aus. Lizard tat es ihr gleich. Ich aber zögerte. Otterwoman ahnte meine Gedanken. »Hab keine Angst, Forest Bear dürfte kaum vor morgen zurück sein. Mach dich aber darauf gefaßt«, setzte sie hart hinzu, »daß er dich auf jeden Fall anfassen wird. Egal ob du deinen Busen zeigst oder nicht.« Das ist vermutlich die Wahrheit, dachte ich und folgte ihrem Beispiel.

Nach dem Essen zeigte Otterwoman uns die Schlafkammer, die vom Wohnraum durch einige von einer Querstange herabhängende Bisondecken abgetrennt war. Darin standen ein großes Bett, eine schmale Pritsche, eine große, verschlossene Holzkiste und ein Eimer für den Urin. Wie einladend wäre dieses Lager, dachte ich beim Anblick der weichen Felle und Kissen, wenn wir es nur nicht mit Forest Bear teilen müßten.

Trotz all der Dinge, die uns das Leben erleichterten, war es ungemütlich in der Hütte von Forest Bear. Wir waren zu viert, und es gab, anders als in dem großen Erdhaus von

Addih Hiddisch, keinen Platz, wo man ein wenig für sich sein konnte.

Es war schon tief in der Nacht, und wir wollten uns gerade zur Ruhe legen, da hörten wir draußen Hufgetrappel, dann ein plumpsendes Geräusch und ein heftiges »Merde!« Im nächsten Augenblick flog die Tür auf, und Forest Bear stand im Raum. Er war leider früher von seiner Reise zurückgekommen, als Otterwoman vorausgesagt hatte. Seine Pelzkappe und seine dicke Felljacke waren mit Schnee bedeckt, seine Augenbrauen und sein Bart weiß vom Rauhreif. »Verdammt«, sagte er, wenn ich Lizards Übersetzung richtig verstanden habe, »draußen ist es so kalt, daß einem während des Pinkelns der Strahl gefriert!« Dies war seine Begrüßung.

Zum Glück war er gut gelaunt. Während Otterwoman ihm aus der Jacke half, musterte er Lizard und mich und versuchte dabei ein freundliches Gesicht zu machen. Ich griff unwillkürlich nach meinem Hemd und hielt es mir vor die Brust. Doch das duldete er nicht. »Weg, weg, weg!« lachte er. »Ich muß doch sehen, was mir gehört.«

Dann gab er uns den Befehl, die Pferde in den Schuppen zu bringen, sie abzusatteln und zu versorgen. Zu meiner Erleichterung durfte ich mit hinausgehen und Lizard und Otterwoman dabei helfen.

Als wir in die Blockhütte zurückkehrten, hatte Forest Bear seine Hose ausgezogen und saß nun in einem seltsamen, roten Anzug, der seinen Körper eng wie eine zweite Haut umschloß, am Tisch. Er stand auf, um zu bestimmen, wo wir die hart gefrorenen Felle, die er bei den Mandans erworben und die wir hereingetragen hatten, ausbreiten sollten. Dabei sah ich nun, daß sein Unterzeug vorn und hinten eine Klappe aufwies, deren kräftige Verfärbungen auf eilige Geschäfte schließen ließen. Er wirkte lächerlich darin, doch bewegte er sich selbstsicher und ohne jegliches Schamgefühl zwischen uns. Von wegen Sohn des Großen Geistes! dachte ich.

Als wir mit der Arbeit fertig waren, ging er zu einem Wandbrett, nahm einen glatten Tonkrug herunter und brachte ihn zum Tisch. Otterwoman hieß er vier kleine Trinkgefäße aus einem schimmernden Material bringen. Er forderte uns mit einer einladenden Bewegung auf, am Tisch Platz zu nehmen, zog den Pfropfen aus dem Krug und goß von der honigbraunen Flüssigkeit darin eine Winzigkeit in die Becher. »Ein Begrüßungsschluck!« Er schob uns den Trunk hin, setzte den Becher an seinen Mund und sagte: »Ich trinke auf unsere Familie!« Er lachte, ohne unsere ernsten Gesichter zu beachten. »Ihr drei seid jetzt mit mir verheiratet. Das ist doch wohl besser als Sklavinnen der verdammten Gros Ventres zu sein, oder?« Gros Ventres, Große Bäuche, war die französische Bezeichnung für das Volk der Minitaris. Warum, weiß ich nicht, denn die meisten Minitaris waren schlank.

Er ließ Lizard den Trinkspruch übersetzen. Dann leerte er seinen Becher. Lizard und Otterwoman taten es ihm gleich. Ich wollte ebenfalls trinken. Doch als ich tief Luft holte, um mir Mut zu machen, atmete ich den stechenden Geruch des Getränks ein und erlitt einen Hustenanfall. Das Wasser des Bösen Geistes! dachte ich entsetzt, stellte den Becher hart auf den Tisch und schob ihn weit von mir weg. Dabei verschüttete ich ein paar Spritzer des Getränks. Forest Bear zuckte belustigt mit den Achseln. »Stell dich doch nicht so an! Halt dir die Nase zu und probier es noch einmal!« befahl er.

Auf diese Weise hatten Otterwoman und Lizard den Trunk bewältigt. Ich gehorchte. Das Wasser brannte auf meiner Zunge, brannte in meiner Kehle und rann schließlich in meinen Magen, wo es eine ungewohnte Hitze verbreitete. Wieder bekam ich es mit der Angst zu tun. Otterwoman sah meine Panik und beschwichtigte mich in unserer Sprache. »Der Geist in diesem Zaubertrank ist ein guter Freund. Er wird aus deinem Magen in den Kopf steigen und dir helfen, Forest Bear im Bett leichter zu ertragen.«

Die von meiner Freundin vorausgesagte Wirkung stellte sich rechtzeitig in dem Augenblick ein, in dem Forest Bear mich in die Schlafkammer winkte. Sie milderte meine Angst und meinen Ekel. Als der Vorhang hinter mir zusammenschlug, gab der Mann mir einen Schubs, und ich landete auf dem mit Wolfsfellen bedeckten Lager. Ich rollte mich zur Wand und zog instinktiv die Knie an, um ihn wegstoßen zu können. Doch er griff mit einer Kraft nach mir, der ich mich nie und nimmer hätte widersetzen können. Er zog mich zu sich heran. Die Geruchsmischung aus altem Schweiß, Schmutz und Urin, die in seinem Unterzeug und auf seiner Haut nistete, durchdrang alles, und es half auch nichts, daß das Wasser des Bösen Geistes meine Sinne vernebelt. Ich litt mehr unter diesen widerlichen Ausdünstungen Forest Bears als unter seinen Berührungen, obwohl er wahrlich grob genug begann.

Ohne lange zu zögern, knöpfte er die Klappe seines Unterzeugs auf und holte seinen Stab heraus. Dann nahm Forest Bear meine Hand und zwang mich, ihn zu berühren. Aber seine Erschöpfung nach dem langen Ritt durch den Winter war zu groß. Einen Augenblick später, mitten in seinen Bemühungen um Lust, wurde Forest Bear vom Schlaf überwältigt.

Eine Weile wartete ich noch, bis seine unruhigen Atemzüge in ein regelmäßiges Rasseln übergegangen waren, befreite mich von seinem linken Arm, der schwer auf meiner Brust lag, und rutschte vom Bett. Mein Herz flatterte nach diesem überstandenen Abenteuer wie ein aufgescheuchter Vogel und verlangte nach Besänftigung, die ich nun bei meinen beiden Freundinnen finden wollte. Doch als ich den Vorhang zur Seite schob, sah ich, daß sie fest schliefen. Ich fühlte mich im Stich gelassen und wollte sie wecken. Aber ich dachte mir dann doch, laß sie in Frieden. Ich schürte das Feuer und legte Holz nach. Ich nahm mir eine Decke, hüllte mich darin ein und setzte mich an den Tisch. Dort legte ich meinen Kopf in die Armbeuge und wartete auf Schlaf.

Mit Einzelheiten über das Fangspiel, das am nächsten Tag folgte, will ich euch nicht langweilen. Geht davon aus, daß ich dem Alten nicht entkam. Wie hätte das auch sein können, wo doch alle Macht in seinen Händen lag? Seine verlangenden Hände ließen mir keine Zeit, erwachsen zu werden, sondern nahmen meinen kindlichen Körper sofort in Besitz. Es war eine Paarung von Frühling und Herbst, etwas, was die Natur nicht will. Natürlich gab es keine Trauung wie bei euch Christenmenschen und keine Zeremonie wie bei uns Schoschonen. Toussaint Charbonneau, wie mein Mann seinem richtigen Namen nach hieß, machte mich einfach zu seiner Frau.

In dem Sinne, in dem ihr Amerikaner das verstehen würdet, war ich allerdings niemals Frau Charbonneau, sondern blieb vor der Welt seine Squaw, »his Indian woman«. Und ihn selbst nennt man unter Weißen einen Squawman. Diese Wortwahl macht die ganze Zweitrangigkeit meiner Ehe mit Charbonneau deutlich.

Wir waren uns niemals richtig nahe. Ihr fragt, ob sich im Laufe der Zeit nicht wenigstens Vertrautheit einstellte, wie das bei manchen Paaren geschieht, die nicht durch Liebe und Leidenschaft, sondern die verschiedenartigsten Zwänge zusammengeführt werden. Meine Antwort heißt, Gewöhnung vielleicht, Vertrautheit nein, Liebe schon gar nicht. Um Vertrautheit entwickeln zu können, braucht man Vertrauen. Forest Bears unsteter Charakter aber, seine Gewalttätigkeit und Hochmütigkeit, ließen das nicht zu. Für ihn war ich nur jemand, den er nach Belieben herumstoßen konnte. So verhielt er sich auch gegenüber Lizard und Otterwoman.

Auch die Nächte mit Charbonneau bereiteten mir kaum Vergnügen. Ich frage mich, weshalb die Minitaris ihn für einen großen Liebhaber hielten. Ich vermute, er selbst war die Quelle all der prahlerischen Geschichten, und keine seiner Gefährtinnen traute sich, ihn bloßzustellen. Es hieß zum Beispiel, er sei so unersättlich, daß er sich mit zwei Frauen gleichzeitig im Bett vergnügen müsse, um Befriedigung zu erlangen. Die Frage ist nur, ob das Vergnügen auch auf seiten der Frauen war.

Ich spreche da aus Erfahrung. Eines Nachmittags, nicht lange nach meiner sogenannten Hochzeit mit ihm, rief er Otterwoman und mich in die Schlafkammer. »Los, macht schon! Zieht euch aus und legt euch zu mir!«

Wir mussten gehorchen. Nackt krochen wir zu ihm, und er preßte uns an sich. Als er unsere ängstlichen Gesichter sah, lachte er laut auf. Wer von uns aber nun ein abwechslungsreiches Liebesspiel erwartet hätte, sah sich getäuscht. Nach ein paar hastigen Streicheleien nahm er sich zuerst Otterwoman, und ich durfte dabei das komische Auf und Ab seines Hinterns betrachten. Als meine Freundin ein paar kleine Seufzer von sich gab, ließ er von ihr ab und wandte sich mir zu. Er wiederholte die unerfreuliche Prozedur bis zu seinem Höhepunkt, den er mit einem wilden, dem Ereignis unangemessenen Schrei begrüßte.

Es dauerte nicht lange, da war der Liebesheld eingeschlafen. An uns dachte er nicht im Traum. Ich besah mir seinen lustlosen Penis, der sich unter meinem abschätzigen Blick noch tiefer in das ihn umgebende Dickicht schwarzer Haare zurückzog. »Nicht wahr, er ist ein unerquicklicher Anblick!« sagte Otterwoman und deckte Forest Bears Blöße mit einem Fell zu.

»Ja«, sagte ich. »Eigentlich ist er belanglos.«

Ich schämte mich ein wenig vor meiner Freundin, als mir jetzt so recht bewußt wurde, was wir gemeinsam erlebt hatten. Wir Schoschonen waren nicht prüde, und Otterwoman und ich hatten kaum ein Geheimnis voreinander. Ich wäre wohl trotzdem nie auf die Idee gekommen, mein Körper und mein Geschlecht beim Liebesakt ihren Blicken preiszugeben. Nein, der Gedanke, daß dies geschehen war, gefiel mir nicht!

Bevor wir vom Bett rutschten, umarmte Otterwoman mich und streichelte mir tröstend die Arme. Die sanfte Berührung löste die Verkrampfungen in meiner Seele und trieb mir die Tränen in die Augen. Ich strich ihr über das Haar. Dann standen wir schnell auf und gingen hinaus, um Lizard bei der Hausarbeit zu helfen. Später wurden uns solche kleinen Tröstungen zu einem Bedürfnis, und manchmal glitten wir dabei auch selbstvergessen in eine innige Umarmung, die uns gut tat und uns half, Charbonneaus Demütigungen zu vergessen.

Das Zusammenleben mit ihm in der Gefangenschaft dieses unerbittlichen Winters war selbst für duldsame Frauen, wie wir sie waren, eine harte Prüfung. Otterwoman und ich begannen wieder Pläne zu schmieden. Wir wollten nun vielleicht doch ein paar Pferde stehlen und davonreiten, sobald der Frühling kommen würde. Doch dann wurde Otterwoman schwanger, und wir mußten unsere gemeinsame Hoffnung auf Freiheit erst einmal begraben. Hinzu kam ein Ereignis, daß uns mit einem Schlag vor Augen führte, welchen Gefahren wir uns bei einem Ritt nach Westen ausgesetzt hätten, Gefahren, vor denen uns zu warnen Lizard nie müde wurde.

Ich habe euch schon vor einiger Zeit von den Lakotas erzählt, wie die mächtigen Feinde der Minitaris sich nannten, für die aber Charbonneau in seiner eigenen, seltsamen Sprache das Wort Sioux hatte. Sie standen in dem Ruf, die größte Gefahr für alle Städte am Knife River und am Missouri zu sein. Wir sollten nun erfahren, was das wirklich bedeutete. Eines Tages kam ein abgehetzter Bote aus Mih-Tutta-Hang-Kusch, der Hauptstadt der Mandans, und ersuchte die Krieger von Awatichây um Hilfe gegen die Sioux. Er kam auch zu Charbonneau und berichtete, daß eine Streitmacht von über tausend Mann nahe der kleinen Stadt Ruhptáre aufgezogen sei, gegen die man seine Feuerstöcke brauche. Ihr Angriff stünde unmittelbar bevor. Wie groß muß der Haß der Sioux sein, dachte ich, wenn sie in einer Kälte, die die Vögel tot vom Himmel fallen läßt, ihre warmen Tipis verlassen, um die Mandans anzugreifen? Euch Amerikanern mag eine Armee von tausend Kriegern als winzig erscheinen. In meiner Welt aber war das eine schier unvorstellbare Macht.

Forest Bear ritt sogleich zu einer eiligst einberufenen Ratsversammlung des Häuptlings Black Mokassin und kehrte wieder zurück, um sich zu bewaffnen. Black Mokassin war damals, im Jahre 1802, ungefähr siebzig Winter alt. Er war müde und leidend. Wir Schoschonen, das muß ich zu unserer Schande gestehen, hätten einen Alten wie diesen aus unserem Leben verdrängt und dem Tode überantwortet. Dieser Alte bei den Minitaris aber war ein geachteter Häuptling und besaß die Macht, alle streitbaren Männer von Awachái und Awatichây für den Krieg zu mobilisieren. Einige von ihnen folgten Forest Bear auf den Fersen und erschienen dick vermummt vor unserer Hütte, um sich von ihm Pulver und Blei zu holen. Als er widerwillig ein paar Hände voll verteilt hatte, kletterte er auf sein Pferd. »Nun wünscht mir Glück!« verlangte er, bevor er mit den Kriegern ritt. Otterwoman murmelte ein paar Worte, die in meinen Ohren eher wie eine Verwünschung klangen. Aber ich bin da nicht ganz sicher. Ich wünschte Forest Bear jedoch, daß er unversehrt zu uns zurückkehre, obwohl er ein Tyrann war. Welchen Nutzen hätte sein Tod für uns gehabt? Wir hätten den Mann verloren, der uns ernährte, Otterwoman den Vater des Babys, das bald zur Welt kommen würde.

Nachdem er mit den Kriegern davongeritten war, gab es außer uns wohl keine Menschenseele mehr in der Stadt. Einem Trupp des Feindes, der jetzt den Weg hierher gefunden hätte, wären wir leichte Beute gewesen. Wir redeten wenig miteinander. Eine Weile hörten wir nichts als das Zischen im Kamin, wenn Harz ins Feuer tropft, und das Knacken und Knistern der Balken. Nach einer Zeit aber vernahmen wir fernes Kriegsgeheul.

»Der Kampf hat begonnen«, mutmaßte Otterwoman. »Hört sich an, als fände er auf der anderen Seite des Missouri nahe beim Ufer statt.«

»Die Entfernung scheint mir größer zu sein«, sagte ich. Ich fand den Gedanken sympathischer. In diesem Augenblick knatterten Gewehrschüsse. »Das sind bestimmt unsere Leute«, meinte Lizard. »Die Lakotas haben kaum Schwarzwaffen.«

»Unsere Leute!« hatte Lizard gesagt. In meinen Augen waren sie das nie und nimmer. Beim Knallen der Büchsen fühlte ich mich schmerzlich an meine erste Bekanntschaft mit den Minitaris erinnert, jenen Nachmittag am Gallatin River, als sie schießend über den Fluß kamen, um zu rauben und zu morden.

Lizard schlug vor: »Kommt, laßt uns mal vor die Tür gehen. Vielleicht können wir vom Dach des Medizinhauses aus sehen, wo sie kämpfen.« Sie stand auf und entriegelte die Tür, ohne unsere Antwort abzuwarten. Ich wäre lieber im Haus geblieben, doch ich folgte ihr mit Otterwoman nach draußen.

Das Medizinhaus war das höchste Haus in Awatichây. Auf dem Weg dorthin sahen wir einen Fuchs, der sich aus dem mit Gestrüpp verstellten Eingang eines Hauses zwängte, in dem er vermutlich Mäuse gejagt hatte. Das Tier verharrte bei unserem Anblick, schien unschlüssig, ob es aus der Stadt laufen oder sich ins Haus zurückziehen sollte. Otterwoman beschleunigte seine Entscheidung, indem sie kräftig in die

Hände klatschte. Der Fuchs zuckte zusammen und machte sich davon.

Als wir auf das Haus kletterten, flogen widerwillig ein paar Krähen auf, die das Dach besetzt gehalten hatten. Von hier oben hatten wir einen weiten Rundblick, denn es war ein wolkenloser Tag mit fahlem Sonnenschein. Ich überblickte den Lauf des Knife River bis zu seiner Einmündung in den Missouri. Hier oben waren wir dem Winterriesen ausgesetzt, unter dessen Eishauch uns Gesichter, Hände und Füße zu schmerzen begannen. Dennoch harrten wir eine ganze Weile aus. Wir sahen jedoch nichts vom Kampfgeschehen und beschlossen, in unsere Hütte zurückzukehren. Auf einmal aber erblickten wir eine Reiterkette, die über die Hügel auf der anderen Seite zum Flußufer hinuntergaloppierte.

Als die ersten Reiter den Fluß erreichten, drängte ich: »Laßt uns hier verschwinden, bevor sie uns entdecken.« Meine Zähne schmerzten vor Kälte, und meine Worte zeichneten kleine Wolken in die Luft. Ich muß Otterwoman aus der Seele gesprochen haben. Sie rutschte eiligst das Dach hinunter. Ich folgte ihr mit steifen Knien. Lizard kam ganz gemächlich hinter uns her. Sie besaß auch die Nerven, mit einem Reisigbesen noch einmal den Weg zurückzugehen und in aller Ruhe Schnee über unsere Spur zu fegen. »Wenn ihr so wenig Umsicht an den Tag legt«, tadelte sie uns, »daß ihr die Feinde mit dem Abdruck eurer Mokassins zum Haus führt, könnt ihr euch auch gleich auf dem Dach präsentieren.«

Wir schwiegen verlegen. Lizard hatte ja recht. Ihre Vorsicht schien jedoch nichts zu nützen. Plötzlich knirschte der Schnee vor der Hütte. Wir hörten Pferde schnauben. Dann hämmerte jemand wortlos gegen die Tür. Otterwoman stand vom Tisch auf und flüsterte mit zitternder Stimme: »Ich gehe nach unten.«

Sie ging zu einer gut getarnten Luke, durch die man in ein mit Vorräten versehenes Erdloch steigen konnte, das Forest Bear gegraben hatte. Von dort aus führte ein Kriechgang zu einem verborgenen Ausgang wie bei den Bauten der Präriehunde. Otterwoman wollte die schwere Luke anheben. Dabei verschätzte sie sich in ihrem Gewicht. Der Griff glitt ihr aus den Händen, und das Brett fiel polternd zurück. Wir erstarrten. Draußen war es beängstigend still geworden. Dann, ein paar Augenblicke später, dröhnte eine bekannte Stimme: »Wenn ihr einen solchen Krach macht, nützt auch das beste Versteck nichts. Öffnet schon, euer geliebter Mann ist aus dem Krieg zurück!«

Forest Bear hatte mit unserer Angst gespielt. Lizard ging zur Tür und öffnete ihm. Als er eintrat, redete sie leise, aber ziemlich heftig mit ihm. Ich weiß nicht, was sie sagte, aber sie schien ihn damit in seiner Seele getroffen zu haben. Er reagierte mit Zorn. Er hob die Hand, um Lizard zu schlagen, ließ sie dann aber wieder sinken. »Wir unterhalten uns später noch!« sagte er drohend. »Jetzt gibt es Wichtigeres zu tun.«

Wir mußten zwei Packpferde und drei Reittiere aufzäumen und Forest Bear über den Fluß zu dem Schauplatz folgen, wo der Kampf zwischen den Lakotas und den Kriegern der Städte getobt hatte. Das war ein Cañon, ein enges Tal auf dem Weg zwischen Mih-Tutta-Hang-Kusch und Ruhptáre. Dort hinein hatten die Verteidiger mehrere hundert Angreifer mit einem kleinen Reitertrupp gelockt, der scheinbar vor einer Übermacht geflohen war. Als die Sioux in die Falle galoppiert waren, erschienen plötzlich zahlreiche Schützen auf den Rändern der Schlucht und überschütteten die Feinde mit einem Pfeil- und Kugelhagel. Bevor die überraschten Sioux auf der anderen Seite durchbrechen konnten, hatten sie etwa siebzig oder achtzig Krieger verloren. Die Schlacht wendete sich damit zu einer großen Niederlage für dieses sieggewohnte Volk. Die Sioux ließen sogar ihre Toten zurück, was ganz gegen die indianische Art war, und flohen.

Diesen Hergang des Kampfes setzten wir drei Frauen uns aus den Bruchstücken zusammen, die uns andere Frauen lieferten, die wir auf dem Kampfplatz befragten. Was wir dort zu suchen hatten? Charbonneau verlangte von uns, daß wir ihm halfen, seinen Anteil an der Kriegsbeute zu sichern. Ihr werdet es kaum glauben, wenn ich euch sage, daß damit Leichenfledderei gemeint war.

Vierzig oder fünfzig Frauen aus dem nahegelegenen Ruhptáre waren mit dem unappetitlichen Geschäft bereits fortgeschritten, so daß er befürchtete, zu kurz zu kommen. Wie Geier machten sich die Frauen schon an den Leichen zu schaffen, darum trieb uns Charbonneau zur Eile an.

In meinem Leben hatte ich noch nie so viele Tote gesehen. Sie waren mit dünnen Leichentüchern aus Schnee bedeckt, der frisch gefallen war. An einigen Stellen, wo die Sioux hinter schwacher Deckung Schutz gesucht hatten, lagen die Toten dicht nebeneinander. Doch die meisten waren von den Pfeilen der Verteidiger entlang ihrem Fluchtweg hingestreckt worden. Die scharfe Kälte hatte sie noch während ihres Todeskampfes durchdrungen, so daß sie mitten in einer letzten Gebärde des Schmerzes erstarrt waren. Diese unheimlichen Frostgestalten beraubten wir Frauen nun ihrer Kleider, ihrer Waffen und ihres Schmucks, so daß sie schließlich in erbarmungswürdiger Nacktheit in ihrem vereisten Blut lagen.

Forest Bear wies uns an, Pelzkappen mit Adlerfederschmuck, Decken, Lederhemden, Gürtel, Köcher und bestickte Messerscheiden einzusammeln und dabei auf Qualität zu achten. Außerdem interessierten ihn Halsketten aus Bärenklauen. »Solche Sachen«, belehrte er uns, »finden immer Käufer.« Lizard und ich machten uns an die Arbeit, aber Otterwoman ließ die Arme hängen und rührte sich nicht vom Fleck. »Ich kann das nicht«, klagte sie. Doch Forest Bear schubste sie zu einer Leiche, die in der Nähe lag. Ein paar Krähen hatten sich schon darauf niedergelassen und hopsten widerwillig ein Stück weg. »Sei bloß nicht so zimperlich«, schimpfte er. »Ich will die Sachen von diesem Toten haben!« Er ging erst fort, als er sah, daß sie ihm gehorchte.

Ich selbst beugte mich über einen hünenhaften Lakota mit einem bulligen Kopf. Er starrte mich mit seinen toten Augen an, als wolle er mich in meinem Vorhaben lähmen. Sein Mund stand weit offen, als habe der Mann einen letzten Protest herausgeschrien, bevor sein Feind ihn skalpierte. »Es tut mir leid, daß ich das tun muß«, flüsterte ich mehr zu mir selbst und zerbrach zuerst den Pfeil, der aus seiner Brust ragte. Dann versuchte ich, die Arme des Leichnams so zu strecken, daß ich ihm das Lederhemd ausziehen konnte. Aber sie ließen sich trotz aller Anstrengungen nicht bewegen. Lizard, die mich bei meinen Bemühungen beobachtete, kam mir zur Hilfe. Sie gab mir ein scharfes Messer. »Trenn die seitlichen Nähte des Hemdes auf. Danach schneidest du die

Ärmel ab. Dann löst du den Brustteil, drehst den Toten um und nimmst den Rückenteil. Zu Hause fügen wir das gute Stück wieder zusammen.«

Ich folgte ihrem Rat. Aber sie mußte mir helfen, den schweren Körper umzudrehen. Als ich schließlich mit meiner furchtbaren Arbeit fertig war, war ich trotz der Kälte schweißgebadet. Ich sage euch, einen Bison aus der Decke zu schälen, ist leichter. Ich konnte von Glück reden, daß es nicht noch mehr Lakotas gab, die ein solch kostbar besticktes Kriegshemd trugen.

Als Forest Bear zu uns zurückkam, bepackten wir gerade die Pferde. Er sah die Sachen flüchtig durch und schüttelte den Kopf. »Wo habt ihr nur eure Augen gehabt. Von dem Zeug hier ist vieles gar nicht zu gebrauchen.« Er warf allerdings nichts weg, sondern legte noch einen Pfeilköcher aus feinstem Otterfell auf einen der Packen. »Beeilt euch«, sagte er, »wir müssen zu Hause sein, bevor es Nacht wird.«

Als wir zurück nach Awatichây ritten, folgten uns einige Frauen aus dem Winterdorf. Sie waren ohne männlichen Schutz gekommen und wollten sich uns und Forest Bear anschließen. Für ihn aber schienen sie Luft zu sein. Er trieb sein Pferd zu einem schnellen Trab an.

Die Packpferde zwangen uns zu einer langsameren Gangart, so daß auch wir unseren lieben Mann aus den Augen verloren. Etwa von der Flußmitte an mußten wir das Eis allein überqueren. Die Hufe schlugen auf der wie ein Trommelfell gespannten Eisdecke einen hohl klingenden Rhythmus, der manchmal von einem beängstigenden Krachen unterbrochen wurde. In solchen Momenten versuchte ich mich im Sattel leicht zu machen, als würde das etwas nützen.

Es wurde schnell dunkel, so daß wir die in den Schnee gesteckten Weidenbesen, die als Markierungen für Wanderer dienten, zuerst nur noch als schwarze Schemen sahen und dann bald ganz vermißten. Wir litten tausend Ängste, aber wir erreichten das gegenüberliegende Ufer. Dort trennten wir uns von den Frauen, die, um das Winterdorf zu erreichen, eine andere Richtung einschlagen mußten als wir. Unsere Ponys fanden beinahe ohne unsere Führung den Weg nach Awatichây.

Wir versorgten sie in dem Verschlag beim Haus mit Futter, das zu dieser Jahreszeit fast nur aus Weidengerten und Rinden bestand, nahmen ihnen die Bündel ab und schleppten die Kriegsbeute ins Haus. Charbonneau war schon zu Bett gegangen und schnarchte. Lizard und ich bezogen die Pritschen, während Otterwoman sich zu ihm legte. Vielleicht suchte sie seine Nähe, weil sie schwanger war. Aber konnte sie das Herz dieses Mannes erreichen? Ich bezweifelte das.

Der Winter verging. Nach ihrem Sieg über die Lakotas hatten die Minitaris und die Mandans, von ein paar Pferdediebstählen abgesehen, Ruhe vor diesen Feinden, und die Männer konnten sich neben ihren Festen und Vergnügungen verstärkt der Pelztierjagd widmen. Damals im Winter 1802/3 war Forest Bear ihr einziger Uaschi-Handelspartner. Er konnte sich also die besten Felle sichern, bevor im Sommer die anderen Händler aus dem Norden kamen. Ihnen verkaufte er seine Ware mit einem phantastischen Aufschlag. Er selbst ging selten zur Jagd und stellte auch keine Fallen auf. Man kann also sagen, ein Schlauer lebte von den Dummen, und die Dummen lebten von ihrer Arbeit.

Forest Bear hielt, um sich bei den Häuptlingen beliebt zu machen, Leute wie Black Mokassin, One Eye und andere gastfrei. Wir Frauen mußten sie bedienen. Sie kamen, wann und so oft sie wollten. Dafür durfte Forest Bear den einfachen Jägern das Fell über die Ohren ziehen.

Sie brachten ihm ihre dicken Bündel, geordnet nach Biber-, Otter-, Vielfraß-, Luchs-, Wolfs- und Fuchspelzen. In dieser Reihenfolge schnürte er sie auch auf und sah sie langsam und gewissenhaft durch. Dabei war seine Miene von Anfang an sehr mißmutig. Er drehte jedes Fell zuerst auf die Hautseite. »Hier«, er zeigte auf das Loch in einem Pelz. »Das Einschußloch ist genau in der Mitte und viel zu groß. Mit dem Fell beglückst du am besten deine blinde Mutter.« Solche Frechheiten sagte er einem der Jäger. Oder er blies in ein Wolfsfell, um die Unterfarbe zu prüfen. »Geht in Ordnung«, sagte er dann widerwillig zu einem anderen Fallensteller. »Aber mein Lager ist voll von Wolfsfellen. Bringt mir denn jeder von euch Kerlen nur Wolfsfelle?« Einmal schüttelte er ein Luchsfell aus und bemerkte: »Das Fell ist ziemlich dürftig. Der Kamerad, der es trug, muß an Altersschwäche verendet sein, bevor du ihn gefunden hast.« Dabei grinste er den Fallensteller unverschämt an.

Zuletzt warf er einige Fuchsfelle achtlos neben den Tisch. »Erstens«, sagte er zu dem Minitari, »ist ihre Farbe nicht schön, zweitens sind sie nachlässig gegerbt. Nimm dir deine faulen Weiber mal vor und verprügele sie ordentlich. Eine solche Schlamperei darfst du nicht durchgehen lassen.«

Wenn er allzu beleidigend wurde, griff ein Minitari auch schon mal zum Messer. Dann aber legte Forest Bear nur die Hand auf eine winzige Schwarzwaffe, die vor ihm auf dem

Tisch lag, und das genügte, um den Mann zu beruhigen. Jetzt, im Winter, wog er sein Pulver und sein Blei und auch alle anderen Waren in Gold auf. »Warte, bis die Händler aus dem Norden kommen«, pflegte er kühl zu sagen, wenn sein Gegenüber sich gegen die offenkundige Übervorteilung wehrte, »dann kriegst du mehr für deine Felle.« Forest Bear wußte ganz gut, daß die meisten sich auf den Handel mit ihm einlassen mußten. Sie waren ja nun an Waren gewöhnt, die sie früher nie benötigt hätten. Und sie hatten keine Wahl. Denn nur er, ein paar andere Franzosen und die Engländer von der Hudson's Bay Company handelten mit ihnen.

Aber davon genug. Zurück jetzt zu meinem Leben mit Forest Bear. Ich würde ihm Unrecht tun, wenn ich nicht erwähnte, daß er nicht doch gelegentlich zu Fürsorge und Zärtlichkeit, ja sogar Liebe fähig war. Seine Zuwendung galt jedoch weniger uns Frauen als seinem Baby, seinem Sohn, den ihm Otterwoman im Sommer gebar.

Schon vor diesem Ereignis genoß das Baby gewisse Aufmerksamkeiten. Forest Bear glaubte, wenn die Mutter die kräftigsten Speisen aß, von schwerer Arbeit befreit, auch nicht geschlagen und getreten werden würde, dann müsse das auch dem Gedeihen des Babys in ihrem Bauch förderlich sein, womit er ja nicht Unrecht hatte. Lizard und ich bestärkten ihn natürlich in diesem Glauben.

Im letzten Mond ihrer Schwangerschaft, im Mond, in dem der Mais seine Kolben bildet, kam Forest Bear auf die Idee, Otterwoman aus der Enge und Unruhe in der Hütte in ein geräumiges, luftiges Tipi umzuquartieren, das er von einem Minitaris kaufte und von Lizard und mir errichten und ausstatten ließ. Lizard mußte sogar zu Otterwoman ins

Zelt ziehen, sie versorgen und pflegen. Ich verstand die Welt nicht mehr!

Wir Indianerfrauen gebären, so wird uns nachgesagt, im allgemeinen ohne große Umstände. Einige gehen, wenn die Zeit reif ist, an einsamer Stelle in die Hocke, halten sich an einem Baumstamm fest und bringen ihr Baby zur Welt, klaglos und ohne Hilfe. Das gilt aber wirklich nicht für alle. Schwere körperliche Arbeit bis kurz vor der Niederkunft, bei uns Schoschonen auch Hunger und lange Ritte während der Schwangerschaft, wirken sich nachteilig aus. Am schlimmsten aber sind schmerzhafte Entzündungen und andere Erkrankungen im Unterleib durch Verunreinigungen, für die vor allem, glaube ich, die Männer verantwortlich sind. Auch Forest Bear war ein Schmutzfink!

Bei Otterwoman wäre aus diesem Grunde beinahe alles schiefgegangen. Sie klagte über Krämpfe im Bauch, ein furchtbares Brennen in der Scheide, und ihre Haut war glühend heiß. Lizard alarmierte Forest Bear und dieser bat einen angesehenen Medizinmann aus Mih-Tutta-Hang-Kusch um Hilfe. Daß auch ein Uaschi wie Forest Bear einen solchen Zauberer in Anspruch nahm, wundert mich nicht. Es beweist nur, daß in der Stunde der Not eure Überheblichkeit gegenüber unserem Hokuspokus, wie ihr unsere Heilungsversuche nennt, plötzlich ein Ende hat.

Der Zauberer kam, zerstieß unter Gesang in einem Mörser die Rasseln einer Klapperschlange, die er mitgebracht hatte, und kochte daraus unter Tamburin-Getrommel einen Sud. Er flößte der Kranken ein paar Schlucke davon ein. Dann verließ er das Tipi, ohne abzuwarten, ob sich ihr Zustand bessere. Er wußte, daß dies der Fall sein würde, und wies Lizard nun an, Otterwoman in bestimmten Abständen von dem Trunk zu geben.

Die Hitze, die Entzündung und die Krämpfe wichen allmählich aus Otterwomans Körper, so daß sie sich erholte und zur rechten Zeit besser bei Kräften war.

Ich war in der schwierigen Zeit so oft wie möglich bei meiner Freundin. Doch ich mußte ja auch Holz und Wasser holen, Wurzeln ausgraben, Kräuter sammeln, Beeren pflükken, und so kam es, dass ich erst in dem Augenblick zurück war, als aus dem Tipi der Protest des Babys gegen seine unsanfte Beförderung in diese Welt drang. Ich erlebte dabei einen der seltenen Momente in meinem Leben mit Forest Bear, in dem dieser, außer sich vor Freude, einen kleinen Tanz aufführte, sogar mich dabei herumschwenkte und voller Stolz an Otterwomans Bett führte. Er tat es den ungeschriebenen Gesetzen von uns Schoschonen zum Trotz, nach denen ein Mann sich während dieser Zeit von der Mutter fernhält. In dem durch die Bisonhäute gelblich gefilterten Licht des Tipis sah ich zuerst das runde Gesicht meiner Freundin, die matt, aber mit weit geöffneten Augen und zufriedener Miene im Bett lag. Ich war erleichtert.

Erst jetzt interessierte mich der kleine Schreihals, den Lizard gerade gewaschen hatte und nun in ein Tuch wickelte. Als sie damit fertig war, legte sie ihn Forest Bear, der danach verlangte, in die Arme, diesem groben Kerl, der auf einmal so sanft war. Er näselte ein paar Worte in seiner Sprache und schnitt über dem Kopf des Babys ein magisches Zeichen in die Luft, ein Kreuz, ein Zeichen, das ich damals zum ersten Mal sah, dem ich aber später oft begegnen sollte und das ich stets mit Mißtrauen bettrachtet habe. Nachdem er das

Kreuz geschlagen hatte, träufelte er dem Baby aus einer Schale Wasser ins Gesicht und gab ihm seinen eigenen Namen, Toussaint. Es schrie, hochrot vor Zorn, und ich weiß nicht, wogegen es mehr einzuwenden hatte, gegen das kalte Wasser oder den unmöglichen Namen. Das war dem alten Mann nun doch zuviel. Er reichte mir das Kind und verschwand aus dem Zelt.

In meinen Armen verstummte der kleine Toussaint und musterte mich mit seinen dunklen Augen neugierig, aber kühl. Ich deutete diesen Blick vielleicht falsch, denn Toussaint war mir von Anfang an von Herzen zugetan und wurde für mich einer der wichtigsten Menschen in meinem Leben, wichtiger noch als mein eigener Sohn, der eineinhalb Jahre später zur Welt kommen und mich fast umbringen sollte.

# ZWEITER TEIL

## VERKÜNDUNG

*Vor vielen Generationen wanderte Iktome, der Spinnenmann, ein Verkünder schlechter Nachrichten, von Dorf zu Dorf und von Stamm zu Stamm. Seine Aufgabe befähigte ihn, alle die verschiedenen Sprachen zu sprechen, so daß die einzelnen Stämme verstanden, was er sagte.*

*Er kam in das erste Camp gelaufen und verkündete: »Eine neue Generation wird kommen, ein neues Volk, eine neue Menschenart. Sie ist wie ein Lügner, und mit zwei langen Beinen ausgestattet, mit denen sie euch überrennen wird.« Und Iktome rief alle Häuptlinge zur Beratung zusammen, und der Oberhäuptling fragte: »Iktome, welche Kunde ist es, die du aus dem Osten bringst?«*

*Iktome antwortete: »Ein neuer Mensch wird kommen, der wie ich ist. Der aber lange, lange Beine hat und viele Dinge besitzt, von denen die meisten schlecht sind. Und er ist gescheit wie ich. Ich werde alle Stämme besuchen, um über ihn zu berichten.»*

*Als er das Camp verließ, folgten ihm drei Jungen, die sehen wollten, wohin er ging. Sie beobachteten, wie er einen Hügel hinaufkletterte. Dort schrumpfte sein Körper zu einem Ball zusammen, und er verwandelte sich von einem Menschen in eine Spinne. Die Jungen sahen ein silbernes Spinnennetz im Blau des Himmels schimmern. Und ein einzelner Faden führte zum Hügel hinab. Iktome kletterte in das Netz und verschwand in den Wolken. Der nächste Stamm, den Iktome besuchte, waren die Lakotas. Zwei alte Frauen, die Feuerholz sammelten, sahen ihn auf einem der Hügel nahe ihrem Dorf stehen. Sie gingen nach Hause und erklärten dem Häuptling: »Wir sahen einen Fremden dort drüben. Er schaute zu uns herüber.« Der Häuptling rief zwei seiner Wakinzuzes, Bewahrer der Pfeife, die Entscheidungen treffen durften, und sagte: »Bringt diesen Menschen zu uns. Vielleicht hat er eine Botschaft.«*

*Sie begleiteten Iktome, der jetzt eine menschliche Gestalt angenommen hatte, in das Lager. Er streckte seine Hand in Richtung Westen aus und sagte: »Ich bin Iktome, ich rolle mit der Luft, und ich muß meine Botschaft in siebzig Camps bringen. Das ist es nun, was ich euch zu berichten habe. Ein Geräusch wird hörbar sein, das vom Rande der See kommt, von der Seemuschel, von Pankeshka. Es ist die Stimme von Pankeshka Hokshi Unpapi, vom Muschelvolk. Sie erzählt uns, daß sich ein neuer Mensch nähert, der Huhanskaska, der Weiße Spinnenmann, der Papa-Langbein-Mann. Er kommt über die großen Wasser, kommt, um alle vier Richtungen der Welt zu stehlen.«*

*»Woran werden wir ihn erkennen? Wie können wir diesen Menschen erkennen?« fragten der Häuptling und die Pfeifenbewahrer.*

*»Jedes seiner beiden Beine ist ein Bein des Wissens. Der neue Mensch ist nicht sehr weise, aber sehr gescheit. Er hat Kenntnisse in seinen Beinen und Habgier! Wo immer diese Beine hintreten, werden sie eine Spur der Lüge hinterlassen, und wo immer er hinschaut, wird sein Blick nur Lüge sein. Nun müsst ihr versuchen, über diese neue Art Menschen Bescheid zu wissen und sie zu verstehen, und dieses Verstehen von Generation zu Generation weiterzugeben. Meine Botschaft wird vom Winde getragen.«*

*Iktome verwandelte seinen Körper in einen kleinen Ball mit acht*

*Beinen, und aus dem Himmel erschien erneut der freie Strang der Spinnenwebe, glitzernd von Tautropfen, und auf diesem Strang kletterte Iktome hinauf in die Wolken und verschwand.*

*Das nächste Dorf, zu dem Iktome wanderte, gehörte den Mahpiyatos, den Blauen Wolken, die auch als Arapahoes bekannt sind. Erneut versammelten sich die Häuptlinge und das Volk, um zu hören, welche Nachrichten er bringe, und er redete mit ihnen in ihrer Sprache: »Ich habe euch ein Bündel mit einer Botschaft mitgebracht, das zu öffnen ist. Meine Neuigkeiten liegen darin. Der Iktome Huhanskaska, das Weiße Langbein, ist auf dem Weg hierher. Ich bin geflogen, um euch die Nachricht zu bringen, aber dieser neue Mensch kommt gelaufen.«*

*Der Häuptling der Arapahoes fragte: »Was heißt das, du fliegst, und er geht zu Fuß?«*

*»Wohkata«, sagte Iktome, »er reist langsam und frißt die Völker auf seinem Weg, verschlingt die ganze Erde.«*

*Der Häuptling fragte: »Wann wird er hier sein?«*

*»Du wirst es von einem Stern erfahren. Wenn du einen Doppelstern siehst, wenn ein Stern den anderen widerspiegelt, dann ist der Huhanskaska nahe.«*

*Iktome ging fort. Er ging an zwei Frauen vorbei, die nach wilden Rüben suchten und sie mit Antilopenhörnern aus der Erde gruben. Sie sahen Iktome ziehen und seine Arme zum Himmel ausstrecken. Plötzlich verwandelte er sich in einen Ball, und zur selben Zeit fiel der Faden eines Spinnennetzes vom Himmel zur Erde, und Iktome kletterte daran hinauf und verschwand.*

*Nahe dem Dorf der Kangiwichashas, des Crow-Volkes, sammelten zwei alte Männer Wurzeln, die man für Medizin benötigt. Sie sahen jemanden hinter einem Baum stehen und dann das Camp umkreisen. Sie sagten zueinander: »Er ist nicht von unserem Stamm. Laßt uns ihn fragen, was er will.«*

*Iktome antwortete in der Crow-Zunge: »Das Weiße Langbein*

*kommt. Schaut auf die Dinge um euch, das Gras, die Bäume, die Tiere. Der Iktome Hu-han-ska-ska wird sie alle nehmen. Er wird die Luft stehlen. Er wird euch ein neues, anderes Leben geben. Er wird euch viele neue Dinge geben. Aber haltet an eurer alten Lebensweise fest, beobachtet, was Tunkashila, der Großvater-Geist, euch gelehrt hat.«*

*Die beiden alten Männer sagten: »Wir sollten dich zu unserem Häuptling bringen.« Das taten sie dann auch, und der Häuptling der Crows fragte: »Welche Neuigkeiten hast du für uns?«*

*»Das Weiße Langbein kommt. Er wird das Gras aufessen und die Bäume und die Bisons. Er wird euch einen neuen Glauben bringen. Ich sage euch das voraus, ich Iktome, der durch die Luft rollt.«*

*Der Häuptling der Crows fragte: »Warum kommt er? Wir wollen ihn hier nicht. Wir haben hier alles, was uns glücklich macht.«*

*»Er wird kommen«, sagte Iktome, »ob es euch gefällt oder nicht. Er kommt aus dem Osten.«*

*»Wie kommt es, daß du dich Iktome nennst?«*

*»Weil ich Iktome bin, der Spinnenmann.«*

*Eine der Crow-Frauen gab Iktome eine Handvoll Wasna, Trockenfleisch, gemischt mit Nierenfett und Beeren, mit auf den Weg. Iktome dankte ihr und sagte: »Ihr müßt diesen neuen Menschen beobachten. Was immer er sagt und fragt, sagt ›hiya‹ zu ihm, sagt ›nein‹ zu allem. Nun nehme ich meine Botschaft mit nach Westen.«*

*Iktome stand im Zentrum des Tipi-Kreises. Alle Crow-Häuptlinge standen um ihn herum in ihren Kriegshauben. Plötzlich verspürten sie alle einen großen Einfluß von Macht. Iktome wurde zu einem Ball, und der Faden des Spinnengewebes, das am Himmel trieb, fiel auf die Prärie und löste ein Beben und Donnern im Innern der Erde aus. Und während sich noch jedermann wunderte, kletterte Iktome den Strang hinauf in das Netz und war verschwunden.*

*Ein Mann streifte in einem Tal umher. Er wurde von einem Krieger des Snake-Volkes, der Schoschonen, gesehen, der gerade seine Pferde zusammentrieb. Der Krieger fragte ihn, wer er sei und warum er gekommen wäre. Der Fremde antwortete: »Ich bin Iktome. Ich rolle durch die Luft. Ich komme aus dem Osten, Wiyohiyanpata, und komme mit Neuigkeiten.«*

*Der Krieger sagte unsicher: »Warte hier, ich bringe unseren Häuptling.« Der Schoschonenhäuptling erschien, gefolgt von seinem Stamm. Iktome erklärte ihm: »Eine neue Menschenart ist auf dem Weg hierher, ein Weißes Langbein, mit vielen Lügen und vielen neuen Dingen. Wenn ihr sie haben wollt, ist das eure Sache.«*

*Der Häuptling legte zwei Stöcke so auf den Boden, daß sie nach Norden und Süden zeigten, und das war das Symbol für ein Nein. Der Häuptling sagte zu Iktome: »Wir wollen ihn hier nicht. Unsere Generation ist gut, unser Volk ist gut, und unser Land ist gut. Wir können mit diesem neuen Menschen nichts anfangen.«*

*Iktome erklärte ihm: »Er wird auf jeden Fall kommen. Ich gehe nun nach Waziyata, nach Norden, um meine Botschaft zu den Leuten dort zu bringen.«*

*Iktome kletterte einen Hügel hinauf, und die Schoschonen sahen, wie ein Blitz in den Gipfel einschlug, und sie hörten den Donner vieler Büffelhufe in der Erde unter den Füßen.*

*Iktome erschien nun im Norden und schritt auf das Dorf der Palanis, der Pawnees, zu. Er wies mit dem Finger auf ihr Camp und rief: »Eine neue Generation wird kommen. Ein neuer Mensch kommt. Er kommt in diese Welt.« Eine Palani-Frau fragte ihn: »Ist es ein neugeborenes Kind?«*

*»Nein«, sagte Iktome. »Das ist kein kleines Kind. Es ist ein Mann ohne Großmütter oder Großväter, ein Mensch, der nur Krankheiten und Sorgen bringt.«*

*»Wir wollen ihn nicht. Was sollen wir tun?« fragten die Pawnees.*

*»Ihr müßt selbst wissen, was zu tun ist. Ich gehe zurück zu meinem Volk.«*

*Die Pawnees sagten: »Geh jetzt nicht.« Aber Iktome wandte sich nach Norden mit einem Kiefernbogen in der Hand, wies damit in die vier Richtungen, dann hinauf zum Großvater Himmel und hinab zu Großmutter Erde. »Denkt daran, das wird die Pflanze im Mittelpunkt der Erde sein, die ihr verehren müßt, und mit ihrer Hilfe werdet ihr sehen und wissen.«*

*Und sie alle sagten: »Ohan, ja.«*

*Iktome ging zu seinem eigenen Volk zurück, den Lakotas. Er flog durch die Luft, und der Wind trug ihn in ihr Lager. Er erklärte dem Volk: »Ich gehe zurück ins Meer. Der neue Mensch wird kommen. Er ist beinahe schon da.«*

*»Womit wird er kommen?«*

*»Er wird in einem Wahte kommen, in einem Boot. Ihr seid die Ikche-wi-chashas, das einfache, wilde, ungezähmte Volk. Aber dieser Mensch wird euch falsch benennen und euch mit allen möglichen falschen Namen rufen. Er wird versuchen, euch zahm zu machen und seinem Bild ähnlich. Dieser Mensch wird lügen. Er kann nicht die Wahrheit sprechen.«*

*»Wann wird er kommen?«*

*»Sobald die weißen Blumen blühen. Beobachtet die Bisons. Wenn dieser neue Mensch kommt, gehen die Bisons in ein Loch im Berg. Bewacht die Bisons, weil das Weiße Langbein sonst alle nimmt. Er wird vier Dinge bringen: Krankheit, Haß, Vorurteil, Taktlosigkeit. Er wird versuchen, euch anstelle eures eigenen einen neuen Großen Geist zu geben, wird euch zwingen wollen, euren eigenen Wakantanka gegen seinen auszutauschen, so daß ihr die Welt verliert. Dann denkt immer an Tunka den Felsen. Er hat keinen Mund, keine Augen, keine Ohren, aber er hat die Kraft. Haltet euch an ihn. Und denkt immer an Tunkashila, den Großvater, den Großen Geist. Dieser neue Mensch ist auf dem Weg zu euch,*

*er kommt, um unter euch zu leben. Er wird lügen, und seine Lügen werden niemals enden. Er ist dabei, einen dunklen, einen schwarzen Reifen um die Erde zu legen.«*

*»Gibt es keine Hoffnung?« fragte das Volk.»Möglicherweise ja, möglicherweise nein. Ich weiß es nicht. Zuerst wird das geschehen, was ich euch gesagt habe. Mit seinen langen Beinen wird er euch überrennen. Vielleicht wird eine Zeit kommen, in der ihr seinen dunklen Ring brechen könnt. Vielleicht könnt ihr diesen Menschen auch ändern, ihm Erdenweisheit geben, ihm die Ohren für das öffnen, was die Bäume und das Gras erzählen. Ich will euch nicht seinen Namen offenbaren. Ihr sollt ihn als Washi-hani kennenlernen, als Allesstehler oder besser als Wasichu Fettnehmer, Wasichu, weil er das Fett von der Erde schöpfen wird.«*

*Iktome ging, und allmählich vergaßen die Leute, was er über das Kommen des weißen Langbeins gesagt hatte, denn für eine Weile blieben die Dinge, wie sie immer gewesen waren. So machten sie sich keine Sorgen mehr. Dann, eines Morgens, waren zwei Frauen der Lakotas auf dem Weg, um Wildkirschen zu sammeln, und plötzlich bedeckte schwarzer Rauch die Erde, auf der sie standen. Und aus diesem Dunkel sahen sie eine fremdartige Kreatur sich erheben. Sie trug einen merkwürdigen schwarzen Hut und Stiefel und Kleider. Ihre Haut war bleich, ihr Haar war gelb, und ihre Augen waren blau. Sie hatte Haare, die unter der Nase wuchsen und über ihre Lippen fielen. Ihr Kinn war von Haaren bedeckt. Der Mann war überall haarig. Wenn er sprach, klang es nicht wie Menschensprache. Niemand konnte ihn verstehen. Er saß auf einem großen fremdartigen Tier, einem Elch ähnlich, aber es war kein Elch. Es war ein Tier, das niemand kannte.*

*Diese fremde Kreatur, dieser Unheimliche, trug in einer Hand ein Kreuz und in der anderen einen furchtbaren Feuerstock, der Blitze spie und einen Krach wie Donner machte. Er nahm aus seinem schwarzen Mantel etwas Hartes, Glänzendes, Glitzerndes,*

*Durchsichtiges, das ihm als Wasserbehälter diente. Es schien klares Wasser zu enthalten. Er bot den Frauen davon zu trinken an, und als sie es versuchten, verbrannte ihnen das fremdartige Wasser die Kehlen. Der Mann war mit einer bösen Krankheit bedeckt, und die Krankheit sprang auf die Haut der Frauen über in ungezählten Pusteln und ließ sie sterben.*
*Jetzt wußten die Lakotas, daß der Wasichu, der Fettesser, das Weiße Langbein, der Weiße Mann, gekommen war. Jetzt war er mitten unter ihnen, und sie ahnten auch, daß sich nun alles ändern würde.*

Leonard Crow Dog, geistiger Führer der Brulé-Lakotas

# SIEBTES KAPITEL

Der Sommer verging, und eines Morgens, als der erste Reif auf den Erdhäusern glitzerte, zog Otterwoman aus dem Tipi aus und wieder in Forest Bears Hütte ein. Von diesem Augenblick an bestimmte der kleine Toussaint unseren Tagesablauf. Anders als Schoschonenbabys, die meistens still und geduldig waren, schrie dieses Baby fordernd und zornig, wenn es hungrig war, schrie es, wenn es durstig war und überhaupt, wen ihm etwas an den Vorgängen in seinem Körper oder der Umgebung nicht paßte. Im übrigen roch es in der engen Hütte ständig und überall nach Baby, Muttermilch und Urin.

Trotz aller Belastungen waren wir nur selten gereizt. Auch Forest Bear, der doch sonst so schnell wütend werden konnte, blieb friedlich.

Als Toussaint in diesen ersten Monaten seines Lebens einmal sehr krank und sein kleiner Körper von einem bösen Husten geschüttelt wurde, bis er ganz kraftlos war, schlich Forest Bear wie ein getretener Hund umher. Er fand erst wieder zu sich, als das Kind gesund wurde. Kein Zweifel, er liebte seinen Sohn, und wir Frauen profitierten davon.

Viele Monde eines erträglichen Zusammenlebens gingen ins Land, und ich gewöhnte mich an das Leben hier. Als auch ich schließlich ein Kind von Forest Bear erwartete, verbannte ich die Träume von der Heimkehr in mein Tal endgültig aus meinen Nächten. Jedoch im Jahre 1804 eurer Zeitrechnung, im Mond der Maisernte, Maskuruh-Weri, trat in meinem Leben eine unverhoffte Wendung ein.

Ich weiß, es ist ein schwacher Ausdruck für das, was damals geschah. Ihr würdet es eine Fügung des Schicksals nennen, denn ich wurde ja, wie es heißt, eine »Figur der amerikanischen Geschichte«. In der Zeit, als mich Captain Meriwether Lewis und Captain William Clark in ihr Corps of Discovery aufnahmen, merkte ich freilich nichts davon. Ich fühlte mich anfangs nur als Anhängsel Forest Bears, der sich von den Uaschis als Übersetzer anmustern ließ, obwohl er die Sprache der Gros Ventres, die einzige Indianersprache, die er kannte, nur radebrechte, der sich für einen Pfadfinder hielt, obwohl er den Westen nicht kannte, für einen Steuermann, obwohl er nichts von Booten verstand, für einen Jäger, obwohl auch die Jagd nicht seine Sache war. In dem Maße, in dem die Captains später seine Schwächen herausfanden, aber nahmen sie mich immer wichtiger. Forest Bear wurde eifersüchtig auf mich. Doch gewann ich an Selbstbewußtsein, so daß seine Anfeindungen an mir abprallten.

Aber laßt mich meine Geschichte mit dem Tag beginnen, an dem das Oberhaupt unserer Stadt, Black Mocassin, von einem Besuch Mih-Tutta-Hang-Kuschs zurückkehrte und den Bewohnern von Awitichây berichtete, in der Nachbarschaft der Mandans würde sich eine Gruppe neuer Uaschis niederlassen und dreist eine Anzahl winterfester Häuser bauen.

Niemand vermag sich heute die Aufregung vorstellen, die diese Nachricht in der kleinen Stadt auslöste. Nie zuvor waren Uaschis mit solchen Absichten den Fluß heraufgekommen. »Ihre Großkanus übertreffen an Maßen alles, was wir zu bauen vermögen«, erklärte Black Mocassin seinen atemlosen Zuhörern. »Sie besitzen Waffen, die sich an Größe und Gefährlichkeit mit keiner vergleichen lassen, die wir von den Engländern und Franzosen kennen.«

Und dann diese Herausforderung! »Die Fremden errichteten Palisaden zum Schutz ihres Dorfes, als seien die Mandans ihre Feinde.« Der alte Häuptling ließ einen Tomahawk von Hand zu Hand wandern, der gleichsam Krieg und Frieden verkörperte. Die eine Seite dieses seltsamen Gegenstandes endete in einer scharfen Schneide, die andere als Kopf einer Tabakspfeife. Die neuen Uaschis hatten den Pfeifentomahawk tatsächlich verschenkt, und diese Großzügigkeit war verwirrend. Die Nachrichten weckten außer Begehrlichkeit auch Neugier und Angst unter den Bewohnern von Awatichây. Forest Bear warnte sie: »Ihr werdet die Schneide des Tomahawks eines Tages mehr brauchen als den Tabakskopf. Diese Leute werden bald für großen Ärger sorgen.«

Er gab Black Mocassin das Geschenk zurück. »Sei auf der Hut!« sagte er. Aber der alte Mann schüttelte den Kopf. »Forest Bear, du redest Unsinn. Um Ärger machen zu können, müßten die Fremden zahlreich sein wie die Schwärme der Wildgänse, die jetzt nach Süden fliegen. Von woher sollten so viele Menschen kommen?« Forest Bear setzte zu einer Erwiderung an. Aber Black Mocassin wollte nicht weiter zuhören und wandte sich zum Gehen.

Wie ihr wißt, hat sich Forest Bears Prophezeiung erfüllt. Doch ging es ihm gar nicht um die Zukunft der Unterirdischen. Er fürchtete für sich und seine Handelspartner aus

Kanada die Konkurrenz der Neuankömmlinge und wollte Stimmung gegen sie machen. Das Wort Amerikaner hörte ich in diesen Tagen zum ersten Mal, und zwar aus seinem Munde. Bei den Minitaris erhielten sie den Namen Mahtschi-ichtiä, Lange Messer.

Forest Bear teilte uns mit, er wolle sich die Fremden genauer ansehen. Er sattelte sein Pferd und ritt fort. Während seiner Abwesenheit kam Yellow Bear, ein anderer Häuptling, der die Fremden besucht hatte, nach Awatichây und zeigte Glasperlen herum, darunter viele himmelblaue, mit denen man Hirschlederkleidung besonders hübsch besticken kann. Die Minitaris schlugen den Rat des Häuptlings in den Wind, und viele von ihnen beschlossen, die Fremden zu besuchen. Sie hofften auf Geschenke oder doch auf einen guten Handel. Sie packten Tauschwaren auf ihre Pferde sowie ihre Frauen und zogen los.

Ihr könnt euch sicher vorstellen, daß auch Lizard, Otterwoman und ich darauf brannten, die Fremden zu sehen. Aber wir durften uns ohne Forest Bears Erlaubnis nicht aus Awatichây entfernen. Außerdem besaßen wir sowieso nichts, was wir hätten tauschen können.

So hätten wir die Fremden wohl nicht zu sehen bekommen, wäre Forest Bear nicht ein paar Tage später in unsere Stadt zurückgekehrt, um uns zu ihnen mitzunehmen. »Nach Fort Mandan!« wie er geheimnisvoll tat. Mandan, das Wort, unter dem das Fasanenvolk allgemein bekannt ist, hatten die Amerikaner nun für ihr Fort, ihr befestigtes Winterquartier, gewählt. Warum Forest Bear mit uns zu dem Fort reiten wollte, konnten wir nicht ahnen. Jedenfalls nahm er keinerlei Tauschwaren mit. Nur unsere Körper hätte er zur Liebe anbieten können, wie das manche taten. Es war nach eurem Kalender nun November, und auf dem Missouri trieben sogar schon Eisschollen. Ich saß, in eine dicke Bisonrobe gehüllt, auf meinem Pony. Doch die eisige Kälte griff nach meinen Händen und Füßen, die ganz gefühllos waren, als wir in Mih-Tutta-Hang-Kusch, der Südlichen Stadt, ankamen.

Ich sah diese gewaltige Stadt der Awitiratackas, wie man bei den Minitaris die Mandans nannte, nun zum ersten Mal. Es gab, wie man mir versicherte, damals keine größere Stadt am Missouri. Die Mandans hatten sie auf einen wuchtigen, nasenförmigen Felsenvorsprung, hoch über dem Fluß, errichtet, so daß ihre Bewohner sich vor Feinden nur durch einen Palisadenzaun auf der dem Land zugewandten Planke schützen mußten.

Wer durch die Öffnung in den Palisaden in die Stadt hineinritt, passierte zwei hoch aufragende Götterbilder. Sie verkörperten den Herrn des Lebens und die Frau, die niemals stirbt. Ich wußte nichts über sie. Nur ihre Namen. Oberflächlich betrachtet, sahen sie den Kürbisköpfen ähnlich, die die Minitaris auf lumpenbehängte Stangen steckten und in ihren Feldern aufstellten, um gefräßige Vögel zu verscheuchen. Mich konnten diese Götter nicht erschrecken. Forest Bear lenkte sein Pferd zur Mitte der Stadt, wo ein anderes Heiligtum stand, ein turmartiges Gebilde, das dem Hörensagen nach an die Errettung der Vorfahren dieses Volkes vor einer großen Flut gemahnte.

In der Mitte der Stadt trafen wir schließlich auf Black Cat, Posscossohe, das Oberhaupt der benachbarten Stadt Ruhptáre, einige Chefs von Kriegerbünden und mehrere bedeutende Krieger. Sie diskutierten lebhaft miteinander und hatten dabei vermutlich nur ein Thema, die Amerikaner in Fort Mandan. Als Forest Bear absaß, verstummten sie. Zwischen ihnen stand ein Mann aus Awatichây, der etwas Mandan sprach. Mit dessen Hilfe konnte Forest Bear sich mit den Mandans verständigen.

Black Cat war ein Mann mittleren Alters und von mächtiger Gestalt. Sein Gesicht war breit und fleischig. Er trug einen Kopfschmuck, eine Federmütze mit geschliffenen Bisonhörnern und einem den Rücken hinabfließenden Kamm aus Adlerfedern.

»Störe ich eure Beratung?« fragte Forest Bear.

»Dann würde ich es dir sagen«, antwortete Black Cat barsch und nahm vorsichtig die Fingerspitzen der ihm von Forest Bear dargebotenen Hand. Forest Bear begrüßte auch die anderen Männer auf dieselbe Weise. Wir Frauen standen bei den Pferden und wurden wie üblich nicht beachtet. Ich konnte feststellen, daß die Mandans ziemlich verdrossene Gesichter machten. Forest Bear schien zu ahnen, daß deren schlechte Laune mit den Amerikanern zu tun hatte, und machte den Versuch, sie auszuhorchen. »Wenn ihr Sorgen habt, dann sagt mir, wie ich euch helfen kann.«

Black Cat starrte erst auf seine Mokassinspitzen, blickte Forest Bear dann direkt in die Augen und sagte: »Die Großkanus der Schönen Menschen waren randvoll von Dingen, die wir begehren. Sie füllen nun zwei Hütten in ihrem Fort. Meine Freunde und ich fragen uns, warum sie all die Messer, Pfeilspitzen, Tomahawks und Perlen nicht gegen gute Pelze eintauschen wollen, so wie du und die anderen Händler es tun. Gewiß, wir haben bessere Geschenke von ihnen erhalten als von dir und den Männern aus Kanada. Aber jetzt haben die Schönen Menschen ihr Lager vor uns verschlossen.«

Ich hörte zum zweiten Male, wie Black Cat die Leute im Fort Schöne Menschen nannte und war deshalb sehr gespannt auf sie. Waren sie wirklich so schön? Von Forest Bear jedenfalls konnte man das nicht sagen. Dieser ärgerte sich über den herabsetzenden Vergleich mit ihnen, was die Geschenke betraf. Er konnte sein Gesicht nur schlecht kontrollieren. Doch seiner Stimmte merkte man kaum etwas an, als er sagte: »Und ich dachte, ihr seid besorgt, weil sie eurer Stadt gegenüber ein Dorf mit Palisadenzaun errichtet haben.«

Black Cat herrschte ihn an: »Glaubst du, wir würden nicht mit ihnen fertig, wenn sie uns störten? Den Zaun haben wir ihnen erlaubt. Er soll sie nur gegen Überfälle der Schaonnis schützen. Im Frühling reisen sie weiter.« (Schaonnis war der Mandan-Name für die Lakotas).

»Ich weiß«, sagte Forest Bear. »Ich habe mit ihnen gesprochen. Sie wollen zu den fernen Bergen, wo die Schoschonen leben, dann darüber hinweg zum Großen Wasser.«

Ich wurde hellhörig und lauschte der Unterhaltung nun mit größter Aufmerksamkeit.

»Wenn sie dorthin wollen, dann brauchen sie ihre Waren für eure Feinde. Das würde mir an deiner Stelle nicht gefallen.«

Black Cat merkte, daß Forest Bear Zwietracht säen wollte und erteilte ihm eine Abfuhr. »Das ist nicht deine Sache.«

Forest Bear wurde böse. »Aber wenn deine Leute an meine Tür klopfen und um Pulver und Blei für den Kampf gegen die Schaonnis bitten, das ist meine Sache oder nicht?«

Forest Bear hätte besser nichts gesagt. »Bitten?« schnarrte Black Cat arrogant. »Das nächste Mal nehmen wir uns, was wir brauchen.«

Forest Bear sah, daß er zu weit gegangen war, und lenkte ein. »Verzeih mir meine dummen Worte, Häuptling. Ich werde dir und deinem Volk immer zur Seite stehen. Das weißt du.«

»Es ist gut.« Black Cat gab sich großmütig. »Geh jetzt, wir wollen uns beraten.«

Ich sah Forest Bear die Erleichterung an. Er verabschiedete sich von dem Mandan, der nachlässig seine Hand nahm und sich dann seinen Männern zuwandte. Forest Bear ging eilig zu der Klippe, und wir folgten ihm mit den Pferden.

Von der Höhe hatte man einen weiten Blick über den Missouri, den Amahti der Minitaris, und das Land. Ich sah einige Großkanus der Fremden auf dem Sand des jenseitigen Ufers und ein mächtiges Boot im Fluß vor Anker. Ihre Häuser aber waren hinter Bäumen verborgen. Man konnte an der Stelle den Rauch über den Wipfeln sehen.

Das große Boot beeindruckte mich tief. Die Fremden hatten ein ganzes Haus darauf gebaut, das größer war als unsere Hütte. Es wurde von einem Pfahl hoch überragt, dessen Zweck mir nicht klar war. Ich fragte Lizard, ob sie eine Erklärung dafür habe. Sie schüttelte den Kopf. Ich hätte von Forest Bear Auskunft erbitten können. Doch nach einem Seitenblick auf seine angespannte Miene zog ich vor, den Mund zu halten.

Eine Weile starrte er auf die Großkanus. Er schien unschlüssig zu sein. Ich weiß nicht, was meine Freundinnen beim Anblick der Boote dachten. Aber ich träumte einen Augenblick davon, in einem davon zu sitzen, inmitten seltsamer, fremder Menschen. Forest Bear hatte gesagt, sie wollten den Fluß hinauf zu den fernen Bergen fahren, wo mein Volk lebt! Was für eine Aussicht! Doch eine innere Stimme warnte mich auch. Besser nicht daran denken, nicht neue Hoffnung schöpfen.

Forest Bear riß mich aus meinen Gedanken. »Laßt uns reiten.« Er nahm mir die Zügel seines Pferdes aus der Hand und saß auf. Als ich ihm mit den anderen folgte und mein Pferd auf den steilen Pfad lenkte, der zum Fluß hinunterführte, holte ich tief Luft und sog die süße Witterung einer noch unbestimmten Verheißung in meine Lungen.

Unten am Missouri-Ufer saßen einige vermummte Gestalten, reglos, als hätten sie Wurzeln geschlagen. Sie waren in den Anblick des gewaltigen Bootes im Fluß versunken, als wollten sie das Geheimnis seiner Bauweise ergründen. Aus dem Bauch des Schiffes drang ein beängstigendes Hämmern und Pochen. »Es müssen Riesenwesen sein, die dort drinnen rumoren«, sagte Lizard mit Furcht in der Stimme. »Das glaube ich auch«, meinte Otterwoman. »Wer sonst könnte ein solch großes Boot steuern?«

»Von mir aus kann Forest Bear sich auf den Kopf stellen. Ich fahre dort nicht hinüber«, beschloß Lizard.

»Ich gehe auch nicht. Ich werde es Forest Bear sagen«, versprach Otterwoman, die als Mutter seines Sohnes immer noch am besten mit ihm stand. Lizard war erleichtert. Ihr wißt ja, wie jähzornig Forest Bear war. Ich jedoch war bereit, zu den Fremden zu gehen.

Forest Bear hatte seine kurze Unterhaltung mit den Männern am Ufer beendet, legte die Hände an den Mund und rief etwas zu dem Schiff hinüber. Im nächsten Augenblick tauchte ein Mann auf dem Dach auf, der einen ebenso wilden schwarzen Bart trug wie Forest Bear. Er hatte ein rotes Tuch um seinen Kopf geknotet und trug bunt gefärbte Kleidung aus einem Material, das ich nicht kannte. Er sah kaum anders aus als die Franzosen und war beileibe kein Riesenwesen, wie Lizard befürchtet hatte. Forest Bear und der Mann im Boot verständigten sich sogar in derselben Sprache.

Bald darauf schickte der Fremde ein Boot mit zwei Ruderern, die Otterwoman, Forest Bear und mich übersetzten. Lizard blieb mit den Pferden am Ufer zurück. Einer der Ruderer führte uns zum nahen Fort, das von einer gut achtzehn Fuß hohen Palisade umschlossen war. Dahinter duckten sich die Hütten der Fremden. Das Fort befand sich noch immer im Bau. Aus der Richtung des nahen Waldstücks vernahmen wir Axthiebe und das Krachen fallender Bäume. Durch das weit geöffnete Tor hörten wir ständiges Sägen und Hämmern. Ein weiter Platz vor dem Zaun war kahl geschlagen.

Es war kein Bild, das mir gefiel. Doch dann wurde mein Blick von einer großen rotweißblauen Decke angezogen, die an einer hohen Stange über den Dächern von Fort Mandan im Wind knatterte. Sie war hübscher als alle Decken, die ich je gesehen hatte. Auf schneeweißem Grund waren der Länge nach rote Streifen aufgemalt, und in einer Ecke befand sich ein himmelblaues Feld mit vielen weißen Sternen. Ich würde was darum geben, dachte ich, wenn ich diese Decke um meine Schultern legen dürfte. Zu welchem Zweck sie die Fremden dort oben aufgehängt hatten, vermochte ich nicht zu enträtseln. Ich sprach mit Otterwoman darüber, die entgegen ihrer Ankündigung doch Mut gefaßt hatte und ohne Protest mitgekommen war.

»Vielleicht«, meinte sie, »ist die Decke eine Gottheit, so wie die Frau, die niemals stirbt. Diese wacht ja auch auf einer hohen Stange über die Dächer der Mandans.«

Mit dieser Überlegung gab ich mich erst einmal zufrieden, beschloß aber, die Frage im Auge zu behalten. Um die Antwort hier vorwegzunehmen, Otterwomans Deutung war, wie ich im Laufe der Jahre beobachten konnte, gar nicht so falsch. Ich sah, daß die Amerikaner diese Decke, die sie das Sternenbanner nennen, immer mit sich führten, sie an jedem neuen Ort und bei Verhandlungen mit verschiedenen Völkern aufpflanzten, bei feierlichen Anlässen begrüßten, besangen und sogar küßten. Auch sie beobachtet die Menschen von hoher Warte, so wie der Herr des Lebens. Sie ist wahrhaftig ein mächtiger Gott, mächtiger sogar als der Gott am Marterpfahl, Christus, den die Fremden ebenfalls verehren.

Wie ich heute weiß, beschwören die Amerikaner den Geist dieser bunten Decke, wenn sie in den Krieg ziehen und Land erobern. Sie sind bereit, ihr in jeder Weise zu dienen und werden, wenn sie ihr treu ergeben waren, eines Tages, wenn sie ins Grab sinken, mit ihr bedeckt. Die Stammesführer, zu denen das Corps of Discovery kam, nahmen sie mit Freuden als Geschenk an. Dabei hätten sie sich vor dem Sternenbanner in acht nehmen sollen. Damals also, in Fort Mandan, sah ich diese Decke zum ersten Mal und ahnte nicht, daß auch ich ihr dienen würde, ob ich wollte oder nicht.

Die vielen Fremden im Fort machten mir nun doch ein wenig Angst. Ich sah nicht nach rechts und nicht nach links und hielt mich ganz dicht hinter Forest Bear. Dieser ging zielsicher zu einem etwas größeren Gebäude, das schon fertig gebaut war. Als wir dort ankamen, öffnete sich plötzlich die Tür, und ein Hund schoß heraus, der größer war als ein Wolf, fast so groß wie ein Schwarzbär. Er baute sich vor uns auf, entblößte die langen Eckzähne und ließ ein tiefes Grollen hören. Otterwoman und ich drängten uns ängstlich aneinander, und auch Forest Bear blieb wie angewurzelt stehen. Die Haltung des Hundes besagte: Bis hierher und nicht weiter! Der Ruderer, der uns geführt hatte, rief dem Hund ein paar beruhigende Worte zu.

Doch das war nicht mehr nötig, denn im nächsten Augenblick trat ein hochgewachsener, seltsam fuchshaariger Mann aus dem Haus, der dem Hund einen kurzen Befehl gab und sofort dessen ganze Aufmerksamkeit auf sich zog. Der Mann trug eine dreieckige, schwarze Kopfbedeckung mit goldenem Zierband, deren Lächerlichkeit jedoch seine Würde kaum beeinträchtigte. Mit seinen blauen Augen musterte er erst Forest Bear, dann Otterwoman, dann mich. Obwohl sich sein Blick nur für die Dauer eines Wimpernschlages in meine Augen senkte, drang er doch in meine Seele ein. Ich blickte zu Boden, um meine Erregung zu verbergen.

Ich hatte keine Ahnung, daß der Fremde eines Tages Übermenschliches von mir verlangen und ich ihm folgen würde bis ans Ende der Welt.

# ACHTES KAPITEL

Der Fremde sagte ein paar Worte. Doch Forest Bear verstand seine seltsame Sprache nicht. Es schien mir, als wäre Red Hair die Zunge, die eigentlich helfen sollte, Worte zu formen, beim Sprechen im Wege. Achselzuckend winkte er einen in der Nähe stehenden schwarzbärtigen Mann herbei, der ihm als Übersetzer diente. Die Unterhaltung war umständlich. Aber die Bruchstücke, die davon bei mir ankamen, versetzten mich in große Aufregung.

»Ich hoffe, daß ich seine Worte richtig deute«, sagte Otterwoman, die inzwischen ein paar Brocken Französisch verstand, »aber der Rotkopf fragt, ob wir die beiden Schoschonenfrauen seien, von denen er bei Charbonneaus Besuch gehört habe. Forest Bear behauptete darauf, du seist sogar die Tochter eines Häuptlings. Die Fremden wollen bei den Schoschonen Pferde kaufen und damit die Berge im Westen überqueren.«

»Die Berge überqueren? Red Hair muß krank im Kopf sein!« flüsterte ich heftig. »Außerdem ist der Geist meines Vaters schon lange im Wolfshaus. Er war Häuptling. Aber man muß nicht Tochter eines Häuptlings sein, um den Fremden beim Pferdehandel zu helfen. Ich kann das. Du kannst das.«

Otterwoman lächelte skeptisch. »Aber wie wollen die Uaschis das Gebiet unseres Volkes erreichen? Glaubst du, die

Crows und all die anderen Stämme ließen sie unbehelligt durch ihr Land ziehen, so wenige Männer mit so vielen Dingen, die Indianer begehren?«

Wir unterbrachen unsere leise Diskussion, als ein großer Uaschi aus der Hütte trat. Er trug eine lange, gegürtete Felljacke, eine hohe Pelzkappe mit Schirm, dunkle Hosen und Schuhe, die bis zum Knie reichten. An seiner Seite hing ein langes Messer. Dieser Mann nun stellte sich neben Red Hair und ließ seine grauen Augen von Forest Bear über Otterwoman zu mir wandern. Dabei blickte er gelangweilt über meinen Scheitel hinweg. Der Mann gefiel mir, aber er wirkte ungeheuer hochmütig.

Ich erwartete, daß er etwas zu Forest Bear sagen würde. Aber er sprach nur mit Red Hair. Offenbar hielt er nichts von uns. Während Red Hair redete, sah ihn der Mann, ich nenne ihn einfach Long Knife, aufmerksam und melancholisch lächelnd an. Er wartete, bis Red Hair geendet hatte und antwortete dann kurz in einem leisen, zögernden Tonfall. Ich hatte den Eindruck, daß unter seiner Oberfläche eine schutzbedürftige Kinderseele verborgen war.

Aber ich konnte mich auch täuschen. Es überraschte mich nicht, als ich später erfuhr, daß Long Knife, Meriwether Lewis, im Rang höher stand als Red Hair, William Clark. Aber sie ließen sich beide mit »Captain« ansprechen und handelten als Führer in gleicher Weise.

Nachdem die beiden ihre Unterredung beendet hatten, nickte Long Knife uns flüchtig zu und ging davon. Das große Tier, halb Hund, halb Bär, trottete friedlich hinter ihm drein. Auch Red Hair ließ uns mit einem freundlichen Gruß allein.

Forest Bear tat sich wichtig. »Die beiden Uaschis brauchen mich hier im Fort. Also reitet nach Awatichây und holt unser Zelt sowie den notwendigen Hausrat. Wir wohnen von nun an hier. Los, beeilt euch.« Eine nähere Begründung gab er uns nicht.

Es war eine elende Schufterei, die schweren Bisonhäute des Zeltes und das Bündel langer Stangen von der Stadt zum Fort zu bringen, auch wenn wir Pferde für die schwersten Lasten zur Verfügung hatten. Die Nacht war schon hereingebrochen, als wir das Tipi endlich aufgebaut, durch Reisigbündel gegen die Kälte abgeschirmt und ein Feuer entfacht hatten. Danach richteten wir bequeme Schlafstätten ein und kochten ein Maisgericht.

Forest Bear war uns dafür so dankbar wie der Vogel dem Wurm, der ihm zur Nahrung dient. Er kam spät und angetrunken nach Hause, aß ein paar Löffel von unserem Gericht, wobei er nur das Fleisch herausfischte, und kroch mit der Bemerkung unter seine Felle, wir sollten uns vor den Uaschis vorsehen. Sie seien ständig hinter Frauen her, besonders der Nigger unter ihnen.

Bevor ich einschlief, rätselte ich noch eine Weile, was denn wohl ein »Nigger« für eine Art Mensch sei. Am nächsten Morgen dann wußte ich es. Er kam nämlich zu unserem Zelt und rief nach »Monsieur Charbonneau«. Dieser schälte sich mit einem Fluch aus den Fellen, urinierte in einen Behälter aus der Herzhaut des Bisons und ging, nachdem er sich die Schuhe angezogen und in eine Bisonrobe gehüllt hatte, nach draußen.

Kurze Zeit später befahl er: »Otterwoman, Lizard, Sacagawea, kommt sofort heraus!« Ich steckte vorsichtig den

Kopf durch den Zelteingang und erblickte den schwarzen Fremden. Der mächtige Kerl hatte ein großflächiges Gesicht, aus dem das Weiß der Augen unheimlich hervorstach. Sein Kopf war mit kurzer Wolle bedeckt wie bei einem Bison. Der Anblick erschreckte mich so sehr, daß ich zurückzuckte und gegen Otterwoman prallte, die hinter mir stand. »Was ist denn los mit dir?« schimpfte sie und hielt sich die Nase.

»Sieh selbst!« sagte ich nur. »Da draußen wartet der Böse Geist!«

»Ach, du spinnst ja!« Otterwoman schüttelte heftig den Kopf und fuhr durch den Eingang wie der Fuchs aus dem Bau. Aber dann hörte ich sie entsetzt rufen: »Ein Bison, ein Bison auf zwei Beinen!«

Forest Bear wies sie in der Sprache der Minitaris zurecht: »Red' keinen Unsinn. Das ist nur ein allzu schwarz geratener Fremder, ein Nigger.«

»Wir wollen vorsichtig sein und hier drinnen bleiben«, sagte Lizard. Doch Forest Bear steckte seinen Kopf in das Zelt und entblößte beim Grinsen seine Zähne, die schwarz wie Sonnenblumenkerne waren: »Nun kommt schon raus, ihr beiden. Der Nigger verschlingt gerade Otterwoman, aber nur mit den Augen.«

Lizard und ich schlüpften bangen Herzens hinaus. Der schwarze Mann verzog wegen unseres ängstlichen Verhaltens keine Miene. Er zeigte mit seinem Finger auf Forest Bear und jede einzelne von uns und wies dann in Richtung des Hauses, in dem die Captains wohnten. Er drehte sich in der Erwartung um, daß wir ihm folgen würden. Er war ein Riese und überragte alle Uaschis, die uns begegneten, auch die größten unter den Mandans, die den schwer arbeitenden

Fremden in aufgeblasener Erhabenheit überall im Wege standen.

Forest Bear, der damals im Gegensatz zu mir schon wußte, daß der Mann ein Sklave war, wunderte sich offenbar über den federnden, selbstbewußten Gang, mit dem er voranschritt, ohne um die Weißen einen Bogen zu machen. Er schüttelte verständnislos den Kopf und spuckte hinter ihm aus. Ich erfuhr später, daß er York hieß und ein Sklave von Captain Clark war.

Red Hair dankte uns freundlich, als York uns in dessen noch immer provisorischem Quartier ablieferte. Er hatte wieder diesen schwarzbärtigen Übersetzer an seiner Seite. Er hieß Drouillard. Wie ihr euch denken könnt, sprach er Englisch mit ihm, dieser Französisch mit Forest Bear und Forest Bear in der Sprache der Minitaris mit uns. Wir Frauen wiederum halfen uns gegenseitig mit Begriffen in Schoschonisch aus, wenn die eine oder andere ein entsprechendes Wort nicht kannte. Ihr könnt euch denken, wie auf diese Weise Fragen und Antworten manchmal falsch wiedergegeben wurden, zumal sich Forest Bear und Drouillard auch noch oft genug um das passende Wort stritten.

Red Hair ließ uns von York einen Becher eines schweren, süßen, seltsam belebenden Getränks bringen. Ich nippte vorsichtig daran. Die wunderbare Süße des heißen Getränks trieb mir Tränen in die Augen, und ich sah an den verklärten Gesichtern meiner Freundinnen, wie sehr auch ihnen diese Köstlichkeit behagte. »Es tut mir leid«, sagte Red Hair, »daß ihr Damen in das enge Fort ziehen mußtet. Aber ich benötige Mister Charbonneau hier dringend für meine Gespräche mit den Gros Ventres.«

»Sobald wir alle Häuser fertig gebaut haben, werden wir auch Quartiere für unsere Dolmetscher mit ihren Frauen einrichten.« Forest Bear übersetzte geschmeichelt.

Ihr könnt euch sicher vorstellen, wie wohltuend Red Hairs Worte nach all den Grobheiten auf mich wirkten, die Forest Bear mir ständig an den Kopf warf. So, dachte ich, spricht kein Tah-bo-ne, kein feindseliger Fremder.

Er kam schließlich zur Sache, und diese war merkwürdig genug. Er fragte uns nach einem gewaltigen Tier, das in unseren Bergen leben soll. »Ich habe gehört, daß dort ein urzeitliches Wesen haust, größer als der Bison und mit Ohren so groß wie ein aufgespanntes Bärenfell, einer Nase, die fast bis zum Boden reicht und wie eine Schlange aussieht, mit weißen Stoßzähnen, die länger sind als das lange Messer von Captain Lewis. Habt ihr ein solches Wesen vielleicht schon einmal gesehen?«

Er reichte uns eine Zeichnung herüber, die er mit schnellen Strichen angefertigt hatte.

Ich sah sie mir an und ließ dann Otterwoman und Lizard das Bild betrachten. Aber sie schüttelten genau wie ich den Kopf. Lizard sagte noch in schoschonischer Sprache: »Das Tier hat nicht nur einen gewaltigen Penis, sondern trägt ihn auch noch mitten im Gesicht.« Wir lachten herzhaft.

Forest Bear fuhr uns an: »Lacht ihr den Captain etwa aus? Untersteht euch, sonst gibt es Schläge.«

»Nein!« sagte ich, »das würden wir nie tun.« Red Hair sah etwas unsicher drein.

Lizard sagte schnell: »Wenn er unbedingt von einem Ungeheuer erfahren will, dann erzähl ihm doch von dem großen grauen Bären!« Sie stieß mich dabei an.

»Gut!« sagte ich und wandte mich Forest Bear zu. »Es gibt ein Tier, das böser ist als der böseste Bulle. Es hat Eckzähne so groß wie Dolche und ebensolche Klauen. Nur die tapfersten Krieger können es besiegen, und manche tragen seine Klauen in einer Kette um den Hals.«

Forest Bear ärgerte sich offensichtlich, daß nicht er, sondern wir Frauen darauf gekommen waren, Red Hair von dem mächtigen Bären zu erzählen, den man inzwischen unter dem Namen Grizzly kennt. »Hat euch der Captain nach dem Tier gefragt?« zischte er.

Aber es war schon zu spät. Lizard hatte eine Bärenklaue aus ihrer Falttasche genommen und auf den Tisch gelegt. »Ich habe sie aus dem Haus von Addih Hiddisch mitgehen lassen«, erklärte sie uns mit leiser Stimme, »und es tut mir nicht einmal leid.«

Red Hair machte große Augen und griff nach der Kralle. Er drehte sie zwischen seinen Fingern hin und her und ließ Lizard fragen: »Diese Kralle stammt nicht von einem Schwarzbären. Aber was für ein Bär ist es dann?«

Drouillard und Forest Bear redeten beide zugleich auf ihn ein. Red Hair hob abwehrend die Hände und verlangte, daß Lizard zu Wort käme. »Dieser Bär«, behauptete sie, »stieße, wenn er sich in diesem Raum hier aufrichten würde, mit dem Kopf an die Decke!« Red Hair reagierte mit einem ungläubigen Lächeln. Forest Bear zuckte mit den Achseln, denn auch er hatte noch keinen Grizzly gesehen und auch kein Fell von ihm gehandelt. Ich warnte Rothaar: »Ihr solltet eure Schwarzwaffen immer in Reichweite haben, wenn ihr zu den großen Wasserfällen kommt. Dort wohnt ein ganzes Volk von diesen Tieren.«

Clark dankte mir für den Rat und stellte dann noch eine andere seltsame Frage. »In der Gegend, wo dein Stamm wohnt, soll es einen Berg geben, der ganz aus diesem Stoff besteht.« Er streute mir aus einem Behälter etwas weißes Pulver auf den Tisch und forderte mich auf, davon zu probieren. Das wäre nicht nötig gewesen, denn ich kannte das Zeug schon, tat ihm aber den Gefallen. »Kennst du einen Berg, der aus diesem Stoff besteht?« Ich mußte ihn enttäuschen, und auch Otterwoman und Lizard schüttelten den Kopf. Red Hair war uns deswegen nicht böse, hatte es nun aber ziemlich eilig, uns zu verabschieden.

»Was ich gar nicht verstehe«, sagte Otterwoman auf dem Rückweg zu unserem Zelt, »ist, daß Red Hair mit keinem Wort fragte, wie man zu unserem Volk gelangt. Das müßte ihm doch wichtiger sein als das Tier mit der langen Nase oder das Pulver.« »Das wird schon noch geschehen«, antwortete ich.

Wir beeilten uns, in unser Zelt zu kommen, denn es war bitter kalt. Dort hatten wir es besser als die Uaschis, die zum Teil noch in halb fertigen Hütten wohnen mußten. Es wird in diesem Zusammenhang Zeit, daß ich von dem Wort Uaschi Abschied nehme und das Wort Sun-men (Sonnenmenschen) in meine Erzählung einführe, obwohl wir Schoschonen es erst einige Jahre später benutzten. Die Bezeichnung Schöne Menschen der Mandans aber will ich auf gar keinen Fall verwenden, denn wir Indianer sehen, von Ausnahmen abgesehen, besser aus als diese Menschen.

An diesem Abend konnte ich lange nicht einschlafen. Die Männer im Fort sägten und hämmerten bis zur Mitte der Nacht, und als dann endlich Ruhe einkehrte, quälten mich plötzlich starke Schmerzen in meinem Bauch. Als sie nachließen, war es beinahe schon Morgen, und ich schlief mit der unbestimmten Angst ein, daß das Baby in meinem Leib sich mit Händen und Füßen wehren würde, mich zu verlassen, wenn es an der Zeit wäre.

Als die Hütten von Fort Mandan fertig waren, führte der Fluß bereits Eis. Aber die Sun-men hatten noch keinen Kamin, wie Forest Bear ihn besaß. Deshalb fuhren einige Männer mit Großkanus ein Stück den Missouri hinunter zu einer Stelle, wo sie große, teilweise schon im Boden festgefrorene Steine sammelten, mit dem sie ihre Feuer ummantelten. Ich wünschte, sie hätten länger mit ihrer Bauerei zu schaffen gehabt, denn als sie sich eingerichtet und Zeit für andere Dinge hatten, begannen die Schwierigkeiten. Sie wollten den Mandans und den Minitaris auf einmal beweisen, wer der eigentliche Herr dieses Landes sei. Mut zeigten sie dabei. Das muß ich ihnen lassen. Aber Augenmaß?

Hier die erste Geschichte. An einem Vormittag erfuhr Red Hair, daß ein Mandan in der Hütte eines seiner Übersetzer, René Jussaume, seine Frau verprügelte und ihr sogar Messerstiche versetzte. Jussaume hatte dort ein Treffen der Frau mit einem Mann aus Fort Mandan ermöglicht. Der Captain eilte in seinem besten Staat zu dem nur einen Pfeilschuß entfernten Ort des Geschehens. Dort, hörte ich, fiel er dem Mann rechtzeitig in den Arm, als dieser seiner Frau gerade die Nasenspitze abschneiden wollte. Indianer taten das manchmal, um Untreue zu brandmarken.

Der Mandan ließ das Messer sinken, weniger aus Angst vor Red Hair, sondern vor Verblüffung darüber, daß es ein Fremder wagte, in seine Familienangelegenheit einzugreifen.

Als er sich gefaßt hatte, fuhr er den Captain heftig an: »Was nimmst du Eindringling dir heraus? Erst treibt es einer deiner Männer ohne meine Erlaubnis mit meiner Frau, und dann hinderst du mich an ihrer Bestrafung. Nimm doch die Frau gleich mit. Ich will sie nicht mehr!«

Es war Jussaume selbst, der Forest Bear feixend in meiner Gegenwart die Geschichte erzählte. »Na, da war der Captain wohl richtig in Verlegenheit?« lachte Forest Bear.

»Da kannst du Gift drauf nehmen. Wäre Black Cat, der Häuptling, nicht zufällig auf der Bildfläche erschienen und hätte den Krieger belehrt, daß er Clark gehorchen müsse, hätte die Sache ganz übel ausgehen können.«

»Und wie ging sie aus?«

»Der Captain versprach dem Mandan, um ihn zu beruhigen, Geschenke aus der Hand von Sergeant Ordway, dem Missetäter, und trat dann in voller militärischer Ordnung den Rückzug an. Aber ich sage dir, dieser Indianer versteht die Welt nicht mehr. Ich fürchte, wenn die Amerikaner mit solchen Demonstrationen ihres Unverstandes fortfahren, wird es noch viel Ärger geben.«

»Für mich«, sagte Forest Bear in verächtlichem Tonfall, »ist der Captain ein armer Irrer, und Squaws wie die des Mandan-Kriegers sind Huren, die Prügel verdienen. Schau dich doch um, wie viele von ihnen im Fort herumlungern und sich für ein paar Perlen verkaufen.«

Ein paar Tage nach der Auseinandersetzung in Jussaumes Hütte bot sich den Sun-men eine neue Gelegenheit, sich Ärger einzuhandeln. Anlaß war der für diese Jahreszeit unerwartete Besuch von sieben Händlern der britischen Northwest-Company aus Kanada, die den langen Weg von Fort

Assiniboin heruntergekommen waren. Sie hatten wahrscheinlich Nachricht von der Ankunft der neuen Fremden erhalten und fürchteten, wie sich denken läßt, um ihren Handel mit den Minitaris.

Während die Führer dieser Engländer bei ihrer Ankunft in Fort Mandan mit Red Hair und Long Knife noch Freundlichkeiten austauschten, ging einer von ihnen mit Namen Baptiste LaFrance schon zu den Minitaris und nannte die Amerikaner Diebe, die ihnen das Land und das Wild stehlen würden wie überall, wo sie bisher aufgetreten seien. Forest Bear hörte zufällig von diesen Boshaftigkeiten und unterrichtete die beiden Captains. Diese drohten daraufhin den Sprechern der Engländer, Charles McKenzie und Antoine Larocque, sie würden ihnen allen Handel mit den Völkern am Missouri verbieten.

Die Engländer ließen sich von der Drohung nicht beeindrucken. Sie verteilten sogar noch Flaggen und Medaillen an die Häuptlinge der Minitaris und nannten sie von nun an »Treuhänder des britischen Weltreichs«. Die Captains tobten. »Geht!« verlangten sie von Forest Bear und Jussaume, »sagt den Gros Ventres und den Mandans, sie würden den Großen Vater in Washington schwer verärgern, wenn sie sich von den Briten beschenken und zu Häuptlingen ernennen ließen. Dazu hätten allein die Amerikaner das Recht.«

Außerdem beorderte Red Hair McKenzie und Larocque zu sich ins Quartier. »Ich verbiete Ihnen diese Aktivitäten!« sagte er streng. »Sie werden von jetzt an nur Charbonneau und Jussaume, die in unseren Diensten stehen, als Übersetzer für Ihre Gespräche mit den Indianern mitnehmen. Damit sollen jegliche Mißverständnisse vermieden werden.

Reden Sie mit den Indianern nur über Handel, sonst nichts, und seien Sie froh, daß ich dies erlaube.«

Und wieder siegte die Frechheit, jedenfalls im Augenblick. Die Engländer gaben klein bei, ohne darauf hinzuweisen, daß der bei Sonnenaufgang wohnende Große Vater keine Macht über diese Gegend ausüben könne.

Nur kurz danach boten die beiden Väter, wie sich Lewis und Clark jetzt gern nennen ließen, ein neues Beispiel ihrer Überheblichkeit. Dabei hätten sie ihrer Selbstüberschätzung leicht zum Opfer fallen können, hätten sich die Mandans, ihre »pflichtschuldigen Kinder«, wie die Amerikaner sie nannten, nicht besonnener verhalten als sie. An jenem Morgen hörte man einen Boten aus Mih-Tutta-Hang-Kusch über den Missouri rufen. »Holt mich über, ich habe wichtige Nachrichten!«

Red Hair schickte dem Mandan ein Kanu und rief Forest Bear und Jussaume zu sich. Forest Bear verließ, ohne auf unsere besorgten Fragen zu reagieren, das Zelt. Also folgten wir ihm zur Hütte der Captains. Dort scharte Red Hair gerade einen Trupp bewaffneter Männer um sich. Er hielt eine kurze Rede, die ich aber nicht verstand. Ordway, derselbe Mann, der den Ärger wegen seiner Liebschaft mit der Mandanerin verursacht hatte, gab ein paar kurze Kommandos, der Trupp formierte sich und stapfte im Gleichschritt zum Fort hinaus. Jussaume und Forest Bear trotteten krummbeinig hinterdrein. Zurück blieben nur wenige Männer und wir ratlosen Frauen. Das heißt, wir folgten der Kolonne noch bis vor das Tor und sahen ihr nach, bis sich ihr Bild im Eisnebel verlor.

»Ich kenne kein mutigeres Volk als diese Sun-men!« sagte ich zu Otterwoman. »Sie sind hier unendlich weit von ihrem

Volk entfernt, und doch bewegen sie sich vollkommen selbstsicher in dem fremden Land.«

»Verrückt sind sie!« entgegnete Otterwoman überzeugt. »Hast du mal darüber nachgedacht, was aus uns wird, wenn Forest Bear von einem ihrer Abenteuer an denen er sich beteiligt, nicht lebend zu uns zurückkehrt?«

»Denkst du, sie ziehen in den Krieg? Mitten im Winter? Vielleicht gehen sie nur zur Parade nach Mih-Tutta-Hang-Kusch!« warf Lizard ein.

Aber das vermochten Otterwoman und ich nicht zu glauben. Wir kehrten in unser Zelt zurück, in dem wir übrigens noch immer wohnten, obwohl unsere Hütte fertig war. Wir fühlten uns hier wohler. Ich nahm einen neuen Mokassin zur Hand und bestickte ihn mit blauen und weißen Perlen. Auch meine Gefährtinnen arbeiteten an Perlenstickereien, und jede hing dabei ihren Gedanken nach.

Forest Bear kam zu unserer, das muß ich zugeben, Erleichterung noch am selben Tag heil zurück. Es war spät am Abend, und er war angetrunken und erschöpft. Anders als sonst in diesem Zustand kroch er nicht gleich nach dem Essen unter seine Felle. Bestimmte Ereignisse dieses Tages hatten ihn dermaßen mit Zorn erfüllt, daß er sich Luft machen mußte. Dazu bedurfte es nicht einmal unserer bangen Fragen.

»Also, hört zu!« befahl er. »Einen halben Tagesritt südlich von Mih-Tutta-Hang-Kusch wurden einige Jäger der Mandans von einer großen Kriegsbande, bestehend aus Sioux und Arikaras, überfallen. Die Gunst der Überraschung nutzend, tötete der Feind einen jungen Häuptling, verwundete zwei Jäger mit Pfeilen und trennte zwei mit den Mandan jagende Minitaris von der Gruppe, die seither vermißt werden. Außerdem wurden neun Jagdpferde gestohlen.

Als Red Hair nun mit uns im Rat des Mandan-Kriegshäuptlings Big Man sitzt und erfährt, daß die Mandans, die sogleich zum Schauplatz des Geschehens geritten waren, keinen der Feinde mehr antrafen, bietet er an, die Übeltäter gemeinsam mit den Kriegern zu jagen. Dieser Idiot! Faselt von seiner Obhutspflicht gegenüber seinen Kindern. Hat man je einen größeren Unsinn gehört?«

Ich dachte mir bei Forest Bears Bericht, daß es bei einem Kriegszug der Amerikaner ganz schnell aus sein könnte mit uns allen.

»Big Man«, fuhr Forest Bear fort, »ist zum Glück ein besonnener Mann. Erst einmal wäscht er, wie man so sagt, dem Captain behutsam den Kopf. Er sagt, er habe im Gegensatz zu Red Hair schon immer gewußt, daß man, wie dieser sich das vorstelle, keinen Frieden zwischen allen Völkern stiften könne. Aber Red Hair, halsstarrig, wie er ist, steckt die Kritik nicht ein. ›Es wird immer Menschen geben, die sich nicht an Vereinbarungen halten.‹

Big Man, milde gestimmt, lächelt nachsichtig. ›Du siehst doch, daß die Feinde unser Blut vergossen haben!‹

›Und werden die Sun-men nun die Sioux und Arikaras verfolgen?‹ frage ich ungeduldig.

›Natürlich nicht, mein Vater‹, sagt Big Man freundlich, ›der Schnee ist tief. Unsere Pferde würden kaum vorankommen. Wir müssen bis zum Frühling warten. Dann wollen wir die Krieger aller Städte und Nationen sammeln und mit dir gemeinsam in den Krieg ziehen.‹ Da besinnt Red Hair sich endlich. Er antwortet, daß er immer willens sei, seine Kinder gegen jedes Volk zu verteidigen, welches ihnen Schaden zufügen wolle. Big Man antwortet mit einer Stimme weich wie Wolfsfell: ›Diese Stadt hat ihren jungen Häuptling die ganze Nacht beweint. Nun wird man die Tränen fortwischen und sich des Schutzes erfreuen, den Vater Red Hair gewährte.‹ Ich wußte nicht, was ich von dieser Rede halten sollte. War sie ernst gemeint oder die Ironie darin so feingesponnen, daß der Captain sie nicht bemerkte?«

Forest Bear seufzte herzzerreißend. »Ich will versuchen, diesen schwarzen Tag ganz schnell zu vergessen und zu schlafen. Otterwoman, nimm Toussaint. Ihr kommt unter meine Decke und wärmt mich. Ich bin von dem Marsch noch immer ganz durchfroren.«

Ich blieb noch eine Weile am Feuer sitzen und dachte nach. Red Hairs Versuch, die Mandans zur Verfolgung der Sioux und Arikaras zu überreden, war wirklich leichtsinnig und angesichts der wahren Kräfteverhältnisse sogar lächerlich. Wenn er weiterhin solche Fehler machte, sagte ich mir, gelange ich niemals nach Hause in mein Tal. Erst spät legte ich mich hin und versuchte, den Schmerz in meinem Bauch nicht zu beachten und endlich einzuschlafen. Das Baby hämmerte jetzt mit jedem Tag kräftiger gegen die Wände seines Gefängnisses.

Die Mandans waren mustergültige Kinder des Großen Vaters. Sie wahrten den ganzen Winter Frieden, verzichteten auf Beutezüge, wie sie es Red Hair und Long Knife versprochen hatten. Anders verhielten sich die Minitaris. Häuptlinge wie Addih Hiddisch und One Eye ließen sich mit Geschenken nicht ködern. Für das Frühjahr bereiteten sie einen neuen Raubzug gegen mein Volk vor. »Was sollen wir sonst tun?« antwortete Addih Hiddisch, als Long Knife ihn bei einer Ratsversammlung zum Frieden mahnte. Und der grimmige One Eye verkündete überall mit aller Härte: »Die Uaschis bereiten mir keine Sorgen. Wenn nötig, machen meine Krieger sie fertig, als wären sie ein Rudel Wölfe in den Plains. Unter ihnen«, ergänzte er, »gibt es nur zwei beeindruckende Männer, einer ist der Mann, der Eisen bearbeiten, der andere ist der Mann, der Feuerstöcke in Ordnung bringen kann, mehr nicht.«

# NEUNTES KAPITEL

Die Amerikaner werden es nicht gern zugeben! Aber die Indianer haben sie durchgefüttert in jenem schweren Winter 1804/5. Meistens erhielten sie Fleisch, Mais und Bohnen geschenkt, manchmal arbeiteten sie dafür. Einer ihrer Männer kümmerte sich um Äxte, Messer, Töpfe, Grabwerkzeuge und Fallen, ein anderer reparierte Feuerstöcke. Long Knife betätigte sich gelegentlich als Medizinmann. Vorräte flossen also ständig ins Fort.

Big White, der dicke Häuptling der Unteren Stadt, Ruhptáre, brachte eines Tages nicht weniger als hundert Pfund Fleisch auf dem Rücken seiner Frau nach Fort Mandan, während er gemütlich neben ihr herritt. Die Sun-men beschenkten die Frau für ihre große Mühe mit einer kleinen Axt. Ein anderer Häuptling brachte sogar mehrere Hundeschlitten voll Bisonfleisch. Und wenn die Mandans mit den Amerikanern zur Jagd gingen, setzten sie sich den größten Gefahren aus. Vom Überfall der Sioux und Arikaras habe ich ja schon berichtet.

Doch war der Winter allein schon feindselig genug. Ein dreizehn Jahre alter Junge wurde während der Jagd von der Dunkelheit überfallen und verbrachte die Nacht ohne wärmendes Feuer unter der Haut eines erlegten Bisons. Ein älterer Jäger kroch, um die Frostnacht zu überstehen, gleich ganz in einen ausgeweideten Bison hinein. Beide überlebten, trugen aber einige Erfrierungen davon.

Selbst als im neuen Jahr ihre Vorräte zur Neige gingen, schickten die Mandans ihre Frauen noch immer mit Fleisch zu den Amerikanern. Viele Familien aßen zu dieser Zeit das Fleisch verwesender Bisons, die sie aus dem Missouri herausfischten, wenn die aufgedunsenen Kadaver zwischen den Eisschollen den Fluß hinuntertrieben. Auch die meisten ihrer eigenen Jagderfolge verdankten die Männer im Fort den Indianern, weil diese die weißen Jäger an Herden heranführten, die ihre Kundschafter aufgespürt hatten.

Im neuen Jahr besserte sich das Verhältnis der Sun-men zu den Minitaris. Zuerst kam mein vormaliger Besitzer, Addih Hiddisch, zu Besuch ins Fort, und er brachte meine alte Feindin, Touches-the-Clouds, mit. In ihrer Begleitung waren auch viele Mandans. Obwohl mir die beiden nichts mehr anhaben konnten, pochte mir das Herz bei ihrem Anblick bis zum Halse. Was wollen die hier? fragte ich mich, als ich sie direkt zur Hütte der Captains gehen sah. Die Antwort erhielt ich sehr schnell. Wenn Addih Hiddisch irgendwo erschien, gab es erst einmal Ärger. Als Red Hair ihn mit Forest Bear an seiner Seite freundlich vor seiner Tür empfing, sagte der Häuptling herausfordernd: »Warum warnen mich meine Freunde, die Mandans hier, ihr würdet jeden von uns töten, der es wagt, in eure«, er beschrieb mit den Händen einen Kreis, »winzige Siedlung zu kommen?«

Red Hair wirkte verblüfft. Er wußte zunächst nicht, was er antworten sollte. Er durfte ja nicht einfach sagen, die Mandans hätten gelogen, was offensichtlich der Fall war. Nach einem langen Augenblick der Verlegenheit erwiderte er: »Die Warnung der Mandans kann nur auf einem Irrtum beruhen. Bei uns ist jeder von euch willkommen, jeder, der sich unter den Schutz des Großen Vaters begeben will.«

Jetzt war es Addih Hiddisch, der verblüfft dreinblickte. Ich glaube, er fragte sich, wer und wo der Große Vater sein möge, und konnte sich wohl auch nicht vorstellen, mit welchem Aufgebot an Kriegern dieser die Minitaris schützen wollte. Dazu sagte er erst einmal nichts. Aber er drehte sich nach den hinter ihm stehenden Mandans um, zog die Decke von seinen Hüften und schlug sie ihnen um die Ohren. »Lügner seid ihr allesamt!« schrie er erbost. »Und ich weiß auch, warum. Ihr wollt den Handel mit den Uaschis allein für euch haben.«

Die stolzen Mandans hätten sich eine solche Behandlung sonst wohl kaum gefallen lassen. Es waren immerhin einige Häuptlinge unter ihnen. Aber sie hatten ein schlechtes Gewissen. Darum wichen sie vor dem tobenden Mann zurück. Einige verdrückten sich sogar aus dem Fort.

Was anschließend kam, war kaum zu glauben. Red Hair rief einen Mann zu sich, der sich neben ihm aufbaute und gleich darauf die seltsamsten Töne produzierte, indem er eine Art Bogen auf Sehnen tanzen ließ, die über ein Brett gespannt waren. Die Häßlichkeit dieser Musik tat meinen Ohren weh, nicht aber denen der Sun-men. Sie lockte vielmehr eine Gruppe herausgeputzter Männer vor die Hütte, darunter auch den Schwarzen, die einen Kreis bildeten und anfingen, sich im Takt dieser Geräusche zu bewegen. Der Mann mit dem Brett an seinem Kinn kratzte mit seinem Bogen schneller auf den Sehnen herum, und die Tänzer hopsten nun, dem Rhythmus mühsam folgend, in Paaren umeinander wie Mann und Frau. Nur der Schwarze mit dem Bisonhaar sprang für sich allein umher. An Witz kam er in seinen Sprüngen und Schrittfolgen, das muß ich zugeben, den besten Tänzern der Minitaris gleich. Dazu schnitt er Grimassen, stülpte die Lippen vor und stieß ein dumpfes »Uh, Uh, Uh« aus. Das brachte mich und die anderen Zuschauer zum Lachen. Wer hätte zu lachen gewagt, wenn die Krieger der Minitaris tanzten?

Ich bemerkte, wie der schwarze Tänzer von Zeit zu Zeit ein Auge zukniff und mit dem offenen Auge unablässig in eine Richtung zwinkerte – zu meiner hübschen Widersacherin Touches-the-Clouds! Sie reagierte stolz und schien unnahbar, und doch ahnte ich, daß sie diesen Mann in seiner aufregenden Fremdheit insgeheim begehrte.

Nachdem Red Hair seine Männer für die Minitaris und die noch im Fort weilenden Mandans hatte tanzen lassen, ließ er nun die Muskeln spielen, stellvertretend für den Großen Vater. Zuerst mußte ein Soldat auf sein Kommando den dicken Feuerstock auf der Palisade zum Donnern bringen. Dann lud Red Hair selbst eine geheimnisvolle Waffe und schoß auf einen in der Nähe stehenden Pfahl, der zu diesem Zweck aufgestellt worden war. Diese Waffe krachte nicht und spie auch keinen Blitz aus. Sie machte nur »Plopp« und trieb eine Kugel mit furchtbarer Gewalt in das Holz. Alle Zuschauer waren sehr beeindruckt, zumal die Macht dieser Waffe für sie unergründlich war. Die Indianer schüttelten fassungslos die Köpfe und raunten miteinander. Addih Hiddisch aber verzog keine Miene. Ich glaube jedoch, es war ihm klar, daß ihm mit Red Hair ein Mann gegenüberstand, der seine eigene Medizin bei weitem übertraf.

Addih Hiddisch und Touches-the-Clouds bemerkten ihre drei ehemaligen Sklaven unter den Zuschauern nicht. Addih Hiddisch übersah Frauen ohnehin, es sei denn, er wollte sich mit ihnen paaren.

Als die Schau vorüber war, gingen meine Gefährtinnen aus dem Fort, um im nahen Wald Holz zu sammeln, während ich im Zelt ein Maisgericht kochte. Lieblos, muß ich zugeben. Aber wir hatten im Augenblick nur Mais, ein paar getrocknete Squash-Scheiben und eine Handvoll Bohnen. Ohne Fleisch konnte daraus nichts Schmackhaftes werden.

Am Abend aber brachte Forest Bear etwas Fleisch mit. Er rührte meinen Brei nicht an, sondern briet sich das Fleisch in einem neu erworbenen Topf, der ganz flach und breit war. Es war eine Pfanne, wie er uns erklärte. Eine Scheibe Fleisch fiel auch für uns ab, für uns drei, wohlgemerkt. Beiläufig erzählte er, unser »alter Freund« Addih Hiddisch habe den Captains gelobt, im Frühling nicht gegen die Schoschonen zu ziehen, nachdem diese ihm klar machten, ein solcher Kriegszug würde den Großen Vater erzürnen. Handel mit den Schoschonen, meinte Red Hair, würde den Minitaris genügend Pferde verschaffen, vielleicht mehr als ein Raubzug, den manch einer der Krieger mit dem Leben bezahlen müsse. Addih Hiddisch«, schloß Forest Bear seine Auskünfte, »kritzelte für die Amerikaner sogar eine Skizze des Weges vom Missouri zu den fernen Gebirgszügen auf Papier. Übrigens, als ich wegging, bot er Red Hair Touches-the-Clouds für die Nacht an. Dieser nahm das Angebot an.«

Sie ist, dachte ich, für eine Nacht sicher nicht die schlechteste Wahl. Ich hoffte, daß Red Hair sich nicht das Jucken,

Brennen und Beißen bei ihr holt wie so viele seiner Männer bei den Frauen der Mandans und Minitaris.

Während ich die Geschichte mit Addih Hiddisch erzähle, der sich von den Amerikanern durch deren scheinbare Großzügigkeit einwickeln ließ, fällt mir eine Sache ein, die mir schlagartig vor Augen führte, wie kleinlich die beiden Vertreter des Großen Vaters sein konnten, wenn jemand einmal nicht ihren Vorstellungen von Ordnung und Unterordnung entsprach.

Die Frau des Dolmetschers Jussaume entriegelte während der Nacht öfters das Tor, um Besucherinnen einzulassen, die sich mit liebeshungrigen Sun-men trafen. Eine der Wachen beobachtete sie dabei. Er meldete den Vorgang Captain Lewis. Dieser verbot nächtliche Besuche und befahl, am Tor ein Schloß anzubringen. Zwei Nächte darauf war es nun ein älterer Soldat, der sich nach einem Besuch in Mih-Tutta-Hana-Kusch verspätete und vor dem verschlossenen Tor stand. Er hätte die Wache rufen können, aber er zog es vor, über die Palisaden zu klettern. Diesem Beispiel folgte wiederum ein Mandan, der den Dolmetscher Drouillard besuchen wollte. Der hinterhältige Wachmann sah dem Treiben erst tatenlos zu, alarmierte dann aber Captain Lewis.

Über den Mandan hatte der Captain keine rechte Macht. Darum gab er ihm eine Handvoll Tabak und schickte ihn mit dem Rat nach Hause, nicht wieder über den Zaun zu klettern. Er könne sonst aus Versehen erschossen werden. Gegenüber seinem eigenen Mann aber kannte er keine Nachsicht. Der Soldat wurde auf seinen Befehl mit einer scharfen Gerte durchgeprügelt, bis er vor Schmerzen brüllte wie ein verwundeter Stier. In meinem Volk ist es unvorstellbar, daß ein Häuptling einen seiner Krieger mit Schlägen traktiert. Niemand würde ihm danach noch folgen. Er müßte eher fürchten, daß man ihm ein Messer in die Brust stieße.

Und hier hielten es die beiden Captains – in dem Punkt waren sie sich nämlich einig – für notwendig, einen Mann, der ihnen bis ans Ende der Welt folgen würde, für eine Geringfügigkeit auf solche Art und Weise zu demütigen. Was, dachte ich, als ich in meinem Zelt die Schreie hörte, werden sie erst mit uns Indianern machen, wenn sie Macht über uns haben, wo sie uns doch geringer achten als ihre eigenen Leute?

Da war noch ein anderes Ereignis. Die Erinnerung daran ließ mich lange Zeit nicht los. Es zeigte mir, wie schnell Captain Clark das bißchen Würde seines Sklaven York opfern konnte, wenn es um seine Interessen ging. Wir saßen in dem riesigen Erdhaus von One Eye, nachdem dieser endlich eingewilligt hatte, mit den Amerikanern zu sprechen. Er hatte alle Führer der Minitaris dorthin eingeladen, um den Captains klar zu machen, welche Stellung er in seinem Volk besaß.

Mehr als für die Beratungen selbst interessierten sich One Eye und seine Leute für York, der an der Seite seines Herrn saß. Sie glaubten, der Schwarze sei ein Weißer, der sich schwarz angemalt habe. Diese dummen Minitaris! Sie hätten doch sehen müssen, daß hier ein Mann aus einem anderen Volk, einer anderen Rasse, unter ihnen saß. Davon sprach nicht nur seine schwarze Haut. Auch seine Gesichtszüge, Haar und Lippen waren anders als die der Sun-men.

One Eye stand nach der Begrüßungszeremonie auf, trat in den Lichtkreis unter der Dachöffnung und forderte York herrisch auf, zu ihm zu kommen. »Zieh dein Hemd aus!« befahl er. Forest Bear übersetzte. Der Häuptling war im Begriff, alle Regeln indianischer Gastfreundschaft zu verletzen.

York ließ ihn das spüren. Er blieb regungslos an der Seite Captain Clarks sitzen. Spannung breitete sich im Raum aus. Ich saß in der Nähe Long Knifes und spürte, daß dessen Nerven vibrierten. Doch Red Hair hatte sich gut in der Hand. Äußerlich jedenfalls ruhig, sprach er ein paar Worte mit York, worauf der Schwarze in einer fließenden Bewegung aufstand und zur Mitte des Erdhauses schritt. Ich dachte, es bleibt ihm gar nichts anderes übrig. Er hat keinen freien Willen.

Fast jeder in der großen Runde vermochte ihn gut zu sehen, denn er überragte den hochgewachsenen One Eye noch um Hauptesländge. Nur ein nackter Junge kletterte an einem der Stützpfähle hinauf, während einige kleinwüchsige Leute im Hintergrund die Hälse reckten. Auf Zuruf One Eyes trat noch ein Mann von Rang in den Kreis, der anscheinend bezeugen sollte, das alles mit rechten Dingen zuging. Der hartgesottene Häuptling One Eye packte nun den duldsamen York am linken Handgelenk, als müsse er ihn am Fortlaufen hindern, spuckte geräuschvoll auf zwei ausgestreckte Finger und rubbelte mit diesen kräftig auf der Brust des Schwarzen umher. Er war sichtlich beunruhigt, als er keinerlei Veränderungen auf der Haut sah. One Eye wiederholte seine Bemühungen, diesmal noch energischer, auf dem Rücken Yorks. Die Haut blieb so schwarz wie eine Hundenase.

Der Häuptling warf den Kopf zurück und lachte hysterisch, um seine Unsicherheit zu überspielen. Das hier war große Magie! Im Hause schnatterten alle aufgeregt durcheinander, während York, der die beleidigende Prozedur mit eiserner Ruhe ertragen hatte, sein Hemd aufhob und zu seinem Platz neben Captain Clark zurückging.

One Eye und die hochrangigen Vertreter der Minitaris beruhigten sich allmählich, und die eigentlichen Gespräche begannen. Sie unterschieden sich nicht weiter von den üblichen Belehrungen der Captains, darum will ich hier nicht weiter darauf eingehen. Zu ergänzen wäre allerdings, daß York sich für die Erduldung der schmachvollen Behandlung an mehreren Frauen der Minitaris schadlos hielt, indem er öfter die Hosen herunterließ und sie beglückte. Seit sie ihn im Erdhaus betrachten durften, waren sie regelrecht versessen darauf. Unter den Verehrerinnen war, wie ich hörte, auch One Eyes jüngste Frau. Vielleicht schwängerte er sie ja sogar, so daß der Häuptling schließlich selbst ein dunkles Exemplar der menschlichen Rasse in seiner Familie hatte.

Obwohl ich später viele, viele Monde mit den Sun-men auf engstem Raum zusammenleben sollte, lernte ich nur wenige besser kennen, weil die Sprachhürden unüberwindlich waren. York dagegen war eine der Ausnahmen. Er war ein tapferer und guter Mensch. Es wird mir immer unverständlich bleiben, daß jemand wie Captain Clark ihn als Sklaven benutzte. Er hätte sich dessen schämen sollen. Doch er tat es nicht. Im Gegenteil. Als York ihn am Ende der Expedition um seine Freiheit bat, ließ er ihn, wie man mir erzählte, wegen dieser »Unbotmäßigkeit« durchprügeln.

Ich habe in meinem Bericht bisher Captain Lewis vernachlässigt. Ich bekam ihn aber zu Beginn meiner Zeit mit der Expedition wenig zu Gesicht. Den alltäglichen Kontakt mit uns »Wilden«, wie er uns nannte, überließ der in sich gekehrte Mann anscheinend lieber Red Hair. Wenn Long Knife in meiner Nähe auftauchte, übersah er mich meistens, grüßte nie. Doch gab es seltene Momente, in denen er sein zweites Ich zeigte und fürsorglich wie ein guter Vater war. Daß er außerdem ein guter Medizinmann war, das habe ich am eigenen Leib erfahren.

Es kommt in unserem Volk nicht vor, daß Männer Geburtshilfe leisten. Manchmal, wenn es schwer geht, schüttelt ein Medizinmann vielleicht seine Rassel oder braut einen Sud. Die Frauen der Schoschonen gehen sonst, wenn der Tag gekommen ist, allein in eine abseits stehende Reisighütte am Lemhi River und gebären dort ohne viel Aufhebens.

Bei mir aber wurde es ähnlich schwierig wie bei Otterwoman, und ich war auf Hilfe angewiesen. Als die Niederkunft nahe war, brachte Lizard mich in Jussaumes Hütte, dessen Frau White Beads als erfahrene Medizinfrau galt. Charbonneau war fort, mit Red Hair auf der Jagd. Die Frau grub für mich ein Loch in den nackten, harten Boden, wie es trächtige Wölfinnen machen. Sie rückte ihre Bettstatt heran, so daß ich mich beim Knien über der Grube an deren Pfosten festhalten konnte. Als die Schmerzen meinen Unterleib durchfuhren, als würde mich jemand mit dem Messer bearbeiten, zog sie mich nackt aus. Ich kniete über der Grube und preßte mit allen Kräften, immer und immer wieder, bis ich zu Tode erschöpft war. Ich konnte das Baby nicht zur Welt bringen. Irgendwann holten sie dann Long Knife zur Hilfe. Ich weiß, daß er mein Hinterteil sah. Aber die Wogen des Schmerzes machten mich so benommen, daß ich damals nichts davon mitbekam.

Er sah wohl sehr schnell, daß ich am Ende meiner Kräfte war. Mit seinen Mitteln hätte auch er mir nicht helfen können. Sein Verdienst war, daß er auf White Beads Frage, ob er die Rassel einer Klapperschlange besäße, nicht mit dem Vorurteil eines Sun-men reagierte, Indianer hätten keine Ahnung von Heilkunde. Er besaß mehrere Rasseln in seiner Sammlung und holte sie sofort. White Beads zerbröselte zwei Ringe einer Rassel zwischen den Fingern und ließ sie mich mit etwas Wasser schlucken. Nicht lange, und ich spürte die entkrampfende Wirkung der Medizin. Und als die Wehen erneut einsetzten, preßte ich mit letzten Kräften.

Jussaumes Frau schrie: »Los, los, weiter, ich sehe schon den Kopf!«

Ich preßte erneut, und endlich verließ das Baby meinen Leib. Sein erster Schrei klang in meinen Ohren so, als wäre es überrascht, daß wir es beide geschafft hatten. Ich trennte, nachdem White Beads mir das blutverschmierte Baby gereicht hatte, selbst die Nabelschnur durch und legte sie in den kleinen, perlenbestickten Lederbeutel, den ich für diesen Zweck genäht hatte.

Captain Lewis verließ unbemerkt den Raum. Lizard verbrannte duftendes Süßgras, von dem White Beads einen Vorrat besaß. Dann nahm White Beads mir das Baby ab, rieb es mit Fett und roter Erde ein und gab es mir zurück, damit ich es an die Brust legen konnte.

Später, als das Baby schon hinter meinem Nacken schlief, kamen Red Hair und Forest Bear von der Jagd zurück. Auch der Captain sah nach mir. »You delivered a fine boy!« sagte er zu mir, und Forest Bear übersetzte stolz.

»Habt ihr schon einen Namen für den Kleinen?«

»Jean-Baptiste!« sagte Forest Bear schneller, als ich denken konnte. Dabei sah er mich wohlwollend an. Der Name klang fremd in meinen Ohren, und wäre für einen Schoschonen auch zu früh vergeben worden, weil noch nichts geschehen war, was ihn rechtfertigte. Aber dies war ja auch zur Hälfte ein Sun-men, und bei diesen galten andere Regeln. Jean-Baptiste sollte im übrigen das weitestgereiste Baby der Welt werden. In einer Tragwiege auf meinem Rücken sollte es halb Amerika durchqueren. Darum hätten indianische Namen wie Long Way oder Travels-to-the-Ocean besser zu ihm gepaßt. Aber ich wurde ja nicht gefragt.

Von den Geschehnissen der folgenden Zeit bekam ich nicht viel mit, weil Jean-Baptiste mich sehr in Anspruch nahm. Es dürfte das übliche Jagen, Essen, Tanzen, Pfeifenrauchen, Redenhalten und Flaggenschwenken gewesen sein. Ich fühlte mich schwach und machte mir darüber Sorgen. Wie willst du, dachte ich, wenn es nicht besser wird, mit dem Baby auf dem Rücken die lange schwere Reise bewältigen? Sie werden dich vielleicht auch gar nicht mitnehmen, wenn es so weit ist.

Zum Glück wich der Winter in dieser Gegend besonders spät, so daß mir noch Zeit blieb, zu Kräften zu kommen. Dann kam der Tag, an dem ich mit Jean-Baptiste auf dem Rücken erstmals zum Missouri hinunter gehen konnte. Die Sun-men waren dabei, die Boote auszubessern, die sie zu diesem Zweck auf den Sand gezogen hatten. Außerdem bauten sie an weiteren Kanus. Ich schaute eine Weile zu, wie die Männer Rippen in einen Bootskörper einsetzten, so daß er an eines der in der Prärie liegenden Bisonskelette erinnerte. Mehrere Mandans standen tatenlos dabei, und ich fragte mich, warum sie den Sun-men nicht nacheiferten und ihre kreisrunden, unpraktischen Lederboote durch solche Kanus ersetzten.

Obwohl der Wind kalt und hart blies und erneuter Schneefall in der Luft lag, stellte ich mit Freude fest, daß die Amerikaner zum baldigen Aufbruch rüsteten. Einer von ihnen hielt mit der Arbeit inne und winkte mir zu. Ich war zu schüchtern, um seinen Gruß zu erwidern, drehte mich schnell um und ging zum Fort zurück. Ich hörte sein Lachen in meinem Rücken. Von den Männern und Frauen, die mir begegneten, sah mir niemand an, wie erregt ich war, denn ich machte eine gleichmütige Miene. Von nun an wollte ich möglichst jeden Tag einmal an den Fluß gehen. Sobald er eisfrei war, konnte die Reise beginnen.

Doch dann tauchte plötzlich eine neue, andere Barriere auf. Daran war die Überheblichkeit Forest Bears schuld, der allen Ernstes glaubte, er sei den Amerikanern so wichtig, daß er ihnen unverschämte Bedingungen für die Teilnahme an der Expedition stellen dürfe. Ein englischer Händler, der das Gelingen der Expedition gern verhindert hätte, bestärkte ihn in seinem Ansinnen. Forest Bear wollte während der Reise nicht arbeiten wie alle, selbst dann nicht, wenn die Captains mit anpackten. Er wollte keine Wache übernehmen. Er wollte jederzeit umkehren dürfen, wenn er mit einem der Männer Streit bekäme. Er wollte nach Gutdünken Gepäck mitnehmen. Und er wollte doppelte Bezahlung – für seine und auch für meine Dienste. Red Hair warf ihn hinaus.

Die Gründe erfuhr ich alles erst im Laufe der nächsten Tage. Ich war jedenfalls vollkommen fassungslos, als Forest Bear eines Tages, kochend vor Wut, in unsere Behausung kam und schrie: »Packt eure Sachen, ganz schnell! Wir verschwinden hier.« Unsere Fragen wollte er nicht beantworten. »Ich muß jetzt fort. Macht euch, wenn ihr fertig seid, zu Jussaumes Hütte auf, die nahe beim Fort steht.«

Von uns Frauen war nur ich wirklich betroffen. Meine beiden Gefährtinnen packten ziemlich gleichmütig unseren Hausrat ein. Ich aber ahnte, daß meine Teilnahme an der Expedition in Gefahr war und damit die Heimkehr in mein Tal.

Als wir schwer beladen zum Tor von Fort Mandan wanderten, sah ich Red Hair zwischen einigen seiner Männer vor seiner Hütte stehen. Er blickte kurz zu uns herüber und winkte uns zu. Seine Handbewegung erschien mir irgendwie endgültig, so wie ein Schlußstrich. »Ich glaube«, schnaufte Lizard unter ihrer Last, »den sehen wir nicht wieder.«

Am Abend kam Forest Bear in Jussaumes Hütte, wo wir Unterschlupf gefunden hatten. Während wir am Tisch saßen und aßen, eröffnete er uns knapp: »Die Bedingungen, die die Amerikaner mir angeboten haben, entsprechen überhaupt nicht meinen Vorstellungen. Erfüllen sie meine Forderungen nicht, bleiben wir hier. Basta!«

Ich hatte im Laufe der Zeit die Schoschonin in mir schon fast vergessen und mich so dem Franzosen angepaßt, daß ich über das »richtige« Verhalten ihm gegenüber so wenig nachdenken mußte, wie man über das Atmen nachdenkt. In diesem Augenblick aber brach die Wand in mir zusammen, die ich gegen die Tränen errichtet hatte. Ich begann bitterlich zu weinen. Forest Bear brüllte mich an: »Was ist los mit dir? Ach, ich weiß schon, warum dir an der Reise so viel liegt. Du willst mich im Stich lassen, sobald wir bei deinen primitiven Snake-Indianern angekommen sind. Nicht wahr?«

Er hieb mit der Faust auf den Tisch und brüllte noch einmal: »Nicht wahr?«

Forest Bear hatte in diesem Augenblick auf den Grund meiner Seele geblickt und dort meine geheimsten Hoffnungen gelesen. Ich konnte froh sein, daß er auf seine Frage keine Antwort erwartete. Jetzt fauchte er meine Freundinnen an. »Ich werde euch was verraten. euch beide hätte ich sowieso hier gelassen. Nur dieses Luder hier«, er schlug mir mit der flachen Hand auf den Kopf, »ist entbehrlich. Wenn es abgehauen wäre, auch gut!«

Lizard sagte trocken: »Wenn wir gewollt hätten, hätten wir ja verschwinden können, sobald du mit den Amerikanern unterwegs gewesen wärest. Aber das ist ja jetzt erledigt.« Der schon äußerst gereizte Forest Bear schlug ihr mit dem Handrücken so heftig auf den Mund, daß ihre Unterlippe platzte. Lizard standen Tränen in den Augen. Aber sie erhob sich stumm und ging hinaus. Wie sehr bewunderte ich in diesem Augenblick ihre Haltung.

Forest Bear funkelte Otterwoman und mich an: »Will sich noch jemand hier eine Frechheit erlauben?« Wir senkten die Köpfe. »Bon«, sagte er. »Offenbar herrscht kein Bedarf. Ich habe auch Wichtigeres zu tun, als mit euch meine Zeit zu verschwenden.« Er verließ den Raum und knallte die Tür hinter sich zu.

Kurz darauf kam Lizard wieder herein. Sie sah mich vorwurfsvoll an. »Du hättest dich besser beherrschen müssen, Sacagawea. Nur deinetwegen ist Forest Bear so in Wut geraten.«

»Entschuldigt bitte«, antwortete ich, »aber ich hatte mich so an den Gedanken meiner Heimkehr gewöhnt, daß ich nicht anders konnte als weinen.« Ich blickte Otterwoman an: »Wie kannst du nur so gelassen bleiben?«

»Weil ich nicht von hier fort will. Der Junge ist noch viel zu klein. Eine Reise wie diese könnte ihn umbringen. Und du«, sie sah mich forschend an, »was soll aus dir und dem Baby werden, wenn irgend etwas Unvorhergesehenes passiert? Denk mal darüber nach.«

Sie stand auf, um nach Toussaint zu sehen, der in seinem Bett unruhig geworden war. Lizard ließ sich von einer der Frauen Jussaumes, die mit frischem Holz hereinkamen, ihre Lippe mit blutstillender Medizin betupfen und sprach den ganzen Rest des Tages kein Wort mehr.

Wenn Jussaume und Forest Bear im Hause waren, was meistens nur am Abend der Fall war, dann sprachen sie manchmal sehr hitzig miteinander, und immer ging es um Forest Bears Hinauswurf. Jussaume nährte in ihm die Hoffnung, daß er unter bestimmten Umständen vielleicht doch wieder Mitglied der Expedition werden könne. »Aber du mußt dich ihren Bedingungen unterwerfen!« sagte er.

Forest Bear aber blieb stur. Dabei wurde er von Tag zu Tag nervöser. Die Zeit verrann, und die Captains ließen nichts von sich hören. Ich spielte schon mit dem Gedanken, ob ich selbst zu Red Hair gehen sollte, um mit ihm zu sprechen. Aber der Gedanke war allzu verrückt.

Endlich kam ein Morgen, an dem ein winziger Hoffnungsfunke aufglimmte. »Ich werde mich auf ihre Bedingungen einlassen«, sagte Forest Bear beim Frühstück zu Jussaume. »Aber du mußt es ihnen sagen.« Feige wie er war, wollte er nicht selbst gehen. »Und was genau soll ich den Captains sagen?«

»Sag ihnen, sie mögen meine Einfältigkeit entschuldigen und mich wieder in ihre Dienste nehmen.«

»Einfältigkeit?« höhnte Jussaume. »Du meinst wohl Unverschämtheit?«

Er wußte natürlich genau, um was es bei dem Streit zwischen Forest Bear und den Sun-men ging. »Aber nichts für ungut, ich werde mit ihnen reden.«

Jussaume tat Forest Bear also den Gefallen und ging zu den Captains. Aber die ließen Forest Bear zappeln. Jedesmal, wenn Jussaume nach Hause kam und Forest Bear ihn fragend ansah, zuckte er bedauernd mit den Schultern. Ihr könnt euch denken, wie mir dabei zumute war.

Zwei Tage ging das so. Am dritten Tag kam ein Bote. Forest Bear unterhielt sich kurz mit ihm. Dann, als der Mann gegangen war, sagte er triumphierend: »Packt unsere Sachen. Wir gehen zurück ins Fort.«

Von diesem Augenblick an klang das Hämmern und Sägen von den Booten her wie Musik in meinen Ohren.

# ZEHNTES KAPITEL

Voller Unruhe hielt ich jeden Tag Ausschau nach den Vorboten des Frühlings. Endlich sah ich die ersten Zeichen. Da waren zunächst Hunderte von Bisons, die flußaufwärts bei der Überquerung des Missouri in tauendes Eis eingebrochen waren und nun tot zwischen den Schollen an Fort Mandan vorbeitrieben. Viele Mandans wagten das lebensgefährliche Unternehmen, auf die schwimmenden Eisinseln zu springen, die Kadaver mit langen Stangen ans Ufer zu bugsieren und dort brauchbare Fleischstücke herauszuschneiden. Dann, nachdem der letzte Schnee geschmolzen war, steckten die Bewohner von Mih-Tutta-Hang-Kusch die Prärie zu beiden Seiten des Flusses an, um auf den Ponyweiden Platz für frisches Grün zu schaffen. Zu dieser Zeit strebten auch die Wildgänse in großen keilförmigen Formationen lärmend über unseren Köpfen nach dem Kälteland.

Und endlich kam der Tag, an dem der Winterriese aus den Lüften verdrängt wurde. Der Eishimmel zerbarst krachend und unter zahllosen Flammenspeeren. Hagel stürzte in dicken Kugeln herab und bedeckte die Erde, bis er aufgelöst wurde von einem heftigen Frühlingsregen. Die Mandans steckten nun Stangen mit bunten Wimpeln ins Wasser und opferten der großen Schlange, die, wie sie glauben, von ihrer Stadt bis zur Einmündung des Yellowstone River reicht.

Die Sun-men schoben an einem dieser nassen Tage ihre Kanus zurück in den Fluß und banden sie am Ufer fest, damit das Holz im Wasser aufquellen konnte. Himmelsfeuer und Regensturm beachteten sie bei der Arbeit nicht. Jeder Schritt, den sie nun unternahmen, gab mir das Gefühl, die Abreise stünde unmittelbar bevor.

Überhaupt die Gefühle! Die meisten Sun-men verbargen ihre Stimmungen kaum. Darin waren sie anders als wir Indianer. Ihre Gesichter glühten von einem inneren Feuer, vom Reisefieber, wie sie sagten. Die Glut in ihrem Körper ließ sie nachts nicht in den Schlaf finden. Sie aßen, tranken, sangen und tanzten zu ihrer seltsamen Musik, Arm in Arm, als wären sie Männer, die es zu Männern treibt.

Sie brachten mich fast jede Nacht um den Schlaf. Nicht aber Jean-Baptiste. Der schlief, satt von der Milch, mit der ich ihn stillte, und ermüdet durch den ständigen Wechsel von Licht und Schatten, Gestalten und Bewegungen vor seinen Augen. Ich dagegen war am Morgen müde, wenn er nach mir verlangte, wenn ich ihn nähren, ihn waschen, trocknen, mit Süßgras einreiben, herumschwenken und mit der Rassel aus Elchzähnen unterhalten sollte. Da war ich froh, wenn Otterwoman und Lizard ihn mir manchmal abnahmen.

Sieben Schläfe nach Beginn des Mondes, in dem nach dem Kalender der Minitaris die Wölfe ihre Höhlen graben, begann die Reise, allzu spät an diesem Tage, denn die Sonne stand nur noch ein paar Handbreit über den Hügeln. Aber die Sun-men hatten viel Zeit damit verbraucht, Kisten, Fässer, Säcke und Taschen voller Vorräte von den Hütten zu den Booten zu schleppen und zu verstauen. Als die Boote endlich beladen waren, durfte ich mich mit Jean-Baptiste in dem schönen weißen Großkanu auf eine Bank setzen. Vor und hinter mir teilten sich je zwei Ruderer einen solchen Platz, Männer mit bärtigen Gesichtern, mit glitzernden harten Augen, aber einem knappen Lächeln für mich doch um Freundlichkeit bemüht. Forest Bear saß ganz am Ende des Bootes vor dem Fiedler Cruzatte, der jetzt das Steuer hielt. »Ich will von ihm lernen«, hatte er mir stolz gesagt, »und eines Tages selbst das Boot führen.«

Als wir abstießen, blieb Captain Lewis am Ufer zurück. Lizard und Otterwoman standen bei ihm und winkten. Dann, als unser Boot sich gegen die Strömung wandte, setzte er sich entschlossen in Bewegung, schneller als wir, und entschwand bald unseren Blicken. Otterwoman und Lizard marschierten noch eine ganze Weile auf der Höhe unseres Bootes am Ufer entlang. Wir versuchten, uns durch Rufe zu verständigen. Aber sie gingen unter im Geschrei der vielen Menschen, die das Ufer säumten, der Sun-men, die ihnen antworteten, und im rhythmischen »Eins-Zwei« der Ruderer, die noch um das Gleichmaß ihrer Schläge kämpften.

Allmählich fielen meine Freundinnen zurück. Ich werde sie bestimmt nie wiedersehen, dachte ich, und mir war das Herz unendlich schwer. Wir hatten wenig Zeit zum Abschiednehmen gefunden, und das war vielleicht auch besser so. Forest Bear hatte den beiden noch ein paar Anweisungen für die Zeit seiner Abwesenheit gegeben. Gefühle hatte er in diesen letzten Augenblicken nicht gezeigt. Nur seinem Sohn hatte er dabei kurz den Kopf gestreichelt. Verbarg er sie, oder war er wirklich so gleichgültig? Wer konnte das sagen?

Unsere Flotte bestand aus einem roten und einem weißen Großkanu und noch sechs kleineren Booten. Das eiserne

Schiff mit der Hütte darauf fuhr in Begleitung einiger Kanus nicht mit uns, sondern flußabwärts. An Bord waren unter anderem sechs Amerikaner, mit denen die Captains nicht so gute Erfahrungen gemacht hatten. Einer von ihnen hatte sogar aufbegehrt und war ausgepeitscht worden. Ebenfalls flußabwärts reisten ein paar Dolmetscher, die Sioux und Arikara sprachen. Das große Schiff mit dem hohen Mast war schwer beladen mit Kisten, Körben und Säcken voller Dinge, die Long Knife und Red Hair für ihren Großen Vater gesammelt hatten, und mit Bündeln dünner Häute, die voller Bilder und Zeichen waren. Sie sollten dem Großen Vater eine Vorstellung von dem Land vermitteln, das er mit all den Nationen, den Prärien und Wäldern, den Flüssen, den Tieren und Pflanzen für sein Volk beanspruchte.

Bis zum Sonnenuntergang bewältigten wir in unserem Boot an diesem Tag nur ein paar Pfeilschußlängen und machten dann unterhalb der zweiten Mandanstadt fest. Long Knife war zu Fuß weitergekommen als wir und mußte ein ganzes Stück zurücklaufen, um uns zu treffen.

Es dauerte nicht lange, bis die Zelte standen und die Kochfeuer in der Dunkelheit glühten. Der gute Duft von bratendem Fleisch stieg mir in die Nase. Ich war hungrig wie ein Wolf. An unserem Feuer bereitete Forest Bear die Mahlzeit zu. Er verstand sich besser darauf als jeder sonst im Lager.

Long Knife, Red Hair, York, Jussaume, Forest Bear, Jean-Baptiste und ich bezogen für die Nacht das große Tipi, das die Captains Forest Bear abgekauft hatten. Der große Hund mit Namen Seaman schlief zu Long Knifes Füßen und beschützte ihn. Die Sun-men ließen mich an diesem und an jedem Abend zuerst ins Zelt, damit ich Jean-Baptiste ungestört versorgen konnte. Als ich dann unter meinen Fellen lag, kamen sie herein. Der strenge Geruch, der von den ungewaschenen Körpern der Männer und dem feuchten Fell des Hundes ausging, hielt mich lange wach. Warum, dachte ich, darfst du unter einem Dach mit Red Hair und Long Knife schlafen, wo du doch nur eine Squaw bist?

Ich hörte die heftigen Atemgeräusche der Schläfer, von denen einer, ich glaube, es war Red Hair, im Traum seltsame Worte murmelte. Und bevor auch ich einschlief, wußte ich die Antwort auf meine Frage. Die Captains wollen dich nahe bei sich haben, dich vor Kriegern schützen, die uns überfallen könnten, vor den hungrigen Männern im Camp, die dich berühren könnten, und vor Forest Bear, der deinen Körper an sie verleihen oder dich schlagen könnte. Du bist wichtig für diese Sun-men. Mit diesem wunderbaren Gedanken schlief ich ein.

Ich zählte an meinen Fingern dreimal zehn Mann, die am nächsten Tag steif vom Schlaf in einer noch einmal frostharten Nacht in die Boote stiegen. Es waren wirklich allzu wenige, wenn ich an die Kriegerscharen der Asiniboins, der Crows, der Atsinas und der Blackfeet dachte, auf die sie treffen könnten. Aber ich wußte auch um die Macht ihrer Waffen und ihren Mut.

Ich hatte meinem Baby am frühen Mogen, noch während der Dunkelheit, die Brust gegeben, es gewaschen, mit duftendem Fett eingerieben und in Windeln mit Haarbällchen gewickelt. Jetzt hing es in der Tragwiege auf meinem Rücken und lachte die Männer an, die ihm über den Kopf strichen, Grimassen schnitten und pfiffen. Es griff nach kleinen Geschenken oder Fingern, die sich ihm hinstreckten. Jean-Baptiste hatte auch einen neuen Namen. Red Hair, der vernarrt in ihn schien, nannte ihn hartnäckig Pomp. Weiß der Himmel, warum. Und die ganze Mannschaft tat es ihm nach.

Long Knife blieb erneut am Ufer und marschierte allein zu der oberen Stadt der Mandans, wo er mit Häuptling Black Cat eine Abschiedspfeife rauchen wollte. Auch an diesem Tag krochen die Boote wieder schneckengleich den Fluß hinauf, dessen starke Strömung den Ruderern alle Kraft abverlangte. Es schien mir, als wehre sich das Land gegen die Eindringlinge. Da waren nicht nur die widrigen Fluten des Missouri, sondern auch dicht unter der Wasseroberfläche verborgene Baumhindernisse oder schnell dahintreibende Baumleichen. Unsere dünnwandige Piroge konnte von Cruzatte und den Ruderern oft nur mit knapper Not vor größerem Schaden bewahrt werden.

Eine Baumleiche aber prallte dann doch voller Wucht gegen eines der Kanus. Zum Glück kenterte das Boot nicht, legte sich aber so weit über, daß es reichlich Wasser nahm. Das Wasser verdarb ein Faß von dem kostbaren Schießpulver sowie einen Teil des trockenen, harten Brotes, das uns Reisenden, wenn nötig, über den ärgsten Hunger hinweghelfen sollte.

Wegen all dieser Widrigkeiten erreichten wir die Stadt Ruhptáre erst zur Tageswende. Long Knife erwartete uns dort. Ehe wir weiterreisten, legten die Sun-men unter den begehrlichen Blicken der Mandans die nasse Fracht des verunglückten Bootes zum Trocknen in die Sonne. Wir hätten eigentlich gleich vor Ruhptáre bleiben können, denn weit kamen wir in der restlichen Zeit bis Sonnenuntergang nicht mehr.

Ihr erinnert Euch gewiß an die Frau, die von ihrem Mann in Jussaumes Hütte bestraft worden war, weil Sergeant Ordway ohne dessen Erlaubnis mit ihr geschlafen hatte? Nun wurde er sie nicht mehr los. Am Abend huschte sie, gefolgt von ihrem Mann, in unser Lager. Beide setzten sich zu Ordway ans Feuer, und die Frau knotete wortlos ihr Bündel mit ihrer Schlafdecke, mit Kleidern, Hornlöffeln, irdenen Gefäßen, einem Antilopenhorn für das Ausgraben wilder Wurzeln und einem kleinen Eßvorrat aus. Jetzt war uns allen klar, daß diese Frau nicht nur für eine Nacht bleiben wollte, um den Sergeant zu erfreuen. Ihr Mann kam schnell zur Sache. Er verlangte für seine Frau eine Schwarzwaffe, dazu Pulver und Kugeln.

Es dauerte nicht lange, da erschienen Captain Lewis, Jussaume und Forest Bear am Feuer, und in dieser Reihenfolge wurde verhandelt. Long Knifes Worte kamen mit ungefähr folgendem Sinn bei dem Mandan-Paar an. »Unser Mann kann deine Frau leider nicht annehmen, weil wir ohne Frauen auf eine endlos lange Reise gehen müssen. Sie würde unterwegs sterben.«

Nun weiß ich doch wenigstens, was mich erwartet, dachte ich, nicht ganz im Ernst. Die Frau blickte fragend zu mir herüber, und Long Knife erriet ihre Gedanken. »Sacagawea führt uns zu ihrem Volk, den Schoschonen, nicht weiter!«

Er erlaubte den beiden Mandans nicht, über Nacht zu bleiben. Er schenkte dem Mann etwas Tabak, der Frau ein paar Perlen und schickte sie weg. Seine eigentliche Begründung für die Zurückweisung war natürlich seine Sorge, die Frau könnte unter den Männern eine ständige Quelle des Streites werden. Außerdem bestand die Gefahr, daß noch mehr seiner Leute auf die Idee kommen könnten, sich eine Squaw zuzulegen.

Ordway hatte in der ganzen Angelegenheit kein Wort gesprochen, sondern nur stumm dabeigesessen. Long Knife, Forest Bear, Jussaume und ich ließen ihn bei seinen schadenfroh grinsenden Kameraden am Feuer zurück und legten uns schlafen.

Der nächste Morgen war schön. Wir fuhren eine Weile so dicht unter dem Ufer dahin, daß ich die ersten Knospen der Ulmen und Cottonwoods sehen konnte. Ein großer Flug Schreikraniche zog, in angeregter Unterhaltung begriffen, in Richtung Kanada. Nach der Tageswende fuhr ein kräftiger warmer Wind quer über den Fluß in die Uferbäume und trieb Blütenwolken in die Luft. Long Knife stand auf und zog mit Seilen eine große, bräunliche Haut an dem Pfahl inmitten des Bootes empor und fing damit den Wind ein. Ein Ruck ging durch das Boot. Cruzatte zog die Haut mit einem anderen Seil dichter an sich heran, und das Boot glitt nun wie ein Schwan mit aufgestellten Schwingen schnell dahin, so schnell, daß mir übel wurde. Ich dachte mir, wenn wir so schnell dahinfliegen, sind wir wirklich schneller als Pferde mit Schleppschlitten und sehr bald in den Jagdgründen meines Volkes. Aber der Wind starb leider lange, bevor die Sonne zu den fernen Hügeln hinabtauchte. Die Männer waren an diesem Abend dennoch zufrieden, denn sie waren weiter gekommen, als sie erwartet hatten. Noch solch ein schneller Ritt auf dem Fluß und wir wären aus dem Gebiet der Minitaris hinaus, und das war gut. Hier würden unsere Jäger kaum noch Wild finden, wie uns all die Jagdcamps am Ufer verrieten.

Während die Männer am Abend das Lager errichteten, schnitt ich mir einen Grabstock und suchte in der Umgebung nach Mauselöchern. An einem Hang fand ich eine ganze Mäusesiedlung. Ich brach mit dem Stock die Erde auf und entdeckte einige Vorräte an wilden Artischocken, die die fleißigen Tiere zusammengetragen hatten. York, der sich später zu mir gesellte und mir half, grub sogar so viele aus, daß wir allen Männern das Essen aus Mais und Trockenfleisch schmackhafter machen konnten. Zunächst jedoch, als wir unsere Säcke im Lager ausschütteten, blickten die Männer skeptisch drein, und Long Knife sagte zu Forest Bear: »Was hat deine Squaw denn da angebracht?«

Forest Bear riet ihm abzuwarten und ließ mich einen Topf voll kochen. Die Artischocken schmeckten köstlich. Long Knife und seine Sun-men verschlangen sie gierig. Wenn das Boot in den nächsten Tagen nur langsam vorankommen sollte, beschloß ich, dann laß ich mich an Land setzen und sammle weitere Artischocken, Wurzeln und Zwiebeln.

Doch daraus wurde erst einmal nichts. Ein kräftiger Wind nahm unser Boot mit auf die Reise, so daß wir in den endlos weiten Missouribogen hineinflogen und damit auch in eine neue Richtung, nicht mehr kältewärts, nach Norden ging es, sondern gegen Sonnenuntergang, nach Westen. Alle an Bord unseres weißen Großkanus freuten sich darüber, am meisten vielleicht die Captains und ich, aber aus unterschiedlichen Gründen. Ich träumte nur von meinem Tal, die beiden von Zielen, die meinen Horizont überstiegen. Nicht mehr lange, dachte ich, und ich werde die Hügel mit den roten, blauen und schwarzen Querstreifen sehen, die den Anfang eines vertrauteren Trails markieren.

Als wir die Mündung des Little Missouri River erreichten, beobachtete ich die Sun-men bei einigen seltsamen Aktivitäten, und ich fand auch reichlich Zeit, darüber nachzudenken, denn wir hielten uns deswegen einen ganzen Tag an dieser Stelle auf. Ich wunderte mich nicht mehr, daß Red Hair, Long Knife, Ordway und Drouillard Vögel schossen und Pflanzen pflückten, die die Captains vor sich hinlegten, um und um wendeten, maßen, und auf einer dünnen Haut genau abbildeten, um danach mit einer Vogelfeder und schwarzer Farbe seltsame Zeichen daneben und darunter zu kratzen. Ich wußte ja, daß sie dem Großen Vater auf diese Weise vom Leben in seinem neuen Land erzählten.

Doch am Little Missouri sah ich sie nun mit befremdlichen Gegenständen den Himmel, den Fluß und Mutter Erde irgendwie ausmessen und dann seltsame Schlangenlinien und Zeichen auf einem Blatt eintragen. So entstand unter meinen damals unwissenden Augen die Eintrittskarte ins Indianerland, die Eintrittskarte für Trapper, Jäger und Händler, für Soldaten, Siedler und Prediger. Ich trug zu dieser Karte einiges bei, ohne zu ahnen, daß das Gute, das ich für Long Knife und Red Hair wollte, sich für unser Volk ins Gegenteil verkehren könnte. Da tröstet es mich wenig, daß einige winzige Punkte auf dieser Karte meinen Namen tragen.

Aber nun zurück zu unserer Reise! Am nächsten Tag übernahm Forest Bear stolz das Ruder der weißen Piroge. Keine Ahnung, was ihn dazu trieb. Wollte er den anderen beweisen, was für ein tüchtiger Kerl er sei? Er behauptete, er habe als Begleiter eines Pelzhändlers in Kanada öfter Kanus steuern müssen. Long Knife hätte das lieber bezweifeln sollen, anstatt unser Leben diesem unfähigen Tölpel anzuvertrauen. Zum Glück war er an Bord, als Forest Bear das Steuer übernahm. So lange die Männer ruderten, war das auch keine besondere Herausforderung. Im Laufe des Vormittags aber kam Wind auf, und Long Knife ließ das Segel setzen. Das Boot nahm Fahrt auf und neigte sich dabei leicht zur Seite. Ich drehte mich nach Forest Bear um, der eine stolze Miene zur Schau trug.

Aber plötzlich huschte ein Schatten über den Missouri, rauhte die Wasserfläche mächtig auf und sprang in das Segel. Das Boot legte sich weit über, und Forest Bear schrie vor Entsetzen laut auf. Er wußte nicht, was er tun sollte, und drückte das Steuer in die falsche Richtung, so daß das Boot zu kentern drohte. Da war es gut, daß ich Pomp in seiner Tragwiege auf dem Rücken trug und beide Hände frei hatte. Ich konnte mich an der höheren Bordwand festklammern. Long Knifes schneidende Stimme übertönte das Geschrei der Männer, die wie Forest Bear offenbar alle nicht schwimmen konnten und Todesängste litten. Ich hörte, wie Long Knife Drouillard einen Befehl gab, und dieser Mann kletterte schnell und gewandt wie eine Katze nach hinten, schubste Forest Bear vom Steuer und drehte die Nase des Bootes gerade noch rechtzeitig in den Wind. Long Knife ließ sofort das Segel bergen. Das Boot richtete sich auf, und wir waren gerettet.

Forest Bear wurde nun heftig beschimpft, und ich weiß, wie weh das seiner überheblichen Seele tat. In dem Augenblick tat er mir leid, aber ich konnte ihm nicht helfen. Wir kamen an diesem Tag noch ein gutes Stück weiter, und gelangten über die Einmündung eines kleinen Flusses hinweg, dem die Sun-men den Namen Onion Creek gaben, weil wir an einem seiner beiden Ufer reichlich wilde Zwiebeln fanden. An diesem Abend mußten wir noch einmal gedörrtes Fleisch essen. Sehnsüchtig sahen wir Bisons und Hirsche in der Dämmerung weiden. Aber die Entfernung zwischen unserem Camp und ihnen war entmutigend.

Nicht weit von uns entfernt faulten einige Bisonkadaver, und bei ihnen entdeckten wir ältere Spuren der mächtigen Bären, von denen Lizard und ich Red Hair im Fort erzählt hatten. Ich dachte dabei an die Alptraumnacht, in der ich gefesselt im Camp der Minitaris lag, während Bären in unmittelbarer Nähe im Dickicht rumorten. Die Größe der Bärentatzen hier alarmierte die Sun-men. Sie ließen nun die Feuer höher lodern, und Red Hair schärfte den Wachen ein, auf der Hut zu sein und die Feuerstöcke schußbereit zu halten.

Ich war also gut behütet und hätte nach den Aufregungen des Tages sicher fest geschlafen, hätte Forest Bear nicht unter der Decke nach mir getastet. Als er fordernd zwischen meine Beine griff, drehte ich ihm den Rücken zu und rutschte näher an Drouillard heran, so daß er mich nicht mehr erreichen konnte. Dabei zog ich meine Decke fest um meinen Körper. Er zischte mir ein böses »Miststück« zu und gab auf. Ich war nach der Geburt Pomps wirklich noch nicht so weit, daß ich mit ihm schlafen konnte. Entgegen meiner Erwartung war er beim Frühstück freundlich zu mir, reichte mir eigenhändig einen Trunk Wasser und neckte seinen Sohn.

Beim Aufbruch machte ich Red Hair verständlich, daß ich gern mit ihm und den Männern, die er ausgesucht hatte, am Ufer entlang wandern würde, um Wurzeln zu sammeln, anstatt ins Boot zu gehen. Der Captain nickte zustimmend, und wir nahmen unseren Marsch auf. Der große Hund von Long Knife lief uns voraus. Es schien, als würde dies ein besonders guter Tag werden.

Kurz vor Tageswende sahen wir von einigen Hügeln aus Feuerringe eines verlassenen Lagers und ein Totengerüst. Captain Clark steuerte schnurstracks darauf zu. Ich folgte ihm und den Männern nur zögernd, denn ich ahnte nichts Gutes. Die Männer durchstöberten den Boden und kickten zerbrochene Krüge von der Art umher, wie sie die Sun-men aus Kanada mit dem Wasser des Bösen Geistes füllten und in den Städten der Minitaris gegen Felle, Fleisch und Fett eintauschten. Das verlassene Lager enthielt nichts von Wert. Red Hair aber wagte es, die Ruhestätte des Toten anzurühren. Zorn packte mich, und ich lief zu ihm hin.

»Verlasse diesen Ort!« schrie ich. »Niemand stört ungestraft die Ruhe eines Toten.«

Red Hair sah mich fragend an. Aber da ich mich nicht verständlich machen konnte, zuckte er nur mit den Achseln und wandte sich wieder seiner schändlichen Tätigkeit zu. Und die Sun-men nennen uns Wilde, dachte ich. Jetzt sehe ich doch, wozu ein echter Wilder fähig ist.

Auf der Plattform, die schon halb heruntergebrochen war, lag eine Frau vom Volk der Assiniboins bestattet. Ich erkannte die Zugehörigkeit zu diesem Stamm an der Art der Bemalung auf der Bisondecke, in die die Tote eingeschlagen war. Und daß es sich um eine Frau handeln mußte, sagte mir die Tatsache, daß ein Hundeschlitten an den Stangen der Plattform festgebunden war. Ein toter Hund lag dicht daneben. Mit solchen Dingen bestattete man Frauen, aber niemals einen Krieger.

Red Hair machte sich daran, die Tote aus ihrer Robe zu wickeln. Ich mußte zusehen, wie er die Robe stahl und aus dem Beutel, den die Familie der Frau mit auf die Reise gegeben hatte, alle weiteren Gaben. Zu diesen gehörten Süßgras, Tabak, ein Kratzer aus Horn zur Bearbeitung von Fellen, rote und blaue Farbe sowie Mokassins, deren rundes Perlenmuster mir erneut bestätigte, daß die Bestattete eine Assiniboin war.

Freunde meines Volkes waren die Steinkocher, wie sie außerdem hießen, nicht gerade. Aber ich weinte um diese Tote. Womit, fragte ich, wird sie sich in der anderen Welt bemalen? Womit soll sie Häute bearbeiten? Ihre Füße vor den Stacheln der Kakteen schützen? Ich vermutete, daß er auch diese Dinge dem Großen Vater schenken wollte. Daß er aber vor einer Toten nicht haltmachte, zeigte mir, wie wenig er uns Indianer im Grunde seines Herzens achtete. Ich glaube er ahnte, daß ich ihn in diesem Augenblick verachtete. Darum stapfte er, nachdem er die Ruhestätte notdürftig ein bißchen hergerichtet hatte, an mir vorbei, ohne mich eines Blickes zu würdigen.

Wir gingen uns in den nächsten Tagen aus den Augen. Forest Bear aber, der einiges gut zu machen hatte, schmeichelte den Captains, wann und wo er konnte. Vor allem kochte er, um ihren Gaumen zu erfreuen. Doch frisches Fleisch gab es nur selten. Nur einmal schoß Red Hair einen alten Bisonbullen. Das Tier war jedoch so abgemagert, daß es kaum Fleisch für alle hergab. Die Zunge aber war gut. Und daraus bereitete Forest Bear Long Knife und Red Hair ein köstliches Essen.

Während wir anderen am Feuer der Captains an unseren

zähen Steaks herumsäbelten, erzählte Forest Bear den Captains: »Ich war schon einmal in dieser Gegend.«

Captain Clark runzelte die Stirn. »Doch, doch«, behauptete Forest Bear. »Wir hatten hier ein Jagdcamp, eine Gruppe Gros Ventres, zwei Franzosen und ich.«

»So weit nach Westen willst du gekommen sein?« zweifelte Long Knife.

»Fragen Sie doch Lepage, der dort am nächsten Feuer sitzt. Der weiß es, denn er war dabei.»

»Nicht nötig«, lenkte Long Knife ein.

»Na, dann«, sagte George Shannon, eines der jüngeren Mitglieder der Expedition, »könnten wir den Fluß hier ja nach dir Charbonneau Creek nennen.« Shannon war ein kleiner breitschultriger Mann mit einem übermütigen Gesichtsausdruck. Sein Augenzwinken konnte Forest Bear nicht wahrnehmen. Aber ich sah es.

Clark nahm den Vorschlag jedoch ernst. »Warum eigentlich nicht?« sagte er und sah Long Knife fragend an. Auch diesen hatte Forest Bears Bisonzunge freundlich gestimmt. »Gut«, beschloß er, »nennen wir den Wasserlauf Charbonneau Creek«, und er setzte mit gespielter Feierlichkeit hinzu, »nach dem Mann, der vor uns bis heute am weitesten nach Westen vorgedrungen ist.« Forest Bear bedankte sich überschwenglich, obwohl es doch nur ein kleiner Fluß war, ein Bach eher, der seinen Namen tragen sollte.

»Ich werde deinen Namen später in die Karte eintragen«, versprach Clark. »Aber jetzt wollen wir ein wenig feiern. Wir feiern den endgültigen Schritt ins Niemandsland. Shannon, hole uns Pierre Cruzatte mit seiner Fiedel. York, du schlägst den Rhythmus auf dem Kochtopf.«

Ich verließ das Feuer, um mich Pomp zu widmen. Für mich gab es auch nichts zu feiern. Ich war schon viel weiter im Westen gewesen. Doch zählte das für die Amerikaner nicht.

Am nächsten Morgen war es wieder einmal bitter kalt, so daß die Ruder und Paddel in Eisschaum tauchten. Auf dem Fluß erhob sich nach kurzer Zeit ein scharfer Gegenwind, der den schweren Sand an den Ufern und auf den Sandbänken aufwirbelte, als wäre er nur feiner Staub. Ich setzte Pomp eine Kapuze auf und zog sie tief in sein kleines Gesicht. Dennoch setzten ihm die scharfkantigen Sandkörner sichtlich zu. Aber er weinte nicht. Er war vielleicht das tapferste Baby zwischen dem Missouri und den Rocky Mountains. Auch bei mir fand der Sand seinen Weg durch die kleinste Öffnung meines Hemdes, meines Rockes, meiner Leggins und Mokassins irgendwie auf die bloße Haut und kratzte sie wund. Heute, am Abend, dachte ich sehnsüchtig, werden Pomp und ich im Fluß baden. Ich weiß nicht, wie die Sun-men dieses Jucken, die quälende Mischung von Schmutz und Schweiß, aushalten konnten. Von all den Sun-men war es lediglich York, den ich richtig baden sah.

Trotz des widrigen Windes krochen wir unaufhaltsam flußaufwärts in Richtung auf unser nächstes Ziel, den Yellowstone River. Die Amerikaner verloren bei diesem langsamen Tempo niemals die Geduld. Sie reisten in dem Hochgefühl, Columbus gleich, Entdecker einer neuen Welt zu sein. Es war ein Vergnügen, das ich nicht teilen konnte und kaum verstand. Außerdem sprach das Land, das für sie »The Great Unknown« war, zu mir in vertrauten Bildern. Als die Minitaris vor einigen Jahren mit uns Gefangenen hier am

Missouri entlanggezogen waren, bevor sie den großen Flußbogen abgeschnitten hatten, hatte ich mir, wie ihr wißt, verschiedene Landschaftsmerkmale eingeprägt, so auch die Salzablagerungen, die jetzt die Ufer des aus dem Norden kommenden White Earth River unter der Sonne aufgleißen ließen.

Das Ufer des Missouri war hier wuchtig, denn der Fluß schnitt tiefer in Mutter Erde ein, gerade so, als wollte er uns die Schönheit ihrer Seele offenbaren, die in tieferen Schichten zu Hause ist. Die Strömung rauschte kraftvoller gegen den Bug des weißen Bootes an, drohte es manchmal sogar zu wenden und mitzunehmen auf ihre Reise. Wurde die Strömung allzu mächtig, mußten die Männer unser Boot mit langen Seilen vom Ufer aus ziehen, oft an bedrohlich überhängenden Steilwänden entlang. Das ängstigte sie.

Ich dagegen erfreute mich der kräftigen schwarzen, blauen, gelben und blendend weißen Farben an den Wänden, Klippen und Türmen. Am Abend brachte Captain Lewis ein paar schwarze Steine von seiner Wanderung am Ufer mit ins Camp und legte sie dicht an die Flammen des Lagerfeuers. Sie leckten zu ihnen hinüber, und dann brannten sie rauchloser und ergiebiger als Holz oder gar der trockene Bisondung, mit dem wir Schoschonen in den Plains oft das Feuer unterhalten müssen. Nach dem Essen ging ich ein Stück abseits des Lagers zum Fluß, um Pomp und mich mit Seifenwurzel zu waschen.

In der Nacht fand ich wieder einmal wenig Schlaf, denn ein starker Wind rüttelte geräuschvoll an dem Zelt und blies sogar das Feuer aus. Mir fiel ein, daß mein Vorrat an Haarbällchen zu Ende ging und ich Bisonchips sammeln mußte.

Man konnte sie zerbröseln und als Windeleinlage benutzen. Das Pulver saugt den Urin auf, der sonst in die Tragwiege laufen würde. Ich werde morgen am Ufer entlang marschieren und Dung sammeln, nahm ich mir vor.

Ich war am nächsten Tag aber doch froh, daß ich ins Boot steigen konnte, denn ich war sehr müde. Meinen Bisondung fand ich später an unserem ersehnten Zwischenziel, dem Yellowstone River. Ich hatte genügend Zeit zum Suchen, denn wir blieben drei Tage auf der Landzunge, die vom Yellowstone und dem Missouri geformt wird.

Es wurde wieder kräftig gefiedelt, getrommelt, gesungen und getanzt in der ersten Nacht auf der Landzunge. Am besten gefiel mir das Lied »La Jolie Blonde«.

»Was heißt ›La Jolie Blonde‹?« fragte ich Forest Bear, als es verklungen war.

»Stell dir ein Mädchen mit seidig glänzendem Haar von der Farbe der Sonnenblume vor, einer Haut wie Milch und Honig und Augen so blau wie die Perlen auf deinen Mokassins.« Er seufzte. »Eine solche Frau wird darin besungen. Sie ist viel hübscher als ihr Indianerweiber mit euren rabenschwarzen Haaren und dieser roten Niggerhaut.«

Er lachte, als wäre ihm ein großartiger Scherz gelungen. Mir aber verdarb seine Taktlosigkeit das kleine Fest. Ich stand auf und ging ins Zelt, wo ich mit Pomp allein sein und die Bitterkeit in meiner Seele überwinden konnte.

# ELFTES KAPITEL

Der lange Weg, der noch vor mir lag, war für mich ein Weg schlimmer Erinnerungen. Dennoch hatte ich Augen für die wilde Schönheit der Missouri-Landschaft. Ich erlebte sie meist vom Boot aus, aber auch auf langsamen Wanderungen. Die Forschergruppe des Großen Vaters hatte die Aufgabe, den neuen Besitz zu vermessen, und das dauerte. Außerdem kamen die Boote nur mühsam voran, denn der Fluß war voller Untiefen, voller Barrieren aus zusammengeschwemmten Baumleichen, die zerhauen werden mußten. Und als wollte der Missouri die Sun-men verhöhnen, legte er sich auch noch in zahllose Schleifen, so daß nach endlosen Bögen oft nur ein paar Pfeilschußlängen in Richtung Westen gewonnen waren.

Einige Tage aber, nachdem wir die Einmündung des »Flusses, der alle anderen trübt«, passiert hatten, kam doch endlich wieder einmal günstiger Wind auf. Wir segelten in einiger Entfernung vom Ufer bei kräftigem Wind. Entgegen ihrem Grundsatz, daß immer einer von ihnen an Bord der weißen Piroge bleiben mußte, wanderten an diesem Tag beide Captains am Ufer entlang. Cruzatte hatte Forest Bear wieder einmal das Steuer überlassen. Ich verstand die Welt nicht mehr. Hatte Forest Bear nicht schon genug Unheil angerichtet? Alles ging gut, bis eine kräftige Bö in das Segel fuhr. »Merde!« schrie Forest Bear in Panik. Das Boot legte sich heftig über und nahm sofort Wasser. Anstatt den Bug in den Wind zu drehen, was ja sogar ich inzwischen begriff, bot er ihm die volle Breite. Ich konnte mir gerade noch die Tragwiege mit Pomp auf den Rücken hängen und die hohe Bordwand packen. Mit den Füßen stemmte ich mich gegen einen Längsbalken des Bootsgerippes.

Der Mann, der das Segel hielt, vermochte dessen Druck nicht zu widerstehen und ließ die Halteleine durch die Finger schießen. Er schrie laut auf vor Schmerz. Seine Haut hing in Fetzen. Im nächsten Augenblick knatterte das Segel führungslos über unseren Köpfen. In dem Durcheinander behielt Pierre Cruzatte, dem ich ewig dankbar sein werde, die Nerven, sonst wären wir vielleicht alle im Missouri ertrunken. Er richtete seine Schwarzwaffe auf Forest Bear, spannte den Hahn und brüllte: »Dreh sofort das Boot in den Wind, du Idiot. Sonst schieße ich dich über den Haufen!« Forest Bear folgte verdattert dem Befehl, und das Boot richtete sich auf. Cruzatte ließ das Segel bergen und mit allem, was zur Verfügung stand, auch mit den bloßen Händen, Wasser schöpfen. Mir gelang es, ein paar in Reichweite schwimmende Sachen, die aus dem Boot gefallen waren, aus dem Missouri zu fischen. Dann ruderten wir, todmüde wie ein angeschossenes Tier, dem Ufer zu.

Wie habe ich die Augenblicke ausgekostet, als die Männer mich hochleben ließen! Ich hatte ihnen ein paar sehr wertvolle Dinge gerettet. Captain Clark kam zu mir, nahm meine Hand und legte einen Klumpen braunen Zuckers hinein. Ich hob den Zucker bis zum Abend auf, denn ich wollte ihn in meinem Bett in der Dunkelheit Stück für Stück genießen.

Die Stunde meines kleinen Triumphs war natürlich auch die Stunde von Forest Bears zweiter Demütigung. Sein Versagen hätte das Ende der Expedition bedeuten können. In unserem Boot befanden sich Meßinstrumente, die Behälter mit Medizin, viele Aufzeichnungen, Schreibpulte, Schießpulver, Tauschwaren und Geschenke für die Völker, auf die wir noch treffen würden. Entsprechend groß war der Zorn der Captains und der Mannschaft. Ich ging weg, als Long Knife Forest Bear zusammenstauchte, weil ich nicht wollte, daß dies in meiner Gegenwart geschah. Der Captain war aber auch klug genug, Forest Bear nicht zu isolieren. Als er vor dem neuerlichen Aufbruch an diesem Tag eine Runde Taffee ausgab, einen starken Alkohol, erhielt auch Forest Bear seinen Becher voll. Was Long Knife zu seinem schnellen Einlenken veranlaßt haben mochte, war wohl auch das stille Eingeständnis der Mitschuld an diesem Mißgeschick.

Je weiter wir nun nach Westen vordrangen, desto mehr Tiere sahen wir. Sie fürchteten uns Menschen kaum. Ja, wirklich! Wie hätte es sonst wohl sein können, daß ein von der Herde versprengtes Bisonkalb bei Long Knife Schutz suchte und ihm während einer Uferwanderung klagend auf den Fersen blieb, bis Red Hair irgendwann in unser Boot kletterte. Um diese Jahreszeit nisteten viele Vogelarten in den Uferbäumen, Weißkopfadler, Wildgänse und Elstern sogar in einer ungewöhnlichen Nachbarschaft zueinander. Nirgendwo zuvor hatte ich so viele Adler gesehen! In den Waldstreifen sahen wir überall auch die Kerben, die von Biberzähnen in schlanke junge Stämme gegraben worden waren. In den Nebenarmen der Zuflüsse des Missouri gab es mehr Biberbauten, als ich zählen konnte.

Wenn man auf die Terrassen und Hügel stieg, die den Missouri säumten, dann konnte man oft bis zum Horizont gewaltige Bisonherden sehen. Und auf den frischen grünen Flächen zwischen den Herden dieser Kolosse weideten Hirsche, Pronghorn-Antilopen und Rehe. Ich mußte beim Anblick all der Tiere an mein armes, von diesen üppigen Wildweiden verdrängtes Volk denken und den Hunger, den wir so oft in unseren Bergen gelitten hatten. Hier aß ich nun Fleisch im Überfluß, Köstlichkeiten wie die öligen Biberschwänze, rohe Bisonleber, die saftigen Scheiben von der Schulter der Bisonkälber.

Dieses Land glich wahrhafteg jenem, welches eure Schwarzröcke mit den goldenen Kreuzen auf der Brust das Paradies nennen würden, wo Menschen und Tiere friedlich nebeneinander leben. Aber des einen Glaube ist des anderen Aberglaube. Ich frage mich doch, was Wölfe und Bären dort im Paradies eigentlich fraßen. Sie konnten doch nicht vom Gras leben.

Der Wolf war in dieser Gegend hier allgegenwärtig. Ich sah auch oft dessen kleinen Bruder, der sich Höhlen gräbt. Wir konnten diese Wölfe in Rudeln von acht bis zwölf Tieren umherstreifen sehen. Ihre Jagdmethoden waren schlau. Sie lauerten zum Beispiel Antilopen auf, die den Fluß überqueren wollten. Dabei machten sie sogar einen Unterschied. Sie ließen die jetzt im Frühling noch mageren Männchen unbehelligt und hängten sich nur an die trächtigen Weibchen, die mehr Nahrung boten und unbeholfene Schwimmer waren. Ihnen schwammen sie hinterher, zogen und drückten sie unter Wasser, bis sie ertrunken waren. Danach zerrten mehrere Wölfe gemeinsam die Beute an Land und teilten sie unter sich auf. Sie jagten meist in der Nähe ihrer Höhlen, in denen sie ihre Jungen aufzogen.

Die großen Wölfe dagegen gaben sich mit geringer Beute wie Antilopen nicht ab. Sie blieben ständig in der Nähe der großen Bisonherden. Vor allem verletzte Tiere fielen ihnen zum Opfer oder auch Kälber, die sie von der Herde zu trennen vermochten.

Erinnert ihr euch daran, daß wir Captain Clark vor den ungeheuren Bären gewarnt hatten, die am oberen Missouri eine ständige Gefahr für ihn und seine Männer sein würden? Nun trafen wir auf sie, und es schien mir, als suchten beide Parteien Feindschaft von Anfang an. Eines frühen Morgens sahen Captain Lewis und einer der besten Jäger der Expedition, Jean Baptiste Lepage, zwei Grizzlys einen Hügel hinauftrotten. Die Männer schossen augenblicklich auf sie, verwundeten sie aber nur. Einer der Bären floh. Der andere ließ ein solch furchtbares Grollen hören, daß mich, die ich sicher in meinem Boot saß, ein Frösteln überlief. Der getroffene Bär richtete sich zu seiner vollen Größe auf, spähte nach den Schützen und griff Captain Lewis an. Zum Glück für Long Knife war der Abstand zwischen ihm und dem Tier groß genug, so daß er seine Waffe nachladen und schießen konnte. Zur gleichen Zeit feuerte Lepage. Das Tier stürzte auf halbem Wege tot zu Boden.

Dennoch warteten die beiden Männer eine Weile, ehe sie sich an den Grauen heranwagten. Sie fürchteten, daß auch ein tödlich verwundeter Grizzly sich mit dem Sterben Zeit läßt und versucht, seinen Feind zu erledigen.

Zwischen dem Yellowstone River und den Rocky Mountains erlegten die Amerikaner mehr als zwanzig Grizzlys.

Den größten Bär schoß Captain Clark gemeinsam mit Drouillard. Es machte mich traurig zu sehen, wie qualvoll dieses Tier starb. Die beiden Männer schossen bestimmt zehn Kugeln in dessen mächtigen Leib. Der Bär brüllte bei jeder neuen Verwundung auf. Aber er griff die Schützen merkwürdigerweise nicht an, sondern floh in den Missouri. Seine Kraft reichte, den Fluß zur Hälfte zu durchschwimmen und auf eine Sandbank zu klettern. Dort taumelte er eine Weile wie betrunken umher und drehte sich um sich selbst, bevor er sich niederlegte und den Kopf mehrmals in Richtung seiner Verfolger hebend endlich starb.

Red Hair war wie im Fieber. Er konnte kaum abwarten, bis wir ihn in der weißen Piroge zur Sandbank gerudert hatten. Noch mehr beeindruckt war er, als er endlich vor dem toten Riesen stand. »Dies dürfte wohl der größte Bär sein, der je in Amerika geschossen wurde. Er wiegt bestimmt fünfhundert Pfund.«

»Eher sechshundert«, schätzte Long Knife. Die ganze Bootsbesatzung umringte inzwischen den Bären. Auch ich kletterte von Bord und sah zu, wie die Captains seine Länge, die Größe seiner Tatzen, seiner Krallen, die Breite seines Schädels, die Reißzähne und so fort maßen, bevor sie ihm das Fell abzogen und dann in den nackten Fleischmassen von den Einschußlöchern ausgehend nach Kugeln suchten. Red Hair holte mit dem Messer die ersten fünf Kugeln ans Licht. »Alle fünf saßen in der Lunge!« verkündete er. »Und doch schwamm das Biest noch durch den halben Fluß!« sagte Long Knife beinahe ergriffen. »Nicht zu fassen.«

Drouillard riß dem Bären nun die langen Klauen aus, brach die Fangzähne aus dem Maul, schnitt die Tatzen ab und säbelte die Schinken von den Knochen. Den Rest überließ er den Wölfen, Geiern und Krähen.

Als wir am Abend um die Lagerfeuer saßen und Bärenfleisch brieten, entbrannte zwischen den Männern ein Streit. Einige verfochten entschieden die Meinung, daß man den Grizzlys künftig aus dem Weg gehen sollte. »Wenn ich hier das Sagen hätte«, sagte Colter, ein erfahrener Jäger, »würde ich keinen Mann für eine solch gefährliche Jagd riskieren.«

Bill Bratton, der vielleicht unser bester Schütze war und darauf sehr stolz, zog ihn auf: »Lern du nur so gut schießen wie ich, und du hast nichts zu fürchten.«

Forest Bear übersetzte mir amüsiert und freundlich gestimmt den kleinen Schlagabtausch. Die Männer sahen die beiden Captains an, als sollten sie etwas dazu sagen. Red Hair schwieg, während Long Knife eine in meiner Gegenwart sehr taktlose Bemerkung machte. »Ich kämpfe«, sagte er, »lieber mit zwei Rothäuten als mit einem Grizzly.«

Schließlicht riet Red Hair: »Außer wenn einer in Lebensgefahr ist, sollte er möglichst nicht auf Bären schießen, es sei denn, er ist ein solcher Meisterschütze wie Drouillard oder Bratton.«

Bratton grinste geschmeichelt. Doch schon am nächsten Tag wurde er von seiner Überheblichkeit geheilt. Wir gingen an diesem Tag früher als üblich an Land und bauten unser Lager auf. Während wir noch mit den Zelten beschäftigt waren, stürmte Bratton schreiend ins Lager. Leichenblaß und immer wieder zum Waldsaum starrend keuchte er: »Eineinhalb Meilen flußabwärts von hier schoß ich auf einen Grizzly. War ganz sicher, daß mein Schuß tödlich sei. Aber die Bestie fiel nicht, sondern fing an, mich zu jagen. Sie blieb mir auf den Fersen, ich weiß nicht, wie lange. Nun steckt sie dort irgendwo zwischen Bäumen.«

Long Knife befahl: »Windsor, Goodrich, Labiche, Colter, Lepage, Charbonneau! Schnappt eure Büchsen und kommt mit.«

Was für ein Aufgebot gegen einen einzigen Bären! Ich sah die Jäger im Wald verschwinden und glaubte, der Bär würde im nächsten Augenblick auf sie losgehen. Doch in seiner Panik hatte Bratton das Tier überschätzt. Es hatte ihn, wie Forest Bear mir später erzählte, tatsächlich eine weite Strecke verfolgt, war dann aber umgekehrt und noch mehrere Pfeilschüsse weit gelaufen, bevor es sich zwischen dichten Büschen ein zwei Fuß tiefes Sterbebett grub und niederlegte. Der Bär lebte noch, als die Jäger ihn fanden. Zu dieser Zeit war es zwei Stunden her, daß er seine tödlichen Wunden empfangen hatte. Forest Bear, der ein hartgesottener Kerl war, gab mir gegenüber zu, daß der Blick des Tieres, das in Erwartung des Todes vor ihm lag, ihn in die Seele traf. Long Knife und er schossen ihm zwei Kugeln in den Kopf.

So sehr die Gefährlichkeit der mächtigen Kreaturen die Männer auch zur Vorsicht mahnte, die Versuchung, sie zu jagen, war für sie zu groß. Einen Mond nach Brattons Abenteuer, wir waren schon in der Gegend der Großen Wasserfälle, hatte Long Knife ein Zusammentreffen mit einem Bären, das für ihn fast tödlich ausgegangen wäre. Er hatte an diesem Abend auf einer Prärie oberhalb der Fälle einen fetten Bison geschossen und wartete, daß das Tier, dem das Blut im Herzrhythmus aus Maul und Nase schoß, zusammenbrechen würde. Er vergaß, vom Anblick des Todeskampfes gefesselt, seine Büchse nachzuladen, und bemerkte einen riesigen Bären erst, als dieser sich ihm bis auf zwanzig Schritte genähert hatte. Der Bär wird über mir sein, bevor ich laden kann, dachte er verzweifelt. Er maß mit den Augen die Entfernung bis zu einem Baum, der Rettung versprach. Dreihundert Schritte, dachte er. Du mußt es versuchen!

Als er losrannte, verfolgte ihn die Bestie in einem gemächlichen Galopp. Doch verringerte sich die Entfernung dabei ständig. Es war, als wolle das Tier mit seinem Opfer spielen. Du schaffst es nicht, dachte Long Knife. Der Captain änderte die Richtung, rannte nun zum Fluß und stürzte sich ins Wasser, obwohl er wußte, daß der Bär ihn auch dorthin verfolgen würde. Als ihm das Wasser bis zur Brust reichte, pflanzte er das Bajonett, das er an der Seite trug, auf die Büchse und erwartete seinen Verfolger, bereit, sich bis zum letzten Atemzug zu verteidigen.

Aber irgend etwas machte den Bären unsicher. Eine Weile stand er da am Ufer, schwenkte den Kopf unentschlossen hin und her, grollte und zerfetzte mit einer Tatze das Gras. Dann warf er sich plötzlich herum und lief einfach davon. Long Knife watete, die Büchse ladend, zum Ufer. Von dort sah er »das Monster«, wie er es nannte, krachend in das Dickicht des Uferwaldes am Medicine River brechen. Er verstand nicht, warum das Tier geflohen war.

Ende Juni, während der Umgehung der Großen Wasserfälle, änderten sich die Jagdbedingungen. Nicht die Amerikaner jagten Bären, sondern die Bären Amerikaner. Sie waren eine ständige Bedrohung, so daß die Captains befahlen: »Jeder muß während der Nacht die Büchse griffbereit neben sich liegen haben. Bis wir andere Order geben, geht auch niemand mehr allein auf die Jagd.«

Der letzte Mann, der allein auf die Jagd gegangen ist, war, glaube ich, das Expeditionsmitglied Joseph Fields. Während Fields auf einen Bären anlegte, wäre er beinahe über einen anderen, ruhenden Bären gestolpert. In seiner Überraschung brauchte das Tier ein paar Augenblicke zur Orientierung, so daß Fields zu einer hohen Uferbank fliehen konnte. Verzweifelt stürzte er sich hinunter, landete jedoch nicht im Wasser, sondern auf hartem Boden. Dabei brach er sich eine Hand, während sein Gewehr von dem Aufprall verbogen wurde. Glück im Unglück, der Bär verfolgte ihn nur bis zum Rand des Abhangs.

In der folgenden Nacht wurden wir von einem Grizzly belästigt, der uns den ganzen Tag über neugierig gefolgt war. Es war für mich fast die gleiche Situation wie vor fünf Wintern, als Bären bei unserem Lager ihr Unwesen trieben. Doch hier hielt außer den Männern auch Seaman, der große Hund, Wache und ließ immer wieder sein dunkles, warnendes Grollen hören.

Der tapfere Hund war es auch, der meinen Sohn und mich einige Tage zuvor vor dem sicheren Tod bewahrt hatte. Wir lagerten oberhalb der Einmündung des Musselshell-Flusses, also noch ziemlich weit von den Missouri-Fällen entfernt, als sich mitten in der Nacht ein großer Bisonbulle entschloß, über den Fluß zu schwimmen und genau dort an Land zu steigen, wo unser weißes Boot vertäut lag. Er kletterte polternd darüber hinweg und preschte dann die Uferbank hinauf direkt in unser Lager. Eine der Wachen sah den Koloß aus der Dunkelheit auftauchen und riß geistesgegenwärtig ein brennendes Holzscheit aus dem Feuer. Mit seiner kreisenden Fackel hielt er den Bison gerade noch davon ab, die

Köpfe der im Freien schlafenden Männer zu zertreten. Das Tier drehte ab, stürmte aber nun auf unser Zelt am Rande des Lagers zu. Der Koloß hätte uns samt Zelt überrannt, wäre Seaman nicht unter wildem Gebell auf ihn losgegangen, so daß er abermals die Richtung änderte und in der Dunkelheit verschwand.

Am nächsten Morgen lasen wir aus den tiefen Spuren, die seine Hufe hinterlassen hatten, daß einige Männer nur um eine Handbreit dem Tod entgangen waren. In der Piroge war der Bison auf eine Schwarzwaffe getreten, die York dort liegengelassen hatte. Außerdem waren Bänke, Riemen und das Ruder zu Bruch gegangen. »Dieses Boot«, sagte Forest Bear zu mir, »zieht das Unglück an.« Die Bemerkung war unbedacht, zumal er sie auch den anderen gegenüber wiederholte. Wir alle waren abergläubisch, hatten aber doch gar keine andere Wahl, als wieder in das Boot zu steigen, nachdem die Schäden beseitigt worden waren.

Ich fand eigentlich, daß es eher ein guter Geist war, der uns auf diesem gefahrenvollen Weg beschützte. Ich erinnere mich lebhaft an eine Schreckensnacht, in der ich mich im Zelt sicher glaubte, während rundherum draußen der Sturm tobte. Plötzlich riß Sergeant Ordway mich brutal aus dem Schlaf. »Raus, alles raus aus dem Zelt, sofort!« Ich taumelte, den weinenden Pomp an mich gepreßt, hinaus und sah, daß ein Baum, dessen Äste sich weit über unser Tipi lehnten, lichterloh brannte. Funken tanzten, vom Sturm gepeitscht, durch die Nacht und versengten uns die Haut, das Haar und die Kleider. Forest Bear zog uns rasch von dem gefährlichen Ort weg und schrie mich an: »Rühr dich nicht von der Stelle, hörst du?« Dann eilte er zurück zu den anderen Männern und half ihnen, das Zelt umzureißen und samt Inhalt von dem brennenden Baum wegzuschaffen. Nur ein paar Atemzüge später neigte sich die große Krone des Baumes unter lautem Stöhnen und stürzte zu Boden. Brennende Äste flogen durch die Luft, und ein Funkenregen ging auf das ganze Lager nieder. Für den Rest der Nacht war es bei uns allen mit dem Schlaf vorbei. Es galt, verstreutes Gepäck in Sicherheit zu bringen und kleine Brände auszuschlagen. Ich half den Männern nach Kräften.

Entgegen unseren Erwartungen waren uns bisher die Krieger der Blackfeet oder Atsinas nicht gefährlich geworden. Diese hatten sich nirgendwo blicken lassen. Dagegen hatten uns Tiere, Feuer und Wasser bedroht. Wie ihr wißt, hätte uns der Fluß zweimal verschlingen können, als Forest Bear das Boot fast zum Kentern brachte. Ein drittes Mal wurde uns Wasser zur tödlichen Bedrohung, als Red Hair mit Forest Bear und mir zu Fuß einen Weg erkundete, der die Expedition am letzten der großen Fälle des Missouri vorbeiführen sollte. Die Mannschaft hatte den Auftrag, uns mit den schweren Lasten auf der von uns bezeichneten Strecke zu folgen. York war unser Verbindungsmann.

Wir begannen unseren Marsch bei klarem, ruhigem Wetter. Gegen Mitte des Tages tauchte am Horizont eine tiefschwarze Wolke auf, die einen heftigen Regensturm versprach. Forest Bear, der für das Wetter einen sicheren Blick besaß, riet Red Hair, sofort nach einer schützenden Stelle zu suchen. Wir fanden sie in einer kleinen Schlucht unter einer weit überhängenden Felswand. Kaum hatten wir uns darunter geflüchtet, fegte eine Bö durch das Trockenbett und nahm schwach verwurzelte Bäume, Büsche, Kakteen und

Sand mit. Hagel und Regen, die die nächste Bö heranführte, stürzten mit der Gewalt eines Wasserfalls herab. Wir blieben unter unserem Felsendach trocken und gratulierten uns zu unserer Wahl.

Doch wir hätten es besser wissen sollen. Von allen Seiten schossen nun Sturzbäche in das Trockenbett, rissen riesige Steinbrocken aus der Wand und schoben sie an einer engen Stelle, wo Bäume und Büsche schon hängengeblieben waren, zu einer Barriere zusammen. Das Wasser stieg im Handumdrehen bis zu unserem Felsennest hinauf. Red Hair signalisierte Forest Bear durch Handzeichen, er solle nach oben klettern und mich mit Pomp aus der überfluteten Schlucht ziehen.

Forest Bear hatte unendliche Mühe, an der nassen Wand hinaufzuklettern. Als ich ihm nachfolgte, prasselten Erdklumpen auf Pomp und mich, so daß ich fast in das gurgelnde Wasser gestürzt wäre. Pomp schrie jämmerlich, aber ich konnte ihm nicht helfen. Forest Bear war endlich aus der Schlucht heraus, legte sich auf den Bauch und reichte mir die Hand. Red Hair schob nun seinen Kopf unter mein Hinterteil und drückte mich ein Stück nach oben, so daß ich sie fassen konnte. Mit vereinten Kräften halfen die beiden Männer mir aus der Schlucht heraus. Als auch Forest Bear endlich auf halbwegs festem Boden stand, war das Wasser bis zum Rand des Trockenbetts gestiegen, ich schätze, gut fünfzehn Fuß hoch.

Aus dem Regenvorhang tauchte plötzlich York auf. Aber er sah uns nicht, so daß Red Hair zu ihm lief und bei den Schultern packte. York erschrak furchtbar und hätte seinem Herrn beinahe einen Fausthieb versetzt. Doch dann konnte er sich vor Freude darüber, daß wir unversehrt waren, kaum fassen. Er redete unablässig auf Red Hair ein und wollte ihm die Last seiner Jagdtasche abnehmen. Dabei zitterte er am ganzen Körper. Der Captain brachte ihn schließlich mit ein paar harschen Worten zur Vernunft.

York hatte einen Krug Rum bei sich und gab ihn Captain Clark. Dieser ließ ihn kreisen. Dann setzten wir uns in Richtung des Ortes in Bewegung, den wir am Morgen verlassen hatten. Wenig später erreichten wir das Weidengehölz, in das die Mannschaft zurückgekehrt war. Unterwegs hatten wir Gegenstände gefunden, die sie in Panik im Stich gelassen hatte, als der Sturm sie erreichte. Captain Clark war wütend. Aber er schwieg. Zum ersten Mal seit Beginn der Reise sah ich den Männern an, daß sie am Ende ihrer Kräfte waren und, was noch schlimmer war, ohne Zuversicht. Da half es wenig, daß Red Hair auch ihnen reichlich vom Wasser des Bösen Geistes einschenkte.

Red Hair sorgte dafür, daß Forest Bear und ich wärmende Decken erhielten. Dann, unermüdlich wie er war, widmete er sich einigen Verletzten. Diesen armen Kerlen hatte Sturm und Hagelschlag in der offenen Prärie übel mitgespielt. Der Sturm hatte einigen die Kleider regelrecht vom Leib gerissen, der Hagel ihnen Köpfe und Schultern blutig geschlagen. Ein Mann war so schwer getroffen worden, daß er dreimal zu Boden stürzte. Kein Wunder, daß die Mannschaft alles stehen und liegen ließ und in das Dickicht floh.

Weil alle Männer so niedergedrückt waren, verbarg ich meine gute Stimmung, so gut ich vermochte. Denn ich war voller Zuversicht, daß mich nun nichts mehr daran hindern würde, mein heimatliches Tal wiederzusehen. War ich nicht vor wenigen Tagen erst dem Tod entronnen und heute schon wieder?

Ihr fragt, wann ich das erste Mal auf dieser Reise dem Tod entging? Es war, wie ich mich erinnern kann, der Tag, an welchem wir unser großes rotes Kanu auf einer Insel begruben. Der Fluß war in letzter Zeit immer flacher geworden, so daß die schwere Piroge uns immer stärker behindert hatte. Das war der Grund, warum wir sie mit einem Teil unserer Ausrüstung und Vorräte versteckten bis zu unserer geplanten Rückkehr im nächsten Jahr. Als wir dann weiterzogen, dachte ich, bald werden wir in den Jagdgründen meines Volkes sein.

Meine Freude darüber wurde im Laufe des Tages von unerklärlichen Schmerzen beeinträchtigt. In meinem Bauch verspürte ich ein Ziehen und Zerren, das mir Angst machte. Captain Clark sah, wie ich mich krümmte. Er fragte mich, was mit mir los sei. Aber ich winkte ab. Ich dachte, das geht vorüber, behellige Red Hair nicht damit.

Doch schon kurze Zeit später fuhr eine flammende Glut durch meinen Körper, und die zur Raserei gesteigerten Schmerzen nahmen mir den Verstand. Ich mußte mich auf den Boden legen, wo ich mich wie eine verletzte Schlange wand. Ich dachte noch, was wird aus Pomp, wenn du stirbst? Dann versank ich in einen Strudel, aus dem ich erst nach langer Zeit wieder auftauchte.

Ich wußte nicht, was mit mir geschah, und was Forest Bear, Red Hair und Long Knife mit mir anstellten. Immer, wenn ich für kurze Zeit erwachte, legte York mir meinen Sohn an die Brust, damit er trinken konnte. Ich versuchte ihm dabei zu helfen, aber ich war zu benommen. Einmal sah ich Blut aus meinem Arm in eine Schale strömen, die Red Hair darunter hielt. Ich dachte dumpf, warum macht er das? Will er dich umbringen? Dann verlor ich mich wieder in meinen Fieberphantasien.

Darin reiste ich allen zu meinem Fluß, meinem Volk und den Camasblumen in meinem Tal voraus. Diese Bilder waren fast greifbar. Irgendwann wachte ich dann bei vollem Bewußtsein auf. Es war dunkel. Jemand gab mir zu trinken. »Wo ist Pomp?« fragte ich. Bevor ich Antwort erhielt, schlief ich wieder ein. Jemand zwang mich, aufzuwachen. Ich wehrte mich dagegen, fürchtete die Kälte, die Glut, die Schmerzen. Aber dieser Jemand ließ es nicht zu, daß ich einschlief, zwang mich, faules, stinkendes Wasser zu trinken. Ich erkannte Long Knife, der nickte und mir zulächelte. Er ließ mich wieder einschlafen, weckte mich aber einige Zeit später auf, hob meinen Kopf und hielt mir den Napf mit dem stinkenden Wasser erneut an die Lippen. Ich mußte den Napf leertrinken.

Red Hair stand mit Pomp im Arm an meinem Lager. Ich vermochte meinen Sohn aus seinem Arm zu nehmen und ihm die Brust zu geben. Zum erstenmal konnte ich das ohne Hilfe tun. Red Hair lächelte erfreut. Warum sorgt Red Hair für mich und nicht Forest Bear? dachte ich. Warum ist Forest Bear nicht hier?

Ich sah ihn erst wieder, als die heilende Wirkung des stinkendes Wassers mich vom Eingang des Wolfshauses, wohin die Toten gehen, in diese Welt zurückkehren ließ.

»Wie lange bin ich fort gewesen?« fragte ich ihn, nachdem man ihn an mein Bett geholt hatte. Er hob zehn Finger.

»Zehn Tage?«

Er nickte und streichelte Pomp, der an meiner Brust lag.

»Wie ist Long Knife an das Medizinwasser gekommen?« fragte ich.

»Es stammt von einem gelben See, den ich gefunden habe.«

»Du? Dann verdanke ich dir mein Leben?«

Er grinste. »Wir haben das Wasser an dir ausprobiert. Wenn es dich nicht vollends umbringt, haben wir uns dabei gedacht, macht es dich gesund.«

»Ich glaube nicht, daß Long Knife und Red Hair so leichtfertig sind. Sie wußten, daß dieses Wasser hilft.«

»Da wäre ich mir nicht so sicher.«

Ich war enttäuscht, daß Forest Bear einen kostbaren Augenblick der Zuneigung wieder zunichte gemacht hatte.

»Ich möchte ein Stück laufen«, sagte ich.

»Gut!« Er nahm das Baby und half mir auf. »Glaubst du, daß du ein paar Schritte allein gehen kannst? Ich muß für die Mannschaft kochen.«

Ich nickte. Aber es wäre besser gewesen, er hätte mich begleitet und auf mich aufgepaßt. Ich fand eine Stelle mit schmackhaften Kartoffeln und aß eine Menge davon so roh, wie sie waren. Nach meiner Rückkehr ins Lager verschlang ich mit Heißhunger noch so viel gedörrten Fisch, wie mein Magen zu halten vermochte. Bald darauf bekam ich heftige Krämpfe, und die Fieberglut kehrte in meinen Körper zurück. Wieder war es Red Hair, der mir zuerst zur Hilfe kam. Er brachte mich ins Zelt und gab mir wieder von dem stinkenden Wasser, das ich vertrauensvoll trank. Ich erbrach mich und fiel dann in einen tiefen Schlaf. Schon am nächsten Morgen ging es mir wieder besser.

Von allen Mitgliedern der Expedition war ich, glaube ich, das einzige, dessen Erkrankung beinahe mit dem Tode geendet hätte. Meine schwere Krankheit, denke ich, hatte auch nichts mit den Widrigkeiten der Reise zu tun, sondern mit Forest Bear. Er hatte in den Städten der Minitaris mit vielen kranken Weibern herumgeschlafen und mich angesteckt, ohne selbst von der Krankheit geplagt zu werden. Er hatte es auch besser als andere Männer in der Mannschaft, denn sie hatten nach ihren Abenteuern mit den Mandanfrauen ständig unter heftigem Jucken und Brennen sowie schlimmen Beulen auf der Haut zu leiden.

Auch sonst waren Erkrankungen häufig unter den Sunmen. Es erstaunte mich, daß sie trotzdem energisch vorwärtsdrängten. Sie litten unter schweren Entzündungen der Augen von dem scharfen Sand, den ihnen der Wind ins Gesicht blies, und dem glitzernden Widerschein der Sonnenstrahlen auf dem Wasser. Sie hatten Durchfall und Fieber von schlechtem Wasser, rohen Früchten, Beeren und wilden Wurzeln, die sie nicht vertrugen, auch vom Fleisch, das sie manchmal im Übermaß aßen. Sie mußten Knochenbrüche, Verstauchungen, Zahnschmerzen, Gliederschmerzen und Insektenbisse ertragen und die Stiche der Indianischen Feige, deren Stacheln ihre Füße auch dann noch verletzten, nachdem sie ihre Mokassins dreifach mit hartem Bisonleder besohlt hatten. York zum Beispiel, der nie klagte oder vielleicht auch nie zu klagen wagte, marschierte mit seinen blutenden Füßen einmal nach solchen Verletzungen so lange, bis er bewußtlos zusammenbrach. Das war in der Nähe der Großen Fälle, wo der Boden außerdem härter und scharfkantiger war als im Winter unter Frost.

Für fast alle Erkrankungen hatten Red Hair und Long Knife die passende Medizin. Sie retteten damit sogar Seaman, ihren großen Hund, vor dem Verbluten, nachdem ihn ein Biber schwer verletzt hatte. Seaman hatte einen durch Schüsse verwundeten Biber ins Wasser verfolgt und gestellt, wurde dabei aber von dem wütenden Tier in die Pfote gebissen. Auf unserem langen, gefährlichen Weg hatten wir bis jetzt nicht einen Mann verloren, obwohl wir oft nahe daran waren.

# ZWÖLFTES KAPITEL

Ich habe euch von den Gefahren der Reise, von Verletzungen und Krankheiten erzählt, wie die Ereignisse mir in den Sinn kamen, nicht aber in der zeitlichen Folge. Jetzt muß ich zu dem Tag zurückkehren, an dem wir die Großen Fälle des Missouri erreichten. Ich hatte die weißen Schleier der tosenden Wasser vor einigen Jahren zum ersten Mal über dem Land tanzen sehen. Aber auf dieser Reise stand ich unmittelbar vor der ersten Felsentreppe, von der sich die Wassermassen des Flusses rauschend, für mich berauschend, in die Tiefe stürzten.

Der zweite Wasserfall, einen langen Marsch dahinter, war kaum weniger mächtig. Hier aber wurde der Missouri vor dem Absturz durch Felsblöcke, die in seinem Bett lagen, zu breiten Strähnen gekämmt. Zwei weitere Fälle tosten dahinter, bis mit dem fünften der wildeste kam. Er ließ die brodelnden Fluten eine vier Pfeilschüsse hohe Wand hinabspringen. Ich war von der beängstigenden Schönheit dieses Anblicks wie gelähmt.

Nie habe ich Mutter Erde erhabener, aber auch abweisender erlebt als an den Great Falls. Ganz und gar entmutigend erschien mir auch der Umweg, den die Sun-men mit ihren Booten und Lasten zu nehmen gezwungen waren. Die Strecke neben dem Fluß stieg steil an und bestand zum Teil aus tief zerklüfteten Gesteinshalden. Dort, wo das Geröll verebbte, war die Erde selbst hart wie Gestein und zertrampelt von den Hufen unzähliger Bisons auf dem Weg zu ihren Tränken.

Ich sah, wie der Schmied und der Zimmermann der Expedition bedenklich die Köpfe schüttelten, als ihnen Captain Lewis nach seiner Erkundung der Strecke eröffnete, daß sie für den Transport der Boote und der Ausrüstung Karren mit Achsen und Rädern bauen müßten und daß außerdem viele kleine Brückenschläge nötig seien. Aber sie machten sich mit ihren Helfern ohne Widerspruch und mit Feuereifer an die Arbeit.

Räder, Karren, Brücken! Zum ersten Mal in meinem Leben sah ich, wie die Sun-men solche Dinge bauten. Sprachlos beobachtete ich, wie sie große Bäume fällten, Stämme zu Scheiben zerschnitten und Eisenbänder darum herum legten, die sie unter Feuer passend geschmiedet und geformt hatten. Ich sah die Männer Löcher genau in die Mitte der Scheiben bohren und Stangen hindurchstecken, die von unseren Bootsmasten stammten. Vier solcher Scheiben, durch Stangen miteinander verbunden, bildeten den Unterbau für eine Ladefläche, auf der sie Boote und schwere Vorräte vorwärtsrollten.

Dann zeigten die Amerikaner, über welche Energie und welches Geschick sie verfügten, wenn es galt, Hindernisse zu überwinden. Sie überbrückten tiefe Felsspalten mit hölzernen Gerüsten, auf die sie aus Stämmen einen Weg legten. Sie schufen aus Ästen eine Passage durch sumpfige Stellen oder schütteten tiefere Löcher mit Erde zu. So, dachte ich, machen sie es bestimmt überall in ihrem Land.

Immer, wenn sie eine Strecke fertig gebaut hatten, zogen und schoben die Sun-men ihre schweren Karren und Lasten unter mörderischen Anstrengungen ein Stück weiter. Einer der beiden Captains trieb die Männer an, packte aber auch selbst mit zu, während der andere auf Erkundungsgang war. Gut acht Mann waren nötig, um einen Karren voranzubringen. Mehrmals, wenn die Männer sich allzu sehr ins Zeug legten, brachen Deichsel, Räder und Achsen. Dann kostete es einen halben Tag, bis Ersatz gezimmert war.

Manchmal geschah es, daß ein Mann zusammenbrach und liegenblieb. Ein Schwall Wasser und ein Schluck Taffee weckten ihn wieder auf. Ich erinnerte mich, daß einer aus der Manschaft, Joe Whitehouse, während einer kurzen Rast allzu viel Wasser trank. Darauf ging es ihm so schlecht, daß ich dachte, er müsse sterben. Da kam Long Knife, schnitt ihm, genau wie es mit mir vor einiger Zeit geschehen war, die Haut an seinem Arm auf und ließ ihn bluten. Nicht lange, und dem Mann ging es besser, so daß er sich wieder ins Geschirr legen konnte.

Oftmals erreichte die Expedition das gewünschte Tagesziel erst nach Einbruch der Dunkelheit. Die Männer waren dann so müde, daß einige schon während des Essens einschliefen.

Als wir uns eines Tages endlich einmal über eine hindernisfreie Hochebene dahinschleppten, kam ein kräftiger Wind auf und blies ziemlich stetig. Er brachte die Sun-men auf die Idee, auf unserem Karren einen Mast zu errichten und eines unserer Segel zu setzen. Der Wind fuhr hinein und trieb den Karren vor sich her, als wäre er ein Boot. Der Erfolg weckte die Lebensgeister der Männer sofort. Sie schwangen sich johlend und lachend auf die Ladefläche oder hängten sich an den Karren und fuhren triumphierend an den Bisons vorbei, die gleichmütig das Gras rupften. Das Vergnügen der Männer dauerte allerdings nicht lange, denn bei der wilden Fahrt gingen ein Rad und eine Deichsel zu Bruch.

Wolkenbrüche und Hagelschlag gehörten in diesem Sommer zum Alltag. Ich erlebte in kurzer Zeit mehr Unwetter als in den ganzen Jahren meiner Kindheit in diesem Land. Es war, als habe Mutter Erde sich mit all ihren Hilfsgeistern auf einmal gegen die Eindringlinge verschworen. War ein Tag einmal sonnig und windstill, dann fielen Moskitos aus den Wolken und peinigten die schwitzende Truppe. Nur Pomp und mich ließen sie in Ruhe. Den Duft von Salbei und Fett, den wir ausströmten, mochten sie nicht. Ich kann nicht verstehen, daß die Sun-men die kleine Errungenschaft nicht von mir übernahmen.

Mehrere Tage, nachdem wir der Flut entkommen waren, von der ich schon berichtet habe, hatten die Sun-men die Umgehung der Fälle endlich geschafft. Es war der 4. Juli. Ich habe mir das Datum gemerkt, weil es für die Amerikaner ein wichtiger Tag war.

Sie feierten am Abend mit einer Runde Taffee und Musik den Sieg ihres Volkes über den großen Häuptling in England und ihren eigenen Sieg über die Wasserfälle. »Unser Volk feiert heute seine Unabhängigkeit vom Großen Vater in England«, erklärte Red Hair mir.

»Wenn euch die Unabhängigkeit so wichtig ist«, fragte ich Red Hair, »warum wollt ihr dann die Indianer, die doch für sich selber sorgen können, durch den Großen Vater adoptieren lassen?«

»Ach, das verstehst du nicht«, schnarrte Forest Bear, bevor Red Hair mir antworten konnte. Diesen hatte meine Frage in Verlegenheit gebracht. »Das werde ich dir später einmal genau erklären«, versprach er. »Für heute nur so viel. Die Adoption wird euch viele Vorteile bringen.« Damit stand er auf und ging vom Feuer weg.

Am nächsten Morgen rückte uns ein besonderes Tageslicht das gewaltige, schneebedeckte Gezack der Rocky Mountains näher. Aber so schön diese Berge auch waren, sie führten den Sun-men deutlich vor Augen, daß ihre Überquerung kein Kinderspiel sein würde, wie man gehofft hatte. Long Knife und Red Hair sprachen beim Frühstück eindringlich mit ihren Männern über die bevorstehenden Schwierigkeiten und stellten allen, die nicht weiter wollten, frei, umzukehren und Botschaften und Geschenke für den Großen Vater mitzunehmen. Aber ihr hättet diese abgekämpften und seit unserem Aufbruch von den Mandans irgendwie alt gewordenen Männer sehen sollen! Sie fanden das Angebot regelrecht beleidigend. Cruzatte sprach im Namen aller: »Schlagen Sie uns sowas nie wieder vor. Wir gehen mit Ihnen bis ans Ende der Welt.«

Auch ich machte mir Gedanken über die bevorstehenden Schwierigkeiten, doch ich dachte an Probleme ganz anderer Art. Jeder dieser Leute aß zu viel, aß an einem Tag oft mehr als ein Schoschone in einer Woche. Ich sah die Mannschaft einmal vier Hirsche an einem Tag vertilgen, am nächsten einen ganzen fetten Bison. Hier, wo Bisons das Grasland bis zum Horizont bedeckten, ließ sich ein solcher Wolfshunger stillen. Doch in den Bergen war Wild selten und außerdem schwer zu stellen.

Da würde ihr jetziger Vorrat von achthundert Portionen Trockenfleisch aufgebraucht sein, lange bevor die Männer das Große Wasser auf der anderen Seite der Berge erreichten. Was dann? Unser Volk konnte ein Lied davon singen, was ein Hungerwinter in den Bergen bedeutete. Ich dachte, du mußt Red Hair und Long Knife dazu bringen, mehr Vorräte anzulegen. Aber wer bin ich, daß ich ihnen raten darf?

Endlich vermochten die Sun-men ihren Weg wieder auf dem Missouri fortzusetzen. Doch beluden sie die acht ihnen verbliebenen Kanus viel zu schwer, und diese lagen allzu tief im Wasser. Einer der Gründe dafür war, daß sich ein Boot mit Namen »Experiment II«, eine Erfindung Long Knifes, als untüchtig erwiesen hatte. Long Knife hatte das aufklappbare Gestell den ganzen Weg von St. Louis mitschleppen lassen. Jetzt sollte es mit zusammengenähten Bisonhäuten überzogen und mit Bienenwachs abgedichtet werden. Es war für ganz flaches Wasser gebaut und konnte mehr Lasten fassen als acht Kanus zusammen. Das Boot hatte nur einen Fehler. Es sank sofort. Das Ding leckte so hoffnungslos an den Verbindungsstellen, daß Long Knife es enttäuscht aufgab.

Spätestens zu dieser Zeit, eigentlich schon vor den Wasserfällen, hätten die Sun-men sich von einigen Habseligkeiten trennen sollen, insbesondere von Fellen, die sie in St. Louis verkaufen wollten. Aus Angst, sie könnten gestohlen werden oder in einem Versteck verderben, behielten die Sun-men sie und wurden dafür durch entsetzliche Mühsal bestraft. Ich lernte dabei eine Lektion. Um ihren Besitz zu wahren, brachten diese Amerikaner jedes Opfer.

Die schweren Boote glitten nun in den schwarzen Schatten hoch aufragender Felswände, das Tor zu den Bergen.

Diese Klippen wurden von Bergschafen bevölkert, die für Kugeln und Pfeile unerreichbar waren und dort wie Wachen wirkten, welche unser Kommen an eine unsichtbare Schar von Kriegern weitermeldeten.

Während ich zu ihnen hinaufsah, ging mir durch den Sinn, wie viel Glück wir bislang gehabt hatten. Die Atsinas schweiften in dieser Gegend, und leicht hätten sie uns einen Hinterhalt legen können. In dem Augenblick, in dem ich daran dachte, spürte ich die spähenden Blicke feindlicher Krieger fast körperlich, Blicke, die von irgendeinem Felsennest über dem Cañon unser langsames und stetiges Vordringen argwöhnisch verfolgten. Immer wieder sah ich verstohlen zum Rand der Felswände hinauf. Red Hair bemerkte meine Unruhe. Er saß auf der Bank hinter mir. »Na, Janey«, sagte er, »hältst du Ausschau nach deinen Stammesbrüdern oder fremden Kriegern?« (Er nannte mich in letzter Zeit öfters Janey. Vielleicht war diese Janey eine Frau, die auf ihn wartete. Aber wie hätte ich, eine Indianerin, ihr ähnlich sehen können?)

»Ich kann mich täuschen«, antwortete ich ihm. »Aber irgend etwas ist dort oben. Hoffentlich sind es wirklich Männer meines Volkes und keine Feinde.« Nur an mich gerichtet fügte Forest Bear, nachdem er meine Worte übersetzt hatte, hinzu: »Ich glaube, du siehst Gespenster.«

Forest Bear mochte vielleicht recht haben. Dennoch war ich immer ganz erleichtert, wenn wir aus einem dieser engen Cañons heraus waren, und den Männern im Boot erging es sicher ebenso.

Der Wunsch, endlich Angehörige meines Volkes zu treffen, trieb die beiden Captains eines Morgens zu einer Entscheidung, die in meinen Augen das ganze Unternehmen in Gefahr bringen konnte. Ich sah, daß Red Hair sich mit York und zwei weiteren Männern für einen längeren Marsch vorbereitete. »Was hat er vor?« fragte ich Forest Bear.

»Er will deine Schoschonen suchen.«

»Gut. Aber warum nimmt er mich dann nicht mit? Unsere Krieger könnten ihn und seine Begleiter töten, wenn ich nicht dabei bin und mit ihnen spreche.«

Forest Bear grinste ironisch. »Clark hat eher Angst, sie könnten sich verdrücken, wenn sie unsere ganze Mannschaft kommen sehen. Deshalb marschiert er lieber mit wenigen Männern voraus.«

Ich überhörte die Beleidigung, die hinter diesen Worten steckte, und verlangte: »Sag Red Hair, daß ich mit ihm gehen will.« Endlich sprach er mit dem Captain. Dieser blickte einen Augenblick nachdenklich zu mir herüber, nickte mir freundlich zu und besprach sich dann mit Long Knife. Ich sah, wie dieser energisch den Kopf schüttelte, und wußte in diesem Augenblick, daß ich bei den Booten bleiben würde. Aber nach all diesen Monden des gemeinsamen Reisens achtete Red Hair mich inzwischen so weit, daß er selbst zu mir kam und erklärte: »Captain Lewis und ich möchten dich nicht auf einem vielleicht langen Marsch erschöpfen, zumal du das Baby tragen mußt. Der Boden ist außerdem mit den Stacheln der Feige gespickt. Du würdest dir wunde Füße holen.«

»Aber ich kenne das Land hier und weiß auch, wo sich meine Leute aufhalten könnten.«

Clark nickte. »Alles, was du sagst, habe ich sorgfältig bedacht. Trotzdem mußt du bei den Kanus bleiben. Sollten deine Brüder sie entdecken, würdest du hier dringender gebraucht.«

Überzeugen konnte Red Hair mich nicht. Aber er hatte sich wenigstens Mühe gegeben. Auch Langhaar, der bei uns blieb, rechnete offenbar mit einer Begegnung. Bevor wir unsere Fahrt auf dem Missouri wieder aufnahmen, ließ er auf jedem Boot eine Flagge setzen. »Deine Schoschonen sollen sofort erkennen, daß wir keine Minitaris oder andere Feinde sind, sondern zu einem freundlichen Volk gehören.«

Flaggen bedeuten Indianern nichts. Wie sollten sie dadurch erkennen, ob Menschen, die sie mitführen, friedlich sind oder nicht? Aber ich ging auf seine Worte nicht ein, sondern sagte nur: »Wir sind schon an der Einmündung des Flusses, der weiße Farbe an seinen Ufern ablagert. Bis hierher kommen unsere Krieger, um sich diese Farbe zu holen. Jetzt ist auch die Insel nicht mehr fern, wo unser Camp stand, als die Minitaris uns überfielen und mich raubten.«

»Das ist eine gute Nachricht«, freute sich Long Knife. Er gab sie an die Männer weiter, und ich hatte das Gefühl, als strafften sich ihre erschöpften Körper noch einmal. Sie legten sich erneut energisch ins Zeug, ruderten, stakten und schleppten die Boote weiter und weiter, überwanden kleine Stromschnellen, Untiefen und umschifften kleine Inseln.

Zwei Tage, nachdem Red Hair uns verlassen hatte, öffnete sich das Tal ganz weit, und wir hatten einen ungehinderten Blick auf die schneebedeckten Bergriesen. Ich erfreute mich an ihrem Anblick. In den Augen einiger Männer aber sah ich Besorgnis, ja Furcht. An diesem Tag fanden wir eine von Red Hair mit Zeichen bedeckte Haut. Long Knife las die Zeichen und schüttelte verärgert den Kopf. »Keine Schoschonen in Sicht. Nur alte Spuren und in großer Entfernung ein Pferd«, lautete die Botschaft.

»Mein Volk ist nicht mehr weit«, ließ ich Long Knife durch Handzeichen wissen. Dieser warf mir einen skeptischen Blick zu. Wir zogen verdrossen weiter.

Am nächsten Tag kam Red Hair in unser Lager. Er hatte keinen Erfolg gehabt und war außerdem erkrankt. Zum erstenmal wurde er mir gegenüber auch ungeduldig. »Wo sind deine verdammten Schoschonen?« brüllte er und hieb seine rechte Faust in die linke Hand.

»Vielleicht haben sie uns gesehen und beraten, wo sie mit uns zusammentreffen wollen.« Das war alles, was ich antworten konnte. Wir befanden uns ja längst im Jagdgebiet meines Volkes. Am folgenden Tag erreichten wir die Stelle, wo die drei Flüsse zusammentrafen. All mein Sinnen und Trachten hatten diesem Augenblick gegolten. Ich hätte also singen, tanzen, schreien, triumphieren können. Aber als ich einige Zeit allein mit mir war und auf den Jefferson River blickte, standen vor meinen inneren Auge die Toten auf.

Captain Lewis und Forest Bear kamen zu mir. »Ich sehe«, sagte Long Knife, »daß dich etwas quält. Kann ich dir helfen?«

»Niemand kann mir helfen, die Erinnerung an meine Schwester und meine Freunde auszulöschen, die hier sterben mußten.«

Long Knife bat mich, ihm den Überfall zu schildern, obwohl er doch hätte ahnen müssen, wie sehr mich die Erinnerung aufwühlte. Ich tat, was ich tun mußte, aber ich verschloß mein Gesicht und gab auch meiner Stimme einen leidenschaftslosen Klang. Long Knife zeigte mir durch die sanfte Art, in der er seine Fragen stellte, sein Mitgefühl. Immer wieder sagte er: »Ach, das tut mir so leid.«

Als ich meine Schilderung beendet hatte, versuchte er mich aufzumuntern. »Aber nun, Sacagawea, bist du doch heimgekehrt. Ende gut, alles gut, nicht wahr?«

Ich sah ihn an, sah auch Forest Bears lauernde Miene. »Ich weiß nicht, ob ich wirklich heimgekehrt bin«, antwortete ich vorsichtig. »Wie kann ich wissen, ob überhaupt noch jemand von meiner Familie am Leben ist?«

»Was immer geschehen wird, du stehst unter meinem Schutz.« Long Knifes sonst so dunkler, in sich gekehrter Blick war warm und freundlich. Dann sah er Forest Bear eindringlich an und sagte: »Nicht wahr, unsere Fürsorge hat Sacagawea sich wirklich verdient?«

Forest Bear nickte. Aber nachdem Long Knife uns allein gelassen hatte, zischte er: »Was bildet der Kerl sich ein? Denkt er, er sei der Herr über unser Leben? Was du verdient hast, bestimme immer noch ich. Oder?« Er sah mich herausfordernd an, aber seine Stimme klang unsicher.

Forest Bear bedeutete mir noch immer wenig. Wäre er nicht Pomps Vater gewesen, hätte mich gar nichts mit ihm verbunden. Für den Augenblick half Pomp mir, ein unangenehmes Gespräch zu beenden. Ich lächelte Forest Bear freundlich an und hielt ihm unseren Sohn entgegen. »Möchtest du Pomp einen Augenblick halten. Ich muß ihm die Einlage wechseln.«

»Merde!« sagte Forest Bear und ergriff die Flucht.

Als ich zu den Lagerfeuern zurückkehrte, entschied Long Knife gerade: »Wenn Captain Clark wieder gesund ist, werde ich mit ein paar Männern vorausgehen und erneut nach den

Schoschonen suchen. Wir wissen nicht, wie weit sich die Berge, die vor uns liegen, nach Westen erstrecken und wo wir einen schiffbaren Zweig des Columbia River auf der anderen Seite finden können, der uns zum Pazifik trägt. Zu Fuß wäre eine Durchquerung des Gebirges mit den allergrößten Schwierigkeiten verbunden. Wir müssen also Pferde von den Schoschonen kaufen, koste es, was es wolle.«

Der Columbia River, den Captain Lewis erwähnte, gehörte zu dem kleinen Bereich im Nordwesten, von dem die Expeditionsteilnehmer wußten, daß ihn die Engländer vom Pazifik aus erkundet hatten. Sie hatten auch dem Fluß seinen Namen gegeben. Long Knife forderte Forest Bear auf, mir seine Rede zu übersetzen, und während dieser sprach, sahen die Männer am Feuer mich an, als hinge der Erfolg ihrer Mission nur von mir ab. Sie blieben stumm, aber ihre Blicke besagten, wenn es überhaupt einen Sinn hat, daß wir dich mitgenommen haben, dann sorg dafür, daß wir deine verdammten Leute finden.

»In ein paar Tagen«, antwortete ich Long Knife, »werden wir einen Berg sehen, der dem Kopf eines Bibers ähnlich sieht. Um diese Jahreszeit lagern unsere Jäger dort, um sich für die Bisonjagd zu rüsten. Mehr kann ich nicht sagen.«

Ich hatte ziemlich unwirsch gesprochen, denn ich mochte die Art nicht, wie die Amerikaner mich unter Druck setzten. Long Knife merkte, daß ich verärgert war. »Laßt Sacagawea in Ruhe«, sagte er an seine Männer gewandt. »Sie hat uns in ihr Land geführt. Damit hat sie ihre Aufgabe erfüllt. Wir können nicht auch noch erwarten, daß sie uns direkt ins Lager der Schoschonen bringt. Wir müssen sie schon selbst finden.«

Ich sah, wie einige Männer das Gesicht verzogen. Die meisten aber nickten zustimmend. Fields beugte sich sogar zu mir herüber: »Möchtest du etwas trinken?« Ich lehnte ab, obwohl ich Durst verspürte. Die Geste war freundlich gemeint. Aber in unserem Volk war es Sitte, daß Frauen nur von ihrem Mann Essen und Trinken annahmen. Ich hielt mich daran, obwohl Forest Bear, der auch am Feuer saß, mir nichts anbot.

Red Hairs fiebrige Erkrankung hielt uns ein paar Tage an unseren Lagerplatz gefesselt. Long Knife wollte, bevor er aufbrach, seinen Freund erst wieder gesund wissen, obwohl ihn die innere Unruhe beinahe verbrannte.

Wie ihr wißt, habe ich seit Beginn meiner Schilderung die meisten Flüsse und Landmarken nicht bei ihren indianischen Namen genannt, obwohl sie schöner und sinnfälliger sind als die amerikanischen. Mir ging es darum, daß ihr, wenn ihr meinem Bericht folgt, auf der Landkarte immer euren Finger auf den Punkt legen könnt, von dem gerade die Rede ist. Jetzt also befanden wir uns am Jefferson River. Die beiden Captains wollten mit dem Flußnamen den Großen Vater ehren, der unser Land so sehr in sein Herz geschlossen hat.

Für einen solch großen Mann war der Fluß eigentlich zu klein. Aber die größeren Flüsse hatten die Captains bereits nach ihren Freunden und Verwandten benannt. Den mittleren Fluß der Gabelung nannten sie Madison River und den südöstlichen Gallatin River nach zwei Sprechern im Rat des Großen Vaters.

»Diese Namen«, erklärte mir Long Knife eines Abends an dem Three Forks, »bleiben ewig, sie sind unsterblich, so unsterblich wie die Vereinigten Staaten von Amerika.«

Solche Unsterblichkeit war auch ein Teil des Lohnes, den die Captains ihrer Mannschaft für ihre Mühen zugedacht hatten. Geld und Land sollten später hinzukommen. Long Knife breitete auf seinem Schreibpult die große Karte aus, die schon dicht mit Zeichen und Linien gefüllt war, und trug vor meinen Augen einige Namen ein. »Ich komme erst jetzt dazu«, sagte er entschuldigend. Er fuhr mit dem Finger die gewundene Linie eines Flusses entlang, der, aus dem Kälteland kommend, in den Missouri floß, und schrieb dann, wie er erklärte, meinen Namen in einen der Flußbögen. »So«, sagte er feierlich, »nun hast du deinen unsterblichen Anteil an unserem Ruhm.«

Ich konnte natürlich nicht lesen. Aber das machte nichts. Ich glaubte ihm. Captain Lewis tippte auf weitere Flüsse und folgte dabei, an den Three Forks beginnend, mit dem Finger dem Lauf des Missouri hinab bis zum Land der Minitaris. »Willard's Creek«, sagte er. Er hielt den Finger an. Dann fuhr er weiter. »Windsor, Warner und Goodrich River.«

Er nannte auch Namen wie Dearborn's River, Smith's River, Judith's River und Maria's River. Als ich ihn dabei fragend anblickte, winkte er lächelnd ab: »Ach, diese Menschen kennst du nicht.« Dann faltete er die Hände über der Karte, hob die Augen zum Himmel und sagte, mehr zu sich selbst als zu mir: »Gott allein weiß, ob wir jemals als Helden heimkehren und diese Karte in die Hände Präsident Jeffersons legen werden. Dazu müssen wir jetzt vor allem die Schoschonen treffen.«

Forest Bear übersetzte mir diese Worte und fügte hinzu: »Du hörst, was man von dir erwartet.«

# DREIZEHNTES KAPITEL

Wenn ich in diesen Tagen etwas mit Captain Lewis gemeinsam hatte, dann die Unruhe. Sie prickelte in meinem Blut und machte mich fahrig und unaufmerksam. Der Captain gab sich Mühe, seine Erregung zu verbergen. Aber ich spürte sie, wenn sich unsere Blicke manchmal trafen und wir uns stumm die Frage stellten: Wann werden wir endlich die Schoschonen finden?

Als der Biberkopf in Sichtweite kam, hielt er das Warten nicht mehr aus und marschierte in Begleitung der drei Expeditionsteilnehmer Drouillard, McNeal und Shields in Richtung des Berges davon. Mich ließ er mit der übrigen Mannschaft und den quälend langsamen Booten zurück. Ich war enttäuscht und wütend, als ich der kleinen Gruppe an diesem trüben Morgen nachsah. Glaubt Long Knife wirklich nicht, daß ich ihm von Nutzen sein kann? dachte ich. Forest Bear stieß mich an: »Wärst wohl gern mit ihm gegangen, um dich dann bei deinen roten Brüdern still und heimlich zu verdrücken, was?«

Vor einiger Zeit hätte ich nicht gewagt, ihm eine heftige Antwort zu geben. Jetzt aber nahm ich mir die Freiheit. »Vielleicht hast du recht. Verdient hättest du das.«

Er hieb mir seinen Handrücken ins Gesicht, so daß mir das Blut aus der Nase schoß und ich zurücktaumelte. »Dir werd ich's zeigen!« Er holte zu einem zweiten Schlag aus. Doch Captain Clark, der wieder gesund war und in der Nähe sein Marschgepäck schnürte, hielt ihn mit einem donnernden Befehl zurück. Im nächsten Augenblick stand er vor Forest Bear und trieb ihn mit einem kräftigen Fausthieb von mir weg. Ich verstand nicht, was er zu ihm sagte. Jedenfalls schlich Forest Bear danach wie ein geprügelter Hund davon. Red Hair lächelte mich aufmunternd an. Er zog ein nicht gerade sauberes Tuch aus seiner Jacke und gab es mir. Ich nahm das Tuch, ging damit zum Jefferson River und wusch mir das Blut ab. Meine Nase tat mir weh. Trotzdem fühlte ich mich gut. Ich hatte Forest Bear gezeigt, daß ich nicht mehr die ihm sklavisch ergebene Squaw war, die er nach Belieben demütigen konnte.

In diesem Augenblick wußte ich im übrigen wirklich noch nicht, ob ich bei meinem Volk bleiben würde. Diese Möglichkeit war zwischen den Captains und mir noch nicht besprochen worden. Natürlich mußten sie damit rechnen und auch Forest Bear. Verließ ich die Expedition ganz offen, würde Long Knife einen Preis an Forest Bear für mich zahlen müssen. Machte ich mich heimlich davon, wie er sagte, würde er leer ausgehen. Ich glaube, das war seine größte Sorge. Eine dritte Möglichkeit war, daß White Feather, dem ich als Kind versprochen worden war, noch immer Anspruch auf mich erhob. Das wußte außer mir jedoch niemand. Ich werde, beschloß ich, auch nichts darüber sagen.

Die Aussicht auf die Begegnung mit White Feather beunruhigte mich zutiefst. Doch bedeutete diese Unruhe wenig gegen das wilde Auf und Ab meiner Gefühle, wenn ich an meine Familie dachte. Immer wieder fragte ich mich bang, wen von meinen Angehörigen ich wohl noch lebend antreffen würde.

Am sechsten Tag nach dem Abschied von Captain Lewis, als ich mit einigen Männern den Booten voraus am Ufer entlangging, sahen wir einen Reiter auf einer Hügelspitze. Ich nahm meine Decke von den Schultern und schwenkte sie hin und her. Doch der Reiter war anscheinend mißtrauisch. Er machte kehrt und verschwand hinter den Hügeln. Meine Enttäuschung darüber dauerte nicht lange. Kurze Zeit später kamen sieben Reiter über die Hügel geprescht. Sie waren so verwachsen mit ihren Pferden, wie es nur Schoschonen sein können.

Ich jubelte! Wie hatte meine Seele nach diesem Anblick gedürstet. Die Freude darüber sprang mir in die Füße, und diese hatten den guten alten Rhythmus des Triumphtanzes noch nicht vergessen. Aber bevor ich tanzte, drehte ich mich nach Red Hair um, der im ersten Boot saß, und signalisierte ihm mit den Händen das Zeichen für mein Volk. Red Hair lachte, nahm seinen komischen Hut vom Kopf und schwenkte ihn freudig hin und her.

Meine Schoschonen jauchzten, als hätten sie in ihrem Leben nie bessere Gründe zur Freude gehabt. Schon waren sie uns so nahe, daß ich ihre Gesichter erkennen konnte. Aber ich entdeckte nur das Expeditionsmitglied Shields zwischen ihnen mit einer Adlerfeder über dem Scheitel. Die anderen waren mir fremd.

Der Trupp umrundete uns. Einer der Reiter tat, als fiele er von einem Pfeil getroffen seitlich vom Pferd, nur um sich lachend am Hals des Ponys wieder in den Sattel zu ziehen. Er verstand sich auch darauf, im Galopp vom Pferderücken auf den Boden und zurück in den Sattel zu springen. Jetzt wusste ich, wer der verwegene Reiter war. Es war White Feather. Ob er ahnte, wer ich war? Er ließ es sich jedenfalls nicht anmerken. Aber vielleicht vollführte er all die kleinen Kunststücke so übermütig, um mich zu beeindrucken? Wie ein Wirbelwind fegte er nun mit den anderen Kriegern zum Fluß hinab, wo Red Hair inzwischen an Land gegangen war. Sie umringten ihn, so daß er ganz zwischen ihren Pferden verschwand. Ich machte mir deswegen keine Sorgen, denn das Geschrei meiner Brüder hatte nicht den gefährlichen Beiklang wie bei feindlichen Begegnungen.

Ich sah mit Genugtuung, wie alle Männer, die aus den Booten geklettert waren, von meinen Leuten umarmt wurden. Und nach der ausgedehnten Begrüßung wurden Red Hair, Forest Bear und ich in ihre Mitte genommen und unter ständigem Gesang zum Schoschonenlager geführt, das nur ein paar Pfeilschußlängen von unserem letzten Lager entfernt lag, ohne daß wir es bemerkt hätten.

Unterwegs spürte ich die Seitenblicke. Nicht nur White Feather, auch die anderen Krieger schienen sich zu fragen: Wem gehörst du? Wer ist der Vater deines Babys? Ist es einer der Sun-men? Ich verschloß mich und blickte starr auf den breiten Rücken von Captain Clark.

Wir kamen an den Rand einer Senke mit kurzem, aber sattgrünem Gras. In der Mitte befand sich ein Ring aus schattenspendenden Zweigen, dessen Inneres mit Fellen ausgelegt war. Eine durchdringende Stimme in der Menge stimmte einen Willkommensgesang an, in den gleich darauf alle Schoschonen einfielen. Sein vertrauter Rhythmus bestimmte meinen Herzschlag und trieb mich dazu, Captain

Clark und Forest Bear hinter mir zu lassen und auf die Kette der Menschen zuzutanzen.

Plötzlich löste sich eine kleine junge Frau aus der Reihe, stürzte weinend auf mich zu und warf sich so heftig in meine Arme, daß ich beinahe gefallen wäre. Es war das Mädchen, das den Minitaris damals im Fluß entkommen war. Wir umarmten und drückten uns immer wieder. Dann sah es mich prüfend an. »Du bist schön angezogen. Und du hast keinen Hunger gelitten.«

»Nein, habe ich nicht.«

Sie streichelte Pomp. »Ist der Vater deines Kindes unter diesen Männern?«

»Das verrate ich dir später«, lachte ich. »Jetzt muß ich diesen Fremden helfen, mit unseren Brüdern zu sprechen.«

Sie nickte verständnisvoll und ließ mich los. Red Hair hatte uns amüsiert und ohne Anzeichen von Ungeduld zugesehen. Shields aber signalisierte mir, daß wir den Sprecher der Schoschonen nun nicht länger warten lassen dürften. Sprecher nennen wir in unserem Volk die Häuptlinge.

Dieser Sprecher, der flankiert von Captain Lewis, einer amerikanischen Flagge und zwei ranghohen Männern nur noch ein paar Schritte von uns entfernt wartete, kam mir irgendwie vertraut vor. Er war größer als die anderen Männer meines Volkes. In seinem Gesicht standen die Augen weit auseinander, sein Mund war breit, aber wohlgeformt, die Nasenwurzel war etwas zu kräftig, die Wangenknochen waren ausgeprägt. Der Mann hatte sein Haar mit zwei Adlerfedern und Muschelsträngen geschmückt. Um die Schultern trug er einen weißen, mit Stachelschweinsborsten verzierten Ledermantel. Besonders auffällig an ihm aber war ein

Kragen aus glänzendem Otter und Hermelinfellen, der bis zur Hüfte fiel. Einen solchen Schmuck hatte einst mein gefallener Vater getragen. Auf einmal wußte ich auch, wer da vor mir stand. Es war Blut von meinem Blut. Es war mein Bruder!

Mein Herz schlug wild. Ich dachte, er muß doch von Long Knife erfahren haben, daß er mich, seine Schwester, wiedersehen wird. Warum steht er so unbewegt da? Oder ist er vielleicht doch nicht dein Bruder? Dein Bruder ist doch eigentlich viel zu jung, um schon Sprecher des Volkes zu sein. Ich steckte zwei Finger in den Mund und saugte daran. Das bedeutet, wir beide wurden von derselben Mutter gesäugt. Jetzt endlich sah ich die Andeutung eines Lächelns in seinem Gesicht. Ich konnte die Tränen nicht mehr zurückhalten. Ich rannte auf ihn zu, nahm meine Decke und warf sie ihm über die Schulter. Nach einer langen, heftigen Umarmung betrachteten wir uns bewegt. Ich bemerkte jetzt, daß das Gesicht meines Bruders ausgezehrt, daß sein Haar grob gestutzt war, bei uns ein Zeichen für Trauer. Das Licht seiner Augen war matt, und sein Körper mager wie eine Adlerknochenflöte, auf der unser Herr des Lebens, unser Gott, eine Melodie des Kummers spielte. Ich mußte die Fragen nach dem Grund seiner Trauer unterdrücken und zur Seite treten. Denn dicht hinter mir stand Captain Clark.

Mein Bruder legte nun seinen Arm um Red Hairs Schulter und seine Wange an das Gesicht des Captains. Dann nahm er einen Strang aus kostbaren, winzigen Meermuscheln und band sie dem Captain ins Haar. Er begrüßte auch Forest Bear und Drouillard und lud mit einer feierlichen Geste zum Gespräch in die Laubhütte ein, wo die Männer von den anderen Sprechern meines Volkes begrüßt wurden. Als sie sich zum Rauchen und Reden auf die Antilopendecken setzten, zogen die Schoschonen ihre Mokassins aus, eine Geste des Vertrauens und der Freundschaft. Die Amerikaner folgten ihnen. Ich nahm neben den Captains Platz, um Rede und Gegenrede zu übersetzen. Sacagawea, die ehemalige Sklavin, die Squaw eines weißen Nichtsnutzes, war nun eine wichtige Person unter diesen ranghohen Männern.

Als Long Knife das Wort an meinen Bruder, den Ersten Sprecher meines Volkes, richtete, hörte ich das erste Mal dessen neuen Namen. Cameahwait nannte er ihn, He-who-does-not-walk. Ein merkwürdiger Name, den mein Bruder sich da eingehandelt hatte. Bezeichnete er einen Mann, der zu faul zum Laufen oder ein geborener Reiter war?

Ich hatte keine Zeit, darüber nachzudenken. »Cameahwait«, begann Captain Lewis, »wenn die Sonne in der Mitte des Tages steht, werden unsere Boote ankommen. Dann werdet ihr Geschenke des Großen Vaters erhalten. Dann wollen wir uns mit euch beraten und mit euch handeln.«

Ich staunte, wie Captain Lewis selbst hier, wo alle Macht in den Händen meines Bruders und meines Volkes lag, sogleich den Gang der Dinge bestimmen wollte. Ich war gespannt, wie Cameahwait darauf reagieren würde. Ich erlebte ihn ja zum erstenmal als Sprecher meines Volkes.

Mein Bruder nickte knapp. Dann stellte er dem Captain eine Frage. »Du sprichst mit dem Mann an deiner rechten Seite. Dieser spricht mit dem Mann neben meiner Schwester, jener mit ihr, bevor deine Worte durch ihren Mund bei mir ankommen. Ist das die Art, wie ihr die Worte abwägt?«

Cameahwait war ein genauer Beobachter. Ich war stolz auf ihn. Captain Lewis antwortete mit wichtig klingendem Unterton: »Im Hause des Großen Vaters wohnen viele Völker, und sie sprechen verschiedene Sprachen, von denen du einige hören konntest. Eines Tages werden alle Völker mit einer Zunge reden, auch die Indianer. Diese Sprache wird Englisch sein.«

Mein Bruder ging auf die Anmaßung nicht ein. »Wir werden«, stellte er fest, »für unsere Beratungen Zeit benötigen, Zeit, in der wir nicht zur Jagd gehen können, um unsere Familien zu ernähren. Wirst du einige deiner Männer mit euren Schwarzwaffen auf die Jagd schicken?«

Captain Lewis antwortete: »Wir werden reichlich zu essen haben.« Dieser Teil der Unterhaltung schnitt mir ins Herz. Mein Bruder hatte wie ein Bettler gewirkt. War es nicht, so lange ich denken konnte, Sitte, daß unsere Gäste von uns bewirtet wurden, selbst Feinde, wenn sie zu Verhandlungen kamen? Ich sah verstohlen in die verlegenen Gesichter der anderen Sprecher. Auch sie waren von Hunger gezeichnet. Ihre festliche Kleidung hatte zunächst über die Tatsache hinweggetäuscht, daß es den Schoschonen schlecht ging. Wie kam es, daß sie um diese Jahreszeit ohne Fleischvorräte waren, wo doch die Plains schwarz von Bisonherden waren? Was war geschehen?

Als Cameahwait die Versammlung aufgelöst hatte, Red Hair mit Long Knife fortging, um die Boote zu holen, blieb ich hier, um von meiner Freundin die Gründe für den Hunger und die Trauer der Schoschonen zu erfahren.

Es dauerte eine Weile, bis wir uns ein Stück abseits an den Fluß setzen konnten, denn ich wurde ständig von Frauen und Kindern umringt, die mit mir sprechen wollten. Sie begann: »Ich habe gehört, daß die Fremden dich Sacagawea nennen oder so ähnlich. Das klingt fremd. Wir nannten dich doch Speaks-with-the-Water.«

»Und«, hielt ich ihr entgegen, »hast du vielleicht deinen Mädchennamen behalten?«

»Nein. Ich heiße Jumping Fish seit dem Tag, als uns die Minitaris überfielen. Erinnerst du dich, wie einer der Mörder mich durch den Fluß jagte und ich davonsprang wie ein Fisch aus der Hand seines Fängers?«

Ich nickte. »Du kannst stolz auf diesen Namen sein. Auf meinen Namen bin ich nicht sehr stolz. Die Minitaris haben ihn mir gegeben. Der Name bedeutet Bird Woman. Ein blöder Name. Ich erhielt ihn, weil ich wie andere Sklavinnen die gefräßigen Vögel aus ihren Maisfeldern scheuchen mußte.»

»Maisfelder? Vögel verscheuchen?« Jumping Fish machte runde Augen. Ich erzählte ihr von Mais, Bohnen, Kürbissen und Melonen, die die Minitaris um ihre Städte herum anpflanzten, die sie in Gruben aufbewahrten, um auch dann Nahrung zu haben, wenn Fleisch knapp wurde.

»Mit diesen Früchten sind die Minitaris auch begehrte Handelspartner der Jäger aus dem Kälteland. Sie besitzen alles, was du dir denken kannst, und sie kommen niemals wie wir in die Lage, ihre Gäste um Essen zu bitten.«

Ich merkte, daß die Phantasie meiner Freundin nicht ausreichte, sich Maisfelder und Vorratskammern vorzustellen. Aber meine letzte Bemerkung gab ihr doch einen Stich. »Was ist los mit dir?« entrüstete sie sich. »Bist du etwa eine von denen geworden, daß du diese Feinde über unser Volk stellst?«

»Wie kannst du das sagen? Aber ich wünschte mir«, beharrte ich, »auch wir würden Mais und Bohnen pflanzen.«

»Ich weiß nicht, ob das nötig ist», zweifelte Jumping Fish. »Dein Bruder hätte uns schon lange zu den Bisonherden geführt, und wir hätten jetzt Fleisch in Hülle und Fülle, wären wir nicht vor kurzem von den Atsinas überfallen worden. Sie haben zwanzig unserer Krieger getötet, viele Frauen und Kinder entführt und über hundert Pferde geraubt. Nun können wir nicht in die Ebene ziehen, bevor nicht andere Gruppen unseres Volkes sich mit uns vereinigt haben.«

Tränen des Kummers traten in ihre Augen, und ich schämte mich meiner Überheblichkeit. Ich nahm die Hände meiner Freundin und streichelte sie. »Es tut mir so leid. Ich hoffe, du hast in deiner Familie niemanden verloren.«

»Doch«, weinte sie. »Jede Familie hat den Tod eines Angehörigen zu beklagen. Einige Familien wurden ganz ausgelöscht.« Ich war vor Entsetzen wie erstarrt und wagte nicht, ihr Fragen nach meiner Familie zu stellen. Zu meiner Erleichterung kam das Expeditionsmitglied Shields in diesem Augenblick zu uns und bat mich, mit ihm zu gehen.

Die Kanus hatten ein Stück unterhalb des Schoschonenlagers festgemacht. Daß sie nicht gemeinsam mit den Schoschonen lagern wollen, zeigt nur, wie mißtrauisch die Captains sind, dachte ich verärgert. Die Amerikaner hatten Angst, bestohlen zu werden. Beim Entladen der Boote aber mußten sie sich helfen lassen. Dabei überwachten Drouillard, die Brüder Fields und Captain Clark jeden Handschlag. Sie mißdeuteten die hungrigen oder auch nur neugierigen Augen meiner Leute und hielten sie für Diebesgesindel. Der Gedanke beleidigte mich, denn ich kannte meine Gruppe.

Nachdem die Boote entladen waren, errichteten die Amerikaner aus Segeln einen schattigen Versammlungsort und baten Cameahwait, nur wichtige Männer mit zur Beratung zu bringen. »Gegen Abend«, bedeutete ihm Long Knife, »werden wir mit unseren Vorbereitungen zu eurem Empfang und eurer Bewirtung fertig sein.«

Als die Sonne bereits schräg stand, kamen Cameahwait, die beiden ihm nachgeordneten Sprecher und einige Krieger von Rang zur Beratung. Sie waren in ihren besten Staat gekleidet, und jetzt waren es die Amerikaner, die begehrlich auf Adlerfederhauben und Ketten aus Bärenkrallen schielten. Die beiden Captains versuchten meine Leute dadurch zu beeindrucken, daß sie die verfallenden Reste ihrer Uniform angezogen hatten, die Flagge aufstellten, Cruzatte eine muntere Melodie von der Fiedel kratzen und York ein paar Sprünge vollführen ließen. Wenn Cameahwait und die ranghohen Männer jedoch wirklich durch etwas zu gewinnen waren, dann durch die Schalen, die mit dem guten Essen gefüllt waren, das Forest Bear aus unseren Vorräten gekocht hatte.

Dieses Essen befriedete die hungrigen Mägen und machte die Schoschonen willig, sich Long Knifes Wünsche anzuhören. »Wir sind«, begann er, »in diesen entfernten Teil des Landes gekommen, um ihn mit seinen Völkern unter die Fürsorge unserer Regierung zu bringen. Mit Hilfe dieser Regierung werdet ihr in Zukunft jene Waren erhalten, die ihr sowohl für eure Verteidigung als auch eure Bequemlichkeit benötigt.«

»Aiee!« antworteten Cameahwait und seine Männer, was aber nicht unbedingt Zustimmung bedeutete, sondern ein Zeichen war, daß sie verstanden hatten.

»Der Grund unserer Reise«, fuhr Long Knife fort, »ist die Suche nach einem möglichst direkten Weg für den Transport dieser Waren zu euch.«

Wieder folgte ein »Aiee!«

»Leider«, fuhr Long Knife fort, »kann unsere Regierung keinen Handel mit euch betreiben, bevor wir nicht selbst in die Arme unseres Großen Vaters zurückgekehrt sind. Je schneller wir über die Berge zum Meer gelangen und auch wieder zurück, desto besser für euch.«

Schlau eingefädelt, dachte ich, während ich seine Worte übersetzte. Ich bin gespannt, was noch kommt.

Cameahwait setzte eine bedenkliche Miene auf. »Es wird ein endloser, schwieriger Weg sein. Der Lemhi River, an dem wir wohnen und der dem Meer zuströmt, springt über viele Wasserfälle, von denen einer noch höher ist als der höchste Wasserfall des Missouri. Richtig?«

Mein Bruder wandte sich seinen Begleitern zu, und diese unterstrichen seine Worte mit entschiedenen Gesten. »An manchen Stellen treten die Berge auch so dicht an den Fluß heran, daß kein Boot hindurchkommt. Auch sind die Wände und Klippen so steil, daß man nicht hinaufgelangt, selbst wenn man ebenso gut klettern könnte wie ein Dickhornschaf.«

Ich sah die langen Gesichter der Amerikaner. Mein Bruder war in Fahrt. »Natürlich gibt es dort auch kein Wild. Es wachsen auch keine großen Bäume, aus deren Stämmen ihr neue Kanus bauen könntet.«

»Natürlich!« sagte Long Knife, der sichtlich fürchtete, nicht ernstgenommen zu werden. »Aber, sag mir, wie sollen wir dann zum Meer gelangen?«

»Ihr werdet die Bitterroot-Berge zu Pferde überqueren müssen und in das Gebiet der Nimipus gelangen. Von dort aus kann man die Flüsse wieder befahren.«

»Das Vorhaben«, sagte Long Knife nun, »wird also nicht ohne viele Pferde für den Transport unseres Gepäcks und ohne einen wegekundigen Führer aus euren Reihen gelingen.«

Cameahwait schwieg daraufhin lange und dachte nach. Er muß sagen, welche Waren er für die Pferde haben will, dachte ich ungeduldig. Bevor er zu einer Antwort ansetzen konnte, sagte Long Knife ziemlich gespreizt: »Wir werden euch für eure Pferde und einen Führer viele gute Dinge bieten.«

Cameahwait lächelte und antwortete vorsichtig: »Ich danke Long Knife für die Freundschaft, die er sowohl mir als auch meinem Volk gewährt. Ich habe den Wunsch, ihm in jeder Weise behilflich zu sein.«

Einer der beiden anderen Sprecher wurde deutlicher: Die Fremden könnten doch mit eigenen Augen sehen, wie sehr das Volk Schwarzwaffen benötige. Long Knife schüttelte den Kopf und erklärte, die Gewehre reichten leider nur für seine Mannschaft.

Hätte mein Bruder nicht erwidern können: »Keine Gewehre, keine Pferde?« Nein, anständig, wie er war, antwortete er: »Gut, wir können auch ohne eure Gewehre leben.«

Long Knife brachte einen neuen Wunsch vor. »Würdet ihr für uns die überzähligen Pferde zusammentreiben, die ihr in der Nähe habt? Wir könnten sie mit unserem Gepäck beladen und gemeinsam mit euch zu eurem Dorf am Lemhi River ziehen. Dort könnten wir in Ruhe mit euch verhandeln und unsere Weiterreise vorbereiten.«

»Wir haben nicht genügend Pferde hier«, sagte Cameahwait. »Laßt uns Zeit. Ich werde zu unserem Dorf aufbrechen und sehen, wie viele Pferde wir dir geben können. Ihr kommt langsam nach.«

Mein Bruder war ein Glücksfall für die Expedition. Long Knife schien das im Innern zuzugeben. Er bedankte sich jedenfalls mit herzlichen Worten bei ihm. Red Hair hatte seine Arme inzwischen mit Medaillen an bunten Bändern behängt und trat damit vor die Sprecher, die sich ebenfalls erhoben hatten. Captain Lewis nahm von Red Hair eine Medaille mit dem Abbild des Großen Vaters auf der einen Seite, Tomahawk und Friedenspfeife über freundschaftlich verschlungenen Händen auf der anderen Seite entgegen und dekorierte Cameahwaits Brust damit. Auch die beiden anderen Sprecher und die zur Beratung geladenen Krieger erhielten Plaketten. Doch war darauf der Kopf eines früheren Großen Vaters, George Washington, abgebildet, der sich inzwischen wohl von der Bürde seiner Vaterschaft ausruhte.

Die anschließenden Umarmungen besiegelten die Verbrüderung zwischen den Amerikanern und meinem Volk.

Cameahwait hatte es sehr eilig mit seinem Aufbruch. Er lächelte mir beim Abschied voller Wärme zu. »Bald«, versprach er, »wirst du das Tal wiedersehen, wo wir Kinder waren.«

Nachdem mein Bruder mit einigen seiner Männer fortgeritten war, ging ich zur Ruhe. Der kommende Tag würde anstrengend sein, soviel würde es zu sehen und zu sagen geben.

In der Frühdämmerung des nächsten Tages stupste mir Seaman seine feuchte Nase ins Gesicht. Captain Lewis stand neben seinem Hund. Auch Red Hair und Forest Bear waren schon auf. »Wir wollen bald los«, sagte Forest Bear knapp, aber in freundlichem Ton.

Die Aussicht, bald mein geliebtes Tal wiederzusehen, machte mich sogleich hellwach. Ich fuhr aus den Fellen und ging zum Fluß, um Pomp und mich zu waschen. Ich schmierte uns gegen Moskitoattacken kräftig mit Fett ein und ließ Pomp trinken. Während ich mein Bündel schnürte, aß ich nebenbei einen Bissen kalten Fleisches.

Als ich marschbereit war, bat Long Knife mich, ihm bei einem Handel behilflich zu sein. Er hatte vor einigen Schoschonen, die über Nacht bei uns geblieben waren, eine blauweißrote Uniformjacke mit goldenen Knöpfen ausgelegt, dazu mehrere Paar Leggins, einige Halstücher, mehrere Taschenmesser und Schmuckperlen. »Dafür«, sagte er mir, »möchte ich gern ein paar Pferde. Meinst du, daß das geht?«

So billig, wie mir diese Waren auch erschienen, den Pferdebesitzern stachen sie doch mächtig ins Auge.

»Wie viele Pferde soll das denn bringen?« Ich machte eine wegwerfende Geste.

»Na, zwei Pferde vielleicht. Das wäre ein gutes Geschäft.«

Ich warf ihm einen kurzen, wie ich glaubte, strafenden Blick zu.

»Nun mach schon«, mischte Forest Bear sich ein. »Frag sie, wie viele Pferde ihnen die Sachen wert sind.«

Inzwischen standen sechs Krieger mit ihren Frauen vor den auf dem Boden ausgebreiteten Waren. »Die Fremden«, sagte ich zu ihnen, »wollen Pferde dafür. Ist jemand bereit zum Tausch?«

Unter den Schoschonen war ein hübscher junger Mann, der sogleich die Uniformjacke an sich riß. »Diese Jacke, ein

Messer und zwei Tücher für zwei tüchtige Pferde!« rief er schnell.

Ein zweiter Krieger protestierte gegen den raschen Zugriff und zerrte an der Jacke. Fast hätten sich die beiden geschlagen. Ich gab das Angebot darum schnell an Captain Lewis weiter, der Mühe hatte, seine Freude zu verbergen. »Einverstanden!« sagte er. »Und erkläre den Streitern, der jüngere Krieger habe zuerst geboten.«

Zwei schöne Schecken wechselten den Besitzer, und der Handel hätte zu Ende sein können. Aber als Long Knife seine restlichen Sachen wieder einsammelte, rief der Mann, der das Nachsehen gehabt hatte: »Ich gebe meinen Rappen für alle diese Sachen.«

Captain Lewis nickte großmütig, und so kam er zu seinem dritten Pferd. Schließlich gelang einem aus der Mannschaft noch der Handel mit einem vierten Pferdebesitzer. Er tauschte mehrere geflickte, verwaschene Hemden gegen ein solides kleines Pony.

Es dauerte dann gar nicht lange, und die eitlen Krieger stolzierten in ihren bunten Kleidern durch das Gras. Ihre Frauen mußten sich später das Gepäck aufladen, das zuvor die Pferde getragen hatten. Ich dachte mir, wenn Long Knife eine solche Art von Handel meint, als er von der »Fürsorge seiner Regierung« sprach, dann hat er nichts Gutes für mein Volk im Sinn. Außerdem werden die Sun-men künftig auch mit den mächtigen Nachbarvölkern Handel treiben und diese mit neuen Schwarzwaffen beliefern, so daß sie uns noch gefährlicher werden, wodurch sich nichts zum Besseren wendet. Man kann nicht mit Schoschonen und Blackfeet gleichzeitig befreundet sein.

Die beiden Captains hatten gemerkt, wie sehr mir die ganze Angelegenheit gegen den Strich gegangen war. Long Knife ignorierte das. Captain Clark dagegen kam zu mir und sagte: »Mach ein freundliches Gesicht, Janey. Ich werde dafür sorgen, daß es beim nächsten Handel mit rechten Dingen zugeht.« Er klopfte mir aufmunternd auf die Schulter.

Es dauerte dann doch bis zur Tageswende, bevor wir marschierten, denn die Sun-men ließen noch Captain Lewis hochleben, der an diesem Tag einunddreißig Winter alt geworden war. Es folgte noch ein großes Händeschütteln, das war alles. Der Vorrat an Taffee war schon seit längerem aufgebraucht.

Wir waren zehn Personen, die Red Hair auf den Marsch zum Dorf meines Bruders mitnahm. Auch der Hund war bei uns. Captain Lewis und die übrige Mannschaft blieben mit den Lasten am Jefferson River. Sie mußten dort auf Pferde warten. Meine Schoschonen setzten sich an die Spitze der Kolonne. »Weil wir den Weg kennen«, erklärten sie. In Wahrheit war die Luft vorn weniger staubhaltig.

Ich ging wie die anderen Frauen zu Fuß und genoß, obwohl der Boden schwierig war, jeden Schritt. Am Abend campierten wir unterhalb des Lemhi-Passes in der Nähe der Missouri-Quelle. Dort hatten meine Mutter und ich vor vielen Wintern gesessen und über das weite, offene Land geblickt, das so voller Verheißungen und Gefahren war. Ich sehnte mich nach ihr.

Es war noch ganz früher Morgen, als wir am nächsten Tag die Quelle verließen. Captain Clark gab ihr auf seiner Karte meinen Namen, ohne viel Aufhebens davon zu machen. Wir zogen über den Lemhi-Paß, dann hinunter ins Tal. Aus den

Falten auf den gegenüberliegenden Hängen krochen gerade erst die Schatten der Nacht, während die Seite zu unseren Füßen schon im Sonnenlicht lag. Diese frühe Stunde gehörte wie immer den vielen Singvögeln, die nach einer sehr kalten Nacht nun in der Wärme des Tages ihre Stimmen übten. Tief unter uns, zwischen den sich rötenden Ahornwipfeln, schimmerte silbern der Lemhi River hindurch, und sein fernes Rauschen drang vertraut an mein Ohr. Ich war zu Hause!

Während wir zwischen den Bäumen einen sich in weiten Bögen zum Talgrund schwingenden Pfad hinabmarschierten, legten die Krieger die Hände an den Mund und ließen ein »Yeehaa« erschallen, das von den Felswänden zurückgeworfen wurde. Aber das Echo blieb ohne Antwort. Einer der Krieger wandte sich an mich: »Sag Red Hair, daß ich vorausreiten werde, um zu sehen, was los ist. Folgt einfach meiner Spur.«

Ich gab seine Entscheidung weiter. Captain Clark nickte, äußerlich gleichmütig. Ich sah aber, daß er seine Schwarzwaffe schußbereit machte und die anderen seinem Beispiel folgten. Das flößte mir Angst ein. Als wir einige Zeit später an das Ufer des dampfenden Flusses kamen, tauchte der Krieger zwischen den Büschen vor uns auf und ließ uns wissen, daß der Stamm das Dorf am Vortage abgebrochen hatte und ein Stück flußaufwärts gezogen war.

Ich übersetzte seine Auskunft für Clark. »Weißt du auch, warum?« grinste dieser mich an. »Der alte Lagerplatz stinkt zum Himmel.« Ich nickte, und wir lachten beide laut.

Es war nur noch ein kurzer Weg, entlang einem ausgetretenen Pfad, der die Windungen des Flusses nachzeichnete. Mein Herz schlug vor freudiger Erwartung bis zum Hals.

Und während der ganzen Zeit gingen mir Lieder meiner Kinderjahre durch den Kopf. Ich sah die Stelle, wo in einem kleinen, einsamen Zelt am Ufer die Frauen ihre Kinder zur Welt bringen, sah die Haine, wo wir Beeren sammelten, den Ort, wo die Krieger damals tanzten, als ich mein erstes Kleid tragen durfte.

Nicht lange, nachdem wir diesen alten Dorfplatz verlassen hatten, öffnete sich der Pfad vor uns zu einer breiten Uferwiese, auf der die Hütten meines Volkes standen. Aber welch armselige Hütten! Aus lieblos gegeneinander gestellten Ästen bestanden sie, von welkem Laub und dünnen Antilopenhäuten bedeckt. Was war mit den hohen, schön bemalten Bisonhaut-Tipis geschehen, die zu bauen wir von den Plainsvölkern gelernt hatten? Das Herz wurde mir schwer.

Ich durfte meinen Gefühlen nicht länger nachhängen. Plötzlich brach eine Hundemeute aus dem Dorf hervor und stürzte sich auf Seaman, der uns vorausgelaufen war. Dieser nahm, Captain Clarks Pfiff ignorierend, den Kampf begeistert an. Es gab jedoch keine böse Beißerei, sondern nur einen harmlosen Wirbel aus Schnauzen, Beinen, Schwänzen um seinen Riesenkörper herum, und es schien mir, als stritten die Hunde miteinander darüber, wer ihm am nächsten sein durfte.

Mein Bruder Cameahwait kam uns mit einer großen Menschenmenge entgegen, bevor wir noch den Dorfrand erreichten. Einige Frauen breiteten vor uns Decken aus, und die Führer beider Gruppen rauchten darauf die Zeremonialpfeife. Dabei wurde kaum gesprochen. Nachdem Cameahwait die schöne grüne Steinpfeife sorgfältig in seiner bestickten Tasche verstaut hatte, erhob er sich und lud die

Amerikaner mit höflichen Gesten ein, ihm ins Dorf zu folgen. Er geleitete sie zu einer frisch errichteten, sehr großen Gästelodge, die meine Schoschonen mit den anscheinend letzten ihnen noch verbliebenen Bisonhäuten bedeckt hatten.

Mein Bruder reichte Red Hair einen Lachs und einige Kuchen aus getrockneten Beeren. Red Hair, der die Essensgaben unter uns aufteilte, konnte nur eine Winzigkeit davon für sich behalten. Ich blickte dabei zu Boden, damit man mir den Kummer darüber nicht von den Augen ablesen konnte.

Ich war ungeduldig. Ich wollte endlich nach meiner Mutter, meinen Verwandten und meinen Freunden sehen. Aber die nun folgenden Gespräche zogen sich endlos lange hin. Dabei wurde eigentlich nichts Neues gesagt. Red Hair fragte schließlich: »Cameahwait, mein Freund, wer von deinen Leuten ist es, der uns über die Berge führt?«

»Ich kann keinen der jungen Männer bei der Bisonjagd entbehren, zu der wir sehr bald aufbrechen müssen. Aber ein alter Mann, Musselshell-Owner, kennt den Weg über die Bitterroot-Berge. Mit ihm müßt ihr reden.« Cameahwait schickte nach ihm.

Mein alter Onkel kam ins Zelt. Er war im Laufe der Jahre, die ich fort war, ganz dünn geworden, seine Augen blickten trübe, und seine Zähne waren nur noch Stummel. Für die ihm zugedachte Aufgabe erschien er mir kaum kräftig genug.

Ächzend setzte sich Onkel Musselshell-Owner zwischen Cameahwait und den anderen Sprechern nieder und blickte erwartungsvoll zu uns herüber. Dabei ging ein flüchtiges Lächeln des Erkennens über sein Gesicht. Mein lieber alter Onkel, dachte ich bewegt, wie gut, daß es dich noch gibt.

Red Hair schaute ungläubig drein, als er meinen Onkel sah. Er fragte, fast ein wenig unwirsch: »Cameahwait meint, du würdest den Weg über die Berge kennen?«

»Ja, den kürzesten und sichersten. Und auch dieser ist noch gefahrvoll genug.«

»Bist du denn schon öfter über die Bitterroots gegangen?«

»Mehrere Male.«

»Und den Fluß hier, kann man den wirklich nicht befahren?«

»Felsen größer als Tipis versperren den Weg.«

»Und über die Berge – gibt es da einen Pfad, der für eine Pferdekolonne passierbar ist?«

»Ich bin zu Fuß über die Bitterroots gegangen. Das war einfacher.«

»Gut«, sagte Red Hair achselzuckend. »Wir müssen also unser Glück versuchen.« Dann setzte er hinzu: »Aber morgen schaue ich mir erst einmal den Fluß an.«

Das war eigentlich nur für uns bestimmt. Aber mein alter Onkel spürte, daß ihm Red Hair nicht ganz traute. Er sagte knapp: »Ich denke, ich werde hier nicht mehr gebraucht.« Dann stand er auf und ging aus dem Zelt.

Kurz darauf hoben Cameahwait und Captain Clark die Versammlung auf. Ich wollte endlich etwas über das Schicksal meiner Familie erfahren und folgte meinem Bruder auf den Fersen.

# VIERZEHNTES KAPITEL

Cameahwait wurde draußen von Boten einer benachbarten Schoschonengruppe erwartet. Er verschwand mit ihnen in seiner Laubhütte, so daß ich wieder nicht mit ihm sprechen konnte. Also folgte ich meinem Onkel. Ich holte ihn vor seiner in der Nähe stehenden Hütte ein. »Onkel«, bat ich, »hast du ein wenig Zeit für mich?«

Er drehte sich um. »Ein alter Mann wie ich hat allzu viel und allzu wenig Zeit, wie du dir denken kannst. Also komm mit hinein.«

Er wohnte allein. Nachdem wir uns beim Feuer niedergelassen hatten, wickelte er ein Stück Fisch aus einem Blatt und bot mir davon an. Wir aßen schweigend. Dann begann Musselshell-Owner Fragen nach Otterwoman, nach unserem Leben mit den Minitaris, den Sun-men und nach meinem Sohn zu stellen, die ich alle geduldig beantwortete, obwohl mir selber so viele Fragen auf der Zunge lagen.

Ich ahnte, daß er befürchtete, mir Schmerz zuzufügen und deshalb das eigentliche Thema hinauszögerte. Aber als sich das Gespräch in Belanglosigkeiten verlor, hielt es mich nicht länger.

»Onkel«, sagte ich mit Nachdruck, »ich vermisse so viele vertraute Gesichter in unserem Volk. Cameahwait hat sich die Haare kurz geschnitten. Manche Menschen haben sich

Wunden zugefügt, und das Licht hinter ihren Augen ist stumpf geworden.«

Musselshell-Owner murmelte: »Warum fragst du nicht Cameahwait nach den Gründen?«

»Er ist dauernd beschäftigt.«

»Ach, du meinst die Boten? Sie gehören der Redleaf-Gruppe an, mit der wir gemeinsam auf die Bisonjagd gehen werden.« Er schwieg eine Weile. »Also, dann frage!«

»Warum finde ich Camasflower, meine Mutter, nicht im Lager?« Mir wurde der Mund trocken, als ich diese Frage stellte.

»Vielleicht schaut sie auf dich mit den Augen des Coyoten, der von den Felsen ins Tal blickt? Im selben Sommer, in dem die Minitaris dich raubten, starb sie bei einem Überfall der Blackfeet.«

Mir schossen die Tränen in die Augen. Aber jetzt war die Stunde des Schmerzes, und ich mußte weiterfragen. »Was ist mit White Elkskin, meinem Vater?«

»Auch er wurde von den Blackfeet getötet.«

»Was ist mit meiner Tante Grasseater?«

»Sie starb von der Hand eines Atsina-Kriegers. Auch deine Tante Little Moon und ihr Baby sind tot.«

Ich brauchte nicht mehr weiterzufragen. Es waren schreckliche Nachrichten, die ich wortlos in mich aufnahm. »Dein Onkel Fools-the-Eagle ist bei einem Überfall der Blackfeet getötet worden. Drei Krieger, die auszogen, um ihn zu rächen, kehrten nicht zurück.« Er nannte weitere Namen. Dann schilderte er die furchtbaren Ereignisse dieses Sommers, durch die »unsere Feinde uns zu den hungrigen Bettlern machten, die wir nun sind. Die Atsinas töteten zuletzt bei ihrem Überraschungsangriff zwanzig Krieger, raubten ebenso viele Frauen und stahlen hundertzwanzig Pferde. Außerdem verbrannten sie alle Tipis zusammen mit den Vorräten.«

Mir war, als müsse ich ersticken. Ich brachte es gerade noch fertig, meinem Onkel für seine Auskünfte zu danken, dann stürzte ich aus seinem Laubzelt. In den Jahren, in denen ich fort gewesen war, hatten fast alle Menschen sterben müssen, die ich liebte. Was war ich nun? Ich war ein Fisch in einer verdunstenden Pfütze.

Hinter der Hütte meines Onkels floß ein Bach in den Lemhi River. Ich watete hinein und schöpfte eiskaltes Wasser in mein brennendes Gesicht, wieder und wieder, bis es mich von meiner Betäubung befreite. Die Kälte des Wassers milderte auch den flammenden Schmerz, als ich mir an Beinen und Armen tiefe Schnitte beibrachte, die bei uns Schoschonen ein Zeichen unendlicher Trauer sind. Ich schnitt mir auch meine Zöpfe ab, bevor ich, benommen vor Schmerz und Leid, zur Lodge zurückhinkte.

Forest Bear fuhr wütend auf mich los, als er die Wunden und meinen kurzen Haarschopf sah. »Mußt du dich noch häßlicher machen, als du sowieso schon bist?« Er hätte mich vielleicht geschlagen, hätte er nicht Angst vor Captain Clark gehabt. Doch auch der Captain war sehr böse. Kopfschüttelnd behandelte er meine Wunden mit einer Medizin. »Eine Entzündung wäre genau das, was wir jetzt noch gebrauchen könnten«, schimpfte er.

Am Abend, als ich Pomp von meiner Freundin Jumping Fish abholen ging, die ihn einige Zeit in ihre Obhut genommen hatte, lief ich White Feather über den Weg. Er war in

Gesellschaft zweier Krieger. »Warte«, sagte er leise, »ich muß mit dir sprechen.«

»Ich höre zu«, sagte ich.

»Ich freue mich, daß du zu uns zurückgekehrt bist«, begann er freundlich. »Aber warum kommst du nicht in mein Zelt?«

Mir wurden nun doch die Knie weich. Aber ich ließ mir nichts anmerken. »Wäre mein Vater noch am Leben und ich nicht vor fünf Sommern in die Gewalt der Minitaris geraten, wäre ich deine Frau geworden. Mit Freuden. Aber der Minitari, in dessen Hände ich fiel, verkaufte mich an den schwarzbärtigen Fremden, den du an meiner Seite gesehen hast. Er ist auch der Vater meines Kindes.«

»Er soll euch hergeben«, beharrte White Feather barsch. Es sah nach einem Streit aus.

»Das wird er nicht freiwillig tun«, sagte ich.

»Dann lauf ihm weg!«

»Das kann ich nicht. Selbst, wenn ich wollte. Red Hair und Long Knife brauchen mich. Das weißt du. Verlassen darf ich die Fremden erst, wenn ihre Reise zu Ende ist.«

Das entsprach nicht der Wahrheit, aber indem ich es sagte, hatte ich auf einmal das Gefühl, daß ich es so wollte. Einer der Freunde von White Feather mischte sich ein. »Wenn der Fremde für sie bezahlt hat, dann gehört sie ihm jetzt. Wir machen es doch mit Weibern, die wir geraubt haben, genau so.«

»Dann soll der Fremde mir meine zwei Pferde zurückgeben.«

»Dann müßte er ja doppelt bezahlen. Nur Sacagaweas Vater könnte dich entschädigen. Und der ist tot.«

»Ich muß gehen«, beendete ich die Diskussion. Mir wurde übel. Außerdem schmerzten meine Wunden. »Wenn du mit Forest Bear sprechen willst, laß es mich wissen.«

White Feather blickte mich eine Weile grollend an. Aber dann stahl sich ein flüchtiges Lächeln in seine hübschen Züge. »Ich glaube, du hättest mir eine Menge Ärger gemacht.«

Ich nickte. »Das kann sein.« Wir mußten beide lachen, und seine Freunde stimmten ein. Wir trennten uns im Guten.

Das war mein Abschied von White Feather, der eigentlich mein Mann hätte sein sollen. Red Hair begann am nächsten Morgen mit der Suche nach einer Flußpassage durch die Berge. Onkel Musselshell-Owner führte ihn und seine Gruppe. Ich mußte sie begleiten. »Nur für den Fall, daß wir auf Schoschonen treffen, die nicht zu Cameahwaits Gruppe gehören«, erklärte mir Red Hair.

Ich glaubte nicht an diese Möglichkeit, aber am Ende eines elenden Marsches mußte ich einsehen, daß er recht hatte. Der Fluß schoß an dieser Stelle zwischen hohen Felswänden dahin, die den Tag verdunkelten und kaum noch Platz für einen Pfad boten, geschweige denn für einen Reiterpfad. Hier also, am Ende des Cañons, unter einer überhängenden Klippe, hatten einige Familien ihre Laubhütten gebaut. Die Gruppe, die sich vermutlich aus Angst vor Feinden so weit zurückgezogen hatte, fürchtete sich zu Tode, als die Tah-bo-nes, wie wir Schoschonen feindlich gesinnte Fremde nannten, plötzlich vor ihrem Felsennest auftauchten. Wie in die Enge getriebenes Wild ließen Frauen und Kinder, geführt von den Männern, ihre Hütten im Stich, und huschten im Schutz der Büsche an uns vorbei. Ich sah, wie sie sich ein Stück flußaufwärts zu verbergen suchten und uns beobachteten. Das gefiel Red Hair überhaupt nicht. Er fürchtete, daß sie uns auf dem Rückweg einen Hinterhalt legen könnten. Jedenfalls machte er eine entsprechende Bemerkung gegenüber Forest Bear, und dieser forderte mich auf: »Los, tu was, ruf die Leute zurück!«

Ich dachte einen Augenblick darüber nach, was ich sagen könnte. Schließlich ging ich ein Stück allein in Richtung der Geflohenen und rief: »Ich bin die Schwester des Sprechers Cameahwait. Die Männer hier sind Freunde. Sie wollen euch beschenken.« Das stimmte natürlich nicht und brachte Captain Clark, der kaum Waren bei sich hatte, in Verlegenheit. Aber wie sonst, hätte ich die verängstigten Leute aus ihrem Versteck locken können?

Im Dickicht vor mir blieb es zunächst still. Fremde hatten diesen armen Menschen bisher nur Verderben gebracht. Was, wenn ihr Mißtrauen überwog und sie ihre Pfeile schwirren ließen? Ich hatte furchtbare Angst, aber ich rührte mich nicht von der Stelle. Endlich trat mit schußbereitem Bogen ein älterer Mann vor die Büsche. Er rief: »Was wollen deine Freunde für ihre Geschenke?«

Die Frage war berechtigt. Wer gab, wollte auch nehmen. »Diese Männer suchen einen Führer durch die Berge!« Mit dieser Antwort konnte ich nichts falsch machen.

Inzwischen ließ Red Hair ein Feuer anzünden und Fleisch braten. Der Duft lockte die scheuen, aber halb verhungerten Schluchtbewohner an, und der Captain verteilte den Braten unter ihnen. Als Gegengabe brachten sie uns etwas Trockenfisch.

Zum Glück hatten wir immer Angelhaken dabei, von denen Red Hair nun einige herschenkte. Damit erfreuten wir die Schoschonen so sehr, daß sie für uns tanzten und sangen. Captain Clark zeigte sich dabei von seiner besten Seite. Er schaukelte meinen Pomp auf seinen Armen, herzte auch die kleinen Kinder der Schluchtbewohner, tanzte sogar ein paar Runden im Kreis der Männer und Frauen und ließ zu, daß sie seine roten Barthaare befühlten.

Leutseligkeit kostete Clark keinerlei Überwindung, denn er war von Grund auf warmherzig. Er war anders als Captain Lewis. Dem sah man an, wie sehr Menschen ihn anstrengten. Für die Expedition war Clark ein Glücksfall. Welcher Indianer, der ihm begegnete, hätte zu glauben vermocht, daß ihm von Red Hairs Großem Vater etwas anderes widerfahren könnte als Gutes, wenn dieser Botschafter von solch überwältigender Freundlichkeit war? Auch ich war ihm zugetan, aber anders, als es manche Gerüchte wissen wollen. Ich liebte ihn auf so milde Art, wie man den See die Berge oder die Camasblume liebt. Ich liebte ihn, weil er gut zu mir war. Ihr erinnert euch doch an meine Geschichte von dem verirrten Bisonkalb, das sich ihm anschloß, als er die Uferwildnis durchstreifte? Er unternahm nichts dagegen, stieg dann aber ins Kanu und überließ das Tier seinem Schicksal. Würde es mir am Ende dieser Reise vielleicht genau so ergehen?

Zu ihrer großen Enttäuschung mußten wir die Familiengruppe allzu bald verlassen, aber wir wollten vor Sonnenuntergang in Cameahwaits Dorf sein. Ein paar Männer begleiteten uns noch ein Stück flußaufwärts und kehrten erst um, nachdem sie jeden von uns viele Male umarmt hatten.

Mir wurde das Herz schwer, wenn ich an meinen eigenen Abschied von meinem Volk dachte. Ich verbrachte eine schlaflose Nacht und war am Morgen fest entschlossen, die Expedition zu verlassen und bei Cameahwait zu bleiben. Doch die Ereignisse ließen das nicht zu.

An jenem Morgen, als mein Bruder sich mit seinen fünfzig oder sechzig Kriegern auf den Weg zum Camp von Captain Lewis machte, ritt ich an seiner Seite mit. Red Hair und seine Männer ritten uns voraus. Captain Clark hatte die Felsenbarrieren am Lemhi River gesehen und wußte nun, daß eine Passage mit Booten dort unmöglich war. Die Gruppe hatte einige Handpferde mit. Doch erschien mir ihre Zahl nicht ausreichend. Auch ihr Verkauf an die Amerikaner war nicht sicher, wie sich herausstellte.

Während des Rittes folgte ich einer Unterhaltung zwischen Cameahwait und den beiden anderen Sprechern des Stammes nur mit halbem Ohr, bis mich eine Bemerkung des älteren Mannes, Little Wolf, hellhörig machte. »Wenn wir den Fremden die vielen Pferde verkaufen, die sie wünschen, werden wir das bald bereuen.« Er warf einen mißtrauischen Seitenblick auf mich, fuhr aber doch fort. »Wir brauchen jeden Pferderücken, damit wir das Fleisch all der Bisons nach Hause bringen können, die unsere Jäger erlegen werden.« »Und auch die Bisonhäute«, ergänzte der zweite Sprecher, White Weasel. »Wir müssen ja die von den Atsinas zerstörten Tipis ersetzen, bevor der Winter kommt.«

»Nur selten konnten wir wirklich eine ausreichende Zahl Bisons erlegen«, warf Cameahwait ein.

»Aber diesmal müssen wir es einfach«, beharrte Little Wolf. »Willst du dafür verantwortlich sein, daß wir nicht genügend Pferde für Fleisch und Häute in die Bisongründe mitnehmen?«

Er schoß seinen letzten Pfeil ab: »Wenn sie uns wenigstens ein paar Schwarzwaffen für den Kampf gegen unsere Feinde überließen. Aber nein, sie geben uns nur Messer und«, er spuckte verächtlich aus, »Angelhaken!«

»Das ist leider wahr«, nickte Cameahwait. »Gut! Teilt den Besitzern der Pferde eure Bedenken mit. Jeder soll für sich entscheiden. Ich kann nur über meine eigenen Pferde bestimmen und werde mein Wort gegenüber Red Hair und Long Knife halten.«

Nichts anderes hätte ich von meinem Bruder erwartet. Doch besaß er Pferde, allein natürlich viel weniger als die Expedition benötigte. Wenn mein Stamm sich also von den beiden Sprechern beeinflussen ließ, konnte das ganze Unternehmen scheitern.

Die beiden Männer ließen sich in die Reihen der Krieger zurückfallen, um unter ihnen ihre Meinung zu verbreiten. Als ich nun allein neben Cameahwait ritt, sagte er: »Du hast mit angehört, worüber wir sprachen. Kein Wort darüber zu den Fremden. Wenn meine Männer sich entschieden haben, werde ich selbst mit Red Hair und Long Knife reden.«

Er sah mich von der Seite an, aber ich hielt den Kopf gesenkt und schwieg. Was hätte ich auch sagen können, so lange meine inneren Stimmen miteinander stritten? Vermutlich ahnte er, in welchem Zwiespalt ich mich befand, und drang nicht weiter in mich. Ich war froh, als endlich das Lager von Captain Lewis in Sicht kam. Cameahwait spornte seinen Schecken zu einem Galopp an und ließ mich mit meinen quälenden Gedanken allein.

Camp Fortune hatte Long Knife sein Lager genannt, und er ahnte nicht, wieviel Glück er wirklich hatte. Ich entschloß mich nämlich, mein Wissen Forest Bear zu verraten. Glaubt ja nicht, daß er mir geglaubt oder mich dafür gelobt hätte. »Du bist verrückt!« lachte er. »Denkst du, deine Brüder verzichten auf all die hübschen und nützlichen Dinge, mit welchen die Amerikaner ihnen die Pferde bezahlen? Solch eine Gelegenheit kommt doch nie wieder!« Damit ließ er mich einfach stehen.

Ich war nicht beleidigt, sondern eher erleichtert. Nun brauchte ich nicht selbst zu Red Hair zu gehen. Forest Bear hatte die Verantwortung, und er nahm sie offenbar auf die leichte Schulter. Jedenfalls sagte er an diesem ersten Tag den Captains nichts, sonst wäre die Stimmung im Lager kaum so freundlich geblieben. Captain Lewis bewirtete die Krieger und ihre Familien und hielt ihnen eine Rede über die Freuden eines Lebens unter der Obhut des Großen Vaters.

Auch am nächsten Tag behielt Forest Bear sein Wissen für sich. Red Hair brach noch einmal auf, um an anderer Stelle eine Passage für die Boote zu suchen. Forest Bear und mich ließ er in Camp Fortune zurück. Während der Abwesenheit von Red Hair ließ Long Knife die letzten Kanus der Expedition versenken. Wie kann er das tun? fragte ich mich. Red Hair sucht doch noch einen Weg für die Boote. Cameahwait und Forest Bear sahen ungerührt zu, als Cruzatte und ein paar andere die Pflöcke aus den Booten zogen. Hätten sie nicht beide endlich den Mund aufmachen müssen? Aber was sage ich! Ich blieb ja selbst stumm wie ein Fisch.

Am nächsten Morgen trugen die Sun-men ihr Gepäck zusammen. Der Captain sagte zu meinem Bruder: »Ich will den

Rest des Tages nutzen und das Camp in der Nähe des Passes errichten. Dazu brauche ich aber Pferde.«

Cameahwait verzog keine Miene. »Du mußt dich gedulden. Viele Jäger meines Volkes werden bald hier ankommen.«

Captain Lewis zuckte resigniert mit den Achseln. »Dafür muß ich wohl Verständnis haben.« Ich dachte, die Auskunft würde ihn mißtrauisch machen. Aber er fügte freundlich hinzu: »Ich werde ein paar Männer auf die Jagd schicken. Deine Freunde werden hungrig sein. Und jetzt entschuldige mich. Ich muß meine Order rückgängig machen.«

Forest Bear ging mit ihm, und ich blieb mit Cameahwait allein.

»Viele Krieger wollen ihre Pferde nicht hergeben«, sagte er knapp.

»Du hast den Sun-men viele Pferde versprochen.«

»Das Wohl des Volkes geht vor.«

»Dann sag Long Knife die Wahrheit.«

»Wenn die Zeit reif ist.«

»Sie ist überreif. Wenn du nichts unternimmst, werde ich mit Long Knife sprechen müssen.«

»Wir könnten dich für einen solchen Verrat verstoßen.«

»Mein Bruder«, sagte ich erbittert, »mit deinen Worten hast du mich schon verstoßen.«

Cameahwait war wütend. Er sprang auf sein Pferd und ritt, ohne mich noch eines Blickes zu würdigen, fort. Im nächsten Augenblick schon bedauerte ich meine Ungerechtigkeit. Weder die Amerikaner noch die Schoschonen würden mich verstoßen. Ich selbst war es, die nicht wußte, wohin sie gehörte.

Kurz nach der Tageswende traf die erwartete Jägergruppe ein. Ich kannte keine der Familien der Redleaf-Gruppe. Captain Lewis ließ sie mit gebratenen Fischen bewirten, die Cruzatte an einem einzigen Vormittag gefangen hatte. Die Schoschonen waren fassungslos, daß ein Mann in so kurzer Zeit viele hundert Fische fangen konnte. Dagegen waren die Jäger, die der Captain hinausgeschickt hatte, erfolglos geblieben.

Long Knife sah, daß die Redleaf-Bande eine große Anzahl Handpferde mitführte. Er gab Forest Bear eine gute Streitaxt und eine Anzahl Perlen. »Ich möchte, daß du Sacagawea ein tüchtiges und hübsches Pferd dafür kaufst«, verlangte er. Drouillard, der beim Übersetzen half, schlug vor: »Nimm Sacagawea doch mit und laß sie sich ein Pferd aussuchen.«

»Leicht gesagt«, brummte Forest Bear. »Wer weiß, ob die Kerle überhaupt Pferde verkaufen wollen.«

Long Knife klopfte ihm auf die Schulter. »Du wirst das schon machen, Charbonneau. Ich will noch mehr Pferde von ihnen kaufen. Finde heraus, ob das möglich ist.«

Er nickte mir freundlich zu, streichelte Pomp über den Kopf und wandte sich zum Gehen. Ich war überwältigt. Zum erstenmal sollte ich ein eigenes Pferd besitzen! Von Long Knife hätte ich ein solches Geschenk nicht erwartet. Es besagte nichts weniger als das: Du gehörst zu uns. Ich will, daß du bei uns bleibst.

Auf dem Weg zum Camp der Neuankömmlinge drängte ich Forest Bear: »Es ist höchste Zeit, daß Long Knife die Entscheidung der Schoschonen erfährt.«

Er lachte höhnisch auf: »Warum hast du es so eilig, deine Leute zu verraten?«

Seine bitterböse Antwort brannte wie eine Ohrfeige. Ich blieb stehen und drehte mich um. Er sollte meine Tränen nicht sehen. Er ging ungerührt weiter, und mir war nicht mehr danach zumute, ein Pony auszusuchen. Ich kehrte ins Lager zurück und verkroch mich mit Pomp in unser Zelt.

Lange blieben wir dort nicht allein. Forest Bear kam zurück und steckte den Kopf durch den Eingang. Fröhlich, als sei nichts geschehen, sagte er: »Sacagawea, schau mal, was für ein feines Pferdchen ich für dich gefunden habe.« Dann fügte er hinzu: »Außerdem habe ich ein paar Krieger mitgebracht, die sich von ihren Pferden trennen wollen. Captain Lewis möchte, daß du beim Handel übersetzt.«

Forest Bear hatte wirklich ein gutes Pferd für mich gekauft, einen braunweißen Schecken mit breiter Brust und kräftigen Beinen, wie geschaffen für die Kletterei, die uns in den Bergen bevorstand. Mit einem Lächeln, das um Versöhnung bat, legte er mir die Zügel in die Hand.

»Gut gemacht, Charbonneau«, lobte Captain Lewis. »Das Pferd gefällt dir, nicht wahr, Sacagawea?«

Ich sagte »Oui« und »Merci«, Worte aus Forest Bears seltsamer Nasensprache, die zu den ersten gehörten, die ich hatte lernen müssen.

Die meinem Volk verwandten Indianer, die aus einem Gebiet weiter warmwärts von uns stammten, hatten leider nur drei Pferde anzubieten, dazu ein seltsames Tier mit langen Ohren, ein Muli, wie ich es schon einmal bei den Minitaris gesehen hatte. Wie mochte dieses häßliche Tier in ihre Hände gelangt sein?

Auch Long Knife zeigte sich überrascht. »Hast du eine Ahnung, wie das Maultier hierher gekommen sein könnte?«

Ich schüttelte den Kopf. Daß einige befreundete Stämme im Norden mit den Engländern und unsere Feinde, die Utes im Süden, mit den Spaniern Verbindung hatten, wußte ich damals nicht.

Unser Schmied hatte während des Winters in Fort Mandan Streitäxte auf Vorrat angefertigt, von denen Captain Lewis den Pferdebesitzern jetzt einige zeigte. Ihr zurückhaltender alter Anführer vermochte ein Aufleuchten in seinen verhangenen Augen nicht zu verbergen. Er sagte zu mir: »Wir können nur vier Tiere entbehren. Sonst hätten wir mehr für diese neuen Waffen eingetauscht.«

Als ich die Worte des Alten für Captain Lewis übersetzt hatte, reagierte er großzügig und gab für jedes Tier zwei Äxte. »Ich weiß«, sagte er, »daß ihr eure Pferde sehr für die Bisonjagd benötigt. Darum weiß ich eure Handelsbereitschaft zu schätzen. Doch werden wir von Cameahwaits Leuten noch mehr Pferde kaufen können.«

Mir wurde heiß, als ich diese Antwort übersetzte. Bevor der Handel beendet war und jeder seiner Wege ging, fragte ich Forest Bear: »Soll ich Long Knife die Wahrheit sagen? Oder willst du es endlich tun?«

»Das hat noch Zeit. Warte ab.« Sein Gesicht war ausdruckslos. Mir blieb nichts anderes übrig, als mich vorerst zu fügen.

Gegen Mittag ließ Captain Lewis Cameahwait sagen, daß dieser sein Versprechen nun bald einlösen müsse. Mein Bruder aber wich ihm aus.

»Laßt uns zu den Pferdeweiden meines Volkes hinter dem Lemhi-Paß ziehen und sehen, wie viele Pferde wir dort zusammentreiben können.«

Long Knife ließ sich darauf ein, zumal dies ohnehin die Richtung war, in die die Expedition marschieren mußte. Er besaß jetzt insgesamt zehn Pferde. Einige Handpferde hatten meine Schoschonen für den Transport des Gepäcks bis zum Dorf hinter dem Lemhi-Paß mitgebracht. Doch fehlten mindestens weitere fünfzehn Tiere für die Lasten, die noch im Gras aufgestapelt waren. Dafür wollten ihm die Jäger ihre wertvollen, auf die Bisonjagd trainierten Pferde nicht leihen. Aber mein Bruder wußte Rat: »Das können unsere Frauen schleppen.«

»Eine gute Idee!« lobte Long Knife. Cameahwait hielt eine kleine Ansprache an seine Männer, und diese beorderten ihre Frauen, die Bürden auf den Rücken zu nehmen.

# FÜNFZEHNTES KAPITEL

Im Schneckentempo bewegte sich unser Zug den langen Pfad hinauf, der zum Lemhi-Paß führte, und bis zum Abend erreichten wir nicht einmal den Fuß der Berge. Dennoch machte Captain Lewis den ganzen Tag einen entspannten, ja beschwingten Eindruck.

»Ich glaube, er freut sich, daß wir wieder auf dem Marsch sind«, meinte Drouillard. Der große, freundliche Franzose, den ich wegen seiner Treffsicherheit Sure Eye nannte, verständigte sich öfters durch Zeichen, zwischen die sich eine ganze Menge französischer Worte mischte, mit mir. Ich mochte ihn gut leiden, wie auch Cruzatte, die Brüder Fields, John Shields, John Colter, Lepage, Labiche und einige andere Männer, die freundlich, hilfsbereit und rücksichtsvoll waren.

Ich nickte nur. Drouillards Feststellung verlangte keine Antwort, und ich war froh darüber, denn ich fürchtete ein böses Erwachen für ihn und die anderen. Und dafür sorgte Forest Bear am nächsten Nachmittag, nach einer Verschnaufpause. »Vorhin«, sagte Long Knife zu Forest Bear, »während wir aßen, preschten zwei Reiter Cameahwaits in Richtung Gebirgspaß davon. Hast du eine Ahnung, was das zu bedeuten hat?«

»Vielleicht sollen sie im Dorf dafür sorgen, daß die

Schoschonen ihre Pferde vor uns verstecken«, antwortete Forest Bear mit ausdrucksloser Miene.

Long Knife starrte ihn an. »Ich hör wohl nicht richtig.«

Forest Bear umklammerte, wie um Halt zu finden, meinen Arm und sagte: »Sacagawea hat vor kurzem gehört, daß die meisten Schoschonen keine Pferde an uns verkaufen wollen.«

»Vor kurzem gehört?« echote Long Knife.

Habt ihr mal einen wilden Mustang beobachtet, der auf einen Mann losgeht? Ungefähr so sah Long Knife aus, als er auf Forest Bear losging. Er drosch mit der Faust auf dessen Brust. Ich konnte die Worte nicht verstehen, aber ich ahnte sie! »Du verdammter, verantwortungsloser Hund«, dürfte er geschrien haben. »Hast du überhaupt kein Hirn? Warum hast du mich nicht augenblicklich informiert?«

Nie zuvor hatte ich den Captain so zornig erlebt. Was hätte er wohl mit Forest Bear gemacht, wenn er gewußt hätte, daß dieser drei Tage geschwiegen hatte? Zum Glück hatte Long Knife keine Minute zu verschwenden. Deshalb ließ er von Forest Bear ab. Er schickte Drouillard sofort nach Cameahwait und den beiden Sprechern. Inzwischen ließ er Felle für die Versammlung ausbreiten. Äußerlich inzwischen ruhig, stopfte er die Zeremonialpfeife, die er in Fort Mandan geschenkt bekommen hatte.

Als die drei Häuptlinge kamen und Platz nahmen, konnte man ihr schlechtes Gewissen bereits an ihren zögerlichen Umarmungen und den ausweichenden Blicken ablesen. Selbst Cameahwait, der seinen grimmig wirkenden Blick immer direkt auf sein Gegenüber richtete, sah unsicher an Long Knife vorbei. Dieser kam, nachdem die Pfeife die

Runde gemacht hatte, ohne Umwege zur Sache. »Seid ihr Männer, auf die Verlaß ist?«

Die drei blickten zu Boden und antworteten nicht. »Gut, dann frage ich euch, habt ihr mir Pferde für den Weg über die Berge zugesagt?« Alle drei gaben das zu.

Nun kam er in Fahrt. »Ich höre, daß ihr eure Pferde nicht verkaufen wollt. Hättet ihr Häuptlinge mir aber eure Hilfe nicht zugesagt, wäre ich umgekehrt. Euch ist doch klar, daß ihr niemals wieder Amerikaner zu Gesicht bekommen werdet? Wenn ihr jedoch die Freundschaft der Amerikaner wünscht, ihre Waffen und ihren Beistand gegen eure Feinde, dann macht niemals falsche Versprechungen.«

Long Knife berührte nun ein für die Schoschonen besonders bitteres Thema. »Habt ihr nicht meine große Gastfreundschaft erfahren, als ich das Wild mit euch teilte, das meine Jäger erlegten?«

Während ich Long Knifes Rede übersetzte, verdüsterte sich die Miene meines Bruders mehr und mehr. Aber ich ahnte, daß sich sein Groll nicht gegen Captain Lewis richtete, sondern gegen die beiden Sprecher, die seine Pläne zunichte gemacht hatten, und gegen mich, die ich in seinen Augen verantwortlich für den Verrat war. Die Sprecher wechselten unbehagliche Blicke und starrten dann Cameahwait an, von dem sie die Lösung des Problems erwarteten. Schließlich sagte Cameahwait leise: »Ich habe nie etwas anderes gewollt, als mein Wort zu halten und dir von Nutzen zu sein.«

Aber Little Wolf, der Feigling, fiel ihm in den Rücken: »Es war unser Erster Sprecher, der diese Entscheidung fällte. Wir wurden nicht gefragt.«

Diese ungeheuerliche Verleumdung erstickte mich fast, aber ich mußte sie übersetzen. Ich dachte, jetzt ist alles aus. Jetzt wird Cameahwait aufspringen und diese Versammlung im Zorn verlassen. Aber er blieb sitzen, regungslos wie ein Fels. Nach einer Ewigkeit des Schweigens sagte er vollkommen beherrscht: »Ich weiß, ich habe nicht recht mit meiner Entscheidung getan. Aber der Hunger meines Volkes hat mich dazu getrieben. Ich wollte alle Pferde für die Bisonjagd behalten, obwohl ich dir Hilfe versprochen habe. Jetzt werde ich zu meinem Wort stehen.« Das war alles.

Cameahwait bestimmte einen Reiter, der seinen Widerruf so schnell wie möglich ins Dorf tragen sollte, und Long Knife schenkte dem jungen Krieger ein Halstuch, damit dieser sich beeilte.

Erinnert ihr euch, daß ich euch zu Beginn meiner Geschichte von der Quelle erzählte, die meinen Namen trägt? Als Long Knife an diesen Ort, die Sacagawea-Quelle, kam, ließ er mich hochleben. Vielleicht tat er es, um die Schoschonen damit zu beeindrucken, wie sehr die Sun-men mich, eine Schoschonin, respektierten. Doch diese schauten ziemlich verständnislos drein.

»Wie kann man einem solchen Ort den Namen eines einzelnen Menschen geben?« sagte Cameahwait. »Noch dazu einen Namen, den meine Schwester von unseren Feinden erhalten hat!« Ich glaube, das ärgerte ihn am meisten. Und er hatte ja recht.

Obwohl wir noch immer diesseits des Berges waren, ließ Long Knife einige Zeit später erneut an einer Stelle rasten, wo das Gras besonders saftig war. Die Pferde sollten davon fressen können. Er verteilte Mais an meine Stammesbrüder und zeigte ihnen, wie man aus pulverisierten Körnern eine nahrhafte, aber ohne Fleisch auch ziemlich fade Suppe kocht.

Nach dem Essen zogen wir weiter. Cameahwait wurde ungeduldig, als er die Gemächlichkeit sah, mit der der Zug dahintrottete. »Wenn wir so langsam marschieren, werden wir das Dorf vor Sonnenuntergang nicht erreichen«, sagte er zu Long Knife.

»Ich nehme Rücksicht auf die Frauen«, antwortete der Captain. »Einige sind schon weit zurückgeblieben.«

»Das brauchst du nicht«, sagte Cameahwait. »Sie stehen unter dem Schutz meiner Krieger und werden sicher ankommen.«

Im Troß befand sich eine Frau, die im Begriff war, ein Baby zur Welt zu bringen. Sie hatte die Zügel zweier Packpferde, die sie führte, ihren Freundinnen übergeben und sich allein abseits der Strecke zur Geburt niedergehockt. Nach einiger Zeit kehrte sie auf den Pfad zurück, holte uns ein und zeigte uns stolz das Neugeborene. Es war Red Mouse, eine Verwandte von mir. Ich bewunderte ihre Energie und ihre Gesundheit. Ich muß auch zugeben, daß die Schwierigkeiten, die Otterwoman und ich mit unseren Babys hatten, selten unter den jungen Frauen unseres Volkes sind.

Wenn mein Bruder jetzt manchmal notgedrungen mit mir sprach, weil er mich als Übersetzerin brauchte, klang seine Stimme herrisch. Seine Gelassenheit, dachte ich, ist dahin, seit er bei Long Knife den Ruf der Verläßlichkeit eingebüßt hat. Er tat mir Unrecht. Hatte ich ihn nicht vor noch größerem Schaden an seiner Seele bewahrt, indem ich ihm Gelegenheit gab, seinen Fehler wiedergutzumachen?

Cameahwait schien sich auch um seine Anerkennung als Sprecher seines Volkes zu sorgen. Vielleicht verfiel er deshalb auf die Idee, mit Hilfe Long Knifes großen Zauber zu machen. Als wir vor dem Dorf ankamen, verlangte er, daß die Sonnenmänner alle im selben Augenblick ihre Büchsen abfeuerten. Long Knife tat ihm den Gefallen. Er stellte seine Männer auf einem Hügel über dem Dorf in einer Reihe auf und ließ sie zwei rollende Salven abfeuern. Unter dem Geheul der vom Krachen der Schwarzwaffen gepeinigten Hunde zogen wir dann ins Dorf ein.

Die dürftigen Laubhütten führten nun auch Captain Lewis die ganze Ärmlichkeit meines Stammes vor Augen. Er begriff jetzt vielleicht, warum Cameahwaits Jäger ihre Pferde selbst dringend brauchten. Vom Erfolg der kommenden Bisonjagd hing das Schicksal dieser Gruppe ab. Long Knife aber ignorierte das. Er wollte noch mindestens zwanzig Tiere kaufen, zumal nun endgültig klar war, daß es keinen Wasserweg durch die Berge gab. Red Hair hatte durch John Colter eine entsprechende Botschaft geschickt. »Morgen früh, Häuptling«, sagte Long Knife, »müssen wir unseren Handel machen.«

Cameahwait antwortete: »Ich will sehen, was ich tun kann.«

Die vage Auskunft ärgerte Captain Lewis erneut. Man konnte ihm nicht klarmachen, daß mein Bruder seinen Kriegern nicht befehlen durfte, als wären sie Soldaten wie die Männer des Corps of Discovery. In Long Knifes Welt gab es keine Unabhängigkeit.

Um die Schoschonen bei guter Laune zu halten, ließ der Captain Cruzatte die Fiedel für sie spielen und einige Männer tanzen. Mein Volk, das sonst nicht viel zu Lachen hatte, nahm die Darbietungen dankbar auf, und wir feierten bis tief in die Nacht.

Die gute Stimmung hielt an, als am nächsten Tag der Pferdehandel begann. Auf einmal drängte auch die Zeit nicht mehr so. Gegen Mittag stieß Red Hair mit seinen Männern zu uns und trug durch sein Verhandlungsgeschick dazu bei, daß die Expedition schließlich über neunundzwanzig Pferde verfügte. Red Hair sorgte dafür, daß es fair zuging. Auch hatten meine Stammesbrüder seit dem ersten Handel einiges dazugelernt. Captain Clark mußte sogar, entgegen seiner ursprünglichen Absicht, keine Schwarzwaffen zu verkaufen, eine Pistole mit hundert Schuß Munition für ein einziges Pferd hergeben. Ich war stolz auf meine Schoschonen.

Dann kam die Zeit des Abschieds. In den Armen meiner Freundin Jumping Fish vergoß ich heiße Tränen. Cameahwait umarmte ich nur kurz. Er streichelte Pomp über den Kopf und murmelte: »Es ist ja kein Abschied für immer. Im nächsten Frühjahr werdet ihr zurückkommen.« Hinter seinen Worten spürte ich Versöhnlichkeit und war froh darüber. Doch wußten wir beide, daß wir bis dahin tot sein konnten. Für eine Expedition wie der unseren gab es nur eine Gewißheit, das war die Gewißheit ständiger Gefahr, während mein Bruder und sein Volk von mächtigen Feinden umlauert waren.

Cameahwait hatte inzwischen gelernt, daß die Sun-men sich zum Abschied die Hände schüttelten. Das tat er jetzt mit den Captains und jedem einzelnen Mann und wartete, bis alle Krieger seinem Beispiel gefolgt waren. Dann erst sprang er auf sein Pferd und setzte sich an die Spitze seiner Bisonjäger. Long Knife, Red Hair und wir verharrten, bis die lange Kolonne der Schoschonen unter ständigem Winken und Jubeln an uns vorbeigezogen und hinter einer Biegung verschwunden war. Ihr könnt euch sicher vorstellen, wie spät es an diesem Morgen bereits war, bis wir uns mit meinem Onkel Musselshell-Owner und seinem Sohn endlich in Bewegung setzten.

# DRITTER TEIL

## BEGEGNUNG

*Eine Frau im Dorf der Clatsops nahe der Mündung des Großen Flusses beklagte den Tod ihres Sohnes. Ein Jahr lang dauerte ihr Kummer. Eines Tages hörte sie zu weinen auf und wanderte den Strand entlang, wie so oft an glücklichen Tagen.*
*Als sie zum Dorf zurückkehren wollte, sah sie ein merkwürdiges Etwas draußen auf dem Wasser, nicht weit von der Küste entfernt. Zuerst dachte sie, es sei ein Wal. Als das Ding näher kam, sah sie zwei Tannenbäume darauf stehen. Es ist kein Wal, dachte sie. Es ist ein Monster. Als sie sich dem fremden Ding genähert hatte, sah sie, daß dessen Außenseite mit Kupfer bedeckt war, und sie sah Seile an den Tannenbäumen hängen. Dann kam ein Bär aus der Tiefe des fremden Dinges und stellte sich darauf. Das Wesen sah aus wie ein Bär, aber das Gesicht war das eines Menschen. »Oh«, klagte sie, »erst ist mein Sohn gestorben, und nun ist das Ding, von dem wir seit langem gehört haben, an unserer Küste gelandet.«*
*Weinend lief die alte Frau zu ihrem Dorf zurück. Dorfbewohner, die sie hörten, sagten zueinander: »Die alte Frau weint. Jemand muß sie geschlagen haben.«*
*Die Männer ergriffen ihre Bogen und Pfeile und eilten hinaus, um nach dem Rechten zu sehen.*

*Sie hörten die Frau klagen:«Oh, erst starb mein Sohn, und nun befindet sich das Ding, von dem uns erzählt wurde, an unserer Küste.«*
*Alle Leute rannten zu ihr. »Was ist es? Wo ist es?« schrien sie durcheinander.*
*»Ah, das Ding, von dem wir gehört haben, liegt dort!« Sie zeigte nach Süden. »Es sind zwei Bären darauf. Möglicherweise sind es auch Menschen.«*
*Dann liefen die Indianer zu dem Ding hin, das am Rande des Wassers lag. Die beiden Kreaturen darauf hielten Kupferkessel in ihren Händen. Als die Clatsops am Strand ankamen, legten die Wesen ihre Hände an den Mund und baten um Wasser.*
*Einer der Clatsops kletterte das fremde Ding hinauf und sah sich darin um. Es war voller Kisten, und er fand lange Stränge mit Messingknöpfen. Als er zurück an Deck eilte, um seine Verwandten zu rufen, damit auch sie das Innere sähen, entdeckte er, daß die beiden Kreaturen dort Feuer gelegt hatten. Er sprang hinunter und gesellte sich zu ihnen und den Indianern am Strand.*
*Das fremde Ding brannte beinahe wie Fett. Alles brannte, außer dem Eisen, dem Kupfer und dem Messing.*
*Die Clatsops nahmen die beiden fremd aussehenden Männer mit zu ihren Häuptlingen. Bald hörten die Leute nördlich des Flusses von den fremdartigen Menschen und dem fremden Ding, und sie kamen in das Clatsop-Dorf. Die Nillapas kamen von der anderen Seite des Flusses, die Chekalis und die Cowlitz von weiter nördlich, und sogar die Quinaults von der Küste weiter oberhalb besuchten die Clatsops. Und Leute von weiter flußauf kamen ebenfalls, die Klickitats und andere.*
*Die Clatsops verkauften das Eisen, das Messing und das Kupfer. Sie verkauften einen Nagel für eine gute Hirschhaut. Für eine lange Muschelkette gaben sie mehrere Nägel. Ein Mann erhandelte für ein nur zwei Finger breites Stück Messing sogar einen*

*Sklaven. Die Clatsops wurden durch den Handel reich. Ihre beiden Häuptlinge aber behielten die Männer, die mit dem Schiff gekommen waren.*

Chinook-Texte, Bureau of American Ethnology, Bullet. No. 20, 1894

# SECHZEHNTES KAPITEL

Musselshell-Owner führte die Expedition in eine rauhe, nahezu weglose Landschaft. Sein erstes Ziel war ein Fluß, den die Captains Fish Creek nannten. Das war kein origineller Name, denn in dieser Gegend war fast jeder Wasserlauf fischreich. In ihrem Bestreben, alles und jeden mit Namen zu belegen, machten sie auch vor meinem Onkel nicht halt. Vielleicht konnten sie seinen schoschonischen Namen nicht aussprechen. Vielleicht erinnerte er einen der beiden an irgendeinen Sun-men. Jedenfalls hieß er bei ihnen seit unserem Aufbruch Uncle Toby. Nachdem Onkel Toby noch bis zum Vorabend unserer Weiterreise als Führer abgelehnt, Cameahwait aber vergeblich um einen anderen Mann gebeten worden war, mußten die Captains ihm jetzt vertrauen. Mit seiner Hilfe wollten sie die Barriere der Bitterroot-Berge überwinden. Auf der anderen Seite hofften sie einen Fluß zu finden, der uns zum Meer tragen würde, zum Stinkenden Wasser, wie Onkel Toby es nannte. Onkel Toby ließ uns erst einmal in Richtung Norden marschieren. Dabei durchquerten wir ein Wirrwarr von Bächen und tiefen Trockenbetten, eine für Pferde äußerst gefahrvolle Strecke.

Noch ärger wurde der Weg am zweiten Tag, weil nächtlicher Regen die Steine naß und schlüpfrig gemacht hatte. Wir durchfurteten den Fish Creek in westlicher Richtung und sahen uns plötzlich einer Felsschranke gegenüber, die den Weg entlang dem Bach verschloß. Onkel Toby führte uns einen Hang hinauf in ein Dickicht aus Hartholz, durch das sich die Männer einen Pfad schlagen mußten. Und kaum hatten wir diesen Riegel aufgebrochen, ging es in eine Wüste aus zertrümmerten Felsen hinein. Die mit Steinen übersäten Hügel stellten die unerfahrenen Pferde auf die härteste Probe. Mehrere Pferde glitten aus, einige stürzten einen Abhang hinunter. Ein Pferd brach sich ein Bein und mußte getötet werden, zwei weitere Pferde starben am Ende des Tages vor Erschöpfung.

Mit meinem kleinen Pony war ich sehr zufrieden. Es setzte seine Hufe mit der Bedachtsamkeit einer weisen alten Stute zwischen die Steine. Ich dankte ihm dafür mit besonderer Sanftheit und dem Bestreben, es an gute Futterplätze zu führen, was leider nicht immer gelang.

Nach der Tageswende des folgenden Reisetages aber hatte auch mein Schecke Schwierigkeiten. Die Kälte drang ihm in die Knochen und ließ seine Beine steif und unsicher werden, so daß er öfters ausglitt. Ich hatte große Angst, er könne mich abwerfen und Pomp dabei zu Schaden kommen, so daß ich absaß und ihn am Zügel führte, bis der Weg wieder etwas besser wurde.

Am Abend hatten wir die Wasserscheide überschritten, und vor uns lag das breite, schöne Bitterroot-Tal. Das wäre ein Grund zur Freude gewesen, hätten wir nur genügend Vorräte besessen. An diesem Abend aßen wir den letzten Rest an gesalzenem Fleisch auf, den die beiden Captains als eiserne Ration von St. Louis bis hierher mitgeschleppt hatten. Was würden wir am nächsten Tag essen?

Aber wieder einmal hatte die Expedition Glück. Als wir nach einer frostigen Nacht unseren Weg fortsetzten, trafen wir nach unserem Abstieg ins Tal auf ein großes Camp der Salishs, die ihr karges Essen aus Wurzeln und Beeren mit uns teilten. Captain Lewis nannte den Fluß, wo wir lagerten, Clark's River und das Volk der Salishs Flatheads, Flachköpfe, obwohl der Brauch, den noch weichen Oberkopf der Babys nach der Geburt mit Hilfe einer Zwinge aus mit Schnüren verbundenen Brettern zu verformen, bei ihnen nicht geübt wurde. Das waren andere, sehr seltsame Leute, die wir erst später am Columbia River trafen.

Zu meiner Überraschung lebte unter den Salish-Indianern ein Junge aus meinem Volk, so daß wir uns über ihn mit den Jägern verständigen konnten. Sie waren auf dem Weg in die Bisonebene und wollten sich mit den Jägern meines Bruders bei den Three Forks treffen. Als sie hörten, daß ich Cameahwaits Schwester sei, wurden sie besonders freundlich und umgänglich. Captain Lewis versäumte keinen Augenblick, dies auszunutzen.

Er überredete die Salishs mit meiner Hilfe, ihm für ein bißchen bunten Tand dreizehn Pferde zu verkaufen und sechs von ihren frischen Pferden gegen sechs von unseren abgetriebenen Tieren einzutauschen. Ich schämte mich wieder einmal für die Amerikaner. Andererseits konnten sich die Salishs das schlechte Geschäft auch leisten, denn in der Nachbarschaft ihrer hohen Bisonhaut-Zelte grasten fünfhundert Pferde.

Im Vergleich zu meinem Volk waren diese Leute hier reich. Ihre Zelte waren frisch bemalt, Männer, Frauen und Reitpferde liebevoll geschmückt. Und anders als bei uns, wo sich in fast jedem Gesicht vergangener oder gegenwärtiger Kummer eingegraben hatte, wirkten die Menschen hier heiter, auf jeden Fall sorglos. In ihrem von hohen Gebirgszügen umgebenen Tal waren die Salishs gegen Feinde besser geschützt und hatten darum auch viel weniger Überfälle zu ertragen als wir.

Wir verbrachten einen weiteren Tag mit diesen gastfreundlichen Menschen. Der ungewöhnlich kehlige Klang ihrer Sprache ließ Long Knife aufhorchen. Hatte er hier vielleicht die verlorene Spur einer welschen Kolonne des Prinzen Modoc aus der alten Welt gefunden, nach der der Große Vater ihn fahnden ließ? Er stellte den Salishs mit Hilfe des Schoschonenjungen zahlreiche Fragen nach ihrer Herkunft, doch die Antworten, die ich ihm übersetzte, stellten ihn nicht zufrieden.

Bis in die Nacht hinein unterhielten die Sun-men und die Salishs sich gegenseitig mit Tänzen, Gesängen und Musik von Cruzattes Fiedel, und diese Stunden sollten für lange Zeit unsere letzten sorglosen Stunden sein. Vom nächsten Tag an würden wir die bittere Erfahrung ständig nagenden Hungers machen. Entsprechend der größeren Anzahl Pferde, über die wir nun verfügten, ließen die Captains am Morgen die Lasten neu verteilen. Erst nach der Tageswende waren die Männer damit fertig. So lange warteten auch die Salishs mit dem Abschiednehmen. Nachdem ihre Krieger uns noch einige Male jubelnd umkreist hatten, galoppierten sie in Richtung Süden. Ich hoffte, ich würde diesen freundlichen Menschen noch einmal begegnen.

Wir hatten an diesem Tag endlich einmal eine weniger hindernisvolle Strecke vor uns. Unser Weg folgte dem Bitterroot-Fluß nach Norden. Er durchfloß ein weites, üppiges Grasland. Doch drohten in der Ferne schon schneebedeckte Gipfel. Viele von uns fürchteten, daß wir dort nicht hinübergelangen würden. Aber niemand wagte Zweifel zu äußern. Der Fluß lud dazu ein, neue Kanus zu bauen und mit ihnen zum Columbia River hinabzufahren. Aber die Captains glaubten, daß sich irgendwo auf der Strecke wieder Wasserfälle befinden könnten. Sie vermißten die Lachse, die vom Meer die Flüsse heraufkommen, und schlossen daraus auf solche Hindernisse. Auch konnte Onkel Toby nicht sicher sagen, ob wir auf diesem Strom den Columbia River erreichen würden.

Die Captains zogen die Auskünfte meines Onkels noch immer in Zweifel, obwohl er sie doch bislang so gut geführt hatte. Auch nannten sie ihn und seinen Sohn Wilde. Dabei waren meine Verwandten doch die sanftesten Menschen der Welt. Sie mußten nicht wie einige Gefolgsleute von Red Hair und Long Knife mit der Peitsche gezähmt werden und hatten bessere Manieren als Forest Bear.

Eines Tages, als die Captains einen breiten Fluß von Osten her kommen sahen, sagte Captain Lewis zu Forest Bear: »Charbonneau, frag mal den Wilden, ob er weiß, wo dieser Fluß entspringt!« Forest Bear gab die Frage an mich weiter und ich an Onkel Toby, wobei ich ihm gegenüber Respekt walten ließ.

Mein Onkel antwortete: »Wenn man diesem Fluß bis zu seiner Quelle folgt, erreicht man einen niedrigen Paß.« Er fügte ungefragt hinzu: »Auf der anderen Seite gibt es einen Weg, der sanft zum Missouri hin abfällt. Ihn benutzen die Bergstämme, um zu den Bisongründen zu gelangen; denn es dauert zu Pferde nur vier Tage, bis man von dort zu den Bisonweiden kommt. «

Captain Lewis wurde blaß, als Forest Bear ihm die Auskunft übersetzte. Auch wenn er sich beherrschte, wußte ich doch, daß ihm der bittere Saft des Ärgers in den Magen schoß, denn diese Expedition hatte vom »Tor zu den Bergen« bis hierher dreiundfünfzig Tage benötigt. Angesichts der bevorstehenden Schwierigkeiten und des nahen Winters eine Verschwendung an Zeit.

Ich freute mich über die Genugtuung für Onkel Toby, auch wenn ich sonst nicht schadenfroh bin. Aber mich ärgerte schon lange, daß die Captains von ihm nicht viel hielten.

Zum Glück kamen wir jetzt schneller voran. Bald erreichten wir einen kleinen Fluß, der uns in die Berge begleitete. »Oberhalb der Quelle dieses Flusses«, stellte Onkel Toby fest, »befindet sich der einzige Weg über die Schneeberge.« Er bewegte dabei die Hand, als wolle er die schroffen Bergwände teilen. Captain Clark nickte und sagte: »Okay. Dann wollen wir diesem Wasserlauf folgen.« Captain Lewis jedoch blieb weiterhin skeptisch. »Onkel Toby, weißt du, daß deine Stammesbrüder, mit denen ich gesprochen habe, behaupten, der Berg sei unüberwindbar?«

Ich übersetzte seine Bemerkung nur ungern, um so lieber aber die selbstbewußte Antwort meines Onkels. »Du hast mit den falschen Männern gesprochen. Sei froh, daß du sie nicht als Führer genommen hast!«

Captain Lewis zuckte mit den Schultern. »In Ordnung, du bist der Boß, du mußt es wissen.« Nach einer Pause setzte er hinzu: »Aber einfach wird die Sache nicht.« Dann wandte er sich an Captain Clark. »Ich schlage vor, wir sammeln erst mal neue Kräfte und rasten hier noch den ganzen morgigen Tag. Ich glaube auch kaum, daß es in der Schneewildnis dort oben jagdbares Wild geben wird. Also sollten wir morgen die Jäger losschicken. Wir haben fast nichts mehr zu essen.«

Das war etwas, worüber ich mich auch jetzt wieder wunderte. Diese Sun-men ritten mit einer Sorglosigkeit in die Ungewißheit, als wären sie eine Bande allzu junger, tatendurstiger Krieger. Hätten sie nach all ihren Erfahrungen nicht erst einmal mit meinem Bruder Cameahwait auf die Bisonjagd gehen und Fleischvorräte für den Weg über das Gebirge und den kommenden, langen Winter anlegen müssen? Wir gingen doch in ein unbekanntes Land, in dem keine Bisons lebten! Ich glaube, sie hätten das tun sollen, wollten sie nicht sich selbst, ihre Leute und ihre Ziele in Gefahr bringen. Aber sie kamen nicht auf die Idee, und mich fragte niemand um Rat.

Die tüchtigsten Jäger, welche die Captains am nächsten Tag ausgesandt hatten, kehrten mit nur vier Hirschen, einem Biber und drei Waldhühnern zurück, deren Fleisch vielleicht zwei bis drei Tage reichen würde.

Da war es einigermaßen beruhigend, daß drei Krieger der Nimipus, die John Colter von seinem Jagdausflug mit ins Camp brachte, uns die Auskunft gaben, das erste Dorf ihres Volkes sei nur sechs Tage von hier entfernt. Diese Nimipus hatten noch nie zuvor einen Sun-men zu Gesicht bekommen. Aber sie verbargen ihr Erstaunen, vielleicht auch ihr Erschrecken, hinter unbewegten Mienen. Die Schwarzwaffen unserer Männer zogen allerdings ihre begehrlichen Blicke auf sich. »Hütet eure Büchsen wie euren Augapfel!« warnte Captain Clark die Männer.

Die Nimipus, denen er so ohne weiteres einen Diebstahl zutraute, waren selbst Dieben auf den Fersen. Schoschonen, erklärten sie mit Hilfe der Zeichensprache, hatten ihrem Stamm einundzwanzig Pferde gestohlen. Sie sahen Onkel Toby, seinen Sohn und mich dabei an, als wären wir die Diebe. Ich fühlte mich nicht wohl bei dem Gedanken, daß Leute meines Volkes ausgerechnet die mächtigen Nimipus bestohlen hatten. Was für eine Dummheit, dachte ich.

Long Knife riß mich aus meinen Gedanken. »Sind die Diebe mit den Pferden diesen Berg dort heruntergekommen?« Er zeigt auf die jetzt nebelverschleierten Höhen. Der Anführer der Nimipus bejahte das. »Wunderbar«, freute sich Long Knife. »Wenn die Wilden das schaffen, dann schaffen wir es auch.«

Einer der Nimipus bot an, unsere Expedition zu seinem Volk zu führen, während die anderen sich noch am selben Tag verabschiedeten und die Spur der Pferdediebe wieder aufnahmen. Aber auch dieser Mann verließ uns am nächsten Morgen, weil er nicht den halben Tag warten wollte, bis wir zwei Pferde eingefangen hatten, die uns während der Nacht entlaufen waren.

Immerhin konnten wir uns auf seine Wegbeschreibung verlassen, die sich mit der meines Onkels deckte. Sie führte uns am folgenden Tag zu einer heißen Quelle, die zwischen den Felsen einen Strahl kochenden Wassers in den Himmel spie. Dort ließ Captain Clark so lange rasten, bis Long Knife zu uns aufschließen konnte, der noch immer mit der Suche nach den entlaufenen Pferden beschäftigt schien. Mir war die Pause sehr willkommen, denn ich konnte Pomp in einer kleinen Felswanne baden und ihn für den Ritt über den Paß warm einpacken.

Am Nachmittag überquerten wir einen Paß und folgten auf der anderen Seite einem festen, breiten Trail, an dessen linker Flanke ein klarer, kräftiger Bach die Felsentreppen heruntersprang. Am Fuße des Westhangs breitete sich eine üppige Bergwiese aus, an deren Rand wir unser Lager errichteten. Vom Wildfleisch war nicht mehr viel übrig, so daß die Mägen der Männer in der folgenden Nacht mächtig knurrten. Ich hortete noch einen kleinen Vorrat wilder Beeren in Fett, der weitere zwei Tage reichen würde.

Ich frage mich, woher die Captains trotz unseres Mangels ihre gute Stimmung nahmen. Ich fürchtete, daß die Schluchten, die Schneefelder und die vereisten Grate, die noch vor uns lagen, ganz und gar ohne Leben und damit ohne Nahrung für uns sein würden. Außerdem waren wir hier den Trickstern und Dämonen, den Geistwesen, die Wind, Kälte, Wolken, Blitz und Donner regieren, ganz nahe, und sie sind den Menschen gegenüber voller Feindschaft.

Am anderen Morgen schon sah ich mich in meiner Angst bestätigt. Wir hatten gerade unser Camp abgebrochen und uns auf den Weg gemacht, als heftige Windböen von den Berghängen herunterfegten, durch die Wiese liefen, die Gräser kämmten und die Büsche beugten. Sie lösten schwere schwarze Fetzen aus einer trägen Wolkenwand und trieben sie auf uns zu. Augenblicke später schon verdunkelte sich der Himmel über uns, als wäre die Nacht zurückgekehrt. Dann wurden wir von solch dichten Regenschleiern eingehüllt, daß wir den nächsten Reiter vor uns nur noch als Schemen wahrnahmen. Eine schützende Stelle war leider nicht in Sicht, und die Captains trieben uns unbarmherzig an.

Bald war die Hauptfront der Wolken über uns und schüttete Hagel so groß wie Maiskörner auf uns herab. Die Hagelwolken wurden von Schneewolken, Blitz und Donner abgelöst, und es schneite von nun an den ganzen Tag. Schnee deckte die Anhaltspunkte zu, die uns zu den Nimipus führen sollten, Wegmarken und Spuren also, die der vorausgeeilte Nimipu-Krieger hinterlassen hatte. Erstmals, seit wir unser Dorf am Lemhi River verlassen hatten, fühlte ich, daß Onkel Toby unsicher wurde. Er führte uns schließlich an einem Fluß entlang, den die Captains mit Namen Kooskooskee River in ihre Karte eintragen sollten. Es war ein sehr schwieriger Trail, steinig und immer wieder versperrt durch umgestürzte Bäume.

Als der Tag zu Ende ging, campierten wir an einem Platz, der erst kürzlich Flußfischern als Lager gedient hatte. Zu spät bemerkten wir, daß deren Ponys das ohnehin spärliche Berggras im weiten Umkreis abgeweidet hatten, so daß unsere hungrigen, abgekämpften Tiere nicht genug Futter fanden. Die Männer waren indes so entkräftet, daß sie nicht mehr weiterziehen wollten, um besseren Weidegrund für die Ponys zu finden. »Wir haben selber nichts zu fressen, warum soll es den Pferden besser gehen als uns?« sagte Forest Bear. Er teilte die unseren Franzosen eigene rohe Einstellung gegenüber ihren Reittieren.

Während des Tages hatten unsere Jäger nicht mal ein Kaninchen schießen können, so daß Captain Clark, damit wir überhaupt Fleisch in die Töpfe bekamen, eines der Füllen töten ließ.

An diesem Abend redeten die Männer kaum ein Wort miteinander. Stumpf und stumm richteten sie ihre Schlafstätten her, legten sich nieder und schliefen sofort ein.

# SIEBZEHNTES KAPITEL

Ich glaube, wenn Onkel Toby den Amerikanern gesagt hätte, daß er die Orientierung verloren habe, hätte der nervenschwache Captain Lewis ihn davongejagt. Aber vielleicht tue ich Long Knife mit meiner Meinung auch Unrecht.

Seinen Irrtum gestand sich Onkel Toby ein, nachdem er die Expedition eine Weile am Kooskooskee-River entlang geführt hatte. Das war angesichts des kräftezehrenden Marsches, auf dem jede gewonnene Pfeilschußlänge zählte, sehr schlimm. Einer Eingebung folgend, glitt der alte Mann plötzlich aus dem Sattel, verließ den Fluß und führte sein Pferd am Zügel einen steilen Hang hinauf in Richtung eines Bergkamms. Als Red Hair ihn deswegen zur Rede stellte, blieb Onkel Toby stumm, so daß der Captain sich achselzuckend zufrieden geben mußte.

Dieser Marsch wurde der vielleicht gefährlichste in diesen Bergen. Felsen, Buschwerk und Bäume, die von Stürmen quer über den Weg geworfen worden waren, verlangten einen übermenschlichen Tribut an Kraft, Ausdauer und Mut von uns. Wieder und wieder glitten unsere Packpferde aus. Einige von ihnen stürzten steile Hänge hinunter, fünfzig oder hundert Schritte tief, krachten, vor Angst und Pein aufwiehernd, gegen Bäume und Felsen und landeten auf dem Grund einer Schlucht oder eines Bachbetts. Einige Männer, die schon mit ihren eigenen Reittieren genug zu kämpfen hatten, mußten die verunglückten Pferde untersuchen, töten oder, wenn sie nicht verletzt waren, wieder aufrichten, neu beladen und auf den Trail zurückführen. Red Hair verlor beim Absturz seines Packpferdes sein geliebtes Schreibpult.

Er blieb übrigens stets an der Spitze der Expedition. Andere kamen nicht so gut voran. Als er einmal an einer Quelle hielt, um die Pferde trinken und ein wenig Gras rupfen zu lassen, dauerte es gut zwei Stunden, bis die letzten Männer mit ihren Tieren dort anlangten.

Bis zum Abend legten wir nur zwölf Meilen zurück. In der Umgebung unseres Rastplatzes unterhalb des Kamms fanden wir kein Wasser und kein Wild. Wir mußten uns eine Suppe aus dem mitgeführten Trinkvorrat und den Resten des am Vortage getöteten Füllens kochen, die wir dennoch genossen, als sei sie die größte Köstlichkeit.

Die meisten von uns waren viel zu müde, um sich Sorgen über den nächsten Tag zu machen. Aber die wenigen, die wie ich mit Red Hair die Höhe über uns erklommen, wurden in ihrer Hoffnung, von dort an »über den Berg« zu sein, betrogen. Wir hatten den Anblick eines sich zu Tal windenden Trails erwartet, gar Rauch aus den fernen Tipis der Nimipus. Dagegen reihte sich, so weit das Auge reichte, Schneegipfel an Schneegipfel. An den versteinerten Gesichtern der Männer konnte ich ablesen, das niemand mehr an einen Zwei- oder Dreitagesritt bis zum Dorf der Nimipus glauben konnte. Hatte der fremde Krieger sich dermaßen irren können?

Schweren Herzens ging ich mit den anderen zum Lager zurück. Zum ersten Mal in der langen Zeit unserer Wanderschaft beschlichen mich Todesahnungen. Ich gab uns höchstens noch drei Tage, bis Hunger, Kälte und Erschöpfung uns alle, auch die Captains, die die Stärksten unter uns waren, überwältigen würden. Was sollte dann aus Pomp werden? Ich werde dich töten müssen, mein Liebling, dachte ich, wenn ich nicht mehr weiter weiß. Ich werde dich nicht allein in dieser Wildnis zurücklassen.

Captain Clark stapfte an mir vorbei durch den Schnee. Er schenkte mir ein Lächeln, aus dem Zuversicht sprechen sollte. Doch glückte es ihm nicht.

Es sollte sich herausstellen, daß die Wirklichkeit meine düsteren Ahnungen noch übertraf. Aber in einer Hinsicht versagte meine Phantasie. Ich konnte mir einfach nicht vorstellen, zu welcher Zähigkeit, welchem Lebenswillen ich oder besser wir alle fähig sein würden.

Am nächsten Morgen waren unsere Zelte unterm Schnee begraben. Es hatte während der Nacht kräftig geschneit. Und als wir mit klammen Fingern unsere Sachen packten und auf unsere Ponys kletterten, begann es erneut zu schneien und hörte den ganzen Tag nicht mehr auf. Unsere Marschleistung betrug nur dreizehn Meilen. Ich hatte nur noch eine Handvoll Sonnenblumenkerne an diesem Abend zu essen, die Männer dagegen besaßen gar nichts mehr. Nur Pomp war versorgt. Er erhielt meine Milch und genoß die Wärme meines Körpers.

Halb verhungert waren inzwischen unsere Ponys, denn die hohe Schneedecke verbarg die spärlichen, harten Gräser.

Red Hair und Onkel Toby gingen am nächsten Tag unserer Kolonne voraus, um in dem Wirrwarr gestürzter Stämme, von Felsen und krüppeligen Kiefernbäumen eine Passage ausfindig zu machen. Das war angesichts des Schnees fast unmöglich, so daß sie uns öfter in die Irre führten, einmal sogar in besonders dicht stehende Kiefern, die bei der leisesten Berührung ihre Schneelasten auf uns abluden.

Hungrig, durchnäßt, durchfroren, übermüdet, entkräftet, aber noch stark genug, um alles und jeden zu hassen und sich bei jeder Gelegenheit wie Wölfe anzuknurren, folgten die Männer ihnen. Erst am Abend, als die Captains unser zweites Füllen schlachten ließen, hob sich die Stimmung ein wenig. Pferde zu töten, um den Hunger zu stillen, das war übrigens etwas, was wir Schoschonen niemals taten, so lange ich denken kann. Dafür waren uns diese Tiere zu wertvoll.

Ich kann das Entsetzen nicht beschreiben, das uns alle packte, als wir nach dieser Nacht feststellen mußten, daß alle unsere Pferde verschwunden waren. Einen Augenblick dachte ich, die Nimipus hätten sich an unseren Pferden schadlos gehalten, nachdem ihnen die Schoschonen mit der Herde entkommen waren. Doch dann wiesen einige Spuren zum Glück darauf hin, daß unsere Tiere sich auf der Suche nach Gras über die ganze Gegend verstreut hatten. Sie wieder einzufangen, kostete uns den halben Tag.

Während wir weitermarschierten, suchten unsere tüchtigsten Jäger, Drouillard, Colter und Frazer, nach Wild. Am Abend aber brachten sie nichts als ein paar Waldhühner in unser Lager, die kaum für eine Suppe reichten. Wieder mußten die Captains ein Pony schlachten lassen. Das Fleisch mußte rationiert werden, denn dies war das letzte Pferd, das wir entbehren konnten. Alle anderen trugen uns und unsere Lasten.

Waren die Männer in den letzten Tagen äußerst gereizt gewesen, so herrschte jetzt nur noch dumpfe Verzweiflung.

Dem eisigen Gewölbe des Himmels so nahe, umstellt von mächtigen Bergen, hockten diese harten Burschen apathisch um das bißchen Glut, das sie vor dem Frosttod bewahrte, und vielleicht wären einige sogar bereit, sich ihm einfach zu überlassen. Ich spürte, daß die Captains voller Angst und Sorge waren, sie könnten in diesen Bergen scheitern, selbst wenn davon niemand zu sprechen wagte. Als ich schließlich unter meinen Decken lag, hörte ich die beiden Führer lange miteinander flüstern. Dachten sie an Umkehr?

Mit meiner Vermutung tat ich ihnen Unrecht. Sie fällten in dieser Nacht eine mutige Entscheidung. Bevor das Camp erwachte, brach Red Hair mit einigen Jägern auf. »Wir haben verabredet«, erklärte uns Long Knife, während wir auf zähem Pferdefleisch herumkauten, »daß Captain Clark und einige Männer vorausreiten. Sie wollen so schnell wie möglich das Gebiet der Nimipus erreichen, dort jagen, Proviant kaufen und uns versogen.«

Long Knife konnte nicht wissen, ob Red Hair Erfolg haben würde, doch gab er sich zuversichtlich. Niemand wagte, Fragen zu stellen. Long Knife nickte aufmunternd und sagte betont forsch: »Na, Männer, wollen wir los? Dann holt die Pferde, und nichts wie weg hier.« Ich konnte mir vorstellen, wie schwer ihm diese Haltung bei alledem fiel.

Auf dem Weg vom Pferch, den wir nach den vergangenen Erfahrungen gebaut hatten, zu unserem Camp riß sich ein Pferd los, das Expeditionsmitglied Alexander Willard führte, und preschte davon. Und da zeigte sich, wie wenig Long Knife Herr seiner selbst war. Er brüllte Willard schäumend vor Wut an: »Los, fang es wieder ein! Und laß dich ja nicht ohne das Pony blicken!«

Was für eine Ungerechtigkeit! Long Knife wußte ganz genau, wie schwer die vor Hunger halb verrückten Ponys zu halten waren. Selbst wir Menschen waren ja vor Hunger halb verrückt.

Hungry Creek nannten die Captains daher auch einen kleineren Wasserlauf, der unseren Leidensweg begleitete. An diesem Tag gab Lewis die letzten Kanister von einer ungenießbaren Suppe aus, die die Expedition nun bereits zwei Sommer und zwei Winter mit sich schleppte. Dazu aßen wir Bärenöl und Kerzenfett. Wem davon nicht schlecht wurde, der fühlte sich wenigstens etwas gekräftigt.

Willard kam am Abend ohne das Pony zurück. »Hätten wir es getötet, dann könnten wir es jetzt wenigstens verspeisen«, quittierte Long Knife den Verlust mit einem bitterbösen Blick auf den unglücklichen Willard. Aber er ließ ihn nach dieser Bemerkung wenigstens in Ruhe.

Ihr könnt euch sicher vorstellen, welcher Druck jetzt auf Onkel Toby lastete. Ihm erging es so ähnlich wie mir vor einiger Zeit, als die Amerikaner immer ungeduldiger wurden, weil mein Volk nicht wie auf Befehl die Bildfläche betrat. Die Lage hier war jedoch weitaus kritischer. Auch an diesem Abend mußte mein Onkel den Männern wie so oft versichern: »Ja, wir sind auf dem richtigen Weg. Noch ein paar Tage, und wir erreichen das Dorf der Nimipus.«

»Das sagst du doch jedes Mal«, höhnte Labiche, ein sonst eher schweigsamer und geduldiger Mann. Ich gab seine Bemerkung nicht weiter, obwohl ich sie verstanden hatte. Onkel Toby wußte dennoch Bescheid. Aber er ließ häßliche Reden, Blicke und Gesten an sich abgleiten. Ich glaube, er war der einsamste Mensch in der Mannschaft.

Am nächsten Morgen gab es erstmals kein Frühstück. Unser Aufbruch verzögerte sich abermals, weil wieder einige Pferde eingefangen werden mußten. Dann folgten wir einem Pfad, der sich steil nach oben wandte, wieder einem neuen Grat entgegen. Ich befand mich ungefähr in der Mitte der wie immer weit auseinander gezogenen Linie. Plötzlich hörte ich vom Scheitel des Berges ein irrwitziges Gejohle, das sich in Wellen fortpflanzte und über Forest Bear schließlich mich erreichte.

»Die Schinderei«, schrie er, »hat bald ein Ende. Von dort oben aus kann man das ganze Land übersehen!«

Das war, wie sich herausstellte, übertrieben. Richtig aber war, daß wir von der Bergspitze auf eine ausgedehnte Prärie hinabsehen konnten, die im Sonnenlicht blaugrün schimmerte wie jene schönen Steine, die über die Utes aus dem Süden zu uns Schoschonen gelangten. Jetzt auf einmal ließen die Amerikaner Onkel Toby hochleben, dem sie gestern noch mit finsterem Mißtrauen begegnet waren. Sie hätten ihn wohl auf ihre Schultern gehoben, wenn sie dazu noch die Kraft besessen hätten. »Wann werden wir dort unten ankommen?« wollte Captain Lewis von ihm wissen. »Noch einen Tag marschieren, eine Nacht schlafen, dann werden wir den Rand der Prärie erreichen.«

Der Captain wollte das wieder einmal nicht glauben. »Sieht aus, als würden wir noch vier bis fünf Tage brauchen.« Onkel Toby wandte sich wortlos ab und setzte seinen Weg fort. Er hatte offensichtlich genug davon, daß der Captain seine Auskünfte ständig in Zweifel zog.

Der verheißungsvolle Ausblick auf das Nimipu-Land brachte die geschwächte Mannschaft noch einmal in

Schwung. Captain Lewis mußte sie nicht erst antreiben. Wir folgten Onkel Toby nun in eine tiefe, finstere Schlucht. Der Pfad lief eine steile Wand entlang, und unter uns rauschte ein wilder Bach. Die meisten Männer führten ihre Pferde am Zügel, weil ihnen deren Nervosität nicht geheuer war. Ich aber hatte wieder einmal Grund, mich über meinen Schecken zu freuen. Ich konnte im Sattel bleiben, weil er seelenruhig seine Hufe setzte. Nur einmal blieb mir fast das Herz stehen. Das Pferd mußte eine Felsnase umrunden und lehnte sich an dieser engen Stelle dagegen, wobei es mir das rechte Bein einklemmte. Bei dem Versuch, mich zu befreien, wäre ich beinahe aus dem Sattel und in die Tiefe gestürzt. Ich konnte mich im letzten Moment an der Mähne des Ponys wieder hochziehen.

An der gleichen Stelle stieß eines der Pferde in der Kolonne hinter mir mit seiner allzu weit ausladenden Last gegen den Felsen, verlor das Gleichgewicht und polterte, sich mehrmals überschlagend, den steilen Hang hinab. Ich hörte, wie es krachend und platschend im Bachbett landete. Einige Männer am Ende der Kolonne hielten an und kletterten zu dem abgestürzten Pferd hinunter. Sie sammelten die verstreuten Sachen ein und lösten die Gurte, mit denen ein Teil des Gepäcks noch auf dem Pferd befestigt war. Von seiner Last befreit, hob das Tier plötzlich den Kopf und rappelte sich auf. Es schüttelte die Mähne und wieherte protestierend. Unser Expeditionsmitglied Lepage, das uns später die Geschichte erzählte, packte es lachend am Zügel, die anderen luden ihm die noch brauchbaren Sachen wieder auf und zogen und schoben es den Hang hinauf und zurück auf den Pfad.

»Ein Wunder!« schloß Lepage, und die übrigen Zuhörer nickten überzeugt.

»Ein Wunder?« fragte ich Forest Bear. »Was ist das?«

»Dasselbe wie Große Medizin«, antwortete er. Und das traf es wohl.

Als ein Wunder oder Große Medizin empfanden wir auch, daß wir am nächsten Morgen, schon bald nach dem Aufbruch, vor uns ein halbes Pferd über dem Weg hängen sahen. Daran hatte Red Hair eine Botschaft geheftet. »Setzen unseren Marsch in die Prärie fort und jagen dort, bis ihr uns erreicht.« Wie mochte er an das Pferd gekommen sein?

Die Männer hätten sich am liebsten rohe Stücke von dem Körper heruntergeschnitten, so ausgehungert waren sie. Doch Long Knife verwehrte ihnen das. Sie mußten warten, bis das Fleisch gebraten war. Als ich dann auf meinem ziemlich zähen Stück herumkaute, stiegen mir Tränen des Glücks in die Augen, und einigen Männern erging es ebenso. Sie schämten sich ihrer Tränen nicht.

Voller Dankbarkeit dachte ich an Red Hair, der uns dieses Mahl beschert hatte. Was würden viele von uns ohne dich wohl tun? Du bist wie ein Vater, wie ein Bruder, ein liebender Freund. Aber es war nicht die Zeit, solchen Gedanken nachzuhängen.

Long Knife ließ uns nicht lange rasten. »Wir wollen weiter, Freunde!« Er wusch seinen Napf mit Schnee aus und stand auf. Einige murrten, aber folgten wie die anderen seinem Beispiel. Nachdem ich mit Pomp in seiner Tragwiege auf mein Pferd geklettert war, ritt Forest Bear an uns heran und hüllte das Kind und mich in seine eigene Decke. »So«, sagte er, »damit ihr nicht friert.« Ich lächelte ihn an. Er mußte selbst viel aushalten in diesen Bergen, aber er zeigte sich uns gegenüber pflichtbewußt. Dafür war ich ihm dankbar.

Gerade, als sich die Kolonne in Bewegung setzen wollte, rief Lepage dem Captain zu, ein Packpferd werde vermißt. Es stellte sich heraus, daß das Pferd die Ausrüstung Long Knifes trug. Dieser gebärdete sich, als habe man ihm eine Ohrfeige versetzt. Er fuhr wütend hoch. Auf seinen Wangen glühten rote Flecken. Er mußte sich ungeheuer zusammennehmen, um nicht zu explodieren. Schließlich gab es niemanden, den er direkt verantwortlich machen konnte. Nachdem er sich ein wenig beruhigt hatte, sagte er: »Lepage, bringen Sie mir unter allen Umständen das Pferd zurück.« Dann gab er das Signal zum Aufbruch.

Einige Zeit später, die Sonne war schon bis zu ihrer Höhe bei Tageswende geklettert, holte Lepage uns ein. Er kam ohne das entlaufene Pferd. »Leider ist das Pferd spurlos verschwunden«, erklärte er Captain Lewis.

»Nicht spurlos, Lepage. Nicht spurlos. Das wirst du sehen. Drouillard und Colter!« rief er die beiden Männer zu sich. »Tut mir den Gefallen, und fangt das Pferd wieder ein. Das Gepäck, das es trägt, ist für mich unverzichtbar.«

»Captain«, antwortete Drouillard, »wir tun, was wir können. Garantieren können wir nichts!« Er war der Ältere von den beiden Männern und übernahm die Führung bei der Suchaktion. Colter nickte nur.

»Es ist gut«, sagte Long Knife. Er mußte sich mit dieser Antwort zufriedengeben. Die beiden machten sich auf den Weg, während wir anderen den mühsamen Marsch wieder aufnahmen.

Am Abend, als wir unsere Campfeuer entzündeten, waren die beiden noch nicht zurück. Aber das schien niemanden in der Mannschaft zu beunruhigen. Lewis machte wie gewöhnlich Tagebucheintragungen. Auch zeichnete er »neue« Vögel wie den Schwarzspecht und das Blaue Waldhuhn. Ich aber machte mir Sorgen um die Jäger, besonders um Drouillard, den ich mochte. Als ich mich zum Schlafen niederlegte, waren sie immer noch nicht zurück. Mein letzter Gedanke war, hoffentlich finden sie irgendwo Schutz vor der Kälte.

Ohne die beiden Jäger wollte Long Knife am nächsten Morgen nicht weiterziehen. Wir mussten mehrere Stunden warten, bis Drouillard und Colter wohlbehalten eintrafen. Sie triumphierten, denn sie hatten das Packpferd gefunden und eingefangen. Erst nachdem sie etwas gegessen hatten, begannen wir unseren Tagesmarsch. Wir quälten uns im felsigen Bett eines Baches vorwärts, das durch übereinander gestürzte Bäume verbarrikadiert war. Immer wieder mußte totes Holz zerhauen und beiseite geräumt werden. Zum Glück hatten Captain Clark und seine Männer sich vor uns hier durchgekämpft, so daß unsere Männer nicht ganz so viel Arbeit hatten.

Nach einer Weile stießen wir auf die Stelle, wo Red Hair und seine Jäger die Nacht verbracht hatten. Sie dürften hungrig schlafen gegangen sein, dachte ich. Hätten sie nur das kleinste Stück Wild geschossen, dann hätten sie uns Fleisch zurückgelassen.

Von hier aus erreichten wir nach wenigen Meilen einen kleinen Wiesengrund. Damit sich die Pferde endlich einmal satt fressen konnten, errichteten wir hier unser Camp, obwohl wir noch einige Zeit hätten weitermarschieren können.

Nahe an unserem nächsten Ziel, dem weiten, grünen Land der Nimipus, wäre es beinahe noch zu Peitschenhieben auf den Rücken eines Mannes gekommen, dessen Namen ich vergessen habe. Der Mann hatte Long Knifes Befehl in den Wind geschlagen, den Pferden, für die er verantwortlich war, Fußfesseln anzulegen, so daß es fast den halben nächsten Tag dauerte, bis man sie wieder eingefangen hatte. Außer sich vor Zorn brüllte Long Knife den Soldaten an: »Nur ein Wahnsinniger läßt die Pferde hier frei laufen. Was hast du dir dabei gedacht? Dafür könnte ich dich auspeitschen lassen!«

»Ich war zum Umfallen müde und muß den Befehl wohl überhört haben«, log der Mann und rettete damit seine Haut. Ich war froh, daß Long Knife den Mann nicht auspeitschen ließ. Eine solche Bestrafung hätte eine Meuterei auslösen können, denn die Stimmung der Männer war auf dem Tiefpunkt. Vielleicht war Captain Lewis auch bewußt, daß seine Order nach all unseren Erfahrungen mit den Pferden viel zu spät kam.

Wieder mußten wir warten, bis die entlaufenen Pferde eingefangen waren, doch kamen wir an diesem Tag endlich aus der Zone, aus dem Chaos zertrümmerter Felsen und verdorrter Baumleichen heraus. Wir erreichten eine große, freie Präriefläche, und dort sahen wir in einiger Entfernung einen Reiter, der sich auf uns zu bewegte. Im Näherkommen erkannten wir einen der Unseren, nämlich Reuben Fields. Red Hair hatte ihn uns mit Packtaschen voller Trockenfisch und Camaswurzeln entgegengeschickt. Wir aßen heißhungrig, und Fields berichtete: »Die Zelte der Wilden stehen nur noch einen halben Tagesritt von hier entfernt. Es sind gastfreundliche Nimipus, die genügend Vorräte an Fisch und Wurzeln besitzen.«

Das Wunder war geschehen! Wir hatten, ohne einen Mann zu verlieren, in sechzehn Tagen die Rocky Mountains durchquert. Wir hatten dabei die Verzweiflung besiegt. Dieser Sieg war auch ein Triumph Onkel Tobys, der versprochen hatte, die Expedition zum Volk der Nimipus zu führen.

Vor Sonnenuntergang kamen die ersten Tipis in Sicht.

# ACHTZEHNTES KAPITEL

Die Nimipus, deren stattlichen Zelten wir uns näherten, verdanken ihr Leben auf Erden Coyote, der auch unser Schöpfer ist. Sie halten sich, wie ihr Name sagt, für Auserwählte, die Coyote aus dem Herzblut des von ihm getöteten Wassermonsters schuf, während alle anderen Stämme weniger edlen Teilen des Monsters entsprangen. Auch wir Schoschonen glauben, wir seien von Coyote auserwählt, und ich habe davon gehört, daß auch andere Völker einen solchen Anspruch hegen.

Doch finde ich, daß wir Indianer uns großen Illusionen hingeben. Wir brauchen doch nur die Augen zu öffnen, um zu sehen, daß die Amerikaner die Auserwählten sind und nicht wir.

Red Hair und Long Knife nannten die Nimipus respektlos Nez Percés, gelochte Nasen, und hielten sich damit an die Bezeichnung, die Forest Bear ihnen mitteilte, der bei seiner Begegnung mit diesem Volk vielleicht die Zeichensprache mißdeutete. Nicht einer der Nez Percés trug einen Nasenring, für den man die Nase hätte durchbohren müssen.

In diesem winzigen Dorf der Nimipus wurden wir freundlich empfangen. Die Menschen hatten sich für uns geschmückt. Wir dagegen waren zerlumpt, verdreckt und abgemagert. Viele Männer hatten rote Beulen und offene Stellen im Gesicht, die nicht nur von Sonne und Frost, sondern auch von Ansteckungen stammten. Trotz ihrer furchtbaren Schwarzwaffen machten die Sun-men einen erbärmlichen, geradezu hilfsbedürftigen Eindruck. Wie die Wölfe fielen sie über Fisch und Camaskuchen her, die die Nimipus ihnen vorsetzten, und vertilgten ganze Berge davon. Nach dem Essen schliefen einige Männer an Ort und Stelle ein.

Red Hair war nicht in diesem Dorf, sondern in einer benachbarten Zeltstadt der Nimipus. Er kam am nächsten Morgen in Begleitung eines alten Häuptlings mit Namen Twisted Hair zu uns. Dieser war ein selbstbewußter Mann, auch wenn er nicht der Erste Sprecher der Nimipus war. Der oberste Häuptling führte seine Krieger zur Zeit gegen Feinde im Südwesten, obwohl man eigentlich über die Berge auf die Bisonjagd hätte gehen sollen. Aber die Nimipus konnten sich den Kriegszug anscheinend leisten.

Als Captain Clark abgesessen war, sah ich, daß er lahmte wie ein Gaul, der in ein Erdloch eingebrochen war. »Er wurde zweimal von dem Pferd abgeworfen, das ihm die Nez Percés gegeben haben«, erzählte uns Reuben Fields. »Dabei hat er sich an der Hüfte verletzt.«

Forest Bear grinste. »Der weiße Vater ist vom Pferd gefallen? Ich hoffe, er verfällt jetzt nicht in den Schwachsinn, den Nez Percés diese Alle-Indianer-sind-unsere-Kinder-Geschichte zu erzählen. Es könnte sonst sein, daß die Kinder sich sehr ungezogen verhalten, wenn sie sehen, wie schwach die Eltern sind. Hab ich recht?«

Fields hob die Schultern. »Vielleicht!«

Forest Bear wußte zu dieser Zeit nicht, wie nahe er der Wahrheit kam. Red Hair und Long Knife erörterten, nachdem die Friedenspfeife die Runde gemacht hatte, eine Zeichnung, die der Häuptling Twisted Hair für sie auf eine weiße Hirschhaut gemalt hatte. Darauf waren vier Flüsse zu sehen. Der größte, sagte Twisted Hair, werde die Expedition zum Meer tragen, das sei der Columbia River. Anders als bei den Schoschonen konnte ich bei der Unterredung nicht helfen, wurde aber gleichberechtigt mit den Mitgliedern der Expedition über alles unterrichtet.

Twisted Hair behauptete, auf fünf Tage müßten wir uns einrichten, bis wir am Columbia River seien, weitere fünf dauere es bis zu den Wasserfällen. Diese zu überwinden, sei ein gefährliches Unterfangen. Danach aber reise man auf dem Strom ungehindert dem Meer entgegen. Alles in allem eine Sache von einem Mond, mehr nicht. »Schön wär's!« sagte Long Knife zu uns. »Aber ich rechne nicht damit.« Mit einem Seitenblick auf Onkel Toby fuhr er fort: »Bei der Berechnung der Zeit verschätzen sich die roten Brüder immer gewaltig.«

Twisted Hair war sogar zuversichtlich, daß wir schon bei den Wasserfällen auf andere Weiße treffen würden. »Sie haben dort einen Handelsposten errichtet.«

Forest Bear sagte daraufhin zu mir: »Ich wäre schon froh, wenn wir uns wenigstens an Weihnachten an einem Kamin wärmen könnten. Entweder in dem Fort, das wir am Meer bauen werden, oder auf einem amerikanischen Segler.«

Ich ärgerte mich über Long Knifes Vorwurf und sagte zu Forest Bear: »Onkel Toby konnte ja nicht wissen, daß die Männer jedesmal den halben Tag brauchen, um ihre entlaufenen Pferde wieder einzufangen.«

Er lachte belustigt. »Da hast du ausnahmsweise recht.

Aber jetzt sieh zu, daß wir nicht zu kurz kommen, wenn Captain Lewis Fisch und Camasknollen verteilt.«

Die Versammlung wurde aufgehoben, und Long Knife ging mit den Nimipus, um einige Körbe mit Wurzeln und Fisch zu kaufen, die er unter uns verteilen wollte. Captain Clark warnte uns: »Eßt mit Bedacht. Das Zeug liegt schwer im Magen.»,

Ich nahm seine Warnung ernst. Ich wollte nicht noch einmal so krank werden wie vor einigen Monden. Andere, darunter Long Knife, konnten sich nicht zurückhalten und wurden dafür schwer bestraft.

Die Wirkung der Wurzeln konnte man schon am nächsten Morgen bemerken. Red Hair und Long Knife waren dabei, Medaillen, Flaggen und andere Geschenke an Twisted Hair und mehrere Häuptlinge der Nimipus zu verteilen. Sie suchten ihnen während der Übergabezeremonie den Wunsch des Großen Vaters verständlich zu machen, daß die Nimipus Frieden mit anderen Stämmen halten sollten. Ich war mir nicht sicher, ob die Oberhäupter des Volkes alles begriffen. Wahrscheinlich nicht. Sonst hätten sie die Captains gefragt, ob sie denn auch schon mit Feinden des Stammes wie den Blackfeet über Frieden geredet hätten.

Im übrigen fehlte dieser Zeremonie die Würde, und das lag an dem bestialischen Gestank, der sich über die Szene legte. Er kam zweifellos aus den Hosen der Sun-men. Da hatten es die Nimipus einigermaßen schwer, ernst zu bleiben, zumal sich die stinkenden Luftblasen im Gedärm der Männer geräuschvoll entluden.

Alle an der Zeremonie beteiligten Weißen waren daher sehr erleichtert, als Captain Lewis das Treffen schließlich beendete und sie sich in die Büsche schlagen durften. Die Sunmen glaubten, ihre Geschenke für die Häuptlinge der Nimipus würden sie zu Kostgängern des Volkes machen. Aber darin täuschten sie sich. Im Gegenteil. Die Nimipus, die keinen Rang bekleideten, aber ihre Camasknollen, Kuchen, Beeren, Trockenfische und Fleischstreifen bis dahin hergeschenkt hatten, machten saure Gesichter, weil für sie gar nichts abgefallen war, und verlangten jetzt für jede Ration einen Gegenwert an Angelhaken, Glasperlen, eisernen Pfeilspitzen und anderen Dingen. Und da die Amerikaner einen großen Vorrat an Nahrung benötigten, wurden ihre Tauschgüter allmählich immer knapper.

»Laßt uns von hier verschwinden und in das Dorf von Twisted Hair ziehen«, drängte Captain Clark. »Die Nez Percés dort sind bescheidener. Diese hier machen uns so arm, daß uns für den Kauf von Lebensmitteln bei den Indianern an der Küste nichts mehr bleibt.«

Die meisten Männer murrten bei dem Vorschlag. Sie waren von den Durchfallattacken allzu sehr geschwächt, um packen, reiten oder laufen zu können. Dennoch fügten sie sich.

In unserem neuen Camp beim Dorf von Twisted Hair war es angenehm. Auf dieser Seite der Berge war die Luft den ganzen Tag über warm und feucht, auch wenn die Sonne einmal nicht schien. Ob der Wind die warme Luft vom Meer herüberweht? fragte ich mich. Auch als sich die Schatten der Nacht über das Camp legten, wurde es nur wenig kühler. Wir bauten unser Zelt nicht auf. Ich schlief mit Pomp und Forest Bear bei einem der Feuer, und darüber war ich sehr froh. Stellt euch nur vor, Long Knife, Drouillard und York hätten in dem Zelt unablässig ihre übelriechenden Winde verbreitet! Selbst hier draußen mußte ich zusehen, daß ich schnell in den Schlaf kam, denn es herrschte ein ständiges Stöhnen und Jammern.

Dieser schlimme Zustand hielt fast einen halben Mond lang an und verbesserte sich auch durch die Medizin nicht, die Red Hair den Männern verabreichte. Im Gegenteil. Jedes Mal, nachdem Captain Clark den Kranken gewisse gelbe Perlen verabreicht hatte, ging es ihnen noch viel schlechter. Ein graues Medizinwasser, das er später verabreichte, warf sie erst richtig aufs Lager. Auch Captain Lewis litt so sehr, daß er die ganze Last der täglichen Pflichten und Entscheidungen auf die Schultern von Red Hair legen mußte. Red Hair wiederum quälte sich noch immer mit seiner lahmen Hüfte herum und bot einen erbarmungswürdigen Anblick.

Glaubt mir, ich hatte Angst um uns! Die Nimipu-Krieger, die im Ruf größter Tapferkeit standen, hätten uns im Handumdrehen auslöschen können und wären mit den Waffen der Amerikaner zum mächtigsten Volk diesseits und jenseits der Berge aufgestiegen, auch zum reichsten. Aber sie widerstanden der Versuchung und verdienten sich den Ruf größter Ehrenhaftigkeit. Ihr fragt, woher ich weiß, daß die Nez Percés überhaupt in Versuchung gerieten?

In ihrem Lager lebte ein kleiner Schoschonenjunge, wahrscheinlich von den Nimipus adoptiert, mit dem sich Onkel Toby unterhielt. Dabei erfuhr er, daß die Nimipus Red Hair und seine Jäger eigentlich hätten töten wollen, um in den Besitz ihrer Waffen zu kommen. Eine Frau mit Namen Watkuweis aber redete den Kriegern ins Gewissen. »Männer dieses Volkes waren wie Freunde zu mir«, sagte sie.

Sie rief ihnen ihre Geschichte in Erinnerung. Die Blackfeet hatten sie geraubt und versklavt und dann an einen weißen Händler verkauft. Einige Zeit lebte sie mit dem Mann in einer Gemeinschaft von Weißen und wurde immer gut behandelt. »Ich wäre bei ihnen geblieben«, sagte sie. »Aber die Sehnsucht nach meinem Volk war groß, so daß ich wegging und zu euch zurückkehrte, als sich eine Gelegenheit bot.«

Watkuweis' Geschichte rettete den Amerikanern das Leben und damit auch dem fernen Großen Vater all das Land, das sie bis dahin für ihn in Besitz genommen hatten.

Obwohl inzwischen mehr als die Hälfte der Männer erkrankt war, drängte Red Hair vorwärts. Er bat Twisted Hair, ihn zu einem Wald zu führen, in dem die Bäume groß genug für den Bau von Kanus waren. Der Wald befand sich nur wenige Pfeilschüsse unterhalb des Dorfes, und doch war die Anstrengung für die Männer, die Captain Clark folgen mußten, gewaltig. Sie mußten das Lager abbrechen und die Pferde beladen. Am meisten zu schaffen aber machte den Kranken der Weg, denn reiten konnten sie nicht, und zum Laufen fühlten sie sich zu schwach.

Schon nach kurzer Zeit mußten sie sich ausruhen, und nach der Rast waren sie kaum noch zu bewegen, aufzustehen und weiterzumarschieren. Ich weiß wirklich nicht mehr, wie wir bis zu dem Uferwald gelangten. Ich weiß nur, daß wir bis Sonnenuntergang dazu brauchten.

Captain Clark konnte froh sein, daß Cruzatte und einige weitere Männer einigermaßen bei Kräften waren, so daß sie mit dem Bau der Boote beginnen konnten. Es gab in dieser Gegend jedoch kein geeignetes Material, Kanus in gewohnter Weise zu bauen. In dieser Lage waren die Nimipus besonders hilfreich.

Sie zeigten den Amerikanern, wie man Holzstöße errichtet und die gefällten, entasteten und geschälten Baumstämme langsam mit niedrig brennenden Feuern aushöhlt. Zehn Tage weiter waren fünf Einbäume fertiggestellt und sogar mit Schnitzereien geschmückt.

Nun ließ Captain Clark Sättel, Zaumzeug, ein großes Faß Schießpulver sowie andere, erst einmal entbehrliche Dinge in ein Versteck bringen, während er unsere Pferde in die Obhut der Nimipus gab, nachdem man den Tieren das Brandzeichen CL ins Fell geprägt hatte.

Einen Tag später wurden die Kanus mit Gesunden und Kranken an Bord in den Clearwater River gestoßen und von der schnellen Strömung mitgenommen. Nun reisten wir dem Großen Wasser entgegen, dem Meer.

# NEUNZEHNTES KAPITEL

Das blaugrüne Wasser des Clearwater wurde in dem Augenblick weißer, kochender Schaum, als der Fluß, eingezwängt zwischen Felsen, über ein flaches Bett voller Steine springen mußte. »Wenn sie mit den Kanus in diese Röhre hineinfahren, sind sie verrückt!« flüsterte Onkel Toby mir leichenblaß zu, und sein Sohn nickte stumm.

Die Amerikaner waren verrückt! Sie jagten den Fluß hinunter und nahmen es hin, daß er ihnen die Kanus zertrümmern, umstürzen und versenken konnte. Sie setzten alles aufs Spiel, ihre Habe, ihre Gesundheit, ihr Leben. Das hätten sie früher so einfach nicht getan.

Eines Tages kam es, wie es kommen musste. Das Kanu, das von einem der Unterführer der Expedition, von Patrick Gass, gesteuert wurde, krachte in einer Stromschnelle so heftig gegen einen Felsen, daß eine Bordwand brach. Das Boot lief voll und sank. Unser Boot folgte dicht dahinter. Wir wären in das havarierte Kanu hineingefahren und auch in die Männer, die sich an das aus dem Wasser ragende Wrack gehängt hatten. Aber der erfahrene Cruzatte und unsere Besatzung stemmten ihre Paddel gleichzeitig gegen die Strömung, so daß die Bootsspitze herumfuhr wie ein in der Flanke verwundeter Bär und wir mit knapper Not an den schreienden Männern vorbeiglitten.

Wir und auch die anderen Boote schafften es, ans Ufer zu gelangen. Dort entluden wir das größte Boot. Einige Zeit später arbeiteten sich Cruzatte und seine Paddler, begleitet von einem Kanu mit Nez Percé-Indianern, die sich zufällig in der Nähe befanden, sowie unserem kleinsten Kanu, zurück in die Stromschnellen. In der reißenden Strömung vermochten sie anzuhalten und die entkräfteten Männer an Bord zu nehmen. Dann warfen sie ein Lasso um den Steven des halb versunkenen Bootes und zerrten es ans Ufer.

Die restliche Ladung mußte zum Trocknen ausgebreitet werden. Unser unfreiwilliger Aufenthalt lockte die Bewohner eines winzigen Fischernestes an, die nur mit Mühe von kleinen Diebereien abzuhalten waren. Aber alles in allem kamen wir noch einmal glimpflich davon, und die Expedition bereitete sich auf ein neues Flußabenteuer vor.

Onkel Toby, so tapfer er sonst sein mochte, hatte von der Flußfahrt genug. »Tochter«, sagte er zu mir, »pack mir unauffällig etwas trockenen Fisch und ein paar Knollen ein. Mein Sohn und ich bleiben nicht bei diesen Verrückten, und wenn du klug bist, kommst du mit uns. Oder willst du die Wassergeister herausfordern und sterben?«

Das wollte ich natürlich nicht. Aber ich war nun so weit gereist, da konnte ich kurz vor dem Ziel nicht umkehren.

»Vielleicht bin ja auch ich verrückt«, antwortete ich. »Doch ich will das Große Wasser sehen.«

Onkel Toby, der schon dort gewesen war und Muscheln für Haarschmuck gekauft hatte, sah mich verständnislos an. »Es stinkt, und es ist trübe«, sagte er.

»Und doch ist es voller Leben. Kommen denn die Lachse nicht von dort?« erwiderte ich. Mein alter Onkel sah ein, daß er mich nicht umzustimmen vermochte. »Ich hoffe nur, daß dir nichts Böses widerfährt, Tochter, und wir uns im nächsten Frühjahr wiedersehen.«

»Ich wünsche mir nichts sehnlicher als die Rückkehr zu meinem Volk«, sagte ich allzu feierlich. Dabei war ich mir dessen gar nicht so sicher.

Am Abend packte ich Fisch und Wurzeln für ihn und seinen Sohn in Falttaschen, die man über die Schulter hängen konnte. Onkel Toby hatte von Red Hair und Long Knife bis dahin noch keine Geschenke für seine Pfadfinderdienste erhalten, und ich dachte, er würde sie noch verlangen. Doch er hatte nicht die Absicht. Die beiden murmelten einen Abschiedsgruß und ging schnell, ohne daß die Amerikaner sie bemerkten, aus dem Lager. Ich sah den hageren Gestalten traurig nach. Am Rand eines Wäldchens drehten sie sich noch einmal um und winkten mir zu. Dann verschwanden sie zwischen den Stämmen. Ich hatte in diesem Augenblick das Gefühl, ich würde sie nie wiedersehen.

Den Amerikanern hatte ich die Entscheidung meines Onkels deshalb verschwiegen, weil sie für deren Pläne nicht mehr von Bedeutung war. Dennoch herrschte beträchtliche Aufregung unter ihnen, als sie sein Fehlen bemerkten. »Du wußtest doch bestimmt, daß Onkel Toby nicht länger bei uns bleiben will, warum hast du uns denn nichts gesagt?« schimpfte Red Hair.

Ich wußte nicht, was ich ihm antworten sollte. Red Hair wandte sich verärgert von mir ab und rief Twisted Hair zu sich. Er verlangte von ihm, daß er den beiden einen Reiter hinterherschickte. »Ohne Geschenke möchte ich Onkel Toby und seinen Sohn nicht ziehen lassen.«

Der Häuptling lachte und bedeutete Red Hair: »Erspare dir die Mühe. Meine Leute würden die Schoschonen abfangen und ihnen die Sachen wegnehmen.«

Captain Clark machte ein verdutztes Gesicht. Schließlich gab er nach. »Wenn du das so siehst.« Kopfschüttelnd ging er weg.

Schon am nächsten Tag wurde ich auf dramatische Weise an Onkel Tobys Warnung erinnert. Wir kamen an eine Stelle, die nicht weit von der Einmündung des Clearwater in den Snake River entfernt war. Du hättest vielleicht doch mit ihm gehen sollen, dachte ich verzweifelt, als ich den bedrohlichen Tunnel sah, in den der Snake hineinschoß. Sogar die abgebrühtesten Bootsführer zauderten. Captain Lewis aber, der wieder zu Kräften gekommen war, stieß sein Boot als erster ins Wasser und zwang seine Männer durch sein Beispiel, ihre Plätze einzunehmen. Wenig später sausten sie unter lautem Triumphgeheul auf den Tunnel zu. Da wollten die anderen Mannschaften nicht zurückstehen, nicht einmal die Männer des havarierten Kanus, das gerade erst geflickt und mit Querhölzern stabilisiert worden war. Nach bösen Erfahrungen nun gewitzter, steuerten sie es sicher die Stromschnellen hinunter.

Ich glaube, die Captains hätten diese Flußpassage wohl zu anderen Zeiten gemieden und die Boote über Land transportiert. Aber es war spät im Jahr, und man hatte das Ziel vor Augen. Weiter, weiter! hieß daher die Forderung, die alle Vernunft verdrängte. Vorankommen um jeden Preis!

Hier wie bei der Durchquerung der Rocky Mountains waren uns die Indianer eine Ermutigung. Auch die Nez Percés, die Palouses, die Paiutes, die Yakimas, Wallawallas und andere Plateau-Bewohner schreckten in ihren schlanken, bunt bemalten Kanus vor kaum einer Schwierigkeit zurück. »Was die können«, sagte Captain Clark zu seinen Männern, »können wir auch.« Wer wollte da widersprechen?

Die Landschaft zu beiden Seiten des Snake River veränderte sich nun. Sie erschien mir wie eine Kette zu Stein erstarrter Wasserfälle, die sich von Plateau zu Plateau ergoß, bis zu den letzten Klippen hoch über dem Fluß. Doch das Land auf diesen Plateau-Flächen war trocken und mit kurzem Gras nur schütter bewachsen. Es war menschenleer. Nur am Fluß selbst drängten sich die Fischereicamps verschiedener Stämme. Dort sah das Corps of Discovery in wenigen Tagen mehr Völkerschaften als in den vielen Monden zuvor.

Die Plateau-Bewohner waren freundlich. Manchmal kamen Fischer mit ihren flinken Kanus zu uns herangefahren, um uns zu begrüßen. Manchmal begleiteten sie uns auch eine Strecke, wenn sie selbst unterwegs zu einem Dorf waren, um Handel zu treiben oder befreundete Familien zu besuchen. Selbst Frauen, die in den Überschwemmungsmarschen mit ihren Füßen Wapato-Wurzeln ertasteten und zogen, auf Holzgestellen Lachs trockneten oder in großen Mörsern zu Fischmehl verarbeiteten, flohen nicht, wenn wir uns näherten.

Am Zusammenfluß von Snake und Columbia besuchte uns eine Gruppe von Yakimas, tanzte für uns und beschenkte uns mit Pferdefleisch. Ich erinnerte mich, wie froh wir Schoschonen waren, wenn wir an unseren Flüssen genug Lachse fingen, bevor die Bison-Saison kam. Hier aber herrschte der schiere Überfluß an Fischen. Einmal sah ich hinter einem Speerfischer einen Berg Lachse, der der

Fleischmenge von zwanzig Bisons entsprach. Das ist keineswegs übertrieben!

Holz dagegen war in diesem Flußgebiet wertvoller als Fisch. Weil es so rar war, schürten Indianer ihre Feuer mit öligem Trockenfisch. Alles roch, alles schmeckte nach Fisch, sogar das Fleisch von Hunden, die die Captains als lebenden Proviant kauften. Weil es links und rechts des Columbia River kaum Feuerholz gab, mußten wir dieses neben Fisch, Hundefleisch, Beeren, Nüssen und Wachs von den Wallawallas, Umatillas, Tapanashs, Wascos und anderen Plateau-Bewohnern kaufen, die es von weit her geholt hatten. Auch das Holz für ein schönes, leichtes Kanu, das wir gegen eines unserer wuchtigen Kanus eintauschten, hatte eine weite Reise hinter sich.

Es war ein seltsamer Gegensatz. Dort war das öde Land und hier dieser wasserreiche, wilde Fluß, der von unzähligen Fischschwärmen bevölkert war und so viele Stämme an seine Ufer lockte. Wie die beiden Captains nun im Angesicht all der Fischerdörfer am Fluß davon reden konnten, sie nähmen das Land für die Vereinigten Staaten von Amerika in Besitz und würden dabei den Briten zuvorkommen, war mir ein Rätsel. Konnten sie denn nicht sehen, in wessen Besitz das Land wirklich war? Vermutlich übersahen sie diese Menschen einfach.

Aber zurück zu unserem Flußabenteuer! Im Laufe der Zeit gewannen die Bootsmannschaften so viel Übung und Erfahrung dabei, daß sie sogar mehr wagten als indianische Kanufahrer. Sie waren die ersten Menschen, die jemals die Stromschnellen der Short Narrows und der Cascades durchfuhren, und ich war dabei.

Beim Anblick der Short Narrows hatten die Captains zunächst die Sorge, sie müßten Kanus und Gepäck über Land transportieren. Diese Enge war durch schwarze, abgeflachte Felsklippen charakterisiert, die den Fluß in eine etwa drei Galoppsprünge breite Schlucht zwangen. Aber Red Hair und Cruzatte kletterten auf einen Felsvorsprung hoch über dem Fluß, und als sie von ihrem Ausguck zu uns herunter kamen, sagte Red Hair: »Alles halb so schlimm! Wenn wir uns von den Klippen freihalten können, spült uns der Fluß in Windeseile durch diese Enge.«

Die beiden übersahen unsere bedenkliche Mienen einfach. »Sacagawea«, bestimmte Red Hair, »du gehst mit Pomp zu Cruzatte ins Boot. Halte dich einfach gut fest. Dann geschieht dir nichts.«

Ich mußte wieder an Onkel Tobys Warnung denken. Aber mir blieb gar keine andere Wahl, als darauf zu vertrauen, daß die verrückten Sun-men die Wassergeister besiegten.

Unser Wellenritt begann mit trügerischer Sanftheit. Das Boot glitt auf spiegelglatter Wasserfläche durch ein Tor aus schwarzen Säulen. Cruzatte im Bug richtete sich hoch auf, um einen Einstieg zwischen den voraus liegenden Klippen zu erspähen. Für alle, die hinter seinem breiten Rücken saßen, war diese Stelle verborgen.

Aber ich hörte ein Rauschen, das schnell kräftiger wurde. Dann auf einmal schrie Cruzatte: »Attention!« und stach mit dem Paddel heftig auf der Backbordseite ins Wasser. Damit fädelten er und die Paddler, die seinem Befehl folgten, das Boot genau durch die Mitte eines Nadelöhrs. Das Boot beschleunigte seine Fahrt nun so abrupt, daß ich mich mit beiden Händen an der Bordwand festhalten mußte, um nicht von meiner Bank zu kippen. Wir rutschten und holperten in rasanter Fahrt eine steile Stromschnelle hinunter, an deren Ende wir tief ins Wasser eintauchten.

Das war die erste von unzähligen Stromschnellen, die die Bootsbesatzungen meisterten. Pomp auf meinem Rücken bekam von all den Schwierigkeiten und Gefahren wenig mit. Jedenfalls weinte er nie, obwohl das Boot doch umhergeworfen wurde, an Felsen entlang schrammte und auch immer wieder Wasser nahm. Jedesmal, wenn wir am Abend aus den Einbäumen kletterten, versicherten wir uns, die Qualen würden ein Ende haben. Aber wir irrten uns.

Drei Tage dauerte es, bis der wilde Columbia River sich endlich beruhigte und wir uns am Fuße eines Berges, wie ich ihn schöner noch nie gesehen hatte, drei Tage Erholung gönnen konnten. Der Berg erstrahlte blütenweiß über dem kargen Land und glühte im Widerschein der Abendsonne wie von einem inneren Feuer. Forest Bear erschreckte mich mit der Behauptung, in seiner Spitze befände sich ein Loch, aus dem der Berg Feuer, glühende Steine und Wolken von Asche in den Himmel schleudern könne, die alles Leben im weiten Umkreis erstickten.

Ich konnte das nicht glauben und fragte durch Zeichen den Nez Percé-Häuptling Twisted Hair, der noch immer mit uns reiste, ob an Forest Bears Schilderung etwas dran sei. Er gab mir zu verstehen, daß Forest Bear nicht übertrieb. Später erfuhr ich noch, daß in dem Berg, wenn er explodiert, die Stimmen unzähliger Dämonen grollen und die Erde bebt, wenn sie im Zorn aufstampfen.

»Was bringt sie so in Wut?« fragte ich Red Hair mit Forest Bears Hilfe.

»Ich glaube, sie haben wie wir Menschen Streit miteinander!« lachte Red Hair.

Ich ließ mir meine Bestürzung nicht anmerken. Die armen Menschen, die hier wohnen, dachte ich. Da haben sie nun Nahrung im Überfluß, aber müssen ständig in Angst vor dem furchtbaren Berg leben.

Bevor wir nach unserer Rast wieder in die Boote stiegen, verabschiedete sich der Nimipu-Häuptling von uns. Er umarmte uns nach indianischer Sitte, drückte anschließend aber allen die Hand, wie er es von den Amerikanern gelernt hatte. Er verabschiedete sich auch durch Handschlag von mir und ließ damit erkennen, daß er mich als vollwertiges Mitglied der Expedition betrachtete. Nun gingen wir unseren letzten Reiseabschnitt an. Der Mond des Kleinen Frostes nach dem Kalender der Minitaris hatte gerade begonnen, und wir mußten uns beeilen, zum Meer zu kommen und vor der großen Kälte feste Hütten zu bauen, solche wie in Fort Mandan.

Die Bergkette der Cascades, zu der der schöne weiße Gipfel gehörte, bildete eine Barriere gegen die schwarzen Wolken, die der Westwind vom Meer herantrieb. Deshalb war das Plateau, das wir durchquert hatten, so öde. Nun aber, auf der Westseite der Cascades, gerieten wir in eine Welt, die vollkommen vom Wasser beherrscht wurde. Wasser ergoß sich in schier endlosen Regenfällen auf Mutter Erde und sprang in langen, weißen Bahnen von den Felsen über dem Fluß. Das Wasser sättigte Wälder von größter Dichte. Es sättigte auch unsere Lungen mit feuchter Luft. Es durchnäßte unsere Lederkleidung und ließ sie auf unserer Haut buchstäblich verrotten.

Red Hair sah, daß mein Überwurf an vielen Stellen entlang den Perlen-Zierbändern zerrissen war, und zuckte bedauernd mit den Schultern. »Nässe, Nebel, Dunkelheit und Kälte werden uns für die nächste Zeit nicht verlassen. Aber du, mein Mädchen, hältst dich tapfer. Du wirst auch diese Zeit gut überstehen.«

Ich lächelte ihn an. »Irgendwann«, antwortete ich, »werden die Jäger ein paar Hirsche schießen und mir frische Häute bringen. Davon kann ich mir neue Kleider nähen.«

»Du wirst die ersten Häute erhalten«, sagte Red Hair und half mir in das kleine Kanu, das ich nun mit ihm, Cruzatte und Forest Bear teilte.

Aber es dauerte lange, bis die Jäger endlich Hirsche vor die Büchse bekamen, denn die Wälder mit den riesenhaften Bäumen waren undurchdringlich, verschlossen durch ein Netzwerk aus üppigstem Unterwuchs, Farnen, Moosen und Flechten.

In dieser Gegend mußten wir in den nächsten Tagen noch einige Male mit Wasserfällen fertig werden, bis wir endlich den Einfluß des Meeres spürten. Er machte sich durch ein seltsames Schwimmtier bemerkbar, das mit kugelrundem Kopf und großen, staunenden Augen zu uns herüberschaute. Ein Hund mit Flossen, dachte ich. Es wäre leicht gewesen, das fette Tier zu schießen, doch wäre es versunken, bevor wir es hätten bergen können.

Außer diesem schwimmenden Hund sahen wir riesige Otter im Wasser und viele fremdartige Vögel, die mit häßlichem Geschrei über uns schwebten. Ein anderer Vorbote des Meeres war dann eine Flutwelle, die über die Strömung des Columbia hinwegrollte. Unsere Boote sprangen darüber wie

Pferde über ein Hindernis. Aber nun auf einmal floß der Fluß rückwärts, so daß die Paddler mächtig durchziehen mußten, damit die Boote vorankamen.

Forest Bear versuchte mir die Sache zu erklären. »Das Meer wird manchmal von Stürmen getrieben. Dann fließt es über und kommt die Flüsse herauf.«

Cruzatte, der das hörte, lachte und sagte: »Das ist bestimmt falsch. Aber erklären kann ich dir die Sache auch nicht.«

Ich war ziemlich verwirrt von dieser Strömung gegen den Strom, kann ich euch sagen. Sie war wirklich seltsam. Seltsam waren auch die Menschen hier, die Chinooks, die am Fluß zwischen den oberen Wasserfällen und den Gestaden des Meeres wohnten. Die erste Begegnung mit ihnen verlief friedlich, obwohl Twisted Hair, dessen Stamm mit ihnen verfeindet war, uns gewarnt hatte: »Sie sind darauf aus, jeden Fremden zu berauben und zu töten.«

Mörder, stellte sich heraus, waren sie zwar nicht, aber Diebe. Ihre Finger klebten wie Schmeißfliegen an unseren Sachen, wo immer wir campierten. Drouillard kochte vor Zorn: »Laßt uns ein paar der Kerle erschießen«, riet er Red Hair. Doch der Captain warnte: »Wenn wir dieser Versuchung jetzt nachgäben, müßten wir auf dem Rückweg im nächsten Jahr mit einem feindseligen Empfang rechnen.«

Je näher wir dem Meer kamen, desto wohlhabender erschienen mir die Städte der Chinooks. Ihre eindrucksvollsten Errungenschaften waren riesige Häuser aus Holz, sechzig bis siebzig Fuß lang und zwanzig bis dreißig Fuß breit. Die Chinooks schmückten diese Häuser mit farbenprächtigen Bildern, die sie in ihre Giebel gemalt oder die davor stehenden großen Pfähle geschnitzt hatten. Darauf schauten uns die Köpfe fremdartiger Tierwesen mit riesigen Augen wachsam an.

Ich fand eigentlich erst richtig Gelegenheit, die Chinooks näher kennenzulernen, als sie eines Nachts überraschend unser Camp besuchten. Es waren zwei Häuptlinge und fünfzehn Krieger. Ihr oberster Sprecher betonte seine Würde durch einen breiten Hut, aus dem ein Rabenkopf mit großen Augen und einem gewaltigen Schnabel hervorstach. Auch die anderen Männer waren gut behütet. Sie trugen kunstvolle, kreisrunde Kopfbedeckungen, deren Material ein wasserfestes Geflecht aus Zedernrinde und Bärengras war. Als diese Leute sich nun unter uns niederließen und einige von ihnen ihre Hüte lüfteten, kamen die turmartigen Oberköpfe zum Vorschein. Sie waren ihnen, wie ich schon sagte, nicht von den Eltern vererbt, sondern durch Knebel, die man den Babys anlegte, geformt.

Leider war die Verständigung mit diesen Chinooks fast unmöglich. Sie redeten mit verknoteter Zunge und verstanden auch nicht ein einziges der Zeichen, mit denen sich die Völker der Großen Ebenen unterhalten. So erfreuten wir sie einfach mit der Musik Cruzattes und Yorks Tänzen. Wir rauchten mit ihnen und tauschten Geschenke aus. Als sie sich am Morgen verabschiedeten, waren wir alle entsetzlich müde, aber bester Stimmung.

Dennoch waren mir diese Besucher unheimlich erschienen, als wären sie nicht von dieser Welt. Dieser Eindruck verstärkte sich noch, als mich der langhalsige, schnabelbewehrte Dämonenkopf am Heck ihres fünfzig Fuß langen Kanus anstarrte, während sie ablegten. Ich war froh, daß der Frühnebel auf dem Fluß ihn endlich verschluckte. Womöglich, dachte ich, sind die Chinooks wie der schwimmende Hund Kinder des Großen Wassers und keine Menschen wie wir.

Eine kurze Weile später wurden wir von einer anderen Gruppe der Meeresmenschen besucht, deren Erscheinung nun wiederum Red Hair und Long Knife einen Schock versetzte, aber aus anderen Gründen. Diese Chinooks hüllten sich in blaurote Decken, trugen prächtige Jacken mit goldenen Knöpfen, darunter weiche Hemden und auf dem Kopf dreieckige schwarze Hüte von der Art, wie die Captains sie besaßen. Alle waren mit eisernen Äxten und Speeren bewaffnet, einige auch mit Musketen und Pistolen und offenbar darauf aus, uns zu berauben. Das machte den Amerikanern ebenso viel Sorgen wie die Tatsache, daß diese Leute offenbar über Handelskontakte mit den Engländern oder anderen Nationen verfügten, deren Schiffe im Columbia ankerten.

Schon während der Rauchzeremonie verschwand unser Pfeifentomahawk. Dieser Diebstahl führte zu einer gefährlichen Konfrontation, die mit Blutvergießen hätte enden können. Captain Lewis, durch das freche Auftreten der Krieger und den dreisten Diebstahl äußerst gereizt, befahl unseren Männern, sofort deren Boote zu durchsuchen. Er ließ sogar alle Chinooks abtasten.

Sie machten finstere Gesichter, doch verstanden sie die tödliche Drohung der auf ihre Häuptlinge gerichteten Gewehrläufe sehr gut. Der Pfeifentomahawk wurde nicht gefunden, dafür kamen einige Sachen zum Vorschein, die wir bis dahin gar nicht vermißt hatten. Schließlich ließen wir die Chinooks gehen.

Captain Lewis schimpfte in der nächsten Zeit oft auf »diese schmutzigen Kreaturen mit ihren breiten Wulstlippen, krummen Beinen und häßlichen Körpern«, was seine Männer aber nicht daran hinderte, sich immer wieder der Chinook-Frauen zu bedienen. Ich glaube, sein eigentlicher Kummer war, daß alle Chinooks gewiefte Händler waren. Je näher der Flußmündung sie lebten, desto mehr Erfahrung mit Sun-men besaßen sie. Sie ließen sich Wild, Fisch, Muscheln, Häute und Felle besser bezahlen als alle Indianer, die wir bislang getroffen hatten. Wie gesagt, vielleicht waren sie gar keine Indianer. Manche würzten die Verhandlungen zur Verblüffung der Amerikaner sogar mit englischen Schimpfwörtern wie »son of a bitch« oder »damned rascal«, was Hurensohn und verdammter Schuft bedeutet. Lewis erboste das, Clark aber lachte herzhaft. »Es ist gut, daß wir hier endlich das Regime übernehmen«, sagte er, »bevor die Engländer die Sitten ganz verderben.«

Viele kostbare Dinge in den Händen der Chinooks sprachen für intensive Handelskontakte. Die Frauen besaßen sogar glänzend polierte Kupferkessel. Um sich deren Glanz zu erhalten, setzten die Frauen die Kessel beim Kochen nicht direkt dem Feuer aus, sondern füllten sie mit Wasser und legten heiße Steine hinein.

Zu unserer Enttäuschung aber fanden wir keinen Handelsposten. Auch ein Händler mit Namen Haley, von denen einige Chinooks sprachen, die in Kanus mit Tauschwaren unterwegs waren, sollte sich nirgendwo blicken lassen. Vielleicht zog dieser Mann, falls es ihn wirklich gab,es vor, den Amerikanern aus dem Weg zu gehen. Damit schwanden unsere Aussichten, Vorräte zu ergänzen, wofür die Captains mit einem Papier des Großen Vaters bezahlt hätten, das ungeheuer wertvoll war.

»Merde!« schimpfte Forest Bear, »wenn wir auch am Meer nicht auf Weiße treffen, müssen wir hier primitiver als die Rothäute über den Winter kommen und uns dann auf den langen Rückweg machen. Na ja«, meinte er und sah mich unternehmungslustig an, »wenigstens haben wir bald ausgiebig Zeit für unsere Liebe.«

Ich lächelte ihn freudlos an und dachte, das Opfer werde ich wohl bringen müssen.

# ZWANZIGSTES KAPITEL

Die Luft roch nach Salz. Immer mehr fremdartige Vögel schwammen auf dem Wasser oder stemmten sich unter mißtönendem Geschrei gegen den stürmischen Wind. Wilde Fluten prallten krachend aufeinander und gegen die ferne Felsenküste, die wir nicht sehen konnten, weil Nebel uns an diesem Morgen die Sicht verhängte.

Nach einiger Zeit aber lichtete sich der Nebel, und nach der Tageswende riß wie durch ein Wunder sogar die schwere Wolkendecke auf. Im ersten Kanu mit Captain Lewis an Bord krachte plötzlich ein Schuß. Triumphgeheul folgte. Captain Clark, mit dem ich im Boot saß, verstand sofort. Er sprang von seiner Sitzbank auf und schwenkte seinen Hut. »Freude, Freude!« schrie er. »Vor uns liegt der Ozean!«

Red Hair und Long Knife irrten sich. Wir befanden uns noch immer im Mündungsgebiet des Columbia River. Aber das wußten wir zu diesem Zeitpunkt noch nicht. Ihre Freude, dem Ziel so nahe zu sein, verlieh den Männern neue Kräfte. Die Boote schossen nur so dahin, immer weiter, immer weiter, bis zum Einbruch der Dunkelheit.

An unseren qualmenden, mühselig gegen die Feuchtigkeit erhaltenen Campfeuern machte an diesem Abend eine Zahl die Runde. »Wir haben von St. Louis bis hierher exakt viertausendeinhundertzweiundvierzig Meilen zurückgelegt«, hatte Red Hair errechnet. »Ich glaube nicht, daß seit den Tagen der spanischen Konquistadoren jemals eine Expedition eine solche Entfernung überwunden hat.«

Wir hatten also allen Grund, diesen großen Tag zu feiern. Aber wie sollte das gehen? Wir mußten uns zwischen hartem Geröll am Ufer einrichten und für die Nacht mit unseren durchlöcherten, faulenden Decken gegen den strömenden Regen schützen. Es gab keinen festlichen Trunk, denn Taffee und Whisky waren längst aufgebraucht. Es gab kein festliches Essen, denn wir besaßen nichts anderes als gedörrten Fisch. Selbst Cruzattes Fiedel mußte stumm bleiben, weil die Nässe sie ruiniert hätte.

Doch feierte jeder irgendwie in seinem Herzen. Ihr fragt, ob denn wohl auch ich feierte. Die Antwort lautet, ich kam nicht dazu. Anfangs hatte ich alle Hände voll mit Pomp zu tun, der gesäugt, gewaschen, eingefettet, trocken gebettet und beschäftigt werden wollte, bevor er einschlief, dann mit Forest Bear, der befriedigt werden wollte, worauf er ein Recht hatte. Später dann war ich müde wie ein Hund und schlief unter meinen klammen Decken sofort ein.

Das Meer war, so hofften wir, ungefähr nur noch einen halben Tag von uns entfernt. Wir meinten, wir würden es am nächsten Morgen erreichen. Doch riesige Wellenberge, Regen, Hagel und Sturm wehrten unsere Boote erfolgreich ab, so daß wir Zuflucht in kleinen Höhlen am Ufer suchen mußten. Einen halben Tag vom Meer entfernt, blieben wir viele Tage an diesem Ort gefesselt. Die Höhlen waren so klein, daß immer nur wenige von uns eine davon beziehen konnten. Wie schon zuvor das Tipi, bewohnte ich eine der Höhlen zusammen mit Red Hair, Long Knife, York, Drouillard, Forest Bear und dem Hund. Unsere Höhle war nicht sehr tief und zum Wasser hin weit offen, so daß der Wind den Regen hineinpeitschen konnte. Er erreichte uns sogar noch hinten an der Felswand.

»Das ist sehr ungemütlich«, sagte Clark. »Ich schlage vor, wir sammeln einiges von dem Treibholz, mit dem der Strand übersät ist, und bauen uns eine Schutzhütte unter diesem Felsüberhang.«

Eine gute Idee. Ich ging, nachdem ich Pomp abgelegt hatte, im strömenden Regen mit den anderen hinaus. Wir lasen kleine Stämme und Äste zusammen und fanden zu unserer Verwunderung sogar von Menschen bearbeitete Bretter. Aus dem Holz errichteten wir keine Schutzhütte, sondern vor dem Höhleneingang eine Art Schutzwand, die wir mit den Resten unseres Zeltes behängten. Dahinter waren wir dann einigermaßen geschützt.

Aber unsere Sicherheit war doch trügerisch, denn am Abend stieg das Wasser, und die Brandungswellen griffen weiter aus. Zuerst merkten wir wenig davon. Doch die Flut stieg höher, und einige Ausläufer der windgepeitschen Wellen klatschten gegen unsere Wand. Das zurückflutende Wasser besaß eine solche Sogkraft, daß es die kopfgroßen Steine, die das Ufer bedeckten, in Massen mitnahm. Das hörte sich an wie der Hufschlag vieler Pferde.

Red Hair zeigte sich sehr beunruhigt. Er stand mehrmals auf und spähte nach draußen. Nach einer Weile aber legte er sich seufzend nieder und schlief ein. Ich beneidete ihn. Denn trotz meiner Erschöpfung konnte ich nicht so schnell in den Schlaf finden. Das steinige Bett peinigte meinen Rücken, und meine Blase drückte. Ich stand auf und pinkelte in einen

Ledereimer, den wir für solche Zwecke mitführten. Red Hairs Beispiel folgend, sah auch ich anschließend durch einen Spalt nach draußen. Es war nicht völlig dunkel, und ich bemerkte einen riesigen Gegenstand, der unmittelbar auf unser Ufer zutrieb. Ich beobachtete ihn eine Zeit lang und wußte nicht, warum ich ihn nicht aus den Augen lassen konnte, bis der Moment kam, in dem er von einer mächtigen Woge auf die Steine geworfen wurde. Das Ding war eine Baumleiche, die so hoch war wie unser Höhleneingang und gewiß mehr als hundert Fuß lang. Nun wanderte es mit jedem Wellenhub auf uns zu.

»Captain Lewis! Captain Clark!« Mein Entsetzensschrei weckte die Schläfer.

Red Hair war sofort bei mir und erkannte die Gefahr. »Die Höhle räumen. Aber schnell!« donnerte er, und trotz des wilden Durcheinanders dauerte es nur ein paar Atemzüge, bis wir mit Sack und Pack im Freien waren. Kurz darauf rammte der tote Baum krachend die Schutzwand. Könnt ihr euch vorstellen, was mit uns geschehen wäre, wenn wir in der Höhle geblieben wären?

Für den Rest der Nacht mußten wir uns auf die anderen, überfüllten Höhlen verteilen, um wenigstens dem heftigen Regen zu entgehen. An Schlaf war nicht mehr zu denken.

Am folgenden Tag nahm der Sturm noch zu und wehte die schweren Regenschleier bis tief in die Kavernen. Pomp hatte in seinem Babyleben bisher größere Härten ertragen als mancher Krieger in vielen Sommern und Wintern. Die ständige Nässe setzte ihm jedoch so zu, daß er oft weinte. Aber ich wußte nicht, wo ich ihm ein trockenes Plätzchen verschaffen sollte.

Nach der Tageswende erreichten die Wogen auch die Stelle, wo unsere Boote einigermaßen geschützt auf dem Ufer gelegen hatten, und warfen sie gegeneinander. Long Knife und Red Hair wußten keinen besseren Rat, als diese mit Steinen zu füllen und außerdem noch unter Steinen zu begraben, damit die Wellen sie nicht hochheben und zerschmettern konnten.

In dieser Zeit unserer Lähmung und Hilflosigkeit ärgerte es uns besonders, zusehen zu müssen, wie eines Tages ein paar Kanus aus den bleigrauen, brüllenden Wasserwänden herausgeschossen kamen und zielsicher auf uns zusteuerten. Sie waren mit Cathlamats, Angehörigen eines Küstenstammes, besetzt. Den Paddlern gelang es mit großem Geschick, die rasante Fahrt abzubremsen und den Landfall sanft zu gestalten. Schnell erfaßten diese Besucher unsere mißliche Lage und wucherten mit den Fischen und Wurzeln, die sie bei sich hatten. Als sie alles verkauft hatten, gaben sie sich nicht länger mit uns ab, sondern sprangen in ihre Kanus und paddelten in die Wasserwildnis hinaus. Obwohl wir uns über ihre unbarmherzige Feilscherei geärgert hatten, bewunderten wir sie. Red Hair sagte fassungslos: »Ich glaube, das sind die besten Seeleute der Welt. Ich jedenfalls habe nie bessere gesehen.«

Irgendwann, ich hatte vergessen, die Tage zu zählen, flaute der Sturm endlich ab, und das Meer beruhigte sich. Erst jetzt trauten wir uns, den Landvorsprung, vor dem wir festgesessen hatten, zu umrunden und nahe einem verlassenen Ort an Land zu gehen. Captain Lewis hatte diese Stelle ein paar Tage zuvor auf einem Erkundungsmarsch entdeckt. Wir verzichteten darauf, ganz zum Meer zu fahren, und begannen unsere Hütten oberhalb der verfallenen Indianerstadt zu bauen, wo wir vor Überflutung sicher waren.

Die Amerikaner waren nun am Ziel ihrer Wünsche. Sie hatten weit über viertausend Meilen zurückgelegt und genau in ihre Karten eingezeichnet, wie man von St. Louis über all die Flüsse, die Prärien und die Berge zum Meer gelangt. Sie hatten das Land, Völker, Tiere und Pflanzen beschrieben und abgebildet. Sie hatten die Wilden, wie sie uns nannten, zum Frieden untereinander ermahnt und auch gegenüber den Weißen, die nun bald kommen und mit ihnen unter dem Schirm des Großen Vaters leben sollten.

Aber ich, war auch ich am Ziel meiner Reise? Ich überlegte, wenn ich in der winzigen Hütte Ruhe zum Nachdenken fand, was ich für mich selbst erreicht hatte oder ob es überhaupt etwas gab, was zu erreichen sich gelohnt hätte. Auf ein paar Dinge, dachte ich mir, kannst du vielleicht stolz sein. Du bist die einzige Frau, die das Innere Nordamerikas durchquert hat, du hast dein Volk, die Schoschonen, wiedergesehen und kannst, wenn du nur willst, zu ihm zurückkehren. Du kannst dich von Forest Bear trennen und einen neuen Anfang machen. Dazu hast du nun das Recht und die Freiheit!

Aber war es das, was wirklich zählte? Ich werde euch sagen, wie ich für mich herausfand, was wirklich wichtig war.

Wir saßen in unserem Camp am Nordufer des Columbia River Estuary, am Chinook Point, und die Captains überlegten, ob wir den Winter über dort bleiben, ob wir gar zurück zu den Wasserfällen paddeln oder das Mündungsgebiet überqueren und ein neues Winterquartier auf der Südseite bauen sollten. Einige indianische Jäger priesen das Gebiet dort als besonders reich an Wild. Außerdem waren die Chinooks, die hier in der Nähe unseres Quartiers wohnten, ausgemachte Diebe. Wir hätten ständig vor ihnen auf der Hut sein müssen.

Also wurde eines Tages über einen Ortswechsel beraten. Bis dahin hatten die beiden Captains sich allenfalls mit der Mannschaft besprochen, wenn eine Entscheidung bevorstand, dann jedoch selbst bestimmt, was zu tun sei. Auf einmal aber stellten sie uns vor die Wahl! Ich erinnere mich genau an diesen Morgen. Wir saßen in unserem Verschlag. Der Regen drang durch alle Ritzen. Red Hair hatte seinen Hut aufbehalten, aus dem fallende Tropfen einen trockenen Rhythmus pochten. Wir aßen ein bißchen Fleisch und tranken kaltes Wasser. Red Hair sagte auf den üblichen sprachlichen Umwegen zu mir: »Janey, wir wollen abstimmen, wo wir den Winter verbringen werden.« Er zählte die Möglichkeiten auf und schloß: »Die Mehrheit soll entscheiden. Was sagst du?« Forest Bear machte ein verdutztes Gesicht, als er die Frage hörte. Ich wußte genau, was er in diesem Augenblick dachte. Wie kommt der Captain dazu, meine Squaw in eine solche Abstimmung einzubeziehen?

Ich antwortete entschieden: »Ich will dorthin gehen, wo ich viele Wurzeln finden kann. Hier gibt es keine, bei den Wasserfällen vermutlich auch nicht. Also will ich drüben auf der anderen Seite nach ihnen suchen.«

Red Hair nickte freundlich. »Das ist vernünftig!« sagte er und schrieb irgend etwas auf. Die beiden Captains stellten dieselben Fragen an alle anderen Expeditionsmitglieder innerhalb und außerhalb unserer vier Wände, auch an York, den schwarzen Sklaven Red Hairs.

Bis auf John Shields war jeder für die Südseite, und dorthin zogen wir nach einiger Zeit auch. Wir bauten auf einem hoch gelegenen Platz unter gewaltigen Sitka-Bäumen und in einiger Entfernung von der Mündung eines kleinen Flusses in den Columbia River unser Fort. Nach den freundlichen Indianern, die in dieser Gegend wohnten, nannten wir es Fort Clatsop. Es gab eine frische Quelle hier und wirklich viel Wild.

Versteht ihr eigentlich, was geschehen war? Bei der Entscheidung für diesen Ort hatte meine Stimme dasselbe Gewicht wie die Stimme Long Knifes oder Red Hairs, nicht mehr und nicht weniger. Wenn das keine bedeutende Sache war!

An Weihnachten, also dem Fest, an dem sie die Geburt ihres Gottes feierten, zeigten die Amerikaner mir erneut ihre Freundschaft, indem sie mich mit kleinen Geschenken bedachten. Ich fühlte mich für alle Anstrengungen, Ängste und auch Demütigungen der letzten Jahre reichlich entschädigt.

Kurz nach Beginn des neuen Jahres kamen zwei unserer Männer, Peter Wiser und Alexander Willard, ins Fort. Sie gehörten zu einer Mannschaft, die in einiger Entfernung unmittelbar am Meer eine Salzsiederei aufgebaut hatten. Außer einer Menge Salz brachten sie für uns einen Vorrat an sogenanntem Blubber mit, den sie von den Tillamook-Indianern geschenkt bekommen hatten. Diese wohnten nahe dem Salzsieder-Camp. Wie die anderen erhielt ich eine gekochte Portion des Blubbers und fand den Geschmack wunderbar. Willard erzählte, das Fett stamme von einem über hundert Fuß langen Monster, einem Wal, der tot an die Küste beim Dorf der Tillamook gespült worden sei.

Während wir aßen, sagte ich zu Forest Bear: »Ich habe von diesen Ungeheuern des Meeres gehört. Aber ich kann nicht glauben, daß sie solch gewaltige Wesen sind.«

»Du kannst neun oder zehn Bisons der Länge nach nebeneinander legen, dann hast du ungefähr die Länge des Wals, von dem der Blubber stammt. Aber man müßte schon eine kleine Herde erlegen, um die Menge an Fleisch und Fett zu erlangen, die dieses Tier liefert.«

»Ist das Tier ebenso gefährlich wie ein Grizzly?«

»Das ist es. Es könnte eine ganzes Boot mit seiner Besatzung an Waljägern zertrümmern.«

»Waljäger? Du meinst, die Chinooks und Clatsops jagen dieses Monster auf dem Meer?«

»Ob diese Leute es tun, weiß ich nicht. Aber man erzählte mir in Kanada von Jägern, die hinausfahren, wenn ein Wal in der Nähe der Küste ist. Sobald er auftaucht, um Luft zu holen, werfen sie an langen Lassos befestigte Speere nach ihm.«

Ich sagte mit einer Entschiedenheit, die keinen Widerspruch erlaubte: »Ich muß dieses Tier sehen!«

Forest Bear sah mich völlig überrascht an. »Der Strand, wo der Wal liegt, ist viel zu weit von hier entfernt.«

»Und wären es drei oder vier Tagesreisen. Ich muß den großen Wal sehen.«

Forest Bear war amüsiert. »Madame Charbonneau ist ziemlich selbstbewußt geworden. Das muß ich schon sagen.«

Es war noch gar nicht so lange her, da hätte er mich gefragt, ob ich verrückt geworden sei. Jetzt aber sagte er: »Allein wirst du wohl kaum gehen können. Aber vielleicht können wir Willard und Wiser bei ihrer Rückkehr zu den Salzsiedern begleiten. Von ihrem Camp ist es nicht mehr weit bis zu dem Wal.«

»Lange warten«, sagte ich, »dürfen wir nicht. Dann ist von dem Wal nichts mehr übrig. Laß uns sofort aufbrechen.«

Forest Bear seufzte, stand aber doch auf, um mit mir zu Red Hair zu gehen. Wir störten ihn beim Essen, als wir ihn in dem winzigen Quartier aufsuchten, das er mit Captain Lewis bewohnte. Red Hair war allein. »Setzt euch«, sagte er und wies auf eine Pritsche. »Wollt ihr einen Becher Wasser?« Er wartete unsere Antwort nicht ab, sondern schenkte aus einer Kanne Wasser in zwei Becher.

Nach einer Weile schob er seinen Teller zur Seite. Er konnte noch immer kaum ein Wort Französisch sprechen, so daß Forest Bear Drouillard rufen mußte. Zum Glück war dieser in der Nähe und kam gleich zu uns.

Ich äußerte meinen Wunsch, den großen Wal zu sehen. Red Hair hob abwehrend beide Hände. »Von dem Tier ist bestimmt kaum noch etwas übrig. Da lohnt sich die Tour nicht.«

»Dann möchte ich eben den Rest des Tieres sehen. Und endlich auch das Meer! Jetzt bin ich schon so lange in seiner Nähe. Ich kann es schmecken. Ich kann es riechen. Ich kann es manchmal sogar hören. Aber ich habe es noch nicht gesehen. Als ich mich entschloß, mit euch über die Berge zu ziehen, war ich von dem Gedanken beseelt, das Große Wasser zu sehen.«

Das war bestimmt die längste und selbstbewußteste Rede, die ich je gehalten hatte.

»Ach«, scherzte Red Hair, »und ich dachte, du bist mir zuliebe mitgekommen.«

Damit hatte er vielleicht auch recht. Aber ich blieb bei der Sache. »Wie könnte ich jemals zu meinem Volk zurückkehren und sagen: ›Das Meer war so nahe, aber die Sun-men ließen mich nicht zu ihm gehen!‹«

Red Hair runzelte die Stirn. »Ich lasse mich nicht gern unter Druck setzen. Von niemandem. Aber gut, du sollst deinen Willen haben.« Seine Stirn glättete sich. Er lächelte mich freundlich an. »Morgen brechen wir auf. Wenn ihr York seht, schickt ihn zu mir!«

Ich stieß einen kleinen Freudenschrei aus. »Schon gut, schon gut! » sagte Red Hair. »Den Gefallen bin ich dir schuldig.«

Als wir, nachdem wir York verständigt hatten, zu unserer Hütte gingen, sagte Forest Bear: »Im Grunde genommen hast du wirklich verdient, daß er dir den großen Wal zeigt. Ohne dich wäre die Expedition vielleicht gescheitert.«

Solche Töne hatte ich von Forest Bear noch nie gehört. Ich kämpfte mit den Tränen.

Um es gleich zu sagen! Der Wal war, wie Red Hair vorausgesagt hatte, eine Enttäuschung. In Erinnerung geblieben ist mir das Bild seiner ungeheuren, in den grauen Himmel ragenden Rippen, zwischen denen einige Tillamooks umherstiegen und die letzten Fleischreste von den Knochen lösten. Aber das war mir dann auf einmal gar nicht mehr so wichtig. Wichtig war, daß Red Hair meinem Wunsch entsprochen und mich selbst hierher geführt hatte.

Ich ging ein Stück allein am Strand entlang. Ich blickte hinaus auf das geheimnisvolle Meer, in dem so mächtige Tiere wie dieser Wal wohnten. Wie viele solcher Wesen, dachte ich, mögen noch in seinen Tiefen leben? Welche Völker mögen an seinen anderen Ufern gegen Sonnenaufgang wohnen? Gibt es überhaupt ein anderes Ufer?

Ich zog meine Mokassins aus. Sanft benetzten die Wellen, bevor sie im Sand versickerten, meine Füße. Soll ich euch sagen, was ich in diesem Augenblick fühlte? Zum ersten Mal in meinem Leben fühlte ich mich in dieser Welt geborgen.

# NACHWORT

Ich begegnete Sacagawea 1968 in Bismarck. Sie stand vor dem Amtssitz des Gouverneurs von North Dakota und blickte von ihrem Sockel auf dem Hügel über dem Missouri nach Westen. Die überlebensgroße Statue ist eine der vielen, die man zur Erinnerung an sie in den Vereinigten Staaten errichtet hat.

Dabei wußte keiner der Bildhauer, die die Indianerin verewigten, wie Sacagawea aussah. War sie hübsch oder nicht? War sie groß oder klein? Zu ihren Lebzeiten machte sich niemand die Mühe, sie zu malen, auch Lewis und Clark beschrieben sie in ihren Journalen nicht, obwohl sie ihr doch so viel verdankten. Wir wissen nur, daß sie im Verlauf der großen Expedition die Herzen der Teilnehmer gewann, insbesondere die Freundschaft oder gar Zuneigung William Clarks, der sie Janey nannte und sich nach der Expedition für sie und ihren kleinen Sohn engagierte.

Damals, im Jahre 1968, liebte ich meine Heldin noch nicht genug, um einen Roman über sie zu beginnen. In den folgenden Jahren ging ich anderen Themen nach, vergaß Sacagawea aber nicht. Ich reiste auf ihren Spuren von Fort Mandan in North Dakota bis Astoria in Oregon, besuchte ihr Volk, die Schoschonen, in Wyoming und trug Material über sie zusammen. Und schließlich, im Jahr 2000, als Amerika eine Ein-Dollar-Münze zur Erinnerung an sie prägte, erschien mir die Zeit reif, an die Arbeit zu gehen. Ich wußte, ein paar Jahre später, im Jahre 2004, würde sich alle Welt an die Expedition erinnern, die vor 200 Jahren einen gewaltigen Teil des Kontinents kartiert und für die Vereinigten Staaten in Besitz genommen hatte – die wichtigste Expedition Amerikas nach Kolumbus und vor der Mondlandung! Viele Autoren werden in Büchern und Filmen Lewis und Clark feiern, dachte ich. Wer aber wird sich Sacagaweas annehmen, die bei dem Unternehmen doch eine so zentrale Rolle spielte? Und vor allem, wie wird die Geschichte sie behandeln?

Die Annäherung an Sacagawea ist schwierig genug. Auch ich habe mir, so wie Bildhauer und Maler vor meiner Zeit, ein Bild von Sacagawea machen müssen, das neben vielen Fakten auf Eingebungen beruht. Das ist in einem Roman legitim. Die Form meiner Erzählung hat ihr Vorbild in Christine Brückners Buch »Wenn du geredet hättest, Desdemona. Ungehaltene Reden ungehaltener Frauen«. Der Untertitel dieses Buches beschreibt die wertvollste Anregung für meine Geschichte. Ähnlich den Frauengestalten bei Christine Brückner hatte auch »meine« Sacagawea ein außergewöhnliches Schicksal, sogar ein Schicksal von weltgeschichtlicher Bedeutung. Doch hat auch sie mit keinem Menschen, keinem Zeitzeugen über ihre Erlebnisse, ihre Motive, ihre kritischen Überlegungen gesprochen. Stumm also, wie sie war, wurde sie von den verschiedensten Interessen vereinnahmt.

»Meine« Sacagawea aber redet nun! Ich stelle mir dabei nicht das junge Mädchen vor, sondern eine ältere Frau, die bereitwilligen Zuhörern viele Jahre später ihre Geschichte erzählt. Natürlich ist Sacagaweas Sprache nicht meine Sprache. Wie könnte sie das sein? Die Sprache der Schoschonen schöpft Wörter aus einer ganz anderen Welterfahrung als die Sprache der Amerikaner oder der Deutschen. Für die Charakterisierung der Natur, bestimmter Tiere und Pflanzen, die Beschreibung der Jagd und vieler Dinge des Lebens hat sie sogar reichere Ausdrucksmöglichkeiten. Viele unserer Begriffe kennt sie dagegen nicht. Ich habe versucht, Sacagaweas Erlebnisse und ihre Beobachtungen mit ihren Augen zu sehen. Dazu mußte ich Sacagaweas Reise ein Stück weit nacherleben, und die Gelegenheit dazu bot sich, als ich für das ZDF an vielen Orten entlang der Expeditionsroute Filme drehte. Der Leser kann sich also in mancherlei Hinsicht auf mich verlassen, muß es aber nicht, denn mein Roman versucht, den Dingen hinter den Fakten auf den Grund zu gehen, und da ist vieles ein Werk der Phantasie.

Diese Geschichte endet, als die Amerikaner und Sacagawea am Ziel ihrer Reise sind. Meine Leser werden vielleicht fragen, wie es meiner Heldin danach ergangen sei.

Sacagawea begibt sich im Frühjahr 1806 mit der Expedition auf die lange, ebenso beschwerliche und bisweilen noch gefährlichere Rückreise, die für sie nicht bei ihren Schoschonen, sondern zunächst in der Stadt der Minitaris endet, in der sie einst Sklavin gewesen ist. Schon bald danach folgt sie einer Einladung von Captain Clark und fährt mit Charbonneau den Missouri hinab nach St. Louis, wo Clark den beiden ein großes Stück Land anbietet und sich außerdem um die Erziehung ihres Sohnes Pomp kümmert. Ein neuer Abschnitt im Leben Sacagaweas könnte beginnen. Charbonneau würde Farmer sein und sie eine Vorzeige-Indianerin, die gelernt hat, die Errungenschaften der Zivilisation zu nutzen.

Nicht an ihr, sondern der Unbeständigkeit Toussaint Charbonneaus scheitert das Experiment. Er kehrt zurück zu seinem gewohnten Leben als Pelzhändler und Übersetzer bei den Minitaris. Sacagawea geht mit ihm. Später folgt sie ihm auf eine Reise nach Fort Atkinson, wo Charbonneau sich in den Dienst einer Pelzhandelsorganisation des Portugiesen Manuel Lisa begibt. Dort verliert sich Sacagaweas Spur. Zunächst!

Sie sei um 1810 gestorben, heißt es. Dieses Datum, das auf den ungeprüften Angaben eines zeitgenössischen Reisenden beruht und einer zeitgleichen Streichung ihres Namens in der Liste noch lebender Expeditionsteilnehmer durch William Clark, wurde lange Zeit für richtig gehalten. Neueren Forschungen und Überlegungen zufolge aber ist Sacagawea hochbetagt und als weise Frau im Reservat der Wind River-Schoschonen gestorben – nach einer Lebenswanderung, die über den ganzen Kontinent führte und ebenso ereignisreich war wie ihre Expedition mit Lewis und Clark.

Aber das ist eine andere Geschichte.

# ANHANG

## *Das Corps of Discovery*

Sacagawea (Bird Woman)
Das Baby Jean-Baptiste Charbonneau (Pomp)
Captain Meriwether Lewis (Long Knife)
Captain William Clark (Red Hair)

Sergeant John Ordway
Sergeant Nathaniel Pryor
Sergeant Patrick Gass
Toussaint Charbonneau (Forest Bear)
George Drouillard
William Bratton
John Colter
Reuben Fields
Joseph Fields
John Shields
George Gibson
George Shannon
John Pots
John Collins
Joseph Whitehouse
Richard Windsor
Alexander Willard
Hugh Hall
Silas Goodrich
Robert Frazer
Pierre Cruzatte
Jean-Baptiste Lepage
Francis Labiche
Hugh McNeal
William Warner
Thomas P. Howard
Peter Wiser
John B. Thompson

York (Sklave Captain Clarks)

## *Amerika ehrt Sacagawea*

**Auf Landkarten**
Sacajawea Peak, Bridger Range, Montana
Sacajawea Peak, Wind River Range, Wyoming
Sacajawea Peak, Wallowa Range, Oregon
Lake Sacajawea, Longview, Wahhington State
Lake Sakakawea, North Dakota
Sacagawea Creek, Montana (Auch Bird Woman's Creek, Crooked Creek)

**Mit Monumenten**

Louisiana Purchase Exposition Grounds, St. Louis, 1904, von Bruno Louis Zimm

City Park, Portland, Oregon 1905, von Alice Cooper

Capitol Grounds, Bismarck, North Dakota, 1910, von Leonard Crunelle

Buffalo Bill Historical Center, Cody Wyoming, 1980, von Harry Jackson

Salem, Oregon, 1938 (mit Lewis und Clark), von Leo Friedlander

Fort Benton, Montana (mit Lewis und Clark), 1976

Charlottesville, Virginia (mit Lewis und Clark)

Oklahoma City (mit Lewis und Clark)

Helena, Montana (mit Lewis und Clark)

**Mit Nationalparks**

Salmon and Beaver Head's National Forests, Wyoming, Montana, 1932: Sacajawea Recreation Division

Sacagawea National Monument, Lemhi Pass, Montana, Idaho,1932

**Mit Gedenksteinen**

Bronze-Tafel, Bishop Randall-Chapel, Shoshone Cemetary, Wyoming 1931

Granit-Monument, Shoshone Cemetary (auch für Basil, Baptiste und Baptistes Tochter) 1932

Plakette der National Historic Society, Daughter's of the Revolution, über Sacagaweas mutmaßlichem Grab, Wind River Reservation, Wyoming, 1963

Highway No. 287, Markstein, Historical Landmark Commission, 1941

Bronzetafel, Armsted, Montana, Daughters of the Revolution, 1914

Messingtafel, Three Forks, Montana, Daughters of the Revolution,1914

Zwei Steinmonumente: Salmon, Idaho, vermuteter Geburtsort Sacagaweas, und Gedenkstein, Mobridge, South Dakota

**Verschiedenes**

Sterling Silver Set, Battleship Wyoming, 1912

Ein-Dollar-Münze, USA, 2000

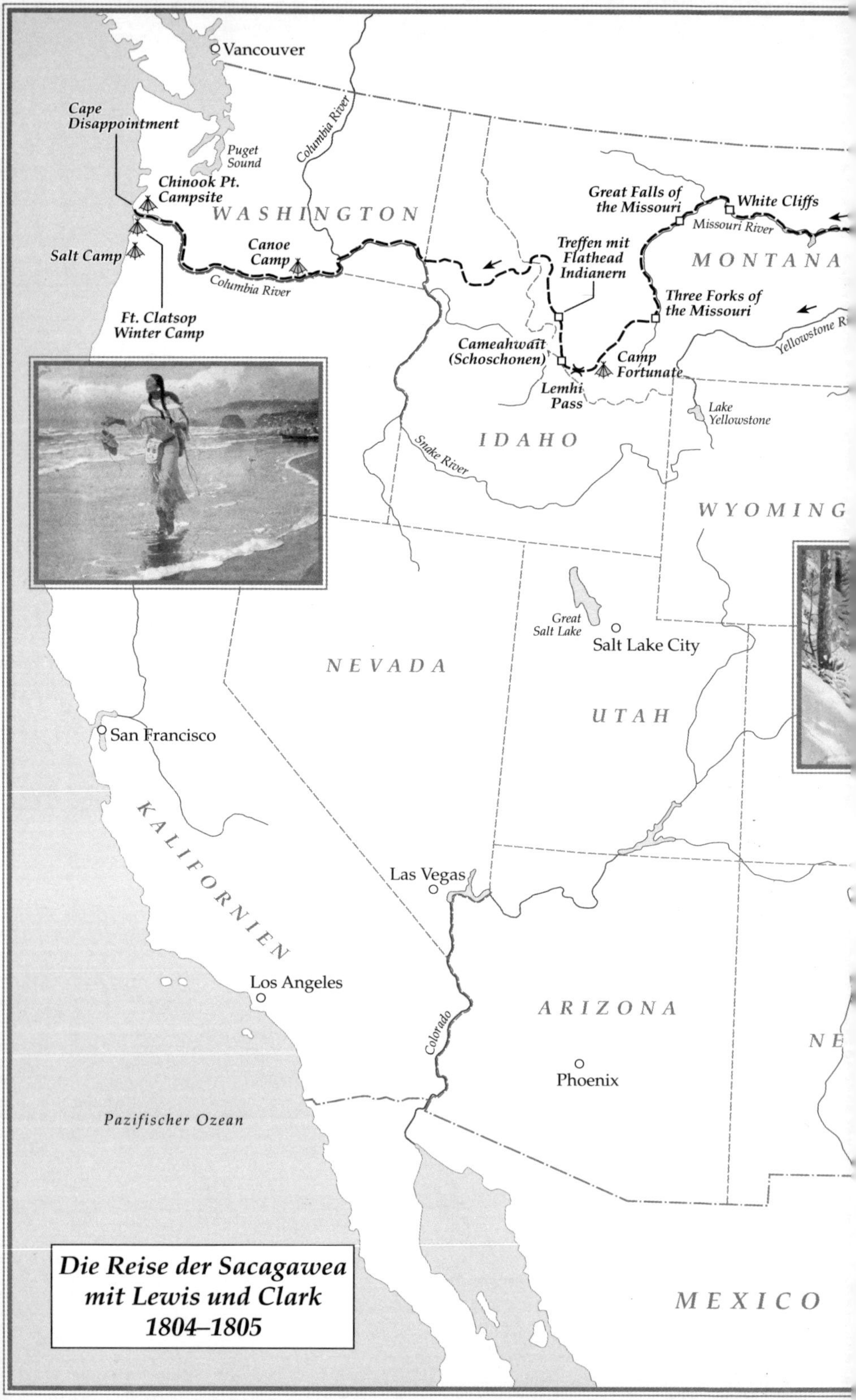
Die Reise der Sacagawea
mit Lewis und Clark
1804–1805
Vancouver
Cape
Disappointment
Puget
Sound
Columbia River
Chinook Pt.
Campsite
WASHINGTON
Salt Camp
Canoe
Camp
Columbia River
Ft. Clatsop
Winter Camp
Great Falls of
the Missouri
White Cliffs
Missouri River
MONTANA
Treffen mit
Flathead
Indianern
Three Forks of
the Missouri
Yellowstone Ri
Cameahwait
(Schoschonen)
Camp
Fortunate
Lemhi
Pass
Lake
Yellowstone
Snake River
IDAHO
WYOMING
Great
Salt Lake
Salt Lake City
NEVADA
UTAH
San Francisco
KALIFORNIEN
Las Vegas
Los Angeles
Colorado
ARIZONA
Phoenix
NE
Pazifischer Ozean
MEXICO